역사의 숨소리, 시간의 흔적

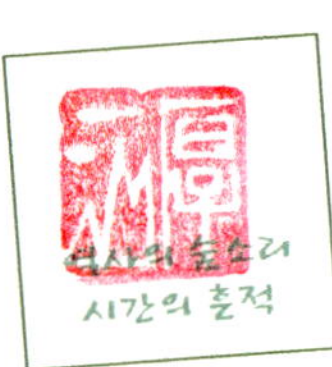

역사의 숨소리, 시간의 흔적

초판 1쇄 인쇄 2006년 6월 11일
초판 1쇄 발행 2006년 6월 20일

지은이   이석우
펴낸이   손상목

펴낸곳   도서출판 인디북
등록일자   2000. 6. 22
등록번호   제 10-1993호

주소   서울시 마포구 용강동 469번지 하나빌딩 2층
전화   02)3273-6895
팩스   02)3273-6897

2006ⓒ이석우

ISBN 89-5856-087-8   03810

＊제2장 '내 삶의 작은 역사 — 역사와 미술의 만남'은 지은이의 저서 『그림, 역사가 쓴 자서전』(시공사, 2005)의 '나의 작은 역사 스게치북' 부분(316~351쪽)을 옮겨 놓은 것입니다.

이석우 교수의 역사와 미술 이야기_

역사의 숨소리, 시간의 흔적

이석우 글 그림

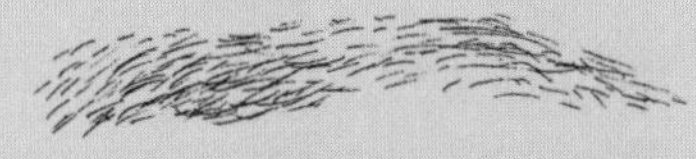

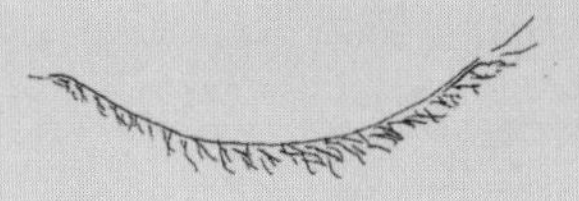

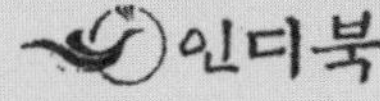 인디북

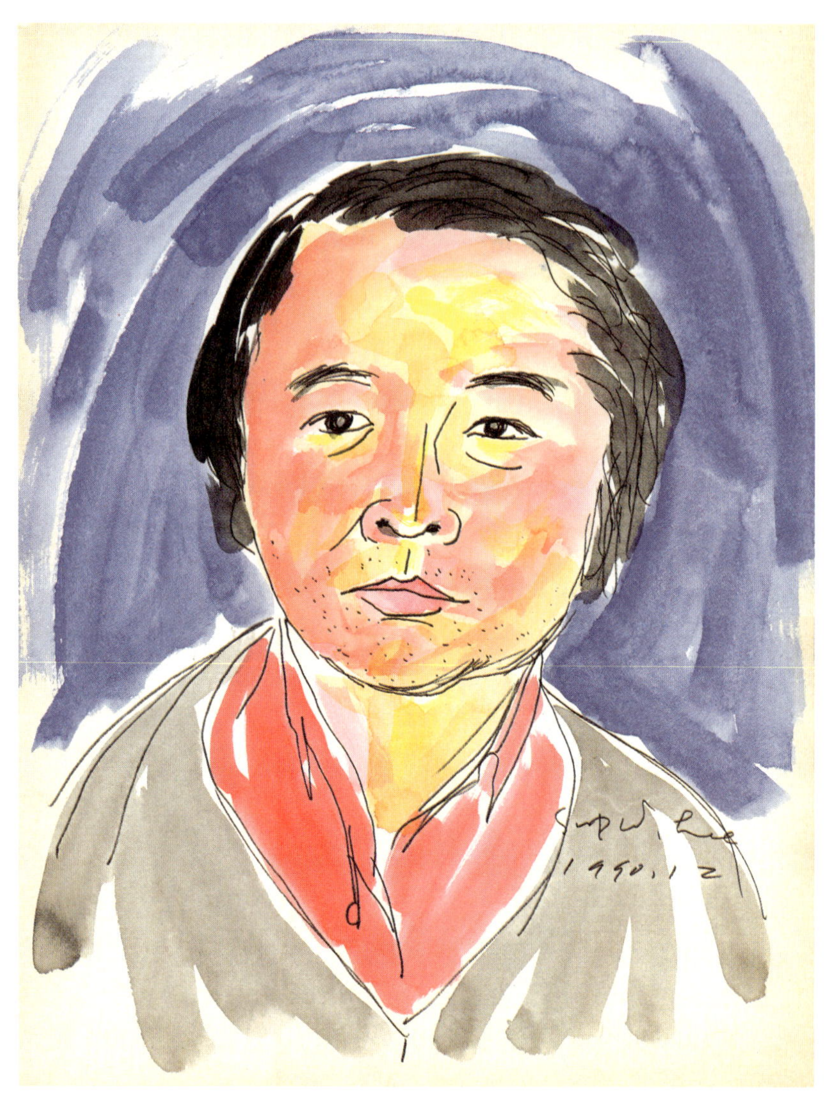

자화상, 31×42cm, 1990.

아버님께

흔적에 고인 사연들

시간은 그냥 흐르지 않는 것 같다. 흔적을 남기고 그곳에 이야기를 담고 흐른다. 그런 글을 모아 보려 하였다. 시간이 지났지만 지금도 새롭거나 그 시기를 증언하고 말하고 있는 것들이다. 적어도 내게는 그렇다.

순간이 갖는 의미를 새삼 느낄 때가 있다. 그것들이 모여져 시간이 되고 그렇게 다시 영원과 만나는지도 모른다. 진실 또한 순간의 직관을 통하여 도달하는 경우가 많다는 생각이 든다.

현재는 엄청난 속도로 과거 속으로 매몰되고, 그것들은 기록되지 않으면 망각되어질 운명에 있다. 사유도, 기억도, 느낌도 순간만이 진실일지 모른다. 그것들이 모여 역사의 덩어리를 만들지 않을까? 역사의 부분만을 살고 만지고 체득하며 살 수밖에 없는 한계가 아쉽다. 하지만 살아가면서 만나는 역사의 오묘한 열림들은 쏠쏠한 기쁨이다.

역사의 흐름 속의 매듭인 사건들은 역설적으로 느껴질 때가 많다. 승자와 패자의 관계가 그렇고 고통과 시련의 의미와 평가도 그렇게 단순하지 않다. 역사와 타 학문과의 관계 또한 지나칠 수 없는 이슈이다. 자기의 얼굴이 때론 타인으로 하여 더욱 선명히 드러나기 때문이다. 흔적이라 할 글들을 모아 보니 그것들은 자연스럽게 역사, 미술, 대학에 관한 것들로 꼭지 지어졌다.

역사를 움직이는 궁극적인 동인은 무엇일까에 대한 사념은 대학 초기부터 가졌던 의문이다. 멀리 가지 않더라도 내 자신을 돌아보면, 내 삶을 내가 주도하며 살았는지 의심스럽다. 삶의 일정 부분을 자신이 주도하고 있는 것만은 사실이다. 하지만 되돌아보면 무엇엔가 이끌려 온 삶이었다는 생각을 떨쳐 버리기 어렵다. 이런저런 문제의식들이 선인들로 하여금 역사철학을 거론하게 하고 일어난 일들을 기록하게 하지 않았을까 한다.

역사란 결국 자기를 찾아가는 과정이자 자기 밖의 힘을 분별해 가는 나그네 길이 아닌가 싶다. 역사의 강이 내 가슴에 흐르고 있다는 생각이 들 때가 있다. 작은 물방울들이 고이고 그것이 강이 되어 사유되어 흐른다는 말이다.

다음으로는 어떻게 나와 미술과의 운명적인 만남이 이루어졌는가에 대해 말하고 싶었다. 누군가의 삶도 그렇듯이 운명적 또는 섭리라고 설명할 수밖에 없는 일들이 적지 않았다.

세상은 아름다움으로 가득하다. 사실 지나쳐 버린 것도 다시 돌아보면 깊은 신비의 아름다움이 거기에 있음을 알게 된다. 물론 그 반대의 생각이 들 때도 있는데, 오히려 세상은 추하고 고통스럽고 악한 일로 가득해 있지 않은가 하는 의구심 말이다. 하지만 선과 악, 아름다움과 추함은 대립 개념이 아니라 우주질서를 완성시키는 협력 보조적인 관계가 아닐까? 세상 안에 색들이 없다면 얼마나 무미건조할까? 아프리카의 탈에서도, 고구려의 와당 한 조각에도, 인디언의 목각이나 메소포타미아의 토우에서도 우리는 공통의 아름다움을 느낀다. 지역도 형태도 시기도 다른데, 그 미美라는 점에서는 공통성을 느끼게 하는 이유는 무엇일까? 미란 한 곳, 근원의 한 곳에서 시작되는 것이 아닐까 하는 생각이 드는 이유도 그 때문이다.

이런 나의 관심이 끝내 역사와 미술이 함께 만나도록 했던 것 같다. 나의 책 『그림, 역사가 쓴 자서전』에서 이렇게 썼다.

"역사가 지나간 세월의 흔적이고 사라질 과거의 망각과 상실에 대항하는 것이라면, 미술 역시 순간
으로 사라질 아름다움과 시대적 흐름을 화면 속에 잡아 두는 반反시간적인 것이다. 그래서 그것은
시간의 흐름을 한순간 멈추게 하는 것이다. 다시 말해 역사가 시간의 흔적이라면, 미술은 표현의
흔적이다."

크로체Croce 또한 진정한 역사적 해석과 미학적 비평은 일치해야 할 것이라고까지 말
하고 있다. 회화나 미술이 언어와 문자로 표현할 수 없는 세계를 그려 낸 것이라면 그것
들도 크게 보아 시간의 흔적을 그린다는 점에서 역사이다.

80년대의 그 어두운 시절 인사동 화랑가를 순례할 수 있었던 것은 내가 유일하게 확보
한 자유공간, 숨통 트기였다. 그같은 방황이 『예술혼을 사르다 간 사람들』아트북스, 『역사
의 들길에서 내가 만난 화가들』소나무을 남기게 했는지 모른다.

그것은 미술인들의 행적을 통해 역사 속에 자기를 투척하여 온몸을 던져 살았던 사람
들, 즉 역사 속의 인간상들을 추적하고 싶었던 것이기도 하다. 여기 실린 다산, 나혜석,
고야, 이쾌대의 부인, 예술낭인 양수아를 말하는 이유도 같은 맥락에서이다. 솔직히 그
들처럼 살지 못하고 좀스럽게 살고 있는 내 인생의 사죄이자 대리만족이라 하겠다.

80년대 그 최루탄이 난무하던 격동의 대학 캠퍼스에서 나를 사로잡고 있는 또 다른 문
제는 대학은 무엇이며 무엇이어야 하는가였다. 당시 군부독재에 대항하며 싸운 민주화,
사회변혁운동의 본산지는 대학이었다. 하지만 대학의 역할은 거기에서만 멈출 수 없는
것이어서 학문을 연구하고 내일을 준비하는 터전이어야 했다.

저간의 사정이 대학사에 더욱 관심을 갖게 하였고 그것은 내 연구분야인 중세사와도 통하는 것이었다. 대학사 연구를 위해 옥스퍼드 대학에 객원교수로 갈 수 있었던 것은 큰 행운이었다. 뒤에 다시 버밍햄이나 아일랜드의 더블린 트리니티 대학에 펠로우로 가 있었던 것도 같은 선상의 얘기다. 어린 시절부터 꿈에도 그리던 옥스퍼드 대학에서의 생활은 환상 그것이었다. 정신의 여유로움, 격조 높은 지성, 중세 같은 현대적 학문 분위기는 그곳에 나를 침잠시키기에 충분했다. 그런 나의 생각과 삶이 농축된 글이 '옥스퍼드의 학문과 삶'이다. 그것들이 모여 『대학의 역사』한길사로 결실되었다. 풍부한 자료제시와 종합적인 접근, 전체적인 조망에서 다른 후속 연구들의 한 징검다리가 되었던 것으로 보인다.

대학의 현실은 평가와 개혁이 계속되고 있다. 그것의 방향과 방법이 바람직한 것인가는 대학의 정체성의 위기 극복과도 연결되어 있다. 이는 인문학의 위상이 어떻게 자리잡아져야 하며 진리와 효용 간의 균형을 어떻게 조정해야 할 것인가의 문제와 연결된다. 이는 정부의 지원과 대학의 독립성, 선택의 자유, 학문적 자율성 등과 어떻게 조화하며 공존할 것인지와도 깊숙이 관계 맺어져 있다고 본다.

내 지식은 남의 도움으로 가득 차 있고 이 책의 글들도 그 범주를 벗어나지 못한다. 그 점에서 나는 다시 빚진 자이다. 이만큼이라도 살아온 것이 감사하고 대견스럽기(?)까지 하다. 내 분수에 넘치는 복을 받은 것이다.

주체스럽기까지 했던 호기심 때문에, 좋게 말해 지적 관심으로 인해 역사와 미술과 대학들의 숨겨진 문을 열어 보려고도 했었다. 어쩌면 방황 같기도 했지만 크게 보면 역사

의 큰 범주 안에서 헤엄치고 있었던 게 아닌가 싶다. 기독교 사관에 대한 나의 응시는 본
질에 대한 탐구의 측면에서, 낙서처럼 그렸던 그림조차도 결국은 삶의 흔적이라는 의미
에서 역시 역사가 아니었던가? 그것들 중의 일부를 맨 뒷장에 화집 형식으로 실을 수 있
는 것 또한 큰 기쁨이자 감사할 일이다.

구상 시인의 〈오늘〉이라는 시가 떠올려진다.

오늘도 신비의 샘인 하루를 맞는다.

이 하루는 저 강물의 한 방울이
어느 산골짝 옹달샘에 이어져 있고
아득한 푸른 바다에 이어져 있듯
과거와 미래와 현재가 하나이다.

이렇듯 나의 오늘은 영원 속에 이어져
바로 시방 나는 그 영원을 살고 있다.
......

— 구상, 〈오늘〉의 부분

이 부족한 책을 아버님께 바친다. 아버님이 내 곁에 오래도록 함께 계셨더라면 나의 인생은 또 다른 길로 갔을지 모른다. 그 점에서 그분은 내게 가장 큰 영향을 미쳤다고 보아도 무리는 아니다.

내 인생에 뜨거운 사랑을 베풀어 준 세 여인이 있다. 한 분은 사랑의 잔이 넘치던 외할머니, 가장 용기 있는 여인인 어머니, 그리고 내 삶의 버팀목이 되어 준 아내 고지현이 이들이다. 감사하다는 말만으로는 언어의 부족감을 느낀다.

자기 일에 빠져 아버지 역할을 제대로 하지 못하는 나를 늘 아끼며 따라 준 내 아이들이 참 고맙다. 대학에서 강의하고 있는 큰딸 혜리, 그 낭군 김재호 철학박사와 외손녀 일영이는 언제 보아도 기쁨이다. 둘째딸 수잔은 미국에서 전문번역가로 활동하면서 재미의사 김태윤과 결혼하여 두 쌍둥이 외손녀 하영, 차영이를 둔 효녀이다. 성실하고 신앙심 깊은 아들 창균은 이제 인정 받은 치과의사로 신뢰받고 있어 대견스럽다. 그리고 사랑스러운 며느리 은형은 지금 수련의로 고생이 많다. 그들은 내가 가진 가장 소중한 사랑의 유산이다.

삶에서 도움 받은 수많은 이들의 얼굴이 주마등처럼 지나간다. 그분들의 도움이 없었으면 내 인생은 없다. 일일이 거론하지 못하나 마음속 깊이 고개 숙여 감사드린다. 베풀기보다는 많은 도움 속에 살아온 빚진 인생이다. 친구, 선생, 친지 등 어느 면에서도 사람 노릇을 제대로 못한 것 같아 머리 숙여 사죄드린다.

책을 꾸미고 전시를 준비하는 데도 여러 사람의 도움을 입었다. 잊을 수 없는 자랑스러운 제자 교수 정성화 명지대 기록과학대학원장, 그림편집과 어려운 일을 마다하지 않

고 언제나 앞장서 도와준 변종필, 김용권, 남기원 님, 그리고 이태준, 김대용, 서미화, 임
주연, 송민정 님 등 박물관 가족께도 심심한 고마움을 전하고 싶다.

　무엇보다 이 책의 출간을 흔쾌히 맡아 주신 인디북의 손상목 사장님께 마음 깊이 감사
를 드리며, 고품격의 책을 만들어 준 안승철 실장을 비롯한 편집진 제위께 고마움의 꽃
다발을 한아름 보낸다.

2006년 6월 3일

서실 '새벽들'에서

후산厚山 이석우

1부

시간의 흔적, 역사의 숨소리

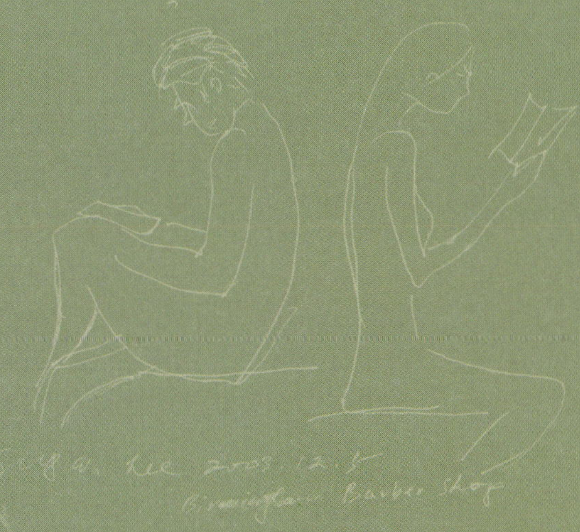

I

역사는 어떻게 말하는가

1

역사의 거울에 비친 승자와 패자

역사 속에서 우리는 두 가지 유형의 인물들을 만나게 된다. 하나는 통속적인 의미에서 개인의 '삶'은 실패라 하더라도 역사의 '삶'에는 성공하는 경우이다. 다른 하나는 그 반대로 개인적인 삶은 부귀영화를 누리며 세상적인 성공을 거둔 것이라 하더라도 역사적인 평가에서는 실패한 삶이라고 규정되는 사례를 들겠다.

전자의 경우 단테, 마키아벨리, 고흐, 밀턴, 사마천, 추사 김정희 같은 인물들의 이름이 얼른 떠올려진다. 후자의 경우에는 세례 '요한'을 죽인 헤롯왕을 비롯하여, 나라를 팔고 부귀영화를 누렸으나 뒤에 매국노로 심판받은 사람, 외로운 거사를 누설하고 그 대가로 불세출의 출세를 했으나 두고두고 후대에 배신자로 낙인찍힌 사람 등 수없이 많다고 하겠다.

물론 이 두 경우의 구분이 대단히 자의적이고 양분론적인 것이어서 그 기준을 분별해내기란 그리 쉽지 않다. 비록 역사적인 오명을 지닌 사람이라 할지라도 우리가 알 수 없는 위대한 결단을 내린 인물들이 많을 것이며 그 반대의 경우도 얼마든지 있을 수 있기 때문이다.

그럼에도 불구하고 한 가지 분명한 사실은 개인적인 삶의 실패나 좌절이 곧 역사적 평가의 '삶'의 실패를 의미하는 것은 아니라는 점이다. 같은 관점에서 통상적인 '삶'의 성공이 곧 역사적 측면의 삶의 성공이라고는 할 수 없는 것으로 이것이 바로 역사의 오묘한 성격이다.

우선 『신곡La Divina Commedia』의 저술로 불후의 이름을 남기고 있는 단테Dante, 1265~1321의 경우를 생각해 보자. 그가 9살에 만난 베아트리체Beatrice와의 이루지 못한 사랑은 오늘도 우리의 가슴을 저리도록 아프게 한다. 하지만 반대로 그녀와의 사랑이 이루어졌다면 그래도 오늘 우리가 『신곡』을 읽을 수 있었을 것인가라고 묻는다면 이는 지나친 가혹성(?)의 질문일까. 더구나 단테는 교황당 간의 분쟁으로 플로렌스를 떠나 19년 동안이나 망명생활을 하지 않으면 안 되었으며 그같은 고초 속에서 『신곡』이 쓰여졌다.

『군주론IL Principe』으로 잘 알려져 있으면서도 '약육강식의 폭군지상주의'로 오해받고 있는 마키아벨리Machiavelli, 1469~1527도 좌절의 삶을 성공의 삶으로 승화시킨 대표적인 인물이라 할 수 있다. 그에게 세속적인 출세욕도 없지 않았겠지만 그의 깊은 내면에는 이탈리아의 통일에 대한 열망이 불처럼 타오르고 있었다. 그러나 격변하는 정치적 소용돌이 속에서 그는 반反메디치Medici가家의 혐의로 정계에서 쫓겨나 산 카시아노의 시골에서 쓸쓸한 생활을 하지 않으면 안 되었고 그동안에 집필한 것이 『군주론』이다.

고독을 못 이겨 몸부림친 흔적을 역력히 남기고 있는 그는 적막의 밤에 군주론을 집필할 때 단테의 고난을 생각했다고 한다. 모르면 모르지만 『실락원Paradise Lost』의 저자인 밀턴John Milton, 1608~1674도 시력을 잃은 불행을 당하지 않았더라면 그처럼 주옥같은 시를 쓸 수 있었을까?

이들 위대한 삶을 산 사람들은 그들의 좌절과 실패를 역사적 차원으로 승화시켰다. 그렇게 생각하면 우리가 아직 살아 있는 한 영원한 패자도 영원한 승자도 있을 수 없다. 다만 우리는 역사의 거울에 자기를 비추어 보며 매일의 삶을 챙겨 갈 따름이다.

— 《대학주보》, 1986년 12월 1일

2

도전의 대상

나의 미국 유학시절은 월남전의 무거운 짐이 미국을 어둡게 짓누르고 있던 시절이다.

월남전이 막바지에 이르러 마무리 단계에 있었던 어느 여름날이었다.

여름방학 동안 일자리를 구해 그곳 애드리안 시에서 일하고 있던 나는 오후가 되면 가끔 시내 동편에 위치한, 숲이 우거지고 퍽 조용한 공원을 찾곤 했다.

거기에는 베이스볼 필드 Baseball Field가 있고 그 주변엔 어린이 놀이터가 깨끗하게 마련되어 있었다. 우거져 있으나 잘 정돈된 숲, 그리고 하얀 페인트칠을 해 놓은 의자가 열을 지어 놓여 있는 한가로움이 가득한 곳이었다. 그곳에 앉아 고향을 생각하고, 하나님의 사랑과 은혜에 감사하며 짜릿한 고독을 달래곤 했었다.

그러던 어느 여름날 주일 오후. 이곳에 조그마한, 그러나 내겐 퍽 충격적인 이변(?)이 일어났다. 질주해 오던 혼다 오토바이 Honda Motorcycle에 몸을 싣고 온, 장발의 몇몇 젊은 이들이 내게서 불과 수미터 떨어진 거리에서 멈추었다. 그러더니 순식간에 의자 옆에서 원을 그리며 웅크려 앉았다. 그날은 화사한 여름날 밝은 태양이 내리쪼이고 있었는데, 어찌된 일인지 만인평등 공유의 햇살마저도 이들을 피해 가는 듯했다.

얼마쯤 지났을까? 그들 중 한 젊은 친구가(?) 나를 엉뚱하게 부르더니, Peace Pot 평화 단지 잔치에 동참하지 않겠냐고 물었다.

그들은 분명 금지된 환각제 마리화나를 피우고 있었던 것이다. 그들이 말하는 Peace Mood에 젖어 있었기 때문에 신통주머니처럼 여기는 고가의 환각제 연쇄끽연 잔치에 나를 초대(?)한 것이다. 이것은 그들이 보기에 동양인에 지나지 않는 나에게 그들이 베풀 수 있는 최상의 호의이자 인류애(?)의 발휘였다. 나는 물론 웃으며, 묵묵부답으로나마 거부반응을 보였다. 그것은 말없는 거부였지만 내겐 운명(?)의 선택을 넘긴 셈인지도 모른다.

얼마 뒤 그 자리를 뜨는 나의 마음은 착잡함을 넘어 내면의 우울과 동정, 안타까움 같은 아픈 자극을 느꼈다.

몇 가지 생각이 오고 가지 않을 수 없었다. 우선 인류문화가 발전하고 있다는 일반적인 통념에 대한 의문이다. 둘째는 인간이 갖고 있는 문제들이 물량작전物量作戰만으로는 결코 해결될 수 없으리라는 회의스러운 마음이 생겼다. 그들은 풍요 사회에서 풍요롭게 사는 젊은이들이 분명하기 때문이다. 셋째는 이들 가능의 응결체인 젊은이들을 무엇이 이토록 정신의 무력감으로 마비시켰는가에 대한 나의 강한 거부의식 같은 것이었다.

물론 어느 누구도 미국의 다면성多面性, 그것이 갖고 있는 여러 저력底力을 과소평가할 수는 없을 것이다. 나는 이질적 요소들이 많으면서도 조화를 잘 이루어 가고 있는 미국을 여전히 좋아한다.

하지만 앞서의 일은 부富의 축적과 기술의 발달이 곧 인간생활의 질의 향상과 꼭 상관관계에 있지는 않다는 안타까운 사실의 재확인이었다. 이들 젊은이들의 삶의 공허는 빈곤이 아닌, 풍요의 탈산업사회가 낳은 산물이다. 그들이 누리는 부는 당연한 것으로 여기게 되었고, 이같은 환경에서 결핍을 모르고 자라난 그들에게 오히려 도전의 대상을 상실케 했던 것이다.

그 시절 한국의 젊은이들은 그들보다 훨씬 가난하였다. 그러나 이제 우리는 경제적으로도, 삶의 질에서도 많이 발전하였다. 이 풍요의 시대에 우리 젊은이들이 가끔은 도전의 대상을 잃고 목적의식 없이 방황한다는 얘기를 듣는다. 다시 우리 주변을 돌아보고 추스를 일이다. 고통은 꼭 해로운 것만은 아니라는 교훈을 되새기며 말이다.

3

교수의 설 자리는 어디인가?

— 어느 비서명 교수의 독백

내가 걱정하고 염려하여 오던 문제, 수없이 자기반추를 거듭하며 괴로워하던 문제가 내게도 다가왔다. '시국선언' (?)에 관한 서명署名문제가 그것이다. 어제 동료 교수로부터 연락을 받았는데 참여의사를 타진해 왔다.

나는 기본적으로 '민주화民主化'와 '개헌改憲'에 찬성한다. 개헌에 찬성한다는 것은 어떤 특정의 정당이나 개인을 염두에 두고 하는 생각이 아니다. 우선 국민의 선택의지가 최대한 반영된 선출방법이 가장 바람직하다고 생각하기 때문이다. 그런데 개헌 논의조차 금지되어 있는 것이 현실이다. 개헌여부에 대한 판단기준은 그 헌법이 민주적이냐 아니냐의 여부에 두어져야 한다. 민주적이지 않거나 거기에서 거리가 멀다면, 충분한 민의가 반영되어 있지 않다면 이는 당연히 고쳐져야 한다. 또한 개헌 그 자체가 민주주의의 보장은 아니므로 '민주화'는 더욱 시급하며 개헌도 다만 그것 중의 일부로서 그곳으로 가는 과정일 따름이다.

기본입장에 찬성하면서도 이를 행동화하는 데는 많은 정신적 고뇌를 느끼지 않을 수 없었다. 서명 행위는 선택영역의 확대인가 아니면 제한인가? 특히 오늘과 같은 사회인식의 경직된 분위기 속에서 지금의 이 결단의 순수성이 그대로 보존될 수 있는 것인가? 공인으로서 가르치는 사람의 입장과 자연인 자기와의 관계 설정은 어느 선에서 유지되어야 할 것인가? 기대에 찬 눈망울이 있는가 하면 차가운 냉대의 눈길이 다가온다.

알고, 느끼고, 가르치는 것과 실제 행동하는 것 사이에 거리가 있다면 가르친다는 것의 의미는 어디에서 찾아야 할 것인지…… 가르치고 연구하는 것만이 선생이 할 일이라고 끝까지 나 자신을 강변하기에는 현실의 문제가 너무도 절박하다. 교육과 실천 행동의 두 평행선은 어디서 어떻게 합일할 수 있는 성질의 것인가?

나는 역사의 중대한 요구를 외면하고 있는지 모른다는 두려움이 앞선다. 나는 결국 서명의 대열에서 빠져나와 오욕과 자괴와 회한의 날을 보내야 할지 모른다. 지성知性의 결단이 요구되는 이 역사적 순간에 나는 이를 지나쳐 버리려고 하는 것은 아닌가! 언제나 우유부단과 자기변명, 안일과 타성에 젖어 있던 나는 또다시 현실에 안주하려 하고 있는가? 아니면 자기를 온당히 지키고 있는가?

오늘의 현실은 지난날 역사의 산물이다. 그것은 곧 오늘 생긴 것이 아니요 역사적 배경을 갖고 있다. 우리는 역사 앞에 겸손해야 할 것이며 아전인수격 자기변명은 삼가야 할 일이다. 오늘의 문제는 역사적 행위자들이 만들어 낸 것이며, 그 결과가 잘못되어 있다면 그 원천에 대해서도 책임을 져야 한다. 과연 우리는 정치적 민주화의 길을 넓혀 왔는가 좁혀 왔는가? 지난날의 정치사를 겸허히 재평가해 볼 마음의 열림이 있었으면 한다. 민주주의는 일사불란할 수 없다. 거기에는 이견과 갈등, 경쟁이 있는 것이며 이런 다양성은 비능률적으로 보일지 모르지만 장기적으로 볼 때는 민주적 훈련을 통하여 극복될 수 있는 부분이다.

우리에게 다가오고 있는 난제들, 극복되어야 할 문제들은 아주 어려운 것들이기 때문에 감히 이 시대를 위기의 시대라고 표현할 수 있을 것 같다. 모든 사회세력, 계층들은 줄곧 성장해 왔으며 그들의 기대와 요구는 크게 증대되어 왔다. 그럼에도 이들을 수용할 정치적 대응력이나 사회적 유연성은 거의 성장의 모습을 보여 주고 있지 못하다. 오히려 그것들을 위축시키고 있다. 각 분야의 소외된 사람들은 자신의 정신적 사명감을 상실하고 있으며, 물질적인 불균등분배不均等分配가 오히려 그들의 부족감을 가중시키고 있다. 각 계층은 분명한 요구와 바람을 갖고 있다. 그것은 본질적으로 '자기 것 찾기' 운동이며 자기자각의 산물이다. 이들의 자기 몫의 요구는 시대적 요구이며 발전을 위한 진통인 것이다. 그들의 요구 자체가 잘못된 것은 없다. 다만 그같은 이상과 현실 사이의 거리를 서로 솔직히 인정하고 가능한 일부터 개선하며 실천해 가야 한다. 그들의 요구를 적대시해서는 안 된다. 임시적 처방과 변통으로 해결될 수는 없을 터이다. 그들의 어려움은 불가피한 현실에서 연유한 것이기도 하지만 부당한 대응과 처사, 지배층의 그릇된 자세, 상대적 빈곤감, 내일에 대한 희망을 심어 주지 못하는 창출력의 부족, 자존심의 박탈 등 보다 방법론적인 데도 원인이 있다. 어찌 됐든 이들의 요구와 불만은 노출되고 터뜨려져야 한다. 이들에게 터뜨릴 기회가 보장되어야 하고 또 충격에도 견딜 수 있는 완충지대를 형성시키는 데 깊은 관심을 두어야 한다. 그러한 요란한 소리들이 합의^{Consensus}되어 하나를 이룰 수 있는 건강한 분위기가 필요하다. 그렇지 않으면 그 폭발력은 증대될 뿐이며 그 결말도 매우 염려스러운 것이다.

교수들의 서명이 나올 수밖에 없었던 것은 그동안 표현의 자유가 보장되어 오지 못했다는 사실을 반영한다. 그같은 방법 외에 다른 방법을 허용해 오지 않았다고 하면 지나친 단순화인가? 또한 교수들의 설 자리는 없어져 왔다. 교수들의 중립적인 자리를 지키려는 고심에도 불구하고 그들마저도 어느 쪽에 서지 않으면 안 되도록 강요되어 왔다. 우선 자기의 기본입장을 발표하는 교수들의 견해 표명조차도 이토록 고심스러워하는 것은 그동안의 우리 주변이 무엇인가 잘못되어 왔다는 증거가 아닌가? 지금까지 발표된 소위 '시국선언'이라는 것의 내용을 보면 이는 아주 당연하고 기본적인 요구를 하고 있으며 그것이 어느 쪽 편을 들고 있는 것도 아니다. 침묵을 지키라는 것은 한쪽만의 논리에 찬동한다는 결과를 낳는다. 중간에 서서 완충지대가 되고자 하는 교수들도 어느 쪽을 택하도록 강요당한다는 것은 여기에 연유한다.

'서명'에 참여한 고충 어린 교수들의 입장을 그같은 맥락에서 파악해야 한다. 학생의 눈초리를 의식하여 역사의 대열에서 누락되리라는 염려에서 시류에 편승하여서가 아니다. 설 곳이 없이 떠밀려만 온 교수들의 어쩔 수 없는 막다른 선택이다. 그렇기 때문에 교수들의 순수한 의도가 오도되어서도 안 되며 어떠한 형태로든 편을 가르는 쪽에 양분적으로 소속시키고 자기편이고 남의 편이라고 나누어져서는 결코 안 된다. 그들은 어느 쪽 편을 들고 있는 것이 아니라고 본다. 어느 쪽도 이들을 자기편이라고 해서는 안 된다. 그렇기 때문에 더구나 그들에게 보복적 성격을 띤 어떠한 제제도, 조처도 취해져서는 안 된다. 같은 맥락에서 서명한 교수만이 민주화를 열망하고, 그렇지 않은 교수는 그 반대라는 논리도 결코 성립될 수 없다. 많은 침묵의 교수들이 민주화의 열망을 갖고 있지만 다만 그 방법에 고심하고 있을 따름이다. 우리 사회는 중간에 설 수 있는 완충지대를 상실하고 양극단론 흑백논리와 적과 동지를 가르는 논리만이 판을 치도록 경직되어 있다. 이것은 자유로운 표현의 자유가 없는 사회 찬반에서의 어쩔 수 없는 귀착점이다. 찬반과 더불어 중간지대도 보장해 주어야 한다.

콜럼비아 대학의 울프Wolff 교수가 1968년 학생운동을 겪은 후 한 독백이 새삼 생각난다. 자기는 옳다고 생각하는 일들을 쫓아왔는데, 결과적으로 자신이 우익과 좌익 중의 한쪽에 분류되어 있는 현실 앞에 놀라고 있었던 것이다. 이같은 어려움을 예상하면서도 선택의 기로에 있던 교수들의 고충은 참으로 큰 것이었을 것이다. 이 시대를 사는 대학인은 괴롭다. 어서 우리 사회가, 정치가, 학원이 제자리를 찾아 편안하게 학문에만 정진하고 싶은 간절한 마음이 너무도 절실하다. 서명문제 때문에 며칠을 잠을 설치며 고심스러웠던 한 나약한 사람의 변명이 다시는 없도록 우리 주변의 모든 상황이 정당한 자리에 있어야 한다.*

— 1986년 4월 30일

---

* 1980년 신군부에 의해 권력이 장악되고, 전두환이 통일주체국민회의에서 총 2,525표 가운데 2,524표를 얻어 체육관 대통령이 되었다. 10월 22일에도 국민투표로 헌법안을 확정했는데 대통령 선출은 직접선거가 아니고, 간접선거로 되어 있었다. 그에 따르면 대통령 임기는 7년(중임금지), 대통령을 5천 명 이상으로 구성된 선거인단이 선출하게 되었다. 대통령에게 비상조치권과 국회해산권이 주어지고, 사법부 및 헌법위원회도 통제 가능하게 되어 있었다. 더구나 국회의원 3분의 1을 전국구로 배정하였으며, 그 전국구의 3분의 2는 제1당이 차지하도록 만들어졌다. 변형된 유신 헌법이었다.(서중석, 『한국현대사』, 웅진, 317~318쪽) 이런 비민주적 헌법을 민주적으로 개헌하는 일이야말로 한국 정치사회의 민주화와 직결되는 일이었다. 그간 계속되어 오던 개헌 요구가 1986년 야당과 학생들의 민주화 운동으로 표출되었고, 국민들의 심정적 지지 속에 뜻있는 이들이 이에 행동으로 참여하였다. 그때 4월 용기 있는 교수들이 중심이 되어 개헌지지 서명운동이 벌어졌는데, 앞의 글은 당시 서명을 권유받았던 본인의 심경을 쓴 글이다. 모 대학신문에 투고되었으나 주변의 상황으로 게재되지 못했던 것을 여기 실는다

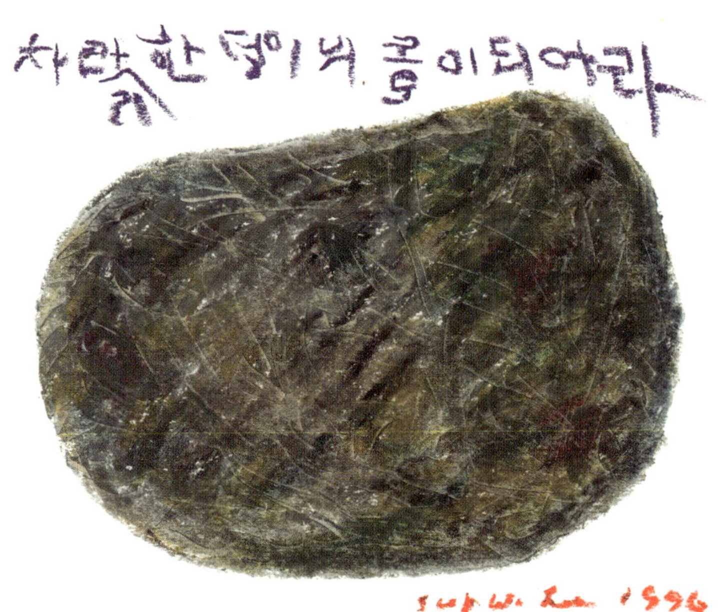

차라리 한 덩이의 돌이 되어라, 24.5×20.3cm, 1996.

4
역사와 진실

넓은 의미로 과거에 일어난 모든 변화를 역사라고 할 수 있겠지만, 실제 우리가 배우는 역사는 주로 기록된 협의의 역사를 말한다. 그 때문인지 역사의 주된 관심은 자연과학과 같은 일반법칙Genernal Law의 탐구보다는 사건들을 어떻게 기록하느냐에 더 많이 집중되어 있다. 어떤 의미로 역사의 진실에 어떻게 도달하느냐 하는 문제도, 과거를 어떻게 기술하느냐 하는 문제와 연결된다고 볼 수 있다.

역사가는 과거를 대상으로 한다. 그러나 그것이 적어도 '책 속의 역사', '교과서적 역사'가 되기 위해서는 이를 재구성하여 기록해야 한다. 사실 역사가 과거 사실의 있는 그대로의 재현이 불가능하다는 것은 곧 과거 사실을 있는 그대로 기술記述하는 것은 불가능하다는 뜻이 된다.

우리가 다 알고 있듯이, 역사적 사실史實과 과거에 일어났던 사실事實이 같을 수는 없다. 과거에 일어난 사건의 엄밀한 재구성은 불가능하기 때문이다. 이미 시간적으로 차이가 나며, 설혹 기억이 정확하고 자료가 완전하다 하더라도 이미 기록되는 순간에 역사가의 체계적 선택을 밟게 되며, 그 체계적 선택은 역사가의 사상과 가치, 삶의 배경과 의식에 의해 크게 좌우된다. 다시 말해 역사는 기록되면서 이미 굴절현상을 겪는다는 말이다.

협의의 역사란 기록되어야만 역사가 된다. 좀 더 과장해서 말하면 기록되지 않은 것은 우선 역사가 아니다. 물론 일어났던 사실들은 그 자체로 역사이긴 하지만 적어도 기록의 측면에서 보면 아직 역사화되지 않았다.

여기서 우리는 역사와 기록이 갖는 중요성이 얼마나 큰 것인가를 거듭 강조하지 않을 수 없다. 우리가 역사의 객관성을 추구한다는 말은 곧 역사의 기록을 객관적으로 한다는 말이 된다.

이 때문에 카E. H. Carr는, 정확성은 역사의 필요한 조건이지 본질적인 요소는 아니라고 까지 말하고 있다. 그같은 역사의 기능에 대한 양보가 결코 역사의 진실을 외면해야 된다는 이야기는 아니다. 더구나 사실의 정확한 재구성이 불가능하기 때문에 역사는 진실이 아니라는 말은 성립될 수 없다. 오히려 역사의 기술記述, 역사의 설명이 갖는 이같은 한계성 때문에 오히려 역사의 진실이 더욱 중요시되어야 한다.

엄밀한 의미에서 역사의 재구성이 불가능하다는 말은 역사적 사실에 대한 해석과 설명의 불가피성을 말하여 준다. 그래서 칼 포퍼Karl. R. Popper는 "역사는 우리들에게 사실을 들이대지만 사실 그 자체는 아무런 의미가 없다. 사실은 인간의 결정에 의해서만 의미를 갖는다."고 했고, 카 또한 역사가와 사실과의 관계는 평등관계에 있다고 하면서 "역사가란 자기해석에 맞추어서 사실을 형성하고, 그 사실에 해석을 부여하는 끊임없는 과정에 종사하는 사람이다."라고 했다.

역사의 본질적 속성 때문에 역사기록이 갖는 한계는 역설적으로 사가史家에 의해 보완되어야 한다.

다시 말해, 정확하고 엄밀한 과거 사실의 재현이나 구성이 불가능하다면, 이같은 불가능은 역사가의 해석이나 설명으로 보충되어야 한다. 이 문제는 실증주의의 대표적 인물이라 할 수 있는 헴펠Hempel에 의해 설명되고 있다. 예를 들어 추운 밤에 자동차의 라디에이터가 고장 났다는 사실을 설명하기 위해 라디에이터 자체의 고장 상태를 정확히 기술하기란 힘들다. 오히려 일어난 사실을 정확히 전달하기 위해서는 라디에이터 자체의 고장상태를 그대로 설명하기보다는, 오히려 그 주변의 객관적이고 보편적인 현상을 설명함으로써 라디에이터 고장의 진실을 전할 수 있다. 다시 말해 설명될 대상, 즉 피설명항被說明項의 진실을 잘 전하기 위해서는 그 주변조건들을 정확히 선택하여 전하는 일이다. 예를 들어 라디에이터의 뚜껑이 닫혀져 있지 않았다, 당시의 밤 온도가 0도에서 영하 4도 사이에 있었다든가, 라디에이터가 물로 가득 채워져 있었다는 설명들이다. 이같은 설명은 물이 0~-4도 사이에서는 얼며 물이 얼면 팽창된다는 일반법칙에 근거하여 전달이 가능한 것이다. 물론 이같은 예는 역사의 실증주의적 필요를 강조하기 위해서이긴 하지만, 역사적 진실과 역사적 기술이 갖는 관계를 어느 정도는 설명해 주고 있다고 볼 수 있다.

우리는 역사가 갖고 있는 허구적인 약점을 겸손한 마음으로 인지해야 한다. 데카르트Descartes는 역사기술의 불확실성과 역사의 무용성을 통절히 지적한 바 있다. 역사를 기술하는 자는 항상 역사적 사실과 유리되어 있다는 점과, 기억의 불확실성, 또한 기록의 부정확함이 있음을 인정해야겠다. 볼테르Voltaire 또한 "역사란 오직 죽은 시체에 승부를 거는 한 묶음의 속임수"에 불과하다고까지 말하지 않았던가. 그가 반역사적 태도의 기수라는 점을 감안하더라도 역사기록이 갖고 있는 이런 약점들을 부인하기 어렵다.

역사의 객관적 진실을 전하지 않고 당위적 가치의 규율을 받게 하거나, 역사의 긍정적인 교훈의 측면만 강조하여 이를 왜곡시키거나, 너무 윤리적인 판단에만 의존하게 될 때 역사는 허구의 역사로 전락되고 만다.

역사가 교훈적 측면을 지닌다면 그것은 하나의 객관적 사실을 일반화하는 데 근거를 둘 때 가능하다. 만일 역사가 그 본분을 다하지 않고 현실에 대한 조정과 권력의 합리화 도구로만 전락되고 만다면 이는 오히려 허위의식을 조장하게 될 것이며, 백해무익한 시녀적 위치로 타락하고 말 것이다.

차라리 이같은 역사는 없느니만 못하다. 그래서 좋은 역사란 가치판단을 억지로 주입하거나 전달하는 역사가 아니라, 그 역사적 사건 자체가 말로써 전해지는 역사이다. 올바른 역사적 판단은 과거에 대한 정확한 지식을 갖추고 비판의 안목과 합리적 결론에 도달할 수 있는 여건의 제공에 근거하기 때문이다. 차라리 강요된 역사적 가치보다는 건전한 회의주의적 태도가 더 바람직한 것도 이같은 소이이다.

역사의 진실에 도달하는 것은 비판을 통해서이다. 사실 역사는 비판을 먹고 자라는 나무라고 해도 과언이 아니다. 역사가 갖고 있는 그 속성 때문에도 한 사람에 의한 완벽한 역사서술은 불가능하다. 역사가는 그가 처한 상황, 가치 능력과 사료의 한계성 때문에 역사적 사건의 부분밖에 볼 수 없는 어쩔 수 없는 위치에 있기 때문이다. 그래서 역사적 사건의 전모를 알기 위해서 다양한 견해와 비판적 안목을 가진 자들의 참여가 절실히 요청된다.

우리는 나폴레옹에 대한 역사적 평가가 얼마나 다양한 것인지를 알고 있다. 중세에 대한 독일인과 프랑스인들의 견해가 다르며, 크롬웰에 대한 이견들, 동학, 4·19혁명에 대한 수많은 견해 차이를 낳고 있는 역사 해석의 예를 많이 가지고 있다. 그러나 이들 견해는 오히려 역사적 진실에 도달하는 데 있어서 적대적 갈등관계에 있는 것이 아니라 보완관계에 있다.

인간의 열망과 이상은 역사 속에서 완전히 완성될 수는 없으며 미완성인 채, 다만 개선해 나갈 따름이다. 이것이 인간이 갖고 있는 조건이며 한계이다. 이같은 한계를 솔직히 인정하는 것이 오히려 개선의 출발점이 된다. 인간이 선성善性과 악성惡性을 공유하고 있는 것과 마찬가지로 역사 속에서 인간이나 국가의 행위는 그릇될 수도 있고, 올바를 수도 있다. 이 두 가지 측면을 우리는 역사 기술 속에서 적나라하게 추구할 수 있어야 한다.

나는 역사의 과정을 보다 나은 방향으로 개선하려는 인간의 노력과 이를 방해하려는, 방해되는 요소 사이 대립과 긴장으로 파악하고 싶다. 나는 서가書架를 정리하는 일을 가끔은 역사의 진행과 비교하곤 하는데, 정돈해 놓은 서가가 얼마 동안이나 그대로 놓여 있을까 하는 생각이 들어서이다. 이 서가도 언젠가는 흐트러지게 되어 있고 또 흐트러져야만 한다.

역사의 진실을 전할 수 있느냐의 여부는 바로 역사기술의 존재의미를 가늠한다. 역사 속에서의 과거의 부끄러움이나 그릇된 것을 가리거나, 조작하려는 것은 역사적 진실에 가장 큰 저해요인이 된다. 물론 이러한 조작에 가장 강한 힘을 미치고 있는 것은 근대사회에 있어서 국가나 이데올로기나, 인종집단으로 간주되고 있다. 그 대표적인 예가 얼마

전 논의의 대상이 되었던 일본의 교과서 왜곡 사건이다. 역사적 진실을 전하지 않고 '침략'을 '진출'로, '3·1 운동'을 '폭동'으로 변조시키는 것은 역사가 아니라 가짜 역사이며, 그것은 허구적 문장에 불과하다.

그뿐 아니라, 과거의 그릇된 사실들을 시정하려는 의욕이 지나치면 역사가 허구가 되기 쉽고 진실을 전하기 어렵게 된다. 어떤 내용의 역사를 가르치고 있느냐 하는 사실은 또한 그 나라가 앞으로 지향해야 할 방향이 무엇인가를 말해 준다. 자유와 민주국가를 지향하는 나라는 과거 전제나 독재의 역사적 사실을 과감히 비판하게 된다. 그리고 건전한 비판의 중요성을 인정할 것이며 인간의 존엄성을 증진시켰던 역사적 사실을 중시할 것이다.

역사가는 칠을 하는 페인터Painter가 아니다. 오히려 절제와 극기와 정직을 통하여 사실과 원인과 결과를 잘 정리하여 후세의 사람들이 그것을 유리창을 통해 밖을 맑게 볼 수 있듯이 과거를 볼 수 있게 해 주어야 한다.

역사를 그릇되게 기술하기를 강요하거나 그릇되게 기술하는 사람은 방향감각을 잃게 하는 책임을 져야 한다. 그같은 허위의식은 그 자신의 실패에 그치는 것이 아니라 역사의 파국으로까지 이끌었다는 서릿발 같은 교훈을 기억해야 할 것이다.

5
역사와 문학

넓은 의미로 역사는 과거에 일어난 모든 사실들을 뜻하지만, 좁은 의미의 역사는 기록된 과거를 말한다. 역사의 대상은 과거이지만, 기록을 통하여 이것이 재구성된다는 점에서 역사와 문학은 밀접한 관계를 갖고 있다.

문학은 인간의식과 생활감정을 언어매체를 통해 형상화한 언어 예술이라고 한다. 인간생활의 얼룩진 꿈과 슬픔과 고뇌와 기쁨을 절실히 표현함으로써 우리는 문학적 진실에 도달하고, 이러한 문학적 체험을 통하여 우리의 삶을 심화하고 확대해 나간다. 역사 또한 과거의 역사적 진실을 이해하고 탐구함으로써 우리 삶의 시간성과 공간성을 넓히고 인간에 대한 올바른 이해에 도달할 수 있다. 역사나 문학은 삶을 인식하고 경험을 해석하는 체험적 영역이라는 데 공통성을 띤다. 다만 차이가 있다면 문학은 사건과 자료의 엄격한 규제를 받지 않고 자유로이 진실을 묘사할 수 있다. 반면 역사는 사료와 자료에 기초를 두고 철저한 자료 비판을 통하여서만 진실에 접근할 수 있다는 방법상의 차이다.

문학작품은 어떤 삶의 진실을 구성하는 데 있어 실제적 현실의 구애를 받지 않기 때문에 실제적 사건이나 역사적 사건보다도 훨씬 더 진실에 가까운 세계를 표현할 수 있다. 다시 말하면 현실 세계에서는 여러 현실의 여건과 조건 때문에 표현하기 어려운 삶의 진실도 문학에서는 그것이 허구이기 때문에 그 허구성을 통하여 오히려 삶의 참된 모습에

도달이 가능하다는 얘기가 된다. 문학적인 구성과 역사적인 진실의 차이가 무엇인가를 생각할 때 호메로스Homeros의 『일리아스Ilias』라는 작품에 나오는 트로이 전쟁의 원인에 대한 묘사를 떠올리게 된다.

호메로스는 트로이 전쟁의 원인과 과정 등을 거의 신화화시킴으로써 어쩌면 인물과 성격과 사건들을 묘사하는 데 있어서 훨씬 더 자유로웠을 것이다. 그 때문인지는 모르지만 『일리아스』에 나온 인물들의 성격묘사야말로 극적이고 대단히 사실적인 것으로 느껴진다. 그러나 역사적인 트로이 전쟁의 원인과 『일리아스』에서 호메로스가 말한 전쟁 원인의 설명 사이에는 뚜렷한 차이가 있음을 지적해야겠다. 문학에서의 트로이 전쟁의 원인은 정감적인 냄새를 물씬 풍기고 있는데, 전쟁의 불씨는 올림포스 축하파티에 초청받지 못한 에리스 여신의 분노로 시작해서 아킬레스의 분노로 말미를 장식하고 있다. 이 향연에 초대받지 못한 싸움의 여신 에리스는 헤스페리데스의 황금사과에 '여신들 가운데 가장 아름다운 분에게' 라고 새겨서 이것을 연회장에 던진다. 이 사과에 쓰여진 글귀는 세 미녀들 헤라와 아테네와 아프로디테 사이의 미인경연을 갖게 했고 급기야는 트로이의 왕자 파리스가 스파르타의 왕비 헬레네를 유혹하여 트로이로 데려가는 사태까지 이르게 했다. 이것이 결국 트로이와 미케네 간의 대전쟁을 유발시키는 원인이 된다는 것이다.

하지만 실제 역사적 입장에서 전쟁 원인을 탐구해 볼 때, 이같은 미인경쟁과 여인에 얽힌 사정만으로는 10년에 걸친 대전쟁의 원인을 설명하기에는 미흡하다는 사실을 발견하게 된다. 분명히 이 전쟁의 저변에는 에게해의 지배권 다툼이 가장 큰 원인이었을 것이다. 당시 그리스 반도에서 막강한 세력으로 등장한 미케네 도시국가 연맹은 그들의 세력 확장을 위해서는 에게해 제해권을 쥐고 있는 트로이와의 대결이 불가피했을 것이다. 당시 트로이는 에게해와 흑해의 중간에 위치하여 이곳을 지나는 모든 선박들로부터 통행세를 받음으로써 막강한 부를 누릴 뿐 아니라, 해상지배 세력으로 성장하고 있어서 두 세력의 충돌은 피할 수 없는 상태에 있었다. 이것은 해상권의 지배를 다투던 로마와 카르타고의 포에니 전쟁과 유사한 원인을 갖고 있다.

이렇게 보면 문학에서 보는 트로이 전쟁 원인과 역사에서 파악하는 전쟁 원인과는 차이를 드러낸다. 하지만 이같은 역사적 원인과 문학적 원인에 차이가 있다고 해서 어느 한쪽이 다른 쪽을 비난해야 할 이유가 되지는 않는다. 오히려 서로가 돕는 관계로 이해하는 것이 바람직하다. 역사에서는 이 문학성의 작품을 통하여 당시의 사회상, 정치제도, 문화의 양상들을 파악하는 데 도움을 받고 있다. 이는 심지어 꿈 많은 슐리만으로 하여금 결국 트로이성을 발굴하게 하여 역사적인 사실로서 확인까지 할 수 있게 했다. 반면, 순수한 문학작품으로서의 『일리아스』도 이런 발굴과 역사 해석을 통해 당시의 역사적 배경을 선명히 이해하게 되며 그 작품에 대한 보다 깊은 이해에 도달할 수 있게 한다.

이렇게 볼 때 문학과 역사는 서로 연관되어 있다는 사실을 다시 확인할 수 있다. 사실 역사학이란 말을 사용할 때 이 말은 과학으로서의 역사에 역점을 둔 것이지만, 역사의 과학성보다는 스토리적 성격을 강조할 때, 이는 문학과 유사한 측면을 갖고 있음을 인지케 하여 준다. 역사와 문학은 동일체同一體의 양면이라고 해도 과도한 표현은 아닐 것 같다.

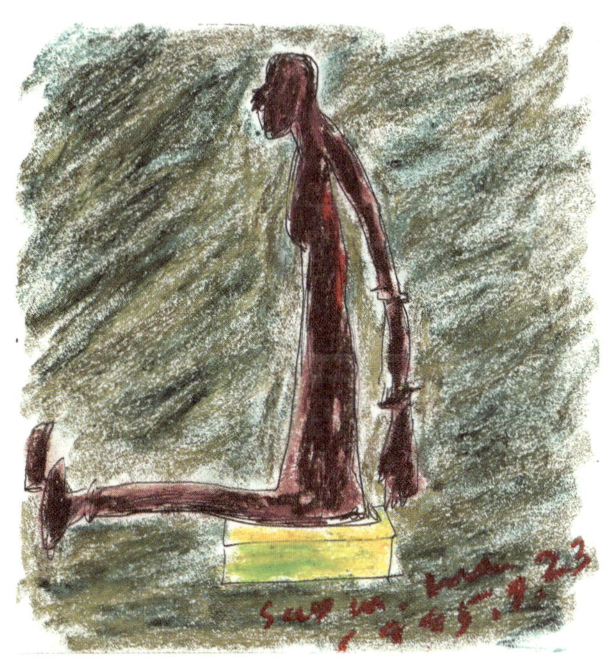

안타깝게도, 17×19cm, 1995.

6

흔적 속에 숨어 있는 역사

요즈음 사람들은 무엇인가를 진득이 모으는 것보다는 버리는 데 더 익숙해져 있는 것 같다. 어떤 집이 이사 간 뒤를 보면 집 주위에 그동안에 쓰던 것을 수북이 버리고 간다. 그리고는 새것으로 바꿔치는 모양이다. 사실 우리들이 일상 쓰고 있는 용품들도 오래 보존하며 사용하려는 의도보다는 어떻게 버릴까를 먼저 생각하며 만드는 것 같다. 일회용 종이컵이나 한 번 쓰고 곧장 버리는 비닐우산 등이 좋은 예일 것이다.

하지만 나는 때로 주변에 있는 것을 수집하기가 일쑤다. 다른 이에게는 하찮은 것일지 모르지만 역사를 가르치고 있는 나로서는 여기저기 흩어져 있는 거의 모든 것들이 자료적 가치가 있을 것만 같아서이다. 그래서 버리기에 익숙해 있는 우리 풍토에 강한 반발심까지 생긴다. 역사는 흘러가는 과거를 연구할 수밖에 없기 때문에, 그 지나가 버린 것을 재구성, 복원시키기 위해서는 역사의 뒷받침이 필수적이다. 시간은 주변을 돌아보지도 않고 사정없이 도망가지만, 다행스럽게도 그것은 흔적들 속에 담겨져 있을 때가 많다. 개인의 일기나 메모 또는 예술작품이나 외교문서 등이 역사의 증언자가 된다.

그래서 역사의 진실 여부는 이들 사료들을 어떻게 정당히 취급했느냐 하는 문제와 직결된다. 요컨대, 그릇된 자료에 근거하여 역사를 서술했다면, 이는 왜곡된 역사서술에 이를 수밖에 없다. 더구나 그같은 해독은 단순히 한 사건에 그치지 않고, 그것과 연관되는 모든 사실을 허구화시킬 위험을 안고 있다.

더 극단적인 경우는 실제 사실과 정반대되는 역사의 구성이나 해설, 또는 결론에 도달할지 모르는 위험성이다. 이 때문에 근대사학이 태동되는 순간부터 역사연구 방법론상 사료 비판이 그토록 중요시되었던 것 같다. 그것은 자료의 진위 여부의 규명뿐만 아니라 그 기록이나 자료를 만든 사람의 성향이나 입장이 분명히 밝혀질 것까지 요구한다. 그렇지 않을 경우 그 자료 전체에 대한 온당한 평가가 이뤄졌다고 할 수 없기 때문이다.

사실 역사학의 고유성이나 그 독자성조차도 이 사료의 문제와 직접적인 관계를 맺고 형성되었다. 역사의 아버지라고 하는 '헤로도토스'가 처음 사용했다고 전해지는 '탐구'라는 말도 사실은 사료의 정확한 해독과 뗄 수 없는 관계를 맺고 있다.

그가 역사를 탐구하는 의미로 쓰기 이전까지의 역사는 주로 이야기적인 측면이나 신화적인 면을 더 많이 안고 있었다. 예를 들어 '호머'가 쓴 『일리아스』는 전해 내려오는 이야기를 서사시 형식으로 기록한 것이기 때문에 그 내용의 사실 여부는 별로 중시되지 않았다.

하지만 '헤로도토스'의 경우는 역사 자체의 의미 발견이나 원인 추적과 함께 현장에서의 사실 확인이나 사료적 검증이 필요하였다. '헤로도토스'가 이집트, 스키타이, 바빌론과 같은 역사현장을 광범하게 편력하였던 것도 그같은 연유이다.

뿐만 아니라 문학과 역사의 분기점도 이 사료 사용의 구속력 여부와 밀접한 관계를 맺는다. 역사는 그 해석이 아무리 자유로운 것이라도 사료의 뒷받침을 받지 못하면 그것은 결국 하나의 가정에 불과할 뿐이지 사실史實은 될 수 없다.

반면 문학은 비록 역사적인 주제를 다룬다 할지라도, 그것은 사료에 꼭 구애받을 필요는 없으며 얼마든지 허구적인 구성이 가능하다. 그 점에서 문학의 기록은 어디까지나 문학이지 결코 역사일 수는 없다.

이처럼 역사의 기본 자리는 사료나 자료에 터 잡고 있으며, 역사의 진실성 여부도 자료의 온전성 여부에 달려 있다. 하지만 불행히도 우리들 주변에서는 이 역사가 될 자료들을 너무 소홀히 다루고 있다. 때로는 기록이나 문서의 내용을 시우거나 파손시켜 버리는가 하면 심지어 기록 자체를 날조, 조작하는 가공할 잘못을 서슴없이 저지르고 있

다. 현재의 거짓도 용납될 수 없는 것일진대, 역사마저 속이려 든다면 이는 역사의 죄인
이다.

역사의 그릇된 서술도 사실은 자료에 의해서 시정될 수밖에 없다. 그래서 나는 우리
주변의 자료가 될 수 있는 것들은 서로 충실히 모아 두자는 제의를 하고 싶다. 이 격변의
시대에 대학가에서 홍수처럼 쏟아져 나오는 유인물, 쉴 새 없이 붙여지는 포스터와 대자
보는 실로 이 시대의 가장 생생한 역사의 표출인데 아깝게도 이들은 끊임없이 사라지고
있다.

인간의 역사가 매순간마다 새로운 것이라면 그것에서 발산되는 모든 소산물은 역사의
새로운 자료들이다. 오늘의 역사는 왕성한 생명력을 지니고 곳곳에서 부딪쳐 오고 있다.
우리가 이러한 자료들을 소중히 보존하지 않는다면 역사는 여전히 강한 자의 입장에서
도구적으로 서술될 수밖에 없을 것이다.

광주의 비극은 역사의 진실이 밝혀지기가 얼마나 힘든 것인가를 우리에게 실증적으로
보여 주고 있다. '콘스탄틴대제의 기증문서'가 '로렌조 발라 Lorenzo Valla'에 의해 위조문
서인 것이 밝혀지기까지, 그것은 천여 년을 진실로 위장하고 있었다.

과거에 대해 바른 책임을 지려면 모두가 역사보존에 깊은 관심을 보여야 할 것 같다.
사실이 이런데도 역사자료가 무참히 훼손되는가 하면 곳곳의 유적들이 산업화의 물결에
밀려 파괴되어 가고 있는 사실은 참으로 가슴 아픈 일이 아닐 수 없다. 아무리 값비싼 것
이라도 현대의 제작물은 다시 생산해 낼 수 있지만, 한번 잃어버린 역사유물은 다시 찾
을 길이 없다.

그런 의미에서 자료 보존뿐만 아니라, 할 수만 있다면 스스로 많은 기록을 남겨야 할
것 같다. 하찮은 것이라도 먼 미래에 자료로서 재조명될 가능성은 언제나 갖고 있으며
그 기록은 역사 속에 언제 다시 되살아날지 모르기 때문이다.

7
역사학도의 변

세상에는 모를 일이 많이 있다. 그 때문에 우리는 불안하다. 그때마다 나의 삶의 전과정과 죽음까지를 속속들이 알면 오죽 좋을까 하는 엉뚱한 바람을 가질 때가 있다. 하지만 미완성 그대로인 나는 모르기 때문에 불안에 싸이기가 일쑤다. 하기야 '파스칼'도 "인간은 본래의 타고난 성정性情 때문에 아무런 권태의 이유가 없는데도 권태를 느끼는 불안한 존재"라고 했다. 더구나 미래의 인생항로를 선택하는 일은 그 불확실성 때문에 한껏 불안하다.

요사이 뭇 우인友人들로부터 "사학과는 무엇하러 갔소?"라는 물음을 받기가 일쑤다. 그 분들의 말 속에는 '법률이나 경제 분야를 전공하면 보다 미래가 보장되지 않겠는가.' 하는 애정 어린 아쉬움이 깔려 있다.

이런 불안은 나에게도 있다. 이런 질문을 받을 때마다 하루하루의 삶의 보람을 자식에 걸고 사시는 어머님의 인자하신 얼굴이 나를 사로잡는다. 이럴 때면 '비록 내일 세계가 궤멸할지라도 나는 오늘 한 그루의 사과나무를 심겠다.'던 '스피노자Spinoza, 1632~1677'를 떠올린다. 이 유태인의 '오디세이아'는 그 자신 유태교의 정통신앙에 만족하지 못하였다. 그는 자연철학자 봄바스투스Bombastus, 1493·-1541와 시내의 이단아 '조르다노 부르노'에 접근하면서 유태인들에게 커다란 물의를 일으키고 있었다.

이들은 당대 교회 중심적인 교의론에 반대하고 신과 자연을 일체로 보는 범신론의 입장을 취하였다. 이 때문에 브루노는 로마에서 7년의 옥살이를 했는데 끝내 자기의 철학 이론을 철회할 것을 거부했기에 화형에 처해졌다. 이들의 영향을 받은 스피노자는 실체＝신＝자연과 같은 범신론적 입장을 취하고 유태교와 기독교의 구분까지도 타파하려 하였다.

나의 관심을 끈 것은 자기의 사상을 지키기 위해 모든 세상의 영욕을 초탈한 그의 의연한 삶의 태도이다. 유태인 지도자들은 스피노자가 그의 주장을 철회만 하면 많은 혜택을 주겠다고 하였다. 하이델베르그 대학의 교수직도 제안했을 뿐 아니라 만일 스피노자가 교회와 신앙에 겉으로만이라도 충실할 것을 맹서한다면 5백 달러의 연금을 준다고 하였다고 한다. 그러나 그는 이런 제안을 거부했다. 그 때문에 그에게도 그와 입으로 말하지 말며 글로 그와 통하지 말며 4에르덴 이내로 그에게 접근하지 말고 그의 손으로 썼거나 남에게 쓰게 한 문서를 읽지 말라고 하는 접근금지령이 내려졌다. 그는 학자로서 소신 있게 살기 위해서 생계수단으로 렌즈를 가는 기술을 갖고 있었다. 이 일을 하면서 수명이 단축되는 불행을 겪어야 했다. 먼지 가득한 작업장에서 일해야 했기 때문에 폐병에 걸려 44세까지밖에 살 수 없었다.

누구의 삶도 보장 없는 삶이다. 그러면서도 우리들은 어떤 길이 더 보장의 가능성이 많은가를 막연하나마 알고는 있다. 더욱이 생명을 가진 인간이기에 이런 생활문제란 저 하늘에 빛나는 별과의 대화 같은 것으로만 해결되는 것이 아니다. 한 시간, 하루의 흐름마디마디마다 이것이냐 저것이냐에 선택의 판가름 길에 서야만 하는 절박감이 있기에 스피노자에 대한 존경심은 더해진다.

‘데카르트’의 회의론에까지 빠지지 않더라도 자아自我를 찾으려는 자는 누구나 현실의 삶을 택할 것인지 영원의 존속을 바랄 것인지 선택의 기로에 서게 된다. 적어도 지금의 내게는 무엇이 더 이익이 되느냐보다는 무엇을 더 좋아하느냐 하는 문제가 더 강렬하게 자기를 이끈다고 본다. ‘유고’의 부통령이었고 탁월한 공산주의 이론가였던 밀로반 질라스는 『신계급론』을 씀으로써 자유를 잃은 괴로움과 그를 떠나지 않는 주위의 감시를 당해야 했다. 그럼에도 불구하고 그는 자신의 내면의 자유를 위해 생명의 보장조차 없는 반항을 계속하였다.

이처럼 삶은 자기가 바라는 영원의 보람을 향한 끊임없는 노력과 불굴의 투지 속에서 혼을 불사르는 하나의 인간상을 의미하는 것이 아닐까 한다.

'스피노자'도 '질라스'도 생의 안일함과 즐김을 모르는 인간은 아니었고 간장에 배어드는 고독보다는 우인의 따뜻한 웃음이 얼마나 정다운가를 모르는 우매자도 아니었다. 그러나 그들은 자신들조차 어찌할 수 없는 강력한 진리에의 갈망, 영원한 삶의 추구가 얼음처럼 차가운 세상의 냉대를 감수하게 하였던 것이다. 나는 그에 턱없이 미치지 못하지만 그러한 길을 가고 싶은 열망이 있고 그 인생모험의 첫 시도로서 이 길을 가게 되는 것이 아닌가 생각해 본다.

'그레고 로만' 시대 이후 철학은 우주의 본질과 인간문제를 해결하려고 끊임없이 노력해 왔다. 무한한 공간 속에 떨어진 우리들은 과학에서, 철학에서 신에게 구원받으려고 발버둥쳐 댄다. 지금 서 있는 현재는 과거의 끝이요 미래의 시작이다. 인간의 존재는 원시시대와 같이 고립적인 것이 아니라 사회, 세계와의 관계, 철학과 법으로 그밖의 모든 관계와 함께 사사건건에 걸쳐 여러 관계가 얽혀 있다. 이 때문에 어떠한 한 분야만을 보고 전체와의 관계를 소홀히 하는 학문적 접근만으로는 인간존재의 의미와 그 진행과정의 인과론을 탐구해 낼 수 없으리라는 것이 나의 어쭙잖은 생각이다.

인간을 이끌어 온 역사의 힘이 과연 무엇인가를 알아내고 싶은 간절한 바람이 있다. 일세一世를 풍미하는 어떠한 사상이라도 상대적인 이상 그것 자체로서만은 그 절대성을 인정하기 어렵다. 그러기에 사학도는 해야 할 일이 너무나 많고 철학, 과학, 심리학, 경제의 모든 분야를 힘껏 공부해야 할 처지이다.

나는 빈번히 책에 파묻혀 모든 것을 잊고 지식에 침잠하였다가도 너무나 광대 무변한 미지의 세계에 대하여 아연하곤 한다. 물론 나는 내가 원하는 것을 모두 이룰 수 있는 능력을 갖추었다고 생각하는 영웅주의자는 아니다. 그러나 만인이 다 한 주먹의 초토로 돌아가는 것이 어쩔 수 없는 인간의 운명일진대 하나의 떨어지는 낙엽일망정 좀 더 뚜렷한 소리를 내고 싶은 것이 나의 소망이다.

앞으로 나의 생이 행복일변도이리라고는 생각해 보지도 않았고 믿지도 않는다. 그러나 모래를 씹는 인내를 가지고 뼈를 에이는 고통을 감수하면서도 나는 이 길을 개척하며 가고 싶은 것이 지금의 결의이다.[*]

— 《대학주보》, 1962년 6월 20일

[*] 이 글은 대학 3학년 때 쓴 글이다. 지금 보면 치기 어리고 과장된 자기 독단의 감이 없는 것은 아니지만, 그때의 패기가 감지되고 그 무렵의 생각이 나 지금의 것과 크게 차이가 없는 듯하여 부분만 손 봐 원고 그대로 하여 여기 옮겨 싣는다.

8

올바른 역사의식

— 역사적인 배경을 중심으로

다시 생각해야 할 일들

우리들은 왕왕 우리가 처해 있는 현실을 비관한다. 그 때문에 능히 스스로의 능력을 구사할 수 있음에도 불구하고 체념과 도피를 일삼을 때가 있다. 태어날 때부터 아니 몇 세대 동안 피 속에 흐르고 있었을지도 모를 자신상실^{自信喪失}과 열등의식 때문에 전진^{前進}과 창조의 숭고한 인간활동에 대한 자신감을 망각하고 있기도 한다. 무엇보다 우리의 미래에 대한 불확실성이 현실의 고통을 실제보다 더욱 아프게 느껴지게 하며 암담한 전도^{前途}가 도저히 무너뜨릴 수 없는 장벽으로까지 생각되곤 한다.

그러나 이러한 현안에 집착하여 자기를 잃어버려서는 안 된다. 더욱이 자기학대는 자포자기의 관념을 기르며 스스로 노력하려 하지 않으면서 그로 인하여 생기는 불행을 자신의 책임으로 감당하기보다 다른 이에게, 우리 민족 전체에게 돌리고 만다.

이렇게 눈앞의 일로써 전체를 보려는 태도는 위험한 것이며 역사의 침체를 가져오고야 말 것이다. 그래서 현실의 암담함에 절망하기 전에 과거와 현실, 그리고 미래를 냉철히 관조해야 하며 그 역사적 배경을 살핌으로써 갱생^{更生}의 길을 찾아야 할 것이다.

역사를 이해하고 있다는 사람들조차 대부분이 전체적인 한국역사의 얼을 찾기보다 몇 가지 불행한 사실들을 기억하는 데 익숙해 있다. 민족의 운명과 또는 이를 담당해 나가

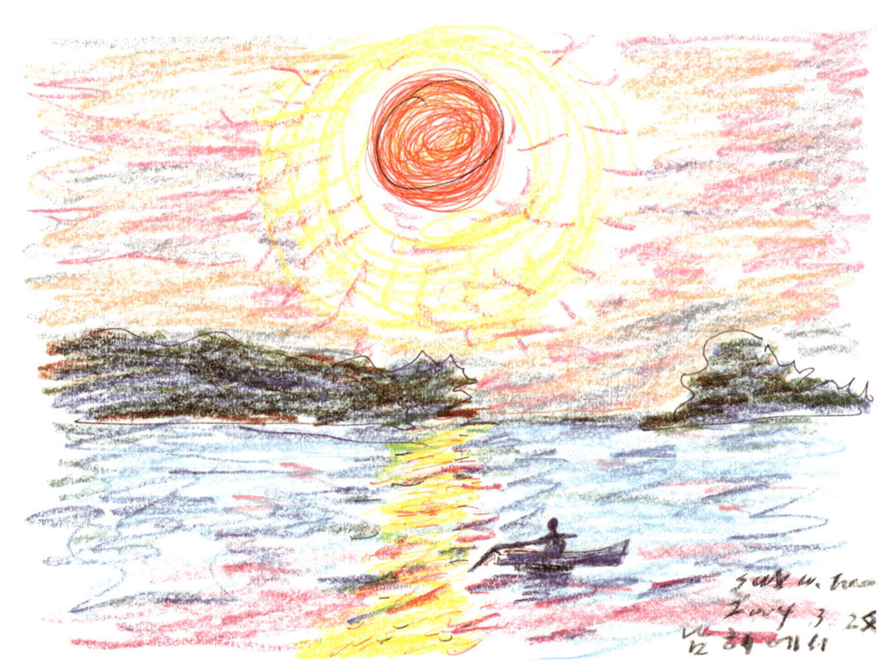

태양은 다시 떠오른다, 29×21cm, 2004.

는 한국인이 근본적으로 무능하다는 관념이 보편화되어 있는 감마저 있다. 더욱이 이러한 생각이 무비판적으로 공감을 얻어 왔던 것도 사실이다.

그러나 우리들은 가장 중요한 것을 망각하고 있다. 부정적인 측면에 얽매여 거시적인 역사 보기를 등한시해 왔고 몇 세기 전에 유행한 종족의 우열주의에 대한 편견이 뿌리 깊이 우리 사회에 감염되어 있어 역사의 전진과 창조조차도 숙명으로 돌려 버리는 타성에 젖어 있는 것 같다.

이런 것들이 특히 강력한 영향력을 가지고 있는 이유는 세계사의 근대화 과정에 대한 몰이해와 현실의 고통이 그들의 주장이 옳은 것처럼 인식되게끔 강요한 데서 오는 것이기도 하다. 그중의 어떤 것은 일본제국주의의 한국 동화同化와 지배를 위한 주요한 식민정책의 결과라는 사실을 들지 않을 수 없다.

세계사의 근대화과정은 최초의 그 태동이 중세의 붕괴와 더불어 절대군주국의 출현과 국민국가의 탄생, 과학기술의 발달을 가져온 서구에서 시작되었다. 그것은 지금으로부터 불과 4~5백 년 전의 일이며 일본은 그 수입이 빨랐고 중국이 늦은 반면에 우리 한국은 더욱 늦어졌다.

그 이전에 문화발상기와 고대사회에서 문화의 우열과 교류는 어느 정도 경중의 차이는 있었겠지만 그것들은 크게 문제 삼을 바가 아닐 것이다. 근대화를 누가 먼저 시작했느냐 하는 점이 오늘 우리들이 보는 강대국 또는 약소국, 문화적인 우위국가, 후진국가를 가르는 시발이 되었다고 볼 수 있다. 그 과정에서 불행히도 우리나라는 근대화과정에서 누락되었으며 김옥균金玉均, 서재필徐載弼 등이 근대화를 서두르고 있을 때는 이미 일본 식민지화가 시작되는 단계에 있었던 것이다.

긴 그림자

우리들의 또 하나의 불행은 근대화의 도상途上에 오르려던 역사에 대한 연구와 의식의 형성이 우리들 자신들이 아니요, 일본인들에 의해, 그리고 적어도 일본인의 시각에서 이루어졌다는 점이디.

1916년에 중추원에서 편찬한 한국반도사의 요지에는 일인들이 한국역사를 개척하고 발전시킨 이유가 어디에 있었는지를 뚜렷이 보여 주고 있다. 첫째 독립의 구몽旧夢을 없애고, 둘째 조선인의 향배向背를 모호하게 하며, 셋째 사실을 들되 약점을 강조하여 일인의 우위성을 조장하는 데 둔다. 그리고 한국인의 단점이라 하여 당파성黨派性, 사대주의 사상, 창조성의 결핍을 강조한다는 것이다.

몇몇의 일인학자들이 정직한 학자의 입장을 취하였다 하더라도 관학파官學派인 일본인들이 한국사를 연구하는 의도는 오십보백보의 차는 있으나 그 골격은 대개 이런 것이었다. 이는 곧 한국인의 정신적인 독립성마저 상실시키려 한 의도였으며 이러한 영향이 보급되어 아직도 우리들에게 긴 그림자를 드리우고 있는 것이 사실이다.

설상가상으로 전란과 가난으로 인하여 능력을 행사하며 자신감을 회복할 기회를 갖지 못하였으니 현실은 그들의 주장이 옳은 것처럼 오인되고 말았다. 우리의 역사를 돌아보면 물론 수치스런 일이 없다고 할 수는 없다. 하지만 지상의 어느 민족을 막론하고 굴욕과 환희의 역사는 있었던 것이며, 그들의 민족성과 역사에도 장단長短이 내포되어 있음은 밤낮이 생기는 것처럼 자명한 사실이다.

한국의 역사와 이를 이끌어 온 한국민은 너무 폄하돼 온 감이 없지 않다. 사대사상의 일표현一表現으로서 김부식金富識의 『삼국사기三國史記』를 드는데 그 이유는 유자적儒者的 입장에서 중국 정사체를 그대로 모방한 점이 지적된다.

그렇다면 현재 서양의 우위로 말미암아 그들의 우수한 학술방법을 채택하고 세계적 학술논문이 서양 식으로 발표된다고 해서 그것을 사대적이라고까지 할 수 있을까? 또 학문적으로 조선시대 성리학性理學의 전파로 이율곡李栗谷, 이퇴계李退溪 등의 거유巨儒가 독자적인 학리學理를 세웠는데도 이를 사대사상의 범주에만 넣을 수 없는 것이다. 주자朱子가 다소 폐단을 초래했다 하더라도, 위정자爲政者들의 수단이었던 이 제도는 한 시대의 불행은 될지언정 우리 전체 역사를 욕할 근거로 쓰여질 수는 없다. 정치적으로 명明과 조선과의 관계가 자주정신自主精神의 결여와 의타정신의 일면으로만 보아야 할지 회의스럽다. 이성계李成桂가 조선을 세우기 전의 국제적인 정세라든지 최영崔瑩과의 분규사실紛糾事實로 봐서, 명에 복종일변도가 아니고 좀 더 국가적인 피해를 적게 하려는 전략적 차원으로 이해될 수는 없을 것인가? 조선 왕조를 통해 중국에 보내는 사신은 한족漢族을 경배하기 위해 보내진 것이 아니요, 외교정책 중의 일부였으며 국가교역과 선진문화의 수입을 위한 수단의 측면이라고 보고 싶다.

그 어의語義와 사실만을 강조하고 배후 성격을 은폐한 것이 일인 관학자들의 한국역사 연구의 태도였다. 그 당시도 지금처럼 타국과의 평온한 유대는 필요한 것이었으며 당대 동양의 정세는 사신이라는 명칭하에서만 문화 · 외교 교류가 가능하였다는 점이 감안되어야 할 것이다.

또한 한국사를 욕하고 부끄럽게 하는 이유 중 하나는 창조력이 없다는 지적이다.

그러나 신라시대의 가야금과 첨성대, 고려 이래의 동활자銅活字 그리고 조선시대의 훈민정음訓民正音, 측우기測雨器 등은 세계 어느 나라에 못지않은 창조성을 발휘한 성과이다. 불행히도 이들이 대중성, 세계성을 띠지 못한 것을 탓하여 애석히 여길 수는 있으나 근본적으로 창조성이 없는 민족으로 몰아붙이는 것은 부당하다.

왕왕히 우리 민족은 당파심이 강하고 애국심이 부족하다고 한다. 그것들은 조선의 사색당쟁四色黨爭과 사화士禍를 대표적으로 들고 있으나 여사如斯한 예는 타국의 역사에서도 얼마든지 찾아볼 수 있다. 독일獨逸의 '웰프' 가와 '호엔스타펜' 가의 대립, 이탈리아의 '겔프'와 '기벨린'의 분리, 그리고 영국의 장미전쟁은 동족상잔의 피비린내 나는 싸움이었음을 우리는 알고 있다. 독일의 삼십년전역三十年戰役은 외국군의 힘까지 빌려가며 국토를 짓밟고 인구의 삼분지일이나 살상하는 결과를 초래하지 않았던가.

알려진 이야기지만 셰익스피어의 『로미오와 줄리엣』도 이러한 서구를 배경으로 씌어진 걸작이다. 사람들은 한국사에 위대하고 힘 있는 시대와 사건이 있을 때는 열등아에게 기적적으로 주어진 우연의 소치로 돌리고 있다. 그러한 심약한 패배의식부터 벗어 버리는 일이 무엇보다 급선무이다. 훌륭한 기량을 가진 우리 민족이 변전하는 세계사의 조류에 따라 왜구의 침입을 받았고 몽고군의 말발굽 아래 짓밟혔으며 청인淸人의 부름을 당하는 불행을 초래한 것뿐이라고 생각해야 하지 않을까?

자기의식 되찾기

다행히 지금 이러한 태도는 변화해 가고 있으며, 민중의식의 점강漸强으로 4 · 19 혁명의 찬란한 꽃을 피우게 한 것은 그 대표적인 예이다.

한국사가 우리에게 있어 자기치욕自己恥辱을 드러내고, 자기상실自己喪失을 위해서만 그 의의를 갖는다면, 민족 역사의 비극이요 재기불능을 가져오는 치명적인 병인이 될 것이다.

문일평文一平은 그의 저서 『역사歷史의 기인奇人』에서 "한국인은 유순하다고 함도, 용맹勇猛하다고 함도, 그 일면관一面觀에 지나지 않음"을 말하고, "조선인은 요컨대, 평화적으로 되고 투쟁적으로 됨은 다른 민족과 차이가 없을 것이다."라고 극히 온당한 의견을 말하고 있다. 비교컨대 모든 점에서 우리가 굳이 외국인보다 못할 것이 없으며, 문제는 자기의식을 갖고 전진과 창조의 길을 서두르느냐 그렇지 않으면 몽롱한 의식 속에서 자기상실로 이끄느냐 하는 전환적 선택에 달려 있다. 개인이라도 자존, 자신감을 버린 사람이 얼마나 불행한 길을 가게 되는지 어렵지 않게 보게 된다.

근대사가 시작된 것이 4~5백 년밖에 되지 않는 지금 근대문명 발생기로부터 현재에 이르도록 고난과 질곡 속에서 살아왔다는 사실로, 그것만으로 앞으로의 운명이 결정되는 것은 아니다. 고대사회가 시작되기 전에 우리들이 인류문화 발생기라고 하는 문화기가 있었고, 또 고대사회 이후 중세의 문명기가 있었으며 이제 현대에서는 또 다른 역사의 방향을 향해 흘러가고 있다.

땅 위에 사람이 출현한 때로부터 현대에 이르도록 문명사의 기간은 인류 발생 이후의 2%에 해당하며 이것은 전 기간의 50분의 1에 불과하다. 이렇게 짧은 기간 동안 자기 실현의 기회가 많지 않았다고 해서 자포자기해 버리는 사람이 있다면 우리는 그가 누구든 어리석다고 말해도 좋다. 토인비는 그의 『역사歷史의 한 연구研究』에서 현재 찬란한 문화의 우위를 가진 민족과 그렇지 못한 문명에 대한 비교에서 우리들의 잘못된 견해에 대해 비판하고 낭떠러지 밑에 누워 있는 사람과, 기어오르는 사람의 차이를 들고 있다.

누워 있는 사람도 스스로가 거기까지 올라온 것이며 올라가고 있는 사람은 잠에서 깨어나 등반을 하고 있다고 말하고, 이 누워 있는 사람과 기어오르는 사람 사이에 어떤 선입관적인 구획선을 그어서는 안 된다고 하였다. 환언換言하면 움직이지 않는 사람들을 전신불수全身不隨라고 여겨서도 안 되고 등반하는 사람이 떨어지지 않고 영원히 올라가고 있으리라고 오해해서도 안 된다는 지적이다.

근대화와 서구화

요컨대 역사를 담당하는 민족 자체의 자아의식이 가장 중요한 것이라고 생각하며 역사는 시작된 것이지 결승점에 이른 것은 아니라는 점을 말하고 싶은 것이다. 그러면 어떠한 방법으로 잠에서 깨어날 것인가?

정치, 경제, 교육, 사회도덕의 제분야는 때로 암담하여 먼 희망을 바라보며 설계도를 작성할 수 없을 것처럼 어둡게 느껴진다. 하지만 가야 할 길과 방법은 있는데 그것은 근대화의 기간을 단축시키는 일이다. 그러기 위해서는 각 개인이 근대화를 바람직하게 감당해 가야 할 책임의식을 갖는 일이다.

이제 파릇파릇이 움돋는 새싹을 그 자체의 자연성에 맡겨두면, 스스로 잘 자라날 수 있는 확률보다는 시들어 버릴 가능성이 더 많다고 하자. 이의 생장을 촉진하는 비료와 보살피는 정성을 지불하는 임무가 곧 국민 각자의 자아의식과 책임인 것이다. 정치적으로 자유와 규율의 균형을 지키며 사회에는 삶의 질의 가치를 확산 보편화해 나갈 일이며 경제적으론 서구의 소비성향을 따라 갈 것이 아니라, 내핍耐乏으로써 기초적인 산업 기반을 육성시켜야 한다.

교육적에서 목표와 그 교육의 가치 표준을 쇄신하여 새로운 한국인의 그리고 세계시민의 교육이 실시되어야 하며, 도덕적으로 편의주의적 자유가 아닌 고품격의 가치 표준과 체계를 수립하여야 한다. 도덕적 표준에 대한 신뢰를 정착시키지 못하므로 서로의 불신과 사회적인 악풍조를 일으키고 있는 것이다. 어느 것이 옳다는 것을 안다면 다소의 무리는 있다 하더라도 공감대를 형성하며 그것을 지켜 나가는 마음의 태도를 가질 일이다.

사회적으로 서로의 은혜와 사랑을 알고 이끌어 주고 또 이끌려 가는 호양의 풍조風潮를 길러야 하며 이러한 관계는 먼 곳으로부터가 아니요 개인과 개인과의 관계에서 그리고 가까운 곳으로부터 또 세심한 배려에서 출발되어야 하는 것이다. 이를 위해 지성인, 학생, 국민이 함께 참여하여 단순히 서구화가 아닌 근대화 기간 단축이라는 이 새로운 명제를 향하여 발걸음을 재촉해야 할 터이다. 그렇게 가노라면, 세계와 동조적인 입장에 놓일 날도 멀지 않을 것이다.*

— 《대학주보》, 1963년 10월 2일, 10월 9일

* 이 글은 본인이 사학과 4학년 시절(1963)에 쓴 글이다. 당시 근대화 논의가 막 시작되려는 참이었고 한국의 역사에 대한 자부심이나 자기 시각이 아직 갖추어 있지 못한 시점이었다.

지금 읽어 보면 어딘가 설익은 듯한 곳도 있고 다듬어지지 않은 부분도 눈에 띈다. 하지만 당시의 시대적 요구를 진솔하게 반사하고 있음도 사실이다. 건강한 역사의식을 형성해 가야 할 필요와 한국역사에 대한 긍정적인 시각의 요청, 근대화 작업에의 적극적인 참여를 독려하고 있는 점들이 그렇다.

과거는 그것이 미숙하더라도 오늘을 되살리는 힘을 갖고 있다. 주저스러워하면서도 굳이 여기 싣는 이유이다.

9

역사의 단절과 자기상실의 극복을 위하여

내 자신의 교육 경험으로 볼 때 우리의 교육이 지나치게 서구지향적인 면이 있었던 것은 펙 불행한 일이었다. 우리가 배운 미술 교과서만 하더라도 미켈란젤로, 고흐 등의 이야기가 많이 나오지만 정선이나 안견의 그림에 대해서는 거의 언급되어 있지 않았다. 음악의 경우도 예외는 아니었다. 슈베르트의 〈보리수〉나 베토벤의 〈운명〉에 대해서는 배웠지만 남도타령이나 판소리를 해 본 적이 없고 바이엘, 체르니 이야기는 귀가 따갑도록 들었으나 거문고를 켜 본 적도 소라, 대각을 불어 본 경험도 없다.

사상이나 학문 분야에서도 그같은 범주를 크게 벗어나지 않았던 것 같다. 플라톤의 『대화對話』나 헤겔의 『역사철학』을 읽기는 했지만 『실기實記』나 『대학大學』, 『중용中庸』 같은 동양고전을 읽을 기회가 거의 없었던 것은 나의 게으름 탓이기는 하지만 교육 풍토와 결코 무관하다고만 할 수는 없을 것 같다. 당시 근대화 문제가 정치, 경제, 사회 제분야에 중심과제가 되어 있었는데 근대화Modernization란 곧 서구화Westernization라고까지 생각할 정도였으니까 말이다. 50년대 말, 60년대의 교육이야말로 전통의 단절, 자기 것에 대한 망각의 상태에서 진행되었다고 해도 지나친 과장은 아닐 것이다.

그같은 역사와 전통의 단절은 그만한 까닭에 연유한다. 일제의 강압적 식민지 통치 아래서 우리의 문화와 가치는 그들의 식민주의 눈으로 곡해되고 역사의 연속성과 문화의 존엄성은 번번이 난도질당하였다. 뿐만 아니라 서구의 가치와 문물조차도 일본을 통해 굴절되게 받아들이지 않으면 안 되었다.

그러면 해방은 이러한 단절을 극복하고 전통문화의 르네상스를 가져올 기회를 마련해 주었는가? 불행히도 우리의 것을 다시 챙기거나 생각할 겨를도 없이 폭풍처럼 밀어닥치는 서구적 사고, 양식, 풍조, 정치, 교육 등을 받아들이느라 정신을 차릴 수조차 없었다. 그것도 여과濾過과정을 거치지 않았을 뿐만 아니라 많은 것이 삼류 저급문화였다. 참으로 우리는 자기 것을 갖추지 못한, 외형만 한국인이라는 가면의 주인공이 된 셈이다.

60년대 말 서구 유학의 기회를 가졌던 나는 새로운 경험을 하게 되었다. 그곳에서 우리가 소홀히 하였던 동양에 대한 연구가 오히려 활발히 진행되고 있었다. 당시 중국과의 국교를 열고 있지 않았던 미국은 그들의 필요 때문에도 가히 중국 연구의 붐을 이루고 있었다. 중국학연구소가 이름 있는 대학에는 거의 다 설치되어 있었고 학생들은 열심히 중국어를 배우고 정치뿐만 아니라 문학, 미술, 심지어 신화, 소설 분야에까지도 깊은 관심을 갖고 있었다. 미국인들의 일본에 대한 연구도 그에 못지않게 뜨거웠다.

한국학 연구는 그 수준에는 미치지 못하였지만 내가 다닌 대학에도 동양학도서관에 한국관계 도서부를 따로 두고 꽤 많은 한국도서를 확보하였고 한국어 강좌까지 개설하였다. 뿐만 아니라 미국의 젊은이들은 한국의 미술, 음악, 전통문화, 사상에까지도 깊은 관심을 갖고 나에게 물었으며 그 관계의 책들을 열심히 탐독하고 있었다. 그들은 적어도 많은 자료를 갖고 있었고 서구적 방법으로 이를 탐구하는 데 여념이 없었다. 반면 나는 오히려 그들보다 우리 것을 더 모르고 있어서 심한 부끄러움을 느끼지 않을 수 없었다.

하버드 대학의 와그너 교수가 우리의 과거제를 연구하고, 한국의 족보에 대한 자료가 미국에 더 많이 보존되어 있다는 아이러니한 이야기도 그같은 사정을 말하여 준다. 분통스럽기까지 하다. 이는 한때 주한 미대사관에 근무했던 핸더슨 같은 사람이 우리 문화유산을 많이 유출해 간 것도 그들이 우리 문화의 우수성과 아름다움에 먼저 눈을 떴기 때문이라고 말하면 너무 패배주의적인 위안(?)이 될까? 지금 우리들이 '골동품' 개인적으로는 이 용어를 별로 좋아하지 않지만이라고 부르는 우리 문화의 귀중한 유산들도 사실 일본인들의 관심에서 우리에게 일깨워진 것이라고 말한다면 너무 치부를 드러낸 셈인가? 과도하게 애상 띤 동정심에 일말의 거부감을 느끼긴 하지만, 우리의 미를 발견하고 이를 높이 찬양하여 우리에게 새로운 심미안審美眼을 일깨워 주는 데 일본인 유종열柳宗悅의 글이 큰 역할을 했다고 한다면 이는 너무 자존심을 상하게 하는 말일지도 모르겠다.

우리는 다른 사람의 거울에 비추어진 우리의 모습을 보고서야 우리의 얼굴이 어떻게 생겼는지를 깨달은 늦깎이가 된 셈이다.

물론 70년대 들어서 우리들 사이에서도 우리 것을 찾고자 하는 뚜렷한 의식의 전환이 있었던 것은 퍽 다행스러운 일이었다. 한국학에 대한 관심의 고조가 그것이요, 전통문화의 재조명과 문화유산에 대한 바뀌진 인식이 이를 대변한다. 그러나 이같은 우리 것에의 관심이 얼마나 생활화되었으며, 일상의 가치로 우리 사회에 뿌리를 내리고 있는지 의심스럽다. 아직도 교과서는 서구 중심적으로 지나치게 편중되어 있다. 놀이나 생활양식, 여가를 즐기는 방법, 가요 등 주변 대중예술 등의 분야에서 서구의 방식이 우리들의 삶의 구조를 거의 지배하고 있는 터이다. 예를 들어 동물원이나 수영장, 야영캠프에는 비교적 자주 가지만 역사유적지나 박물관에는 몇 번이나 가 보았는지 생각해 볼 일이다. 물론 근래 이들에 대한 문화적 관심이 증대하고 있는 것은 크게 환영할 일이다. 여름이면 산이나 바다를 찾는 것도 즐거운 일임이 분명하다. 하지만 인사동 골목이나 장한평, 서울 근교의 문화유적지나 사찰들을 가족과 함께 찾는 것은 더욱 진지한 보람을 느끼게 한다는 것을 이제 체험하고 있는 셈이다.

어릴 때부터 조상들이 남긴 문화유산에 대한 애정 어린 교육 없이 어른이 되어 애국하는 사람이 되기를 기대하기란 어렵다. 나라사랑은 가까운 주변의 것을 아끼는 데서부터 시작된다고 본다. 가정에서 대를 물리며 써 오던 서품, 족보, 서책, 떡살, 도자기류, 먹통, 맷돌 등을 아끼며 수집하며 애착을 갖는 것은 곧 조상에 대한 사랑과 연결된다. 더하여, 이는 우리 역사에 대한 애정을 키우고 역사의 단절을 극복하는 가장 확실하고 손쉬운 통로가 되리라 생각한다.

강의시간에 여대생들에게 번쩍이는 현대판 가구나 얄팍한 서구식 장롱보다는 옛 반닫

이 하나를 챙기는 신부의 손길이 더욱 아름다울 것이라고 말하곤 한다.

문화인 됨과 지성인 됨의 척도가 서구화가 얼마나 되느냐에 있다면 우리는 언제나 문화적 종속을 면치 못할 것이다. 이를 이겨 내는 확실한 방법도 우리 문화유산에 대한 이해와 애정, 자부심을 확고히 하여 주체성을 찾는 길에서 얻어져야 할 것이다.

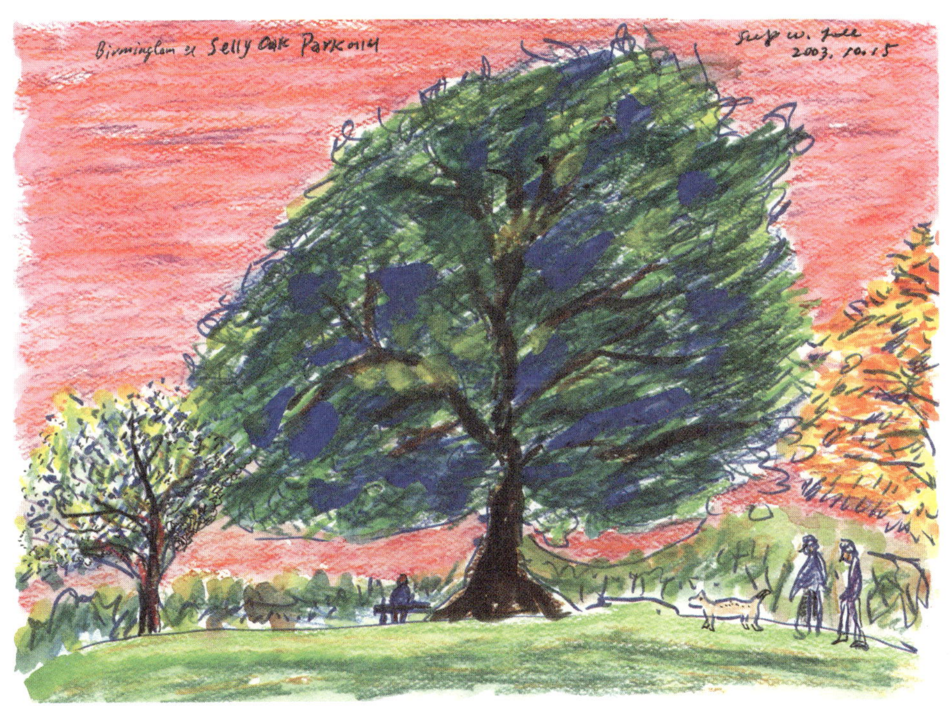

공원 위의 우람한 상수리 나무, 29×21cm, 2003.

10

준비와 연구

— 몇 마디 길잡이 말

역사 공부는 매우 매력적이고 흥미롭다. 우선 역사는 인간을 다루는 학문이기 때문에 그 변화가 다양하고, 가능성 또한 무궁무진하다. 역사는 개별적이면서 보편적 요인을 지니고 있고, 과거적이지만 현재를 이야기하며, 법칙인 듯하면서도 가장 비법칙적이다. 질펀한 이야기의 측면을 지녔는가 하면, 예리하고 정확한 과학적 훈련을 요구한다.

역사는 또한 종합적 학문이다. 철학적일만큼 논리적이면서 구수한 문학성을 띠며, 사회 현상을 다룬다는 면에서 사회성을 내포한다. 역사는 경제학, 종교학, 통계학, 심리학, 미술 등과 같은 인접학문의 도움을 받으면서도 자기 고유의 영역을 확보하여야 한다. 역사의 원동력이 무엇인지를 규명하려 애쓰면서, 동시에 자체의 방법이나 이론도 개발해야 한다. 역사서술은 결코 주관성을 배제하지 못하지만, 그러나 끝내는 객관성을 그 최종의 목표로 삼아야 할 과제를 안고 있다.

사실 이같은 독특성과 다양함, 종합성 등은 역사학의 장점이기도 하지만, 그 때문에 또한 불확정적 요인을 안고 있음을 부인키 어렵다. 그래서 드높은 이상, 행동하는 지성, 시대를 앞질러 가는 선구자적 동경을 안고, 사학과에 들어온 초년생들에겐 때로 혼돈의 절박감까지 느끼게 할 수 있다. 넘어야 할 난제들이 앞을 가리고 있기 때문이다.

우선 당장 부딪히는 문제를 다음과 같이 몇 가지로 요약할 수 있다. 먼저 역사공부를 어떻게 시작할 것인가이다. 이는 무슨 책부터 읽기 시작해야 하는가의 문제와도 연결된다. 또한 외국어 공부는 어느 정도해야 하는가? 타 학문과의 연계는 어떻게 유지할 것인가? 연구 주제 선택은 어떻게 해야 하며, 자료 조사나 논문 작성은 어떻게 진행시킬 것인가 등의 문제들을 낳게 된다.

역사란 시간 속에서 일어난 모든 변화들 중 사회적 의미를 지니는 것은 모두 역사의 연구 대상이 될 수 있다. 물론 연구의 편의를 위해서 분야를 나누어 전문영역으로 삼을 수 있다. 우선 서양사, 동양사, 한국사 등으로 나누고, 그것들을 각기 고대, 중세, 근대 등 시대별로 나누며 다시 지역이나 문제별, 또는 사상사, 사회사, 이론 등의 영역으로 나눈다. 그러나 이러한 나눔은 연구의 편의를 위한 것이지, 역사 자체가 그렇게 나뉘어 구획된 것은 아니다. 다시 말해 역사는 하나의 덩어리라고 할 수 있다. 그렇기 때문에 역사학도는 그 독서 영역이 깊고 다양하고 넓어야 된다고 생각한다.

마치 높고 큰 건물을 짓기 위해서는 깊고 넓고 튼튼한 기초공사를 하듯이, 역사공부를 하기 위해서는 많은 영역의 글을 읽을 것을 권하고 싶다. 우물을 크게 파야 많은 물고기가 노닐 수 있지 않겠는가? 시작할 때부터 송곳처럼 좁게 시작하면, 비바람을 이겨 내며 확고하게 우뚝 솟아 있을 수 없다. 넘어지기 십상이다. 그래서 초년생 때부터 지나치게 영역의 가름을 하는 것은 바람직스럽다고만은 할 수 없다.

일차적 선택은 고전古典의 읽기로부터 시작함이 어떨까? "인생의 진리는 고전 속에 있다."고 했듯이 선택적 범주를 고전에서부터 잡는 것이 무난할 것 같다. 이 독서 영역의 다변화는 학문적 편식을 예방할 수 있다. 한 분야, 한 성향을 띤 책만 줄곧 읽는다면, 자신도 모르는 사이에 편식에서 오는 영양실조에 걸리고 말 것이다. 물론 이 말은 어떤 지적 성숙을 갖춘 다음에 자기 관심영역을 깊게 파고 들어가는 전문성의 필요를 배제하는 것은 아니다.

어떤 영역에 관심을 갖기 시작했으면 그 관계의 개설서부터 읽기 시작하여 관계 논문, 저서, 논쟁서들을 읽는 것이 바람직하다. 그렇게 읽다 보면 문제의식이 생기고, 더 알고 싶은 곳, 조사해 보고 싶은 것, 연구하고 싶은 주제가 떠오를 것이며, 그것을 추적 조사하는 과정에서 흥미가 생기고 탐구열이 더욱 고조될 것이다.

다음은 연구 분야를 어떻게 설정할 것인가 하는 문제다. 우선 평소 자신의 관심으로부터 추적해 보는 것이 좋을 것 같다. 자기의 개성, 문제의식, 기억, 경험, 주변의 제문제 등에서 자기를 사로잡고 있는 것이 무엇인지를 물어보라. 그 관심의 대상이 꼭 현재적 주제일 필요는 없다. 과거의 것이라도 현재적 관심을 갖고 보면 그것은 어떤 의미에서 현재적 사항이 된다. 진리는 먼 곳에만 있는 것이 아니라 바로 가까이에 있을지도 모른다.

자기가 연구할 분야에 대해 어느 정도 가닥을 잡았으면, 이를 어떻게 효과적으로 연구할 것인가를 생각해 보아야 한다. 우선 어학은 연구의 기본 도구이다. 관계분야의 어학과 기타 보조적인 어학을 충분히 준비하는 것은 학문연구의 직접성과 깊은 심도를 위해서도 매우 필요하다. 역사공부는 관계분야 자료를 해독해야 할 뿐 아니라, 그 분야의 외국어로 쓰여진 논문 저서들을 읽어야 한다. 그래서 좀 과장되게 이야기하면, 어학 준비를 충분히 갖춘 사람만이 최후의 승자가 될 수 있다고까지 말하고 싶다. 이러한 훈련들은 혼자 하기는 어렵고 몇 사람 뜻이 맞는 동료들끼리 스터디 그룹을 만들어 서로 격려하고 토론하면 보다 알찬 성과를 거둘 수 있으리라고 생각한다.

뿐만 아니라 역사는 사실성을 기초로 하고 있지만 동시에 문학성, 즉 스토리적인 측면이 있음을 앞에서도 지적하고 있다. 영국의 사학 전통에서 두드러지듯이 역사는 일종의 문학이기도 하다. 같은 사실이라도 이를 어떻게 기술하느냐의 문제는 어쩌면 그 사건의 성격이나 내용에까지도 심대한 영향을 미친다. 그래서 기회만 있으면 글 쓰는 연습과 문학서를 읽는 것을 게을리 하지 말아야 한다고 생각한다. 말과 글의 차이, 논리와 수사의 관계, 과장과 단순성이 갖는 말의 힘을 터득해야 할 것이다.

끝으로 역사는 자료에 기초한 학문이다. 그래서 무엇이건 자료가 될 만한 것을 수집하는 습관을 길러 달라는 말을 하고 싶다. 이는 습관을 넘어 '벽'의 경지에까지 이르면 더욱 좋다. 이 격변의 시대에 살면서 대학 캠퍼스에 뿌려지는 그 수많은 유인물, 포스터, 편지, 부서진 기왓장, 심지어 빈 담배갑마저도, 그 시대의 아픔과 애환 그리고 얼굴을 지니고 있다. 수년만 지나면 이들은 아주 귀중한 자료가 되고 말 것이다. 수집은 처음에는 부담스러울지 모르나 시작해 놓으면, 매우 즐거운 마음으로 계속할 수 있다. 그리고 기회만 있으면 메모기록하고 녹음, 녹화 그리고 사진 등의 영상물을 찍어 놓을 것을 권유하고 싶다.

역사는 또한 즐거움을 찾아가는 학문이다. 오늘 이 시대에 앉아서 몇 천 년, 몇 백 년 전의 사람을, 예술을, 유적을, 문헌을 만나고 대화하며 만질 수 있으니 얼마나 경이로운 일인가. 그리고 인류가 오늘날까지 지녀 온 그 수많은 문제를, 영광과 좌절과 고뇌들을 줄기차게 추적해 나갈 수 있는 통로가 바로 역사의 길을 통하여 열려 있다. 역사가 실용적이냐 하는 질문을 받기가 일쑤인데, 역사야말로 내 경험으로 보아 가장 실용적인 학문이라고 감히 말하고 싶다. 사회과학이나 기술과학처럼 당장의 단기적 필요는 조금 더디 올지 모른다. 하지만 시대를 읽고 가치를 형성하고 판단기준을 세우며, 전체를 파악하여 버릴 것과 지킬 것의 분별력을 갖추게 한다는 점에서 가장 장기적인 유용성을 가진 학문 분야라는 것이다.

11

기독교와 역사는 어떻게 가까운가

역사의 종교

기독교가 역사와 가장 밀접한 관계를 갖고 있는 종교임은 여러 면에서 드러나고 있다. 그 신앙의 중심인 유일신 하나님을 바로 역사의 신God of History으로 본다. 그래서 그는 천지와 인간과 모든 피조물을 창조했을 뿐 아니라, 태초부터 역사의 진행을 주관하는 인격신이 된다. 그는 역사를 움직이는 원동력이며, 역사에 의미를 부여하고, 그 방향과 종결을 스스로 계획하고 간여한다. 기독교 역사인식의 측면에서 볼 때 역사는 곧 하나님의 역사이며, 이 세상은 하나님의 뜻이 역사하여 전개되는 시현장示現場의 의미를 지닌다.

예수님은 역사적 존재이며 역사적인 인물이라는 점에서도 그렇다. 성경에서 그는 로마의 아우구스투스 치세 아래 태어나, 33여 년간 인간 삶을 살다가 티베리우스 시대에 십자가에 처형당하였고, 역사 속에서 부활하였다. 예수의 탄생과 처형과 부활의 역사적 사실이 부정되면 기독교는 부정될 수밖에 없다. 다시 말해 기독교의 정당성 또한 역사적 사실에 근거하여 찾고 있는 것이다.

기독교는 하나님이 누구신가를 알리는 데 역사적인 설명 방법을 채택하고 있다. 하나님은 외모가 어떻고 능력이 어느 정도이고 성품이 어떤 분인가를 보여 주는 데에 외형적인 형태를 묘사하여 설명하지 않는다. 하나님이 누구인가를 알리는 가장 철저한 방법은 역사 속에서 하나님이 어떻게 행동했는가를 보여 줌으로써 자신이 누구인가를 사람들 스스로 알게 하고 있다는 점이다.

성경의 내용과 구성 자체가 역사서의 성격을 강하게 띠는 것도 이같은 까닭에 연유한다. 지나친 단순화일지 모르지만 구약성경의 대종을 이루는 내용은 역시 역사성을 선포한다. '태초에'라는 말은 곧 시간의 시작을 의미하고, 천지창조의 과정을 설명하는 말이며 그 창조의 주관자 즉 역사의 주관자는 누구라는 사실을 명백히 한다. 그리고 창조의 순서를 시간 속에서 밝히고 있다. 첫날은 빛이며, 둘째 날은 궁창, 셋째 날은 바다와 땅과 식물, 넷째 날은 해, 달, 별, 다섯째 날은 조류와 어류 그리고 여섯째 날은 동물과 사람이 만들어졌다. 다시 말해 천지와 인류사를 연대기식으로 기록하고 있는 셈이다.

역사시대의 시작이라고 할 수 있는 에덴동산에서의 추방, 가인과 아벨의 갈등, 그리고 도시의 건설과 분쟁 등에 대한 기록이 역사적인 방법으로 사실성 있게 기술되고 있는 것도 이 때문이다.

성경의 역사성

구약성경 39권 중 17권이 역사서로 분류된다. 나머지 22권이 문학서와 대소 예언서로 나뉘어지고 있지만, 문학서나 예언서도 역사적인 상황 속에서 역사의식을 갖고 노래되고 선포되었다는 점에서 크게는 역사 기록이라고 보아도 무리는 없을 것 같다.

「출애굽기」는 이집트를 탈출하여 하나님의 인도에 따라 팔레스타인으로 향하는 이스라엘 민족의 대이동사大移動史라 할 수 있다. 「사무엘」상은 히브리통일왕국의 창건과 사울 왕의 통치, 그의 몰락과 다윗 왕정의 수립과정을 기록하고 있다. 「사무엘」하는 다윗왕의 즉위, 통치와 왕권확립, 다윗의 실패 등을 쓰고 있다. 「열왕기」상은 솔로몬의 통일왕국에서 분열왕국에 이르기까지의 역사, 「열왕기」하는 북쪽 이스라엘의 멸망과 남쪽 유다의 비극적인 종말을 눈물겹게 묘사하고 있다. 「역대서」상·하는 일종의 개론사적 통사通史로서 창조로부터 회복기까지의 계보, 다윗과 솔로몬의 통치, 유다 왕국의 역사 등을 서술하고 있는데 이는 이스라엘사를 중심으로 하여 온 인류역사를 재구성하고 있다고 보겠다.

경이로운 일은, 만일 이들 역사서들에서 하나님의 간섭이라는 구속사적인 요소를 제외시킨다면, 그 역사적 사실성이나 기술방법이나 시대성의 반영이라는 측면에서 지금 우리들이 말하고 있는 세속사적 역사와 너무도 유사하다는 점이다.

구약은 이스라엘 민족사를 다룬다는 점에서만 역사성을 띠고 있는 것은 아니다. 「룻기」와 「에스더」에서와 같이 하나님은 바로 가까이 계셔서 각 개인의 삶을 잘 알고 있음을 보여 주고, 하나님과 개인과의 관계가 어떻게 맺어지는가를 역사적 실체를 통하여 시현해 주고 있다. 다시 말해 이들은 개인의 이야기이지만 사실은 하나님의 이야기인 셈이다.

역사학 발전에 미친 영향

기독교가 세속사의 발전에 미친 영향을 보더라도 그 관계성이 더욱 두드러진다. 이스라엘 민족은 자연신적 관념을 일찍이 떨쳐 버리고 가장 먼저 역사의 신을 그들의 신으로 인식하였다. 그들은 또한 어느 민족보다도 더 예민하게 시간감각을 갖고 있었다. 서양사에 있어서의 시대구분은 사실 기독교적 시대구분에 그 배경을 두고 있다. 기독교에서는 일찍이 6개의 세계시대Weltalter 구분 개념을 맨 먼저 창출해 냈다. 이는 신이 행한 1일을 현실 역사에서 천년으로 계산, 세계의 존속을 6천 년으로 생각했던 점에 근거한다. 이것이 오리게네스Origenes와 어거스틴을 거치는 동안에 아담 — 노아 — 아브라함 — 다윗 — 바벨론 유수 — 그리스도 — 현세 등의 6시대로 구분지어졌다.

4국설에서 보여지는 바와 같이 세계사적인 역사 안목을 배태시킨 것도 기독교적 역사 시각에 기원한다. 기독교 역사서술 이전 고대기의 역사서술 영역은 국지적이거나 자기 국가만의 역사 사건별에 제한되어 있었다. 고대 그리스의 헤로도토스나 투키디데스는 페르시아 전쟁이나 펠로폰네소스 전쟁을 서술하였고 리비나 마네토 등은 로마나 이집트사 등을 다루는 데 그쳤다.

그러나 유일신 하나님의 주관 아래 있는 역사는 이제 각국의 흥망사를 개별적으로만 다룰 수 없었다. 그래서 아시리아, 바빌로니아, 로마 등과 같은 나라들의 상호작용과 그 역할을 전체적으로 다루기에 이르렀다. 또한 유대민족사의 정통성을 세우는 과정에서 주변국들과의 연계에 주목하게 되었다. 그같은 맥락에서 보편사적인 시각이 생겼고 여기에 세계사의 구성이 가능했던 것이다.

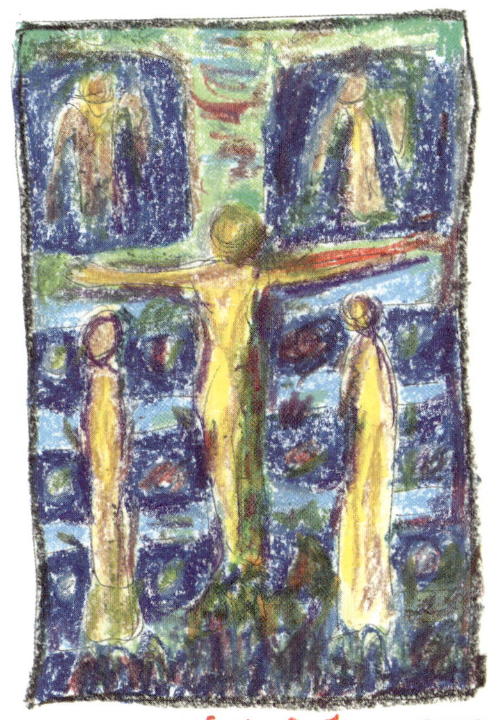

십자가상의 그리스도, 21×29cm, 1995.

12
캠퍼스의 상념

언행일치

'말'은 소리에 불과하지만, 살아 있다는 느낌을 강하게 받는다. 그것은 시간을 초월하고 공간을 뛰어넘는다.

역사에서 살아남은 명언들은 어김없이 전해져 내려온다. 파스칼의 '생각하는 갈대'라든가, 햄릿의 '살 것이냐 죽을 것이냐.' 등의 말들은 오늘까지도 우리의 마음속에 면면히 살아서 숨쉬고 있다. 그리고 그 말은 언제 들어 봐도 새롭고, 무엇인가를 다시 생각게 하는 오묘한 '힘' 같은 것을 지니고 있다.

말에는 여러 가지 종류가 있다. 생각이 깊은 말, 무심코 지껄인 말, 부드러운 말, 메마른 말, 고운 말, 더러운 말, 칼날처럼 매서운 말 등 그 종류는 다양하다.

말의 위력은 때론 역사의 물줄기를 바꾸어 놓는가 하면, 혹은 한 사람의 가슴에 잊을 수 없는 아픔의 못을 박기도 한다. 그것을 통하여 사랑을, 갈망을, 분노를, 기쁨을 전하는가 하면, 자기의 생각과 뜻을 전하며 때로 오해를 낳기도 또는 풀기도 한다. 그래서 옛 선인들은 말의 중요성을 이미 간파하고, 신언서판身言書判, 언행일치言行一致, 일언중천금一言重千金 등의 경고성 당부를 잊지 않았다.

말은 강한 폭발적 파괴력을 갖고 있을 뿐만 아니라 때로 엄청난 번식성을 갖고 번져

나간다.

얼마 전, 6년 전에 졸업한 한 학생이 나의 연구실을 찾은 적이 있었다. 그는 내가 수업 시간에 했던 말들을 정확하게 되살려 주었다. 내 일상의 생활단면이며 삶의 단상, 그리고 유학시절의 일화와 같은 것들을 거의 생생하게 기억하고 있었다. 내가 강의시간에 가벼운 마음으로 뱉어 냈던 말들이 어디론가 사라져 버린 것이 아니고, 어느 결에 그 학생의 뇌리에 박혀 살아 있었던 것이다. 그것을 좀 더 확대하여 유추해 보면 그 말들은 그의 생활 속에 잔재할 것이며, 어쩌면 음으로 양으로 또는 직·간접적으로 그의 자녀들이나 다음 세대에까지 영향력을 행사할지도 모른다. 말이란 그토록 지속적이고 예민하며 끈질긴 생명력을 가진 것이라는 데 새삼 놀라지 않을 수 없었다. 이렇게 생각하면, 말을 많이 해야 하는 교수란 직업이 무척 두렵고 조심스러울 수밖에 없다. 더구나 나처럼 말과 행동 사이에 큰 괴리성을 갖고 사는 사람에겐 더할 나위 없는 고통임에 틀림없다.

말은 또한 그 시대상을 반영한다. 우리 시대의 말의 특징은 마음을 담은 말의 수가 점점 줄어들고 있다는 사실이다.

최소한의 기능적 의사전달만 하고는 자기의 세계로 움츠러들거나, TV, FM, 영화, 컴퓨터 오락기, 심지어 만화 속으로 빠져 들어가 버린다. 마치 달팽이처럼 말이다. 대화의 단절은 거기서부터 시작된다. 그래서 말이 점점 사라지는 시대가 아닌가 싶다. 반면 지나치게 과장된 말이 의도적으로 상대방의 생각과 가치기준을 혼돈시키며 자신의 의사를 타인에게 강요하거나 주입시킨다. 다시 말해 말의 과잉현상이다. 뿐만 아니라 이 시대의 말은 점점 냉소적으로 되어 가는 것 같다. 서로 간의 순수한 '만남'도 '아부'라고 몰아치는가 하면, 무엇인가 진지한 자세로 임하는 태도를 '웃긴다'고 한다. 그리고 조금만 소신 있는 자기를 보이면 "잘났어 정말." 하고 비꼰다. 발음은 더욱 된소리로 강해져 간다. 일상으로 표현하면 절박한 심정을 전할 수가 없기 때문인 것 같다. 그만큼 사람들의 심성이 무디어지고 강팍해진 것이 아닐까?

아름다운 말, 들어서 기쁘고 기억하고 싶은 말, 남을 턱없이 비난하지 않는 말, 말과 행동이 일치하는 말이 이 땅 위에 가득히 넘치기를 소원한다.

극단적인 사고의 양면성

시각이란 보는 각도를 말한다. 시각의 차이란 보는 각도에 따라 대상이 달리 보인다는 뜻을 내포한다. 확실히 같은 대상물이라 할지라도 보는 각도에 따라 달리 보인다.

견해見解라는 말도 있다. 우리말 사전에 따르면 견해란 자기의 의견으로 하는 해석, 보는 바라고 되어 있다. 보는 사람의 가치, 인식 정도, 의식에 따라 사물에 대한 평가나 해석이 달라지는 것을 말한다.

빨간색 렌즈의 안경을 쓰고 사물을 보면 모든 것이 빨갛게 보인다. 파란색 렌즈의 안경을 쓰고 세상을 보면 온통 파랗게 보일 것이다. 사람이 처해 있는 입장, 이해상관, 관점의 차이에 따라 같은 문제에 대한 논의라 할지라도 정반대의 결론에 도달할 수 있다.

그래서 고대 그리스인들은 고유한 의미의 지식 '에피스테메'와 '의견'이라고 번역되는 '도그사'를 구분하여 사용하였다. 그들에게 지식이란, 지속성을 갖고 있는 것으로 언제 어디서나 정당하고 논증적인 이성에 기초를 둔 것이라고 생각되었다. 반면 '의견'이란, 사실에 대해 우리가 갖고 있는 경험적인 반지식半知識이기 때문에 언제나 가변적이며 잠정적인 것이었다.

오늘날 우리들 사고의 혼란은 그 상당 부분이 절대적 기준의 지식 내지 진리를 갖고 있지 못하는 데 연유하고 있는 것 같다. 그런 의미에서 우리는 상대주의 시대에 살고 있는 셈이다. 오늘 확실한 것이라고 믿어졌던 자기의 학설이 내일 무너질지도 모른다. 과거 완전한 판단이라고 생각되었던 것이 내일 평가받을 때 아주 많은 결함투성이의 결정이 될 개연성은 언제나 있다.

이같은 지식과 견해의 한계를 인정할 때 의견의 자유로운 발표, 비판의 수용, 주장들의 개진開陳이 더욱 중요함을 다시 한 번 생각하지 않을 수 없다. 자기의 의견이나 생각이 절대적이 될 수 없다면 그만큼 상대방의 의견에 의한 보완이 필요하게 된다.

'화합'이란 이같은 한계적 의견을 자유로이 발표하고 그것의 슬기로운 조화를 통해서 도달될 수 있는 영역이다. 통일성은 개별성의 조화를 통해서 이루어지는 것이며 독선적인 주장의 강요에 의해 이루어질 수 있는 성질의 것이 아니다. 다시 말해 타인의 의견을 소외시킨 곳에서는 강요된 통일만이 있을 뿐이다.

"사람을 가르치기 전에 스스로 먼저 배우라.", "자신에게 가장 유익한 것은 남에게 관대하고 공정"한 것이라는 말이 새삼 생각나게 하는 시대에 우리는 살고 있다. 극단이란 외양은 화려할지 모르나, 매우 위험한 독소를 안고 있음을 기억해야겠다.

13
시대와 자기

상실의 시대

지식과 물량物量, 과학기술의 폭발적인 증가에도 불구하고 우리는 때로 깊은 상실감에 허전함을 느낄 때가 많다.

친구간의 진실이 상실되어 가고 있다. '친구' 하면 모든 것을 주어도, 모든 것을 믿어도 항상 기쁜 포만감이 샘솟듯이 넘쳐흐르는 인간관계이어야 할 터인데 이같은 관계가 상실되어 가고 있다고 느끼는 것은 지나친 속단일까?

사랑한다는 젊은이들 사이의 눈망울에 깊은 존경과 애정의 눈빛이 상실되어 버린 지 오래인 것같이 보인다. 그들에게 이젠 만나고 헤어짐이 사념思念과 아픔의 과정이 아니라 단순히 의례적인 감정의 털어 버림같이 느껴지는 것도 피할 수 없는 것 같다. 아직도 그들의 사랑이 연민의 아픔에 차 있고 감정의 절제로 응결되며 순수한 사랑의 아름다움을 구가하는 젊은이가 있다면 그들은 참으로 귀중한 것을 갖고 있음에 틀림없다.

스승과 제자의 관계도 이제는 다만 가르치는 자와 배우는 자 간의 기능관계로 변해 가고 있다. 이제 서로 마음의 문을 열지 않는다. 그들의 대화에는 진실을 찾기 어렵다. 그러기에 사제師弟관계의 지속성에 가치가 부여되어 있지 않다. 다만 학점 때문에, 또 어떤 필요 때문에 서로의 기능적 만남을 되풀이하고 있다면 이는 참으로 안타까운 일이다.

그리고 젊은이들은 또한 고향의식의 상실로 괴로움을 당하고 있다. 사실 몇 사람을 제외하고는 이제 고향이라고 하는 정신적 소속감을 줄 만한 곳을 갖고 있는 것 같지 않다. 이미 그들은 도시의 유랑민처럼 이 아파트 저 아파트로, 이 동네에서 저 동네로 쉴 사이 없이 옮겨 다니며 살아야 했다. 그들에겐 친구를 사귈 틈도, 자기만의 단절된 사색의 시간도 가질 여유가 많지 않았다. 이들에겐 뿌리 없는 허전함만이 저 무의식의 저변에 깊숙이 파고들어가 있을지 모른다. 그래서 무언가 자극이 필요하고 허전함을 메워 줄 '마이클 잭슨'과 같은 영웅이 필요하게 될 터이다.

우리는 이 후기 산업사회에서 잃어버린 것이 너무도 많은 것을 실감한다. 자기가 스스로 해냈다는 성취감이 상실되어 가고 있다는 말이기도 하다. 기계의 도움과 조직과 사회구조 속에서 떠밀리고 있다는 무력감이 우리를 괴롭힐 때가 많다. 이제 물량과 소유의식이라는 허상과 우상에 압도되어 자기만이 창조하고 보람을 느낄 수 있는 삶의 공간이 무참히도 짓밟히고 있다. 멈포드의 말처럼 대중은 순한 양이 되어 비판력을 잃어버리며 무력하고 수동적이 되어 가고 있다. 이들은 자기 것은 잃어버린 채 단추만 누르면 작동하는 상실의 인간들이 되어 가고 있지 않은가?

마음의 살찌우기

헌팅턴E. Huntington은 문명의 기원론을 기후에서 찾고 있다. 정신적 활동과 신체적 활동에 최적의 온도와 습도를 갖춘 지역에서 문명이 발생한다는 것이다.

그는 여러 지역의 기후론을 실증적으로 조사 연구하여, 이 사실을 예증하고 있다.

그런데 재미있는 것은 그같은 기후 조건을 갖추고 있음에도 불구하고 계절의 변화가 없다면 문명의 발생이 이루어지지 않았다. 아무리 문명발생에 적합한 기후 조건을 갖추고 있더라도 문명이 성장하기 위해서는 계절의 변화가 꼭 뒤따라야 한다는 이야기이다. 물론 이같은 그의 주장이 모든 문명발생의 원인을 설명해 주는 것은 아니다. 그럼에도 불구하고 그의 가설이 주는 시사는 자못 크다고 하겠다.

적어도 문명의 성장과 세절의 변화 사이에는 어느 성노의 깊은 연관성을 갖고 있는 것만은 분명한 듯하다. 어김없이 캠퍼스 위에 찾아온 가을은 분명 우리 주변의 변화를 절

감하게 한다. 무성한 생명력에 차 있던 여름은 지나가고 호젓한 모습의 가을이 우리 주
변에 가득하다. 밀도 짙게 익어 가는 빨간 감, 파란 하늘을 이고 서 있는 고독한 코스모
스, 갓 세탁한 옷을 갈아입고 나선 처녀 아이처럼 정갈하게 서 있는 나무들, 그 위에 떨어
지는 빗방울 소리가 더욱 영롱하게 들리는 것은 정녕 가을임을 실감나게 한다.

고대인들이 '시간'을 의식한 것은 자연의 변화를 통해서였다고 한다. 아침이 오고 밤
이 오고, 봄이 가고 여름이 오는 것, 그리고 달이 지고 채워지는 것, 꽃이 피고 지는 것,
별자리의 움직임 이런 것들을 그들은 '시간'이라고 생각했다. 확실히 이같은 외적 변화
는 내적 의식의 변화를 낳게 하였을 것임에 틀림없다.

변화하는 계절은 우리의 마음을 챙기도록 해 준다. 가을은 지난 여름을 되돌아보게 한
다. 그리고 가을은 어설프게 붐비던 우리의 마음을 비워 주며, 무엇인가 새로운 것으로
채워야 할 것 같은 투명한 갈증을 느끼게 한다. 가을은 조락의 계절이기도 하지만 동시
에 결실의 계절이기도 하다.

버리지 않고는 얻는 것도 없다. 무성했던 잎을 떨어뜨려 버리지 않고는 탐스러운 열매
를 맺을 수가 없다.

가을은 정신을 살찌우게 하는 계절이다. 법석 댐에서 빠져나와 고독한 단절의 시간을
가져야 할 것 같다. 독서삼매의 태도를 통하여 진정한 지성의 희열을 만끽하자. 그것만
은 어느 누구도 침해할 수도 빼앗아 갈 수도 없다. 한달에 5권의 책을 읽는다 해도 한 학
기 동안에 20권의 책밖에 못 읽는다. 두 학기 동안에는 40권, 4년 동안에 백60권의 책밖
에 읽지 못한다. 우리의 가을이 이토록 바빠지는 이유를 알 것도 같다.

형식과 본질의 관계

형식이란 '겉모양, 외형'을 말하고 본질이란 '본래의 성질, 근본 본바탕'을 뜻한다.

우리의 가치 순위에서는 대부분 본질이 형식보다 우선된 가치를 차지한다. 본질 없는
형식이란 껍데기에 불과한 것이라는 통념이다. 또 가치 있는 것이란 보다 더 본질에 가
까운 것이며, 본질에 가까운 것은 보다 영속성을 띤 것이라고 생각한다.

물론 본질보다는 형식이 우선될 수 있는 경우도 있겠지만 그것도 어디까지나 본질이

있고 난 다음의 얘기일 것 같다. 오늘 우리 시대는 '형식'과 '본질'의 우선순위가 뒤바뀌는 경우가 많은 것 같다. 아마도 이 시대 혼란의 상당 부분이 거기에 원인이 있을 것 같다.

삶의 본질은 자기완성, 질 높은 행복의 추구, 사랑의 실천 등에 있을 것 같은데, 이것들 대신에 명예·재산·사회적 지위와 같은 외적 요인이 오히려 본질을 앞지르고 있는 감마저 있다.

대학축제만 해도 그렇다. 대학인의 축제란 지성 지향적이며, 이루어 온 창조적 작업의 전시와 넘치는 젊음의 기쁜 향연이 뒤범벅이 된 청춘의 오케스트라 연주가 되어야 한다. 그런데 설익은 향락무드와 같은 형식적인 면이 오히려 본래의 뜻을 잊게 하는 점도 없지 않은 것 같다.

권력 또한 그 본질적 목적은 선한 뜻을 실현시키고 질서를 유지하며 진정한 '정의'를 구현하는 데 있는 것이며 권력 자체의 자기보존이나 이익을 위해 있다고만 할 수 없다. 형식은 힘에 있다고 하겠으나 궁극적인 목적은 거기에 있지 않다.

'자율화'의 경우도 그렇다. 대학의 자율은 학문연구의 풍토 조성과 개별적 학문 권위의 신장과 전수를 그 본질로 하는 것이며, 그것이 잠정적인 기능이나 수단, 단계적 조처로 인식될 성질의 것은 아니다.

마찬가지로 종교의 본질도 예외일 수는 없다. 그것은 궁극적으로 인간구원에 뜻이 있을 것이며, 이 세상의 화려한 형식이 그 본질이 될 수는 없을 것 같다.

우리 대학인들은 이 '본질'과 '형식'의 관계를 우리의 삶과 주변에서 올바로 정립하며 살고 있는지 다시 한번 점검해 볼 일이다. 물론 상황이 개인보다 강하다고 한다지만 개인의 자기정립 없는 상황의 개혁이란 또 불가능할 것이기 때문이다.

II

내 삶의 작은 역사—역사와 미술의 만남

1

미술은 역사의 표정

시간은 모든 것을 과거로 흘려보낸다. 그러나 다행히 기억이나 흔적들은 얼마 동안 남아 있다. 그림을 보는 일은 그 자체로 즐거운 일이지만 언제부턴가 그 안에 고인 역사의 흔적을 더듬게 되었다. 사학자로서 어쩌면 당연한 것인지 모르겠다.

미술 작품이란 그 문화 풍토 안에서 자란 나무와 같다는 생각이 든다. 그래서 역사라는 세월을 담고 있고, 그 시대의 열망과 바람을 잎으로 피우며, 새가 날아들게 하고 그 밑에 사람들이 쉬게 한다. 물론 그림은 사건들을 직접 묘사할 수도 있고, 분위기만 다를 수도 있다. 아니면 반대로 당대를 거부함으로써 그 시대의 특성을 드러낼 수도 있다. 낭만주의 시대에는 역사에 많은 관심을 가졌기 때문에 역사화가 다수 탄생했다. 하지만 인상파는 인상에 중점을 두고 그렸기 때문에 역사를 직접 그리는 경우는 드물었다. 그러나 인상파 그림의 경우도 사회의 발전이나 자연과학의 발달과 같은 시대적 산물이란 점에서 역시 역사 밖에 있는 것이 아니다. 그 때문에 미술 작품 속에는 시대의 풍습이나 삶의 양식, 또 상황에 대응해 가려는 인간 정신의 꿈틀거림이 배어 있을 수밖에 없다. 이들 살아 있는 역사의 숨결을 작품에서 만나는 것은 과거의 재구성이라는 역사학의 본래 지향점과도 일치하는 대목이다.

일년 동안이나 '역사가 있는 미술'을 《국민일보》에 연재하면서 늘 마음에서 떠나지 않았던 의문은, 미술양식 변화의 궁극적인 동인은 어디에 있는가 하는 것이었다. 이는 곧 역사 변화의 동인은 무엇이냐는 질문이며 동시에 역사와 미술의 관계는 어떠했느냐에 대한 관심이기도 하다.

헤겔, 마르크스, 곰브리치, 뵐플린Wölfflin 등이 여러 답안지를 쓰고 있지만, 이는 아직도 논의가 계속될 영역으로 남아 있다. 다만 확실한 것은 이런 변화들이 작가를 통하여 터뜨려지고 구체적으로 시각화된다는 사실이다. 이들은 예민한 촉수로 당대의 생각과 바람을 감지해 용기 있게 표출시킨, 미술과 역사를 변화시키는 중개적 역할을 한 사람들이라 하겠다. 작품과 작가의 삶에서 이런 위대한 정신을 만날 때마다 나의 속물성을 가끔씩 세척해 내는 내면의 즐거움도 누려 왔다.

미술은 역사의 표정이며 그것을 담고 있는 그릇이자 역사와 만나는 직접적인 통로이다. 그래서 나는 역사를 만나러 미술관에 가고, 때로 감동이 오면 낙서 같은 스케치도 마다하지 않는다.

이 세상은 여러 갈등에도 불구하고 끝없는 아름다움으로 가득 차 있지 않은가? 삶에 지치거나 고독과 외로움에 시달릴 때 좋은 화집을 펴 들고 작품과 함께 떠나는 또 다른 세계로의 유영은 내 삶에서 떼 놓을 수 없는 활력이자 위안이다.

2
예술 심성의 터 잡기

고향은 누구에게나 가장 본원적인 기억의 터전이며 소중한 삶의 회귀처이다. 나같이 마음의 갈증이 많은 사람, 뜬금없이 정신의 유랑을 떠나는 사람에게는 더욱 그렇다.

고향을 생각하면 맨 먼저 떠오르는 것이 본채와 사랑채, 그리고 별채 등으로 이루어진 ㅂ자 모양의 큰집이며 넓은 마당과 그 마당을 껴안듯이 J자 모양으로 휘감고 흘러가던 맑은 시냇물이다. 그 마당의 오른쪽 활같이 휘어진 곳에는 작은 섬과 같은 대나무 숲이 창창하게 서 있었는데 앞의 개천과 우리 집 사이를 가려 주는 자연 차양인 셈이었다. 어릴 때 어쩌다 그 숲에 들어가 보면 파릇한 죽순과 힘줄처럼 이어져 나가는 대나무 뿌리가 있었고, 대낮에도 침침한 그늘이 짙게 드리워 있어 이상한 두려움을 느끼게 했다.

하지만 서산에 연홍빛 석양이 내릴 때쯤이면 수백을 헤아리는 참새 떼가 대숲 위를 날며 군무를 연출했고 경쾌한 새 소리는 자연이 연주하는 오케스트라처럼 느껴지기도 했다.

앞마당을 가로질러 사립문 쪽으로 가면 그곳엔 언제나 맑고 시원한 물이 개천을 메우며 철철 흐르고 있었다. 돌 틈에서 노는 가재, 피라미들이 눈에 훤히 보일 만큼 물은 맑았다. 어린 나는 곧잘 친구들과 돌을 이리 치우고 저리 치우며 가재, 미꾸라지, 고동 잡는 재미로 하루가 가는 줄도 몰랐다. 이미 세상을 떠나신 어머니께서는 가끔 개천과 관계된

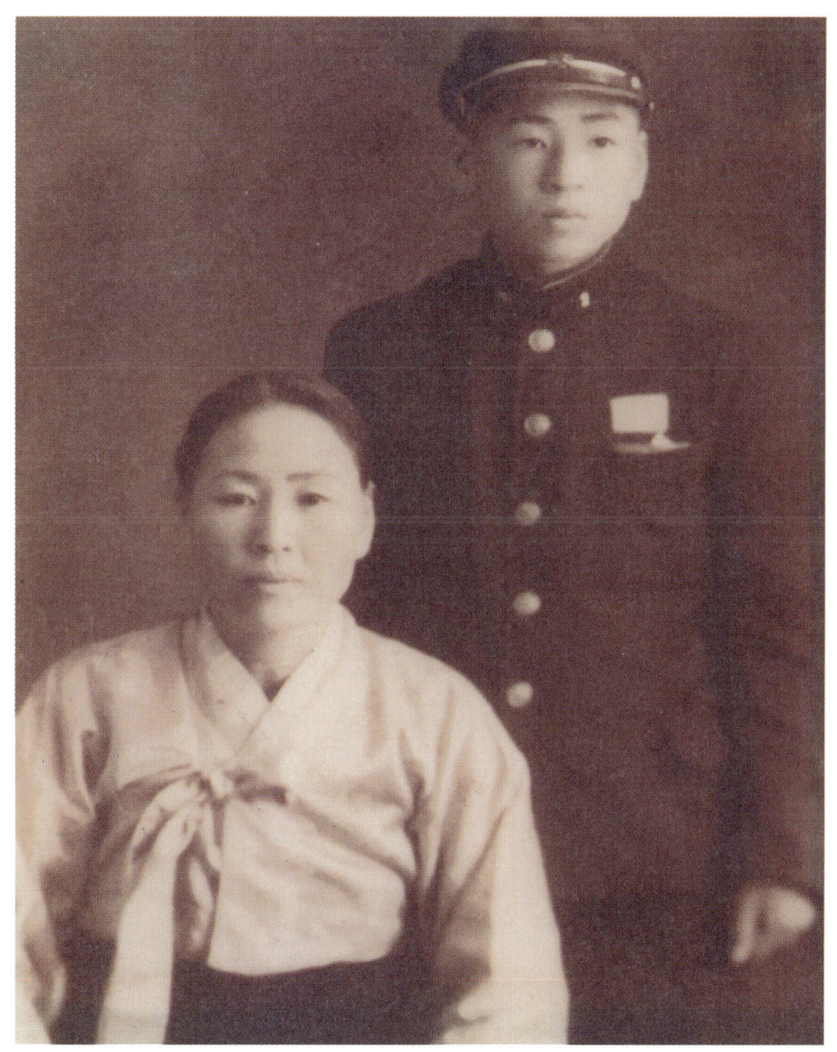

종희시절 어머님과 함께.

내 태몽 이야기를 즐거운 듯 해 주셨다. 우리 집 앞 개천 위로 크고 우람한 홍송이 가로지르듯 서 있는데, 마침 그 밑 맑은 시냇물 속에 맨발로 서 있는 어머니의 발가락을 뱀이 무는 꿈을 꾸고 나를 임신했다고 말할 정도였으니, 이 시냇물과 나의 삶은 태생적으로 밀접하게 연관되어 있었던 것 같다.

우리 동네는 산으로 병풍을 친 듯 둘러싸여 있었는데, 타지에 다녀오려면 대개가 '잔등'이라는 산등성이를 넘어야 했기에 조금만 마음을 쓰면 누가 가고 오는 줄을 다 알 정도로 한가로웠다.

봄이면 온 산에 분홍색 진달래가 불을 질러 놓은 듯 피었으며, 눈 덮인 겨울에는 우리 산 동백골에 핀 동백이 흰 눈 속에 핏빛처럼 붉게 살아났다. 봄이 되면 온 마을을 하얗게 꽃동네로 변하게 하는 것은 감꽃들이었다. 시냇물 위에 가득히 떨어져 있는 감꽃을 주워 실로 꿰어 목걸이를 하고 마을을 누비던 기억이 새롭다. 장독대 주위에 핀 맨드라미, 봉숭아 그리고 잎을 모두 떨어뜨린 앙상한 가지 위에 셀 수도 없이 열린 적등색의 감은 파란 하늘 때문에 더욱 붉어 보였다.

사랑채 끝엔 방앗간이 있었는데 그곳은 나와 어린 친구들의 공작실이었다. 황토를 파와서 물에 짓이겨 그릇이나 소, 말, 사람 얼굴을 만들어 숯불을 일구어 굽는 재미. 잘 깎이는 오동나무 판과 소나무 가지들을 잘라 깎고 파거나 다듬는 등의 일은 그토록 즐거울 수가 없었다. 어른들에게 들켜 불 낼 놈들이라고 여러 번 혼이 났지만 그것을 그만두는 데는 꽤 시간이 걸렸던 것 같다. 그때 물푸레나무 뿌리로 만든 장롱과 쌀 뒤주를 하얀 페인트로 칠해 버리고 싶은 충동을 여러 번 느꼈는데, 그것을 가까스로 참아 냈던 것을 생각하면 지금도 아슬아슬하다.

잔칫날도 자주 있었는데 그날은 동네 축제나 다름없었다. 집안 행사에는 그 지역에서 명창이라 하는 소리꾼들을 불러 창을 하고 춤추며 장구를 치게 했다. 그래도 꽤나 개화된 집안이었던지 유성기가 있어 식구들이 모여 함께 듣곤 했는데, 사람이 그 안에 들어가 노래를 부르는 것이라는 거짓말에 속아 나는 늘 신기해했다.

지금도 선명한 색깔로 기억하는 것은 꽃상여이다. 온갖 색깔로 물들인 한지를 모아 만든 종이꽃, 금박지 은박지를 가위로 잘라 장식한 꽃상여는 빨강, 노랑, 초록, 파랑의 꽃

잔치 그대로였다. 밤을 새워 쓴 수십 개의 붉은 만장을 바람에 휘날리며 들길을 가로지르면 행렬의 구슬픈 상여소리가 들녘에 퍼져 나가는데, 그것은 이승과 저승이 함께 떠나는 환상 여행과 같은 것이었다.

추석 달이 산 위에 휘영청 밝게 비추는 밤이면 동네 여인들이 무리지어 강강술래 판을 벌였다. 원을 지어 서서히 돌기 시작하던 강강술래는 시간이 가면서 뛰는 속도와 사설의 템포가 숨차게 빨라졌다. 마침내 신바람이 붙으면 땅을 욱신욱신 차며 도는 아낙네들의 원시적 에너지 발산이 어찌나 힘찬지, 일년 내내 억압되었던 욕정을 풀어헤치기나 하는 것 같았다. 명절이면 외지에 공부하러 나갔던 학생들이 고향에 돌아와 마당극을 펼치곤 했는데 그때는 온 동네 사람들이 마당을 가득 메우곤 했다. 별이 촘촘히 빛나던 밤이면 어느 문중의 넓은 산소에 모여 씨름판이나 기마전을 억세게 벌이곤 했는데 가을이면 묏등의 풀이 닳아 맨 흙이 드러날 정도였다. 동네 서쪽 동산 당집이 있는 숲은 수백 년은 넘었을 것 같은 거목들과 넝쿨나무가 엉키어 정글 같았다. 어린 친구들과 겁 없이 그 안에 들어가 이리 뛰고 저리 뛰며 쫓고 쫓던 군사놀이는 지금 생각해도 오줌이 마려울 만큼 스릴 있는 것이었다.

지나가 버린 것은 다시 돌아갈 수 없기에 더욱 아름답게 느껴지는지 모르겠다. 어린 시절에는 그냥 좋기만 했던 내 고향이, 되돌아보면 나의 정서와 꿈과 삶을 키워 준 흙처럼 곱고 포근한 터전이 아니었던가 싶다. 세월은 그냥 흐르지 않는다. 그것은 마음과 함께 자란다. 내게 혹 예술적 심성이 조금이라도 있다면 그것은 그토록 수려했던 내 고향의 산과 들, 거기에 운명처럼 순박하게 살아가는 그 마음 뜨거운 사람들 덕이 아니겠는가?

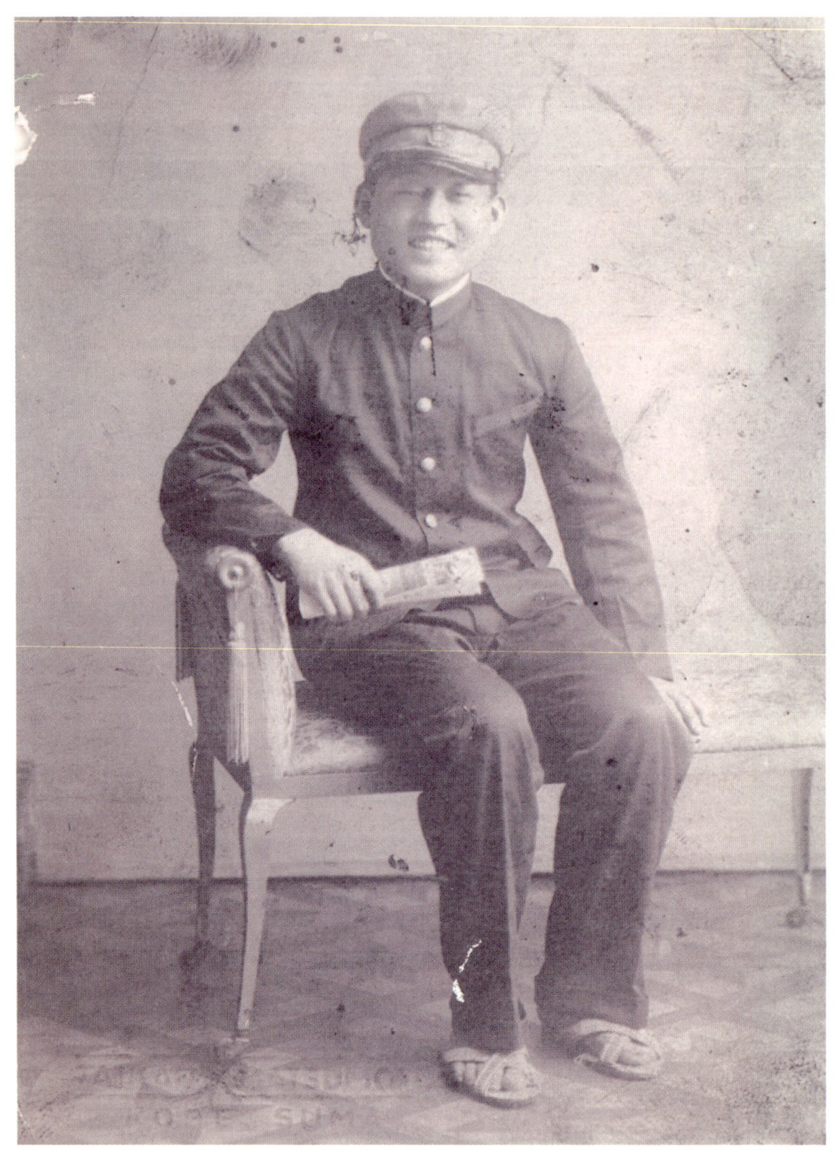

일본시절의 아버님.

3
소년시절에 배운 예술의 힘

교육열이 높았던 부모님 덕에 나는 도회지에서 초등학교를 다닐 수 있었다. 그래서 방학이면 늘 고향에 가는 즐거움이 있었다. 다행스럽게도 당시 명문이라고 하는 중학교에 들어갈 수 있었는데, 그곳의 미술 교사였던 양수아 선생님과의 만남은 미술과 깊숙한 인연을 맺게 하는 결정적인 계기가 되었던 것 같다.

양수아 선생님은 결국 불행한 화가로서 삶을 마쳤지만 우리나라 현대미술의 선구자 중 한 사람이었으며, 해방전후사와 민족분단의 아픔을 누구보다도 뼈저리게 체험했던 수난의 작가였다. 그분은 비록 지방에서 활동하던 작가였지만 1957년 《조선일보》사의 '현대작가초대전' 제2회에 초대될 만큼 촉망받는 작가였다.

선생님의 타고난 예술가적 기질과 품성 때문이었는지 그분은 내게 남다르게 느껴지는 사람이었다. 어린 시절의 감동이 단순히 감정의 고양에 그치는 것이 아니라 생명성의 충일이라고 한다면 내가 그분께 느낀 감정은 그런 것이었는지 모른다. 먼 훗날에야 안 일이지만 그때는 그가 이미 지리산에서 빨치산 작가로 있다가 하산하여 미술 선생을 하고 있던 시절로, 늘 형사들의 감시에 시달리고 있었다. 자세한 사연은 졸저 『예술혼을 사르나 산 사람들』의 '양수아 — 역사의 격랑 속에 침몰한 낭만적 예술 참여주의자'를 참조하기 바란다.

지금 생각해도 그는 이미 기질적으로 재야의 사람이었다. 우파 주도적으로 결성된 국전에 대한 거부의 태도는 이미 예견된 것이기도 하였다. 더구나 '선전'과 거의 다를 것 없는 이념과 방향, 새로운 리얼리즘의 추구보다는 자연주의와 개인적 삶의 표현에 머무르고 있는 국전의 작풍에 그가 동참할 리가 없었다. 더구나 당시 한국미협, 대한미협 간의 헤게모니 쟁탈전에 얼마나 식상했겠는가?

양수아 선생님 자신은 당시 구상화를 그리고 있었지만 내면엔 추상을 향한 반란이 계속되고 있었던 것 같다. 그는 광주 시절에 앵포르멜화에 매료되어, 구상화를 위조지폐라고까지 극언하며 추상세계를 추구하려 하였다.

그는 열악한 지방의 미술 환경에서 구상과 추상을 함께 그려 나가는 부조리의 삶을 살고 있었으니, 요절한 이 화가에게 가장 큰 아픔은 가난이나 고독이 아닌 갈등의 삶이었을 것이다.

이러한 그의 깊은 삶의 내연을 모른 채 나는 그가 이름 붙인 '양수아 양화 연구소'에서 열심히, 아니 열심히 그렸다기보다는 그림에 흠뻑 빠져들어 그림을 공부하고 있었다. 나의 중학 생활은 그림 그리기 바로 그것이었다고 해도 과언이 아니었다. 그때 함께 했던 이들로는 양계탁, 강홍윤, 김소남, 신영재, 정태정 등이 있었고 당시 김지하는 같은 미술반에서 활동하고 있었다.

주말이면 거의 어김없이 야외 스케치를 나갔는데, 일주일 동안 그린 그림들을 줄줄이 세워 놓고 선생님의 품평을 듣는 것이 큰 도움이 되었다. 그 시간에 서양의 입체주의나 고전주의 같은 미술사조나, 미술사에서 거장들이라 평가받는 이들이 우리들의 대화 속에 오르내렸다.

사실 그 가난한 시절에도 우리들의 미술에 대한 열정은 뜨겁게 달아 있어서 데생, 크로키, 석고, 목탄화, 수채화 등 기본적인 실기 훈련을 열심히 하였으며, 중학교 3학년 초에는 이미 유화 단계에 이르러 있었다.

그렇게 그린 〈자화상〉이 홍대 주최 전국 중고등학교 미술대회에 입선까지 하는 행운을 안았다. 그 〈자화상〉이 지금은 어디에 있는지 궁금하고 아쉽기 그지없다. 그렇게 모은 그림들을 갖고 1954년 11월 15일 '제1회 양수아 양화 연구소' 일동의 전시회가 열렸으니

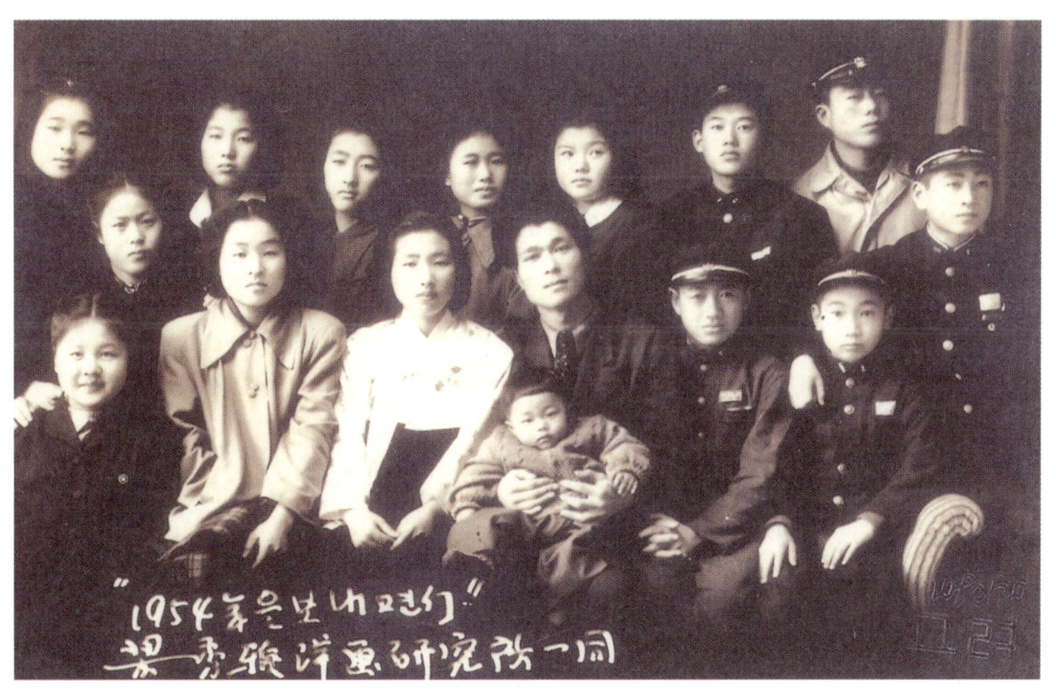

1954년을 보내면서 양수아 양화연구소 일동(맨 우측이 필자).

내게는 잊을 수 없는 기억이다.

이 무렵 연극에도 참여할 수 있었는데 이 또한 색다른 경험이 되었다. 연극명은 〈엉클 톰스 캐빈〉이었는데 각본과 연출은 지금의 예술원 회장인 극작가 차범석, 그리고 무대 미술은 양수아 선생님이 맡았다. 연극에서 연기와 발성 조절이 그렇게 힘든 줄은 그때서야 알았다. 실컷 밥을 먹고 시작한 연습이었지만, 얼마 지나지 않으면 곧 배가 출출해졌으니 말이다.

학교 가는 길에는 헌책방 겸 책 대여점이 하나 있었는데, 학교가 끝나고 집에 돌아올 때면 어김없이 그곳에 들르는 것이 일과처럼 되어 있었다. 대학에 가고 싶었지만 가정형편이 어려워 진학하지 못했던 젊은 책방 주인은 늘 넉넉한 대화 상대가 되어 주었다. 나는 그때 무슨 의도를 가지고 책을 읽는 것이 아니었기 때문에 명작 소설, 역사서, 탐정물 등을 닥치는 대로 섭렵했다.

여러 책 중에서도 장만영의 시집은 지금도 갖고 있다. 《학원》은 늘 재미있었으며, 그 무렵 발간된 《신미술》의 표지에 실린 김환기의 〈산山〉 그림이 파란 기억으로 남아 있다.

이렇게 고등학교 3학년 때 내용을 잘 알지도 못하면서도 책 분위기가 좋아 구독한 《사상계》로 이어지게 되었고, 독자란에 무언가 써 보내기까지 했던 기억이 있다.

선배들 중에는 문학도가 있어 그분들을 따라 일종의 사랑방 문학 모임에도 가곤 했다. 그때 문학평론가 차재석 선생님이 말씀하신 문학의 효용성에 대한 비유는 그때로서는 신선한 충격이었다. 나폴레옹이 수십만 명의 젊은이를 전쟁터에서 죽였다는 것과, 한 병사의 애절한 가정 사정, 그가 전쟁터에서 죽기까지의 고통, 그리고 뒤에 남은 가족의 슬픔을 묘사한 것의 비교였던 것으로 기억한다. 단지 한 사람의 죽음이지만 그것은 10만 명의 죽음을 숫자로만 얘기하는 것보다 훨씬 더 큰 슬픔으로 다가올 수 있다는 설명이었다.

그때 막연하긴 했지만 예술의 힘이 어떠한 것이고, 그것은 어떤 표현과 창작적 서술로부터 오는 것이라는 생각을 했던 것 같다. 그 무렵 양수아 선생님도 광주로 가시고, 나를 환쟁이로 만들지 않겠다는 집안의 압력도 있고 해서 미술의 길은 내게서 점점 잊혀져 가고 있었다. 그때 주제넘게 받은 예술적 분위기의 기억은 잠재울 수 없는 힘으로 내면에서 초록색 불꽃이 되어 계속 타오르며 꺼지지 않게 되었다. 그것이 내 삶의 한편에 비정형적이고 자유분방한 부분으로 상존하고 있는지 모른다. 한 번 떨어진 정신적 씨앗의 생명성이 얼마나 질기고 지속적인지 나도 놀라고 있으며, 그 엄숙성에 두려움마저 느낀다.

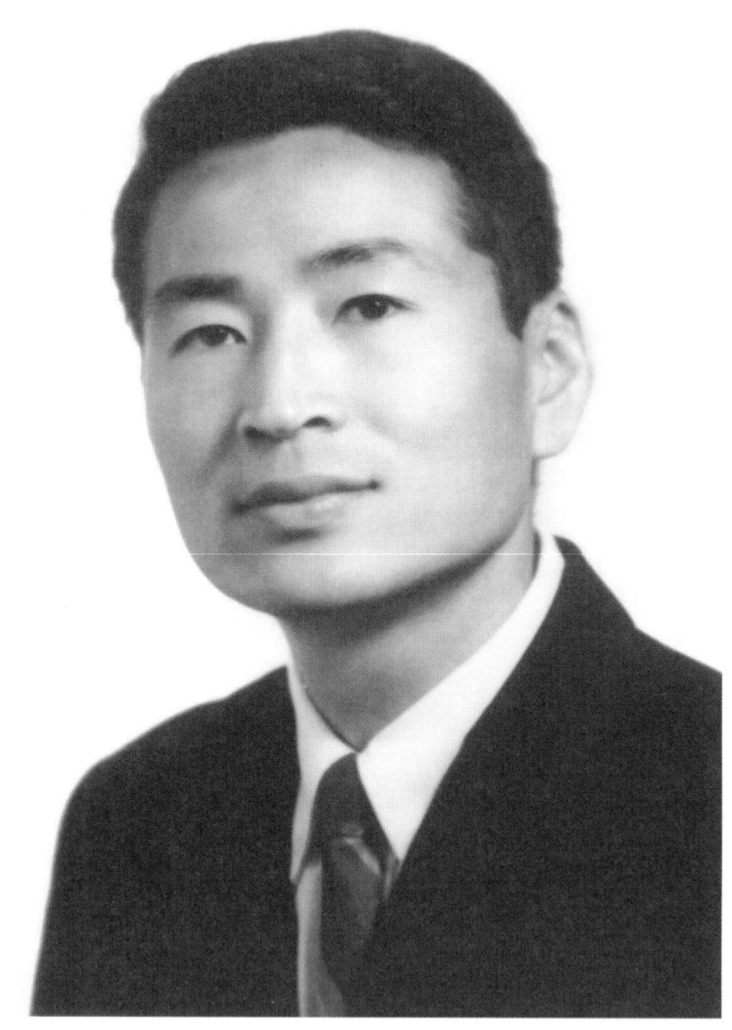

미국 유학시절의 졸업사진, 1970.

4

재현이론과 직관

사람의 삶이란 알 수 없는 것이라는 생각이 들 때가 많다. 되돌아보면 내가 내 삶을 주관해 온 것 같지 않다. 물론 생을 살아가는 것이니까 그 자신의 의사와 결정이 있을 수밖에 없는 것이지만 전체로 보면 꼭 자기 힘으로 산 것이 아니라 무엇인가 알 수 없는 힘에 이끌려 왔다는 느낌이다. 그리고 자기는 모르지만, 크게 보면 한 인간의 삶은 날 때부터 그 삶의 도정이 예정되어 있는 것이 아닌가 하는 의구심까지 갖게 된다. 자기가 주관하며 경영하는 부분은 작고 나머지 여백은 섭리나 우연 또는 필연이 차지하는 부분이기 때문이다.

역사와의 만남도 그렇게밖에 설명할 수 없다. 역사가 그렇게 좋고 내 개성에도 맞는 학문이지만, 그것만 가지고 내가 역사학을 하게 된 배경을 모두 설명할 수는 없을 것 같다. 대학에 들어갔을 때에도 제일 재미있던 과목은 문화사와 철학사였다.

시대와 나라, 그리고 역사의 변화에 따라 문화의 형식이나 내용도 변하는 것이 너무 신기했고, 그런 시간의 흐름 속에 인간이 만들어 낸 문화유산에는 그 사회의 정신과 그 속에 사는 인간들의 열망과 정성이 고여 있다는 점에서 더욱 그러하였다. 거기에는 무엇 하나 소홀히 할 수 없는 나름의 사연이 있어서 그것들을 찾아 거슬러 올라가는 일은 무척이나 즐거웠다. 외우는 역사가 아니라, 해석과 가치 중심의 역사에 눈뜨기 시작한 소이이다. 철학은 내가 막연히 생각해 왔던 것들을 체계적으로 정리해 주었고 인류의 문제가 무엇인지 파악할 수 있는 근거를 제시해 주었다. 더하여 사상과 사상이 꼬리를 물고 전개되며, 일탈과 복귀를 계속하면서 나름의 논리와 체계를 도출해 나가는 과정이 재미있었다.

역사 속에는 미술이 함께 있고, 미술에는 언제나 역사가 묻혀 있었다. 다만 우리가 정치나 경제 등의 거대담론에 너무 붙잡혀 이들을 보지 않고 지나쳐 버렸을 뿐이다. 미술문화가 역사 속에 묻혀 있을 수밖에 없는 것은, 삶이 모여 역사를 이루고 삶 속의 자기표현이 미술이었기 때문이다. 그리고 모든 미술은 시간 속에서 문화의 형태로 태어나는 것이다.

사실 역사가 지나간 세월의 흔적이고, 사라진 과거의 망각과 상실에 대항하는 것이라면 미술 역시 순간으로 사라질 아름다움과 시대적 흐름을 화면 속에 잡아 두는 반反시간적인 것이다. 그래서 그것은 시간의 흐름을 한순간 멈추게 하는 것이다. 다시 말해 역사가 시간의 흔적이라면, 미술은 표현의 흔적이다.

역사는 그 수많은 사실들 가운데 하나를 선택해서 서술해야 되기 때문에 선택적일 수밖에 없다. 선택하려면 주관성의 개입이 불가피하며, 주관이 따르는 한 역사적 사실들은 상대화를 면치 못한다. 더구나 역사는 현재에 서서 과거를 서술하고 재구성해야 하기 때문에 현재 관점의 개입이 불가피하다.

이 점은 그림의 경우에도 거의 같이 적용된다고 본다. 우선 작가가 어떤 대상을 그릴 때는 선택이 필요하며, 같은 대상을 보고 그리더라도 자신의 시각과 생각에 따라 화폭의 그림은 대상과 다르게 그려진다는 점에서 주관적이다. 그리고 작가는 언제나 현재에서 그리고 있는 반면 그려지는 대상은 늘 과거에 속해 있다. 그리고 그려진 그림은 현재에서 볼 때는 이미 역사의 산물이 되어 버린다. 오늘날 역사를 보듯, 오늘 작품을 보게 됨으로써 그것은 이미 과거인 것이며, 과거를 담고 있는 같은 작품이라도 오늘 보는 것과 미래에 누군가가 볼 때와는 그 해석과 평가가 달라질 것이다. 드로이젠Droysen의 "역사야말로 동시에 예술이 될 것을 요구받는 모호한 행운을 누리는 유일한 과학이다."라는 말은 음미해 볼 만하다.

역사가들은 과거에 일어난 일을 그대로 서술, 즉 재현시키는 것을 그 이상으로 해 왔다. 그래서 근대사학의 확립자라 할 수 있는 랑케는 그것들이 원래 어떻게 되어 있었는지를 알려고 했고, 그것의 서술이 가능하다고 생각했으며, 적어도 이를 계속 추구해야 한다고 믿고 있었다. 미술에서도 시대에 따라 미적 진실을 표현하는 방식은 달라져 왔다 하더라도 대상을 있는 그대로, 적어도 화가와 대상의 만남의 진실을 있는 그대로 나타내는 것이 하나의 이상으로 여겨져 왔던 것은 부인하기 어렵다.

이를 위해 콜링우드의 '재현 이론' 같은 것이 등장하게 된 것이다. 그가 보기에 역사는 인간들의 행위로 이루어지며 이 행위의 밑바닥에는 사상이 깔려 있다. 다시 말해 인간 행동, 즉 역사의 행동은 바로 사상의 발로라는 견해이다. 이를 극단적으로 말하면 '행위=사상'이라는 등식이 성립된다. 그렇기 때문에 과거의 역사를 현재에 되살리려면 그때의 사상을 되살려야 하고, 그러기 위해서는 현재에 있는 역사가가 추체험을 하다시피 해서 복원시켜야 한다는 것이 그의 주된 주장이다.

이러한 있는 그대로의 재현은 불가피하게 시공간의 차이에서 오는 제약을 받기 마련이며, 동시에 오늘날 이를 다루는 사람의 생각과 가치가 다를 수밖에 없으므로, 서술자의 주관적인 개입을 피할 수 없게 한다. 그렇기 때문에 같은 사건을 다룬다 해도 그 사람의 국적, 사상, 입장과 처지에 따라 그 사실이 달리 묘사되고 해석된다. 일본과의 교과서 분쟁이 그 대표적인 사례로 위안부 사건, 광개토대왕비, 임나부에 대한 서로의 입장과 서술이 다른 것도 이 때문이다. 꼭 국가 간이 아니더라도 우리나라 학자들 사이에도 4·19, 동학혁명 등에 대한 의견 차이에서 볼 수 있듯이 각기의 의미 부여가 다르다.

그림도 이와 유사하다. 같은 대상인 사과를 그린다 해도 세잔이 그린 사과와 마티스가 그린 사과가 다를 것이며, 이집트인이 그린 정원과 모네가 그린 정원이 같을 수 없는 법이다. 이는 기법이나 보는 눈이 다르듯이 생각이 상이하며, 경험과 시각 그리고 인식에 차이가 있는 데서 비롯된다.

이와 관련하여 곰브리치의 '재현론'은 나의 관심을 끄는 흥미로운 이론이다. 그는 대상을 정확히 찍는다고 하는 사진조차도 실제와 똑같을 수 없다는 데 주목하였다. 하물며 화가의 경우 아무리 하이퍼 리얼리즘적으로 그린다 하더라도 있는 그대로를 그릴 수는 없으며, 화가는 필연적으로 선택할 수밖에 없는 처지에 놓이게 된다. 여기에 재현의 속성에 대한 문제가 다시 떠오른다.

민주식이 『곰브리치』에서 자상히 설명하고 있듯이 화가가 대상이나 생각을 재현시킬 때는 두 가지 단계를 거치게 된다. 하나는 형식의 측면에서 지각적 선택을 하는 것으로, 화가가 자기 눈앞에 있는 모든 것을 그릴 수 없으므로 보이는 것에서 선별하여 나름대로 구성된 세계를 만든다. 두 번째 단계로는 재현하기 위해서는 전래적인 것이든, 자기창출적인 방식이든 도식화의 형식을 갖추어야 한다는 점이다. 이 경우 그리는 자에게는 자기표현이요, 그것을 보는 감상자에게는 시각적 환상Visual Ilusion을 갖게 한다.

'본다'는 행위에는 단순한 경험적·감각적 행위가 아닌 지각적 행위도 포함된다는 것을 상기할 필요가 있다. 사실 '본다'는 것은 하나의 선택만이 아니고, '빛의 변화로 인해' 무수한 형태가 존재하는데 그중 하나를 선택한 것이다. 그래서 '본다'는 것은 이미 그 과정에서 '아는 것'과 만나게 되는 것이며 그 둘 사이의 상호작용에서 작가 특유의 인식과 경험, 창조적 안목의 개입이 일어나고 있는 것이다. 그렇기 때문에 재현자의 회화에의 개입은 매우 적극적이며 능동적인 활동이 된다. 이 점에서 미술이란 단순한 외적 대상의 모방이 아니라 인간이 주도적 역할을 하는 창조 행위라는 논지가 성립된다.

이 창조 행위에는 그 시대의 문화, 사상, 가치와 열망들이 배어 들기 마련이며 그에 의한 피조물은 인간의 '생물학적·심리적·문화적 반응'과 관계된 의미체로 탄생하게 된다. 이 과정에서 미술은 어떤 형태로든 역사와 문화를 반영하며 관계를 맺게 된다. 다시 말해 어떤 예술작품도 그것이 만들어진 사회, 역사, 문화와 무관하게 태어날 수는 없는 것이다.

이런 맥락에서 곰브리치도 양식 변화의 동력을 이 재현 기능의 변화성 속에서 찾고 있다. 생각과 세계관이 달라지면 자연히 재현의 내용도 달라지고 형식도 달라지기 마련이다. 이런 재현 방식은 시대에 따라 달라졌는데, 이집트의 재현은 마치 지도를 그리듯이 이미 정해진 색과 형식을 다루는 것이었으며, 그리스의 그것은 자연주의적 재현이었고, 중세의 재현은 도식적인 것이었다. 그리고 르네상스부터 인상주의까지 지속된 재현의 원리는 '목격자 원리'에 근거하고 있다는 지적이다. 요컨대 예술가와 창조 행위는 그 자

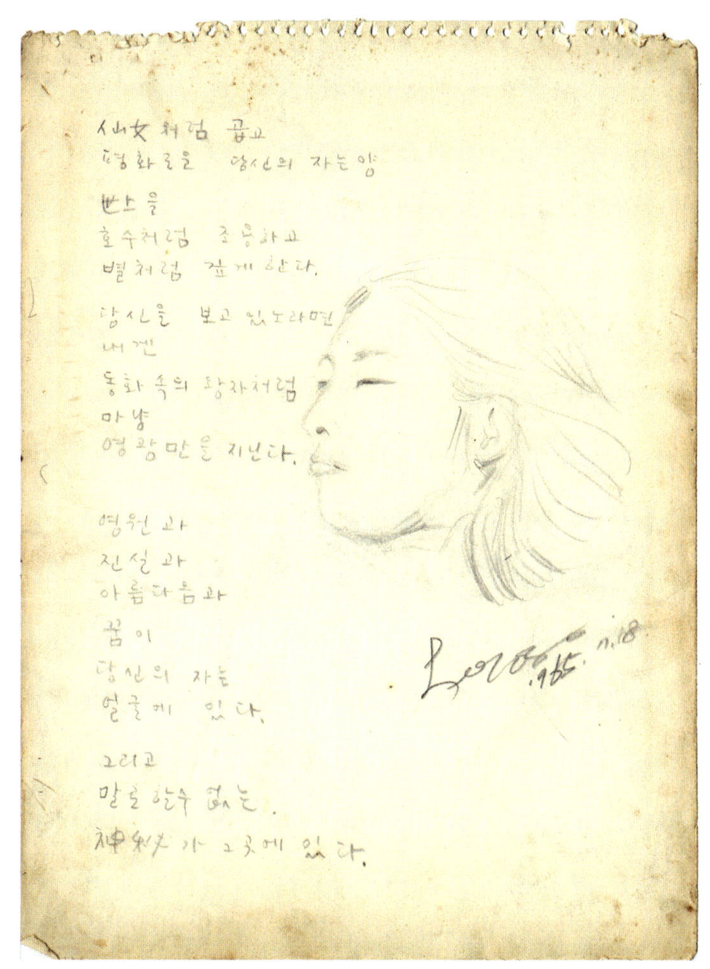

아직 연인이었던 시절의 아내 그리고 시
(내가 가지고 있는 가장 오래된 나의 그림), 25×35cm, 1965.

신의 사회 속에서 이루어지며 '역사의 과정'의 밖이 아니라 역사 안에 존재한다. 그렇기 때문에 곰브리치는 양식 변화가 왜Why 일어났는가에 대한 '기원의 망상'에 집착하지 않고, 오히려 양식 변화가 어떻게How 일어났는가를 설명하려 했다.

재현의 논리를 인정할 때 미술의 이해를 위해서는 역사 공부가 필수적이며, 역사 또한 미술의 도움을 통하여 시대와 문화를 보다 시각적·입체적으로 파악할 수 있다는 얘기가 성립된다.

5
선험과 경험이 만나기

역사와 예술을 직접적으로 연관시킨 또 다른 대표적인 인물이 크로체이다. 현실정치 참여자이며, 미학자이자 역사철학자인 그는 직관론을 통해 역사와 예술의 연계를 매우 절묘하게 설명해 내고 있다. 그는 이 세상에서 유일하게 실재하는 것은 오직 정신^{마음}뿐이라고 보았다. 이 정신은 두 가지 활동 형식을 갖고 있는데, 하나는 이론적 활동^{지식}이며 다른 하나는 실천적 활동^{의지}이다. 정신적 활동은 직관적 지식과 개념적 지식으로 분류되는 반면 실천적 활동에는 경제적 의지와 도덕적 의지가 포함된다.

우리가 여기서 다루려는 직관적 지식이란 이해환이 그의 『크로체 미학』 해설에서 말하듯이 '직관' 표현능력을 통해 획득되어지는 지식으로, 논리나 개념에 앞서는 '심상의 산출 능력'이다. 이는 개별적인 것으로 "세계에 대한 인간의 최초의 태도이자 아무런 지성적 성격이 없는 무언가에 대한 우리 마음의 최초의 집중"이라는 것이다.

이 직관은 예술의 본질이자, 모든 지적 활동에서 가장 기본적인 단초가 된다. 반면 직관적 지식에 대응하는 개념적 지식이란 앞서의 개별적인 것들의 관계를 논리적으로 정리하여 보편적인 것을 도출해 내는 것을 말한다. 이 개념적 지식이란 직관적 지식에 의존한다.

크로체에게 직관과 표현은 동일한 것이며 능동적이고 적극적인 동시에 예술의 창조적

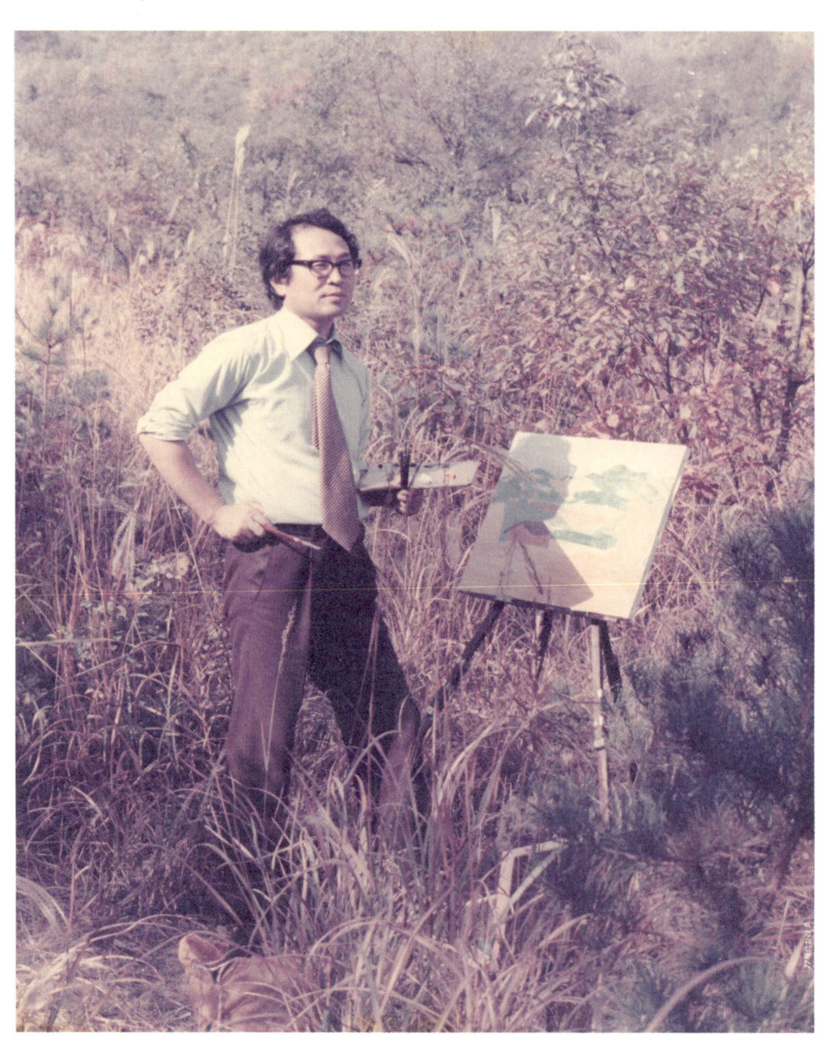

이제 다시 붓을 들어 보기.

요인이 된다. 그런데 재미있는 것은 그가 역사를 예술의 영역인 '직관 활동'과 동일한 범주에 넣고 있다는 점이다. 그는 역사가가 역사를 서술하는 일을 마치 화가가 정물을 보고 마음에 담아 이를 화폭에 그려 내는 그림과 동일한 선상에서 파악하고 있다.

예술가가 사물을 직관에 의해 개별적으로 파악하고 개별적으로 그려 내는 것과 마찬가지로 역사가도 결국은 지나가 버린 사건인 역사의 개체를 직관으로 느끼고 서술해 나간다는 가설이다.

역사 서술의 특성은 보편적이라기보다는 개별적이다. 그리고 본질적인 지식에 도달하는 것은 직관으로부터 시작된다는 것이 또한 나의 생각이기도 하다. 역사철학자들이 사관과 같은 거대담론을 시도하고 있지만 역사가의 역사 서술은 개별적인 데서 시작하며 이는 직관적 방법에 의하여 행해지는 것이다. 역사 서술이 개별적인 것을 다루는 것이지 일반 법칙을 도출해 내는 것은 아니라는 점에서 예술과 유사점을 갖고 있다.

그러나 역사와 예술의 방식이 동일한 것도 아니다. 예술은 순수한 상상의 세계를 자유롭게 유영할 수 있지만 역사란 실제적 사실과 관계되며 또 그것의 객관적 서술을 지향한다. 그렇기 때문에 예술의 경우는 '비역사적인 직관'으로도 행해질 수 있지만 역사 서술의 경우는 '역사적 직관'에만 의존해야 한다. 다시 말하면 허구적 상상이 아닌 역사적 상상력을 필요로 하는 것이다.

나는 직관을 얘기할 때 그것은 시적 통찰력과 통하며 시심詩心 또한 직관이라는 생각이 들 때가 자주 있다. 그리고 역사를 시심으로 바라보고 싶을 때가 있다. 혹자는 사료에 근거를 두고 논리적이고 체계적으로 인과론을 살피며 객관적 서술을 시도해야 할 역사가 어떻게 시심으로 이어질 수 있느냐고 이의를 제기할 수 있다. 굳이 그렇다면 시적 이성 Poetic Logos이라고 해도 괜찮다. 여기서 내가 말하는 시심이란 낭만적·감상적 관조적이란 의미도 있지만, 그것과 함께 본질을 꿰뚫어 보는 안목, 직관, 전체적인 파악력의 의미가 더 짙다.

더하여 역사를 시詩라고 말한 실러의 주장을 끌어들인다면 너무 혼란스러운 것인가? 꼭 그렇지만은 않다. 역사는 자료에 근거하여 서술하고 또 자료 비판도 필수적으로 따라야 하지만, 솔직히 역사가는 역사 서술을 자료에서 시작하는 것이지 실제 역사의 사실에서 출발하는 것이 아님을 인정해야 할 것이다. 그리고 그 자료조차도 역사가의 심적 틀에 의해 선택된다는 점에서 주관적 해석의 범주를 벗어나지 못하고 있다.

인과론은 어쩌고 시심을 얘기하느냐고 다시 반박할 수 있다. 그러나 인과론의 망상에서 벗어나자는 주장이 여러 학자들에 의해 제기된 지도 꽤 되었다. 어떻게 보면 원인들이란 결국 역사가가 주관적으로 선택한 가설적 원인을 어떤 시점에 인위적으로 적용하는 것에 다름 아니다. 그래서 베러클러프Barraclough 같은 사학자는 원인보다는 결과를, '왜' 보다는 '어떻게' 에 더 중점을 두어야 한다고 주장하지 않았던가! 역사가의 임의적 원인 설정이 오히려 역사를 왜곡시키는 출발점이 된다는 비판은 오늘날 대체로 수용되고 있다.

이와 관련하여 랑케와 드로이젠이 문제를 제기했던 역사적 사실이란 경험적 사실인가 아니면 선험적 사실인가의 난제에 부딪치게 된다. 이 두 사람의 결론은 역사적 사실이란 궁극적으로 선험적이라고 말한다.

그러면 크로체가 말한 직관과 이 선험적인 것, 또는 내가 느끼는 시심이란 것은 어떤 관계를 갖고 있을 것인가? 나의 이해가 크게 빗나간 것이 아니라면 나는 선험적인 것과 경험적인 것이 만나는 곳이 재현 과정이 아닐까 생각해 본다. 선험적인 것이 있었다 하더라도 경험적인 것에 의해 충격이 가해질 때 비로소 그 정체가 표현이나 서술로 드러나는 것이 아닐까? 예술가 또는 역사가의 성취와 성공이란 이 선험과 경험이 만나는 사이에서 자기의 창의성이 얼마나 발휘될 수 있느냐에 의존한다고 보고 싶다. 크로체가 예술 작품의 평가기준을 단순한 기법이나 배열, 조화의 기교에 두는 것이 아니라 정신성, 고유한 창조성에 두었던 것도 같은 맥락이다. 예술가는 있는 현상에서 선험적으로 새로운 것을 발견하기도 하지만, 그 발견이 새로운 경험으로 다시 자신의 인식에 영향을 미치게 된다. 이렇게 하면서 세상을 보는 눈이 확대되어 가며, 이것이 예술가가 기여하는 매우 중요한 부분이 되는 것이다.

6
역사와 시 그리고 회화

부르크하르트는 내가 좋아하는 역사가 중 한 사람이다. 그는 『이탈리아 르네상스의 문화』라는 불후의 명저를 남겼을 뿐만 아니라, 문화사의 효시라고 할 수 있을 만큼 역사가로서 업적이 뛰어났다. 뿐만 아니라 화가로서도 많은 드로잉들을 남겨 놓았다. 금년 초 스위스의 바젤을 방문했을 때 그의 행적을 찾아 헤매던 기억이 새롭다.

부르크하르트도 역사를 시詩로 파악하고자 했으며 관조를 통하여 또 다른 의미의 '시각적 직관'에 이르고자 하였다. 이 점에서 그 또한 역사를 과학으로 생각하기보다는 문학과 예술의 세계로 이해하려 했다고 볼 수 있다.

이 때문에 그는 역사 연구의 과학적인 방법이나 지나치게 경직된 역사철학적인 담론과는 거리를 두고자 하였다. 역사가는 화가와 같이 넓은 붓으로 그림을 그리듯 서술해야 하며 사료나 인과관계에 집착할 것이 아니라 표현에 중점을 두어야 한다는 주장을 하고 있는 것 같다.

이를 위해 그는 관조적 방법을 매우 강조하였는데, 내가 보기로 이것은 크로체의 직관과 유사하며 훔볼트Humboldt가 말하는 시인과 같은 감수성이나 상상력에 버금가는 요소로 생각된다. 그래서인지 그의 역사 서술은 눈으로 보고 그리듯이 시각적인 특성을 갖고 있다. 요컨대 그에게 역사가는 시적 감성과 관조적 사유를 가진 미술가에 다름 아니었다.

그가 역사를 문학이나 미술의 형태에 가깝게 봄으로써 문화사의 길을 여는 데 기여한 점은 누누이 지적되었다. 그가 역사를 움직이는 세 가지의 중요한 요소 즉 국가, 종교, 문화 중 문화의 힘이 가장 지속적이고 강렬하다고 본 것도 같은 맥락이다. 그가 그의 친구에게 보낸 편지의 다음과 같은 내용은 역사와 미술과의 관계를 어떻게 보고 있는지를 분명히 드러낸다.

"역사는 언제나 나에게 시이다. 다시 말해 나에게 역사란 가장 아름다운 회화적 구성을 늘어놓는 것에 다름 아니다." 이현애, '야곱 부르크하르트의 여행스케치', 《미술세계》, 1998년 5월, 81쪽에서 재인용.

이렇게 본다면 그에게 역사란 미술이었으며 미술은 또한 이미 역사일 수밖에 없는 것이다. 그래서 "역사가 예술을 통하여 어떻게 말하고 있는가?"가 그의 연구와 서술의 영원한 화두가 될 수밖에 없었던 것이며, 이는 당연해 보인다.

나는 부르크하르트도, 크로체도, 곰브리치 같은 위대한 사람도 결코 될 수 없으며 그들의 사상을 이해하는 것조차도 힘겨울 정도이다. 그래서 나는 늘 흉내만 내다 마는 역부족의 인간이다. 어쩌다가 역사와 미술을 만나 흉내만 내는 피에로와 같은 내 모습을 본다. 되돌아보면 부끄러움과 후회 그리고 인생의 빚뿐이다.

교수로서의 삶은 가르치기보다는 배우기에 정신이 없었고 그 배움조차도 미진하지만, 자기의 독창적인 이론 하나 내세워 보지 못한 세월이다. 강 위에 초겨울 찬비가 내리고 있다. 머나먼 기억들이 강 건너 어둠 속에 빛나는 불빛처럼 떠오르다 잦아들다 한다.

외로움은 내게서 떠날 줄 모른다. 어쩌면 병적이라 할 만큼 그것은 때로 내게 고통에 이르는 길이었으며 다른 어떤 것보다도 그것과 싸워 온 세월이 힘겨웠다. 그러나 내겐 도피할 수 있는 나만의 아련한 고향으로 남아 있는, 나만의 빈 집 혹은 바다 위의 섬과 같은 정신적 귀향처가 하나 있는 것 같다.

그곳은 내가 어렵고 고통스러울 때 무의식적으로 찾아가는 나만의 자유 공간이다. 그곳은 어떤 이유를 가지고 설명할 수 있는 곳이 아니다. 다만 본능적으로 그곳에 가면 편안하다. 아우구스티누스는, 의지한다는 것은 끝내 사랑한다는 것이라고 하지 않았던가? 좋아한다는 것에는 설명과 이유가 필요없다. 나는 적어도 그런 곳을 갖고 있는 것만으로

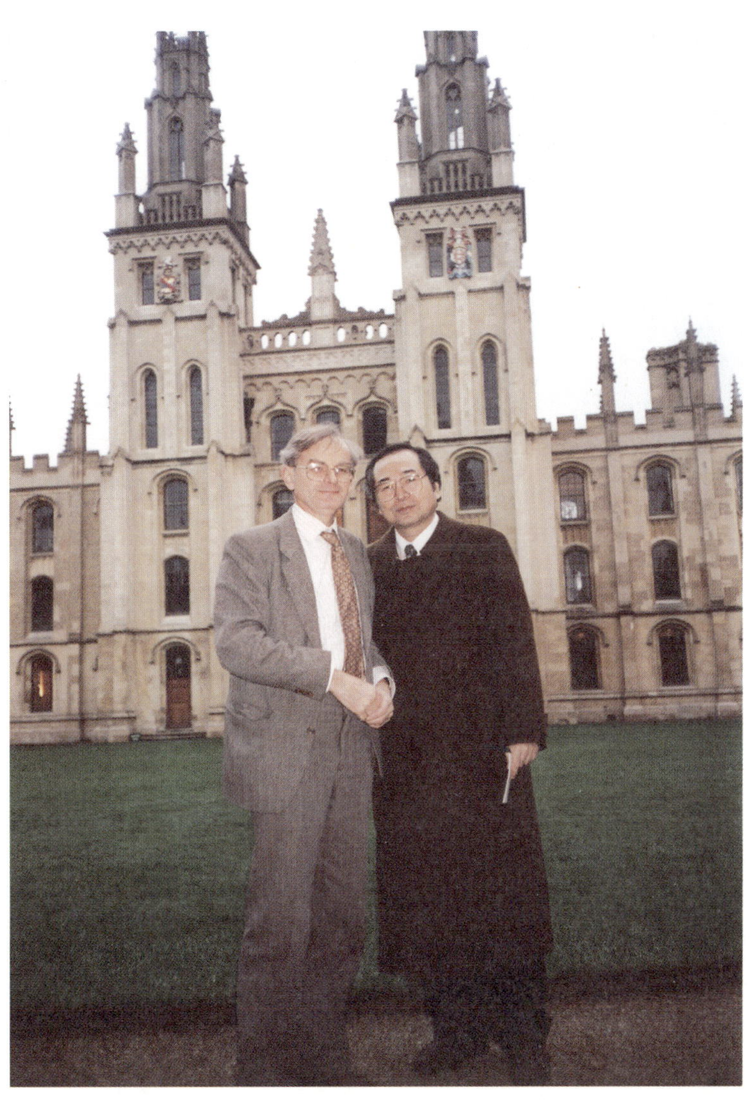

영국 사학계의 대석학 Rees Davies와 함께, All Souls College에서.

행복하다.

인간 정신의 역동성은 인간을 현실에 안주할 수 없게 하며 무엇인가 도약과 확장을 꿈꾸게 한다. 그것은 정신의 일탈이자 창조이고, 자기표현이자 유희이며, 성취의 형태로 분출된다. 세상에는 정말 알 수 없는, 하지만 알아가게 하는 신비와 아름다움으로 가득 차 있다. 이들을 발견하고 체득해 가는 일은 우리의 몫이다. 인간의 창조적 정신활동은 끝내는 완성과 영원에 도달하기를 원하며 그것을 통하여 자기의 한계를 알게 될 뿐 아니라 자유의 영역을 확장해 나갈 것이다.

생은 끝없는 갈증과 부조리의 길이다. 무엇인가 하고 싶은 일은 갈증으로부터 시작되는지도 모르겠다. 만일 글을 쓰고 그림을 접하는 일이 메마른 입술에 작은 물기라도 뿌릴 수 있다면 나는 멈추지 않고 이런 몸짓을 계속하고 싶다. 예술 행위의 중요한 요체가 가득 채워져 들어갈 수도 움직일 수도 없는 것이 아니라, 바람에 옷자락 날리듯이 여백이 되는 데 있다면 말이다.

좋아서 집착하지만 그 집착을 툭 털어 버리고 또 다른 차원의 세계로 옮겨가는 여유와 멋을 키우는 것이 또한 예술이 아니겠는가? 하나님께, 자연에게, 인간에게 감사한다. 삶을 예술과 같이, 예술을 역사와 같이.*

* 이 글은 본인의 저서 『그림, 역사가 쓴 자서전』(시공사, 2005)의 '나의 작은 역사 스케치북' 부분을 옮겨 놓은 것이다.(316~351쪽)

III

역사와 미술은 함께 흐른다

1
아름다움과 추함은 공존한다

아름다움은 변하는가

때로 삶의 주변이 아름다움으로 가득 차 있다고 느낄 때가 많다. 물론 보기에 따라서는 그 반대의 생각을 하는 사람들도 많을 것이다. 오히려 세상은 추하고 고통스러우며 악한 일로 가득하다고 말이다.

그럼에도 정도의 차이는 있지만, 사람들은 각자 나름대로의 아름다움을 만나고 즐기고 있는 것 또한 사실이다. 겨울비 차갑게 내리는 산길에서라도 노란 우산을 쓴 소년을 만나면 반갑고 아름답기까지 하다. 푸른 신록의 공원에 무심하게 버려진 빨간 어린이 자전거는 친밀감과 회상을 함께 자아내게 한다. 서산에 지고 있는 붉은 해, 그 찬란함 속에 숨겨진 애잔한 이글거림이 너무 아름다워 차마 똑바로 쳐다보기가 민망스럽다.

새로 산 운동화를 신고 나설 때의 상큼한 신선함도 좋고 일을 마친 다음 해방감 가득한 청소부의 얼굴을 보는 일도 즐겁다.

기차를 타고 가며 차창에 스쳐 지나가는 마을들은 한 폭의 예술 작품이다. 그것엔 사람 사는 얘기가 있을 뿐 아니라 동네 길을 이어주는 따스한 인정이 고여 있다. 그래서 나는 감히 우리나라 문화재의 최고의 것 중 하나가 마을이라고 말하고 싶다.

무엇인가 그리움이 흘러가는 철롯길이나 신작로에 난 들길은 놓인 그대로 모두 아름답다. 햇살이 부서지듯 쏟아지는 교정을 걸을 수 있다는 것은 얼마나 다행스러운 일인가. 그것은 바로 오렌지빛 행복 그 자체이다.

그러면 이런 아름다움들은 불변하는 영속의 속성을 갖고 있으며, 그 자신만으로도 독립적이고 완성되어 있는 것인가? 그러나 발견된 이같은 아름다움들은 가변적이며 때로 복합적이고 역설적이기까지 하다는 데 다시 놀라지 않을 수 없다. 갓 생명처럼 피어오르는 꽃송이만 아름다운 게 아니라 때로 늦여름 더위에 지쳐 시들해진 장미꽃의 쇠잔함에서 오히려 우수의 아름다움을 느낄 때가 있다. 화려했던 여름의 짙은 풀숲보다도 겨울을 맞아 자연의 순리에 맞추어 자신을 소진시켜 가는 메마른 풀에서 담백한 절제의 미를 느끼게 되는 이유는 무엇일까?

몇 년 전 플로렌스에서 미켈란젤로의 〈다비드〉 입상을 보며 거의 완벽에 가까운 의연함에 압도되었지만, 바티칸 미술관에 놓인 토르소의 잘려진 팔다리 모습에서 오히려 더 절박한 호소 같은 것을 느꼈던 아이러니, 푸르게 빛나는 생명도 아름답지만 조락의 낙엽에서 우리는 무한한 아름다움을 본다.

보이지 않는 세계의 아름다움

성장하면서 어린 시절에 별다른 관심을 끌지 않았던 것에 새롭게 다시 이끌리게 되는 경우가 자주 있다. 그때는 밀레의 〈만종〉이 좋았고, 앵그르의 〈목욕하는 여인〉이 경이로웠으며, 심지어 이발소에 걸린 그 현란한 풍경화에 빨려들 때도 있었다. 그러나 이젠 그들에 못지않은 다른 미술 세계도 있음을 알게 되었다. 피카소의 괴기스러워 보이는 큐비즘 그림은 아예 받아들이기 어려웠다. 그러나 미술 서적에서 〈아비뇽의 처녀들〉에 관한 글을 읽으면서 내 태도는 크게 달라졌다. 오히려 창조적인 아름다움으로 다시 보였던 것이다. 달리의 초현실주의 그림에 나오는 형상들은 영락없이 어린 시절 들은 도깨비를 생각하게 하는 오싹함까지 느끼게 했다. 베이컨의 일그러지고 난도질당한 듯한 얼굴은 사람이라기보다는 괴물에 가까운 것이었지만, 테이트갤러리에서 만난 그의 그림들은 강렬한 진실로 내게 다가왔던 것이다.

한때는 그렇게 좋아 보였던 바로크 신고전주의 작품도 어떤 때는 거의 위선에 가까운 인위적인 것으로 보이기까지 했다. 그보다는 휘두르듯이 자기의 격정을 손바닥으로, 붓으로, 온몸으로 뿌리듯 뒹굴듯 표현해 낸 앵포르멜·액션페인팅들이 솔직해서 좋아 보였다. 부분과 전체와의 관계에 따라 형태가 달라지고 이미지가 변한다. 샤갈의 그림은 도무지 일상의 배치가 아니고, 올덴버그의 조각 작품들은 작은 부엌 도구를 확장해 내어 고정관념의 일탈을 통해 일상 속에 숨어 있는 삶의 본질에 도달함과 동시에 단조로운 권태를 탈출하고자 하는 욕망을 보여 준다.

미적 인식이라는 것이 얼마나 가변적이며 때로 주관적이기까지 하는가. 가끔 내 자신이 호박꽃에 대해 가졌던 그릇된 이미지를 떠올리곤 웃을 때가 있다. 호박꽃은 미운 꽃이라는 고착관념 말이다. 사실 호박은 울퉁불퉁하게 제 생기고 싶은 대로 생겼지만, 호박꽃이야말로 참으로 아름다운 꽃이라는 것을 뒤늦게야 발견하게 되었다. 땅에 자연스럽게 등을 기댄 채 손바닥처럼 넓게 그 샛노란 꽃잎을 마음껏 펼치고 아침 햇살에 반사되는 찬란함이란……. 거기에 아침이슬이라도 좀 머금고 있으면 금상첨화이다.

우리의 잘못된 미의 개념이 얼마나 미적 교감에 그릇된 영향을 미치고 있는지 새삼 놀라지 않을 수 없다. 객관성 또는 통념이라는 것이 오히려 미를 발견하는 데 장애 요인이 되고 있는 것이다. 그 점에서 사회화나 교육이라는 것도 늘 이런 위험을 안고 있는 셈이다.

보이는 세계만이 아니라 보이지 않는 세계에도 무한정의 아름다움이 숨겨져 있다. 아름다움What is beauty과 아름다운 것What things are beautiful이 구별되는 것도 이러한 이유에서인지 모른다. 시각적인 것은 아무래도 '아름다운 것'과 연결되는 것이 많지만 '아름다움'이란 보이지 않는 것과 더 관계되어 있는 것 같다. 마음씨가 곱다거나 성실한 인간적 자세, 청순함과 고졸함, 기다림과 그리움 같은 것들을 이를 수 있겠다. 기억 속에 남아 있는 아름다운 추억과 회상들은 또 얼마나 소중한 것인가.

알고 나면 다르게, 깊게 그리고 넓게 보인다. 아는 만큼 보인다는 이 평범한 진리는 아름다움이 지닌 주관적인 한계성과 동시에 무한히 열린 가능성을 말해 준다. 이것이 바로 예술가에게뿐 아니라 우리 모두에게 끊임없는 자기 탐구와 지적·감성적 모색을 추구하게 하는 큰 이유이다. 열쇠 구멍을 통해 보는 세상과 대지 위에서 보는 세계는 너무도 다르지 않은가!

더구나 보이는 세계, 합리적으로 이해되는 세계만 미적 영역으로 여긴다면, 이 세상은 얼마나 좁아질 것인가. 합리주의, 실증적 과학주의자들은 증명된 것만 사실이고, 보이지 않는 세계는 진실이 아니라고 잘라 내어 버렸다. 그 점에서는 계몽주의, 진보주의자들의 죄가 작다고 할 수 없다. 사피로는 진실은 보이지 않는 무한대의 세계에 오히려 가득 차 있다고 했다. 보이는 세계야말로 빙산의 일각이라고 할까. 무의식, 신비, 혼돈과 무질서, 광기의 세계조차도 이제는 질서의 영역으로 재발견되는 이유가 여기에 있다.

아름다움과 상대성, 파격의 미학

아름다움의 세계란 것이 얼마나 넓고 다양하며 또 그것을 규정하는 일이 얼마나 어려운 것인가를 새삼 느끼게 된다. 아름다움이란 궁극적으로 주어진 것인가 아니면 사람이 만들어 가고 발견해 가는 것인가. 아름다움에는 보편적이고 객관적인 기준이 있으며 그것들만으로 아름다움은 이룩되는 것인가? 아니면 객관적인 형태나 비율, 대비 조화와 같은 원형 개념이 없이 주관적·경험적 요인만으로도 미는 성립될 수 있는 것인가? 그렇지 않다면 객관과 주관이 만나는 관계 속에서 미는 이루어지는 것인가. 이와 달리 크로체가 말한 것처럼 마음과 대상 같은 것은 아예 존재하지도 않고 오직 정신과 표현만이 있는 것인지.

더 나아가 우리는 아름답지 않은 것이 이 세상에 있는 것인가라는 급진적 질문까지 할 수 있다. 다시 말해 끝내는 아름다움과 대비되는 또는 반대되는 비非아름다움이라는 것이 실체로 존재하는가의 문제이다. 만일 이들이 실체가 아니라면 감히 모든 것은 아름다울 수 있다는 가설이 제기되기 때문이다.

이런 문제는 고대로부터 오늘에 이르기까지 끊임없이 제기되어 왔고, 오늘날도 그 논의는 계속되고 있다. 플라톤은 이 세상의 원형은 보이지 않는 곳에 이데아의 형태로 있고, 이 세상의 실제 형상들은 이데아의 반사에 불과하다고 하였다. 그래서 아름다움이란 이들 이데아에 얼마나 가까운가에, 즉 참여의 정도에 따라 결정된다고 보았다. 더 많이 참여할수록 더 아름답다는 얘기가 된다. 그래서 아름다움이란 오히려 주어지는 것이므로 인간의 입장에서 주체적으로 할 일이 별로 없다.

사실 흄David Hume과 같은 사람은 아름다움을 감각의 경험적 작용으로 보려는 대표적인 인물이다. 그 점에서 지각자의 만족감이나 감정의 동의가 객관적 요인보다 더 중요시된다. 형태·균형·질서·통일성 같은 것들은 중요하기는 하지만, 그보다는 인간의 감성이나 경험이 대상을 어떻게 받아들이느냐를 더 우선시했다고 할 수 있다. 이후 미는 대립 개념에서 다시 공존의 개념으로 바뀌고 그만큼 더 상대화되었던 것이다.

아름다움이라는 것도 이제 여러 다양성 속의 하나가 됨으로써 그동안 미가 누려 왔던 가치 우위의 진리도 양보하지 않을 수 없게 되었다. 같은 맥락에서 미를 통해 추구하려던 완전성에 대한 추적도 시들하게 되고 어떻게 보면 미가 꼭 진과 선이어야 할 이유까지도 약화되게 되었다.

일찍이 어거스틴은 미의 속성이 갖는 상대성, 또는 공유성을 예견했던 것 같다. 그것은 그의 선악 개념과도 맥을 같이 하는 것으로써 피조물은 선을 분유하되 악은 실체가 아니라는 주장과 같은 선상에 놓인다. 세상에서 악처럼 보이는 것은 그것이 실체가 아니라 다만 선의 결핍이나 부족 상태에 지나지 않는다는 것이다. 바꾸어 말해 선의 상태가 부족한 정도가 많을 때 악처럼 보이지만 거기에는 늘 선이 내재되어 있다. 추란 무엇인가? 그것은 사물이 소유해야 할 어떤 형태의 무엇인가를 결핍하고 있는 상태라고 규정될 수 있다. 다시 말해 그것은 추의 실체가 아니라 다만 아름다움적 요소의 상대적 결핍이라고 볼 수 있는 것이다. 파격의 미학을 수용할 수 있는 근거도 여기에 있지 않을까?

어린 시절 그토록 소름끼쳐 보이던 뱀조차도 유심히 보면 거기에 찬란한 색과 차가움의 미가 있는 것을 알고 놀라게 된다. 노틀담의 그 추한 꼽추의 몰골에서 우리는 어떻게 그 순수하고 숭고하기까지 한 사랑의 아름다움을 느끼게 되는가. 칼은 살인하는 도구로 쓰일 땐 악이지만, 요리하는 데 쓰이면 퍽이나 유용하다.

이러한 점에서 선과 악, 아름다움과 추함은 대립 개념이 아니라 우주 질서를 완성시키는 협력 보조적 관계로 보인다. 아무리 아름다운 것 속에도 추한 요소가 있으며, 아무리 추한 것 안에도 아름다움의 속성이 내재해 있으리라. 낮은 밤으로 인하여 흰색은 검은색으로 인하여 신체의 추한 부분은 보기 좋은 부분에 의하여 더욱 완성에 가까워진다. 미의 범주에 아름답고 선한 것만 포함된다는 제한성을 해체시킬 수 있는 것도 이 때문이다. 미적 요소 중에 중요시되는 질서란, 사실 부분이 아닌 전체를 보아야 한다는 뜻이라면 미적 논의가 갖는 여러 난제들을 해결할 수 있는 실마리가 될 수 있다.

『죄와 벌』의 주인공이 고민했던 부분은 무엇이었던가? 공교롭게도 선과 악의 구분이 이원적으로만 파악될 수 없는 데 있지 않았던가. 오히려 이들 간의 조화와 질서가 갖는 의미가 무엇인지를 수용할 때 이 세상에 대한 이해는 그만큼 넓어질 것이다. 그리고 아름다움의 세계는 무한한 발견의 가능성으로 열려 더욱 넓혀지리라.

《월간미술》

2
아름다운 일탈

우리는 때때로 날개를 달고 훨훨 날아가고 싶을 때가 있다. 그 날개로 인해 추락한다 하더라도 하늘의 유혹은 너무나 강렬한 것이다. 생명의 핵核이 감성이라면 감성의 본질은 자유다. 그러나 인간들은 작은 자유를 위하여 보다 큰 자유를 유보한다.

하지만 우리에게 일탈이 있다는 것은 얼마나 다행스러운 일인지 모른다. 짓누르는 듯한 일상들을 박차 버렸을 때 그 순간 느끼는 물결같이 넘실거리는 자유로운 쾌감을 무엇에 비교할 수 있을 것인가? 일상에서의 탈출은 때로 우리에게 큰 활력을 준다.

어차피 역사는 일탈에서부터 무엇인가를 이루어 왔는지도 모른다. 그래서 어느 사학자는 '역사는 이성이 아닌 정염情炎의 산물'이라고 했다. 더구나 예술의 역사야말로 일탈과 파괴의 역사라고 할 수 있다. 프랑스혁명은 바스티유 감옥을 깨부수는 격정으로부터 폭발하였으며, 사회주의 국가의 붕괴도 분노의 '정서'로부터 시작되었다는 말은 퍽 흥미롭다.

근대미술은 전통에 대한 거부, 즉 모더니티의 추구로부터 시작했다. 세잔의 기하학적 형태, 피카소의 입체화, 마티스의 포비즘, 마리네티F. Marinetti의 미래파 운동은 모두 기존의 룰을 깨고 새로움을 찾으려는 일탈정신에서 나왔다. 그리고 칸딘스키로 대표되는 서구의 현대추상미술은 그의 그림을 뒤집어 놓은 데서 출발했다.

비디오 아티스트 고故 백남준은 어느 대담에서 한국인의 예술에는 '팬터지Fantasy' 한 면이 부족하고 너무 경직되어 있다고 지적했던 것으로 기억된다. 우리는 지금도 사진을 찍을 때 딱딱하게 굳은 표정을 짓기가 일쑤다. 그동안 유교적 문화풍토가 자기표현을 억제시켜 왔고 감정의 솔직한 표출을 경망스럽게 보아 온 데도 원인이 있을 것이다.

좋은 예술품은 이지적인 순수함과 이를 뛰어넘는 파격의 정신이 절묘하게 조화되는 데서 얻어 낼 수 있지 않을까 싶다. 용기란 지키는 데도 필요하지만 멈추고 버리는 데도 필요하다고 본다. 누군가 '샤먼적 기질이 없으면 좋은 예술가가 될 수 없다.'고 했다. 이는 일상의 눈과 보통 사람의 사고에선 무엇인가를 발견하거나 창조하기가 어렵다는 의미로 그 뜻을 여러 번 되씹게 하는 말이다.

이 넘칠 것 같은 정보 범람의 사회에서 때로 부분적 현상이 전체적인 양 개념화되고 이것이 엄청난 매체의 힘으로 보급되곤 한다. 우리의 삶은 폭력에 가까울 정도로 통일성의 압력을 받고 있다. 여기서 자기를 지키고 자기 공간을 확보하기 위해서라도 우리는 끊임없는 일탈의 저항을 강행하지 않으면 안 된다.

불꽃, 거기에는 붉은 빛만이 있는 것이 아니다. 붉다 못해 변신한 파란색이 더욱 뜨겁다. 그 혼신의 연소 앞에서 나는 때때로 일탈을 떠올린다. 그래서 파란색이 결코 차가운 색만이 아닐지도 모른다.

《미술공예》

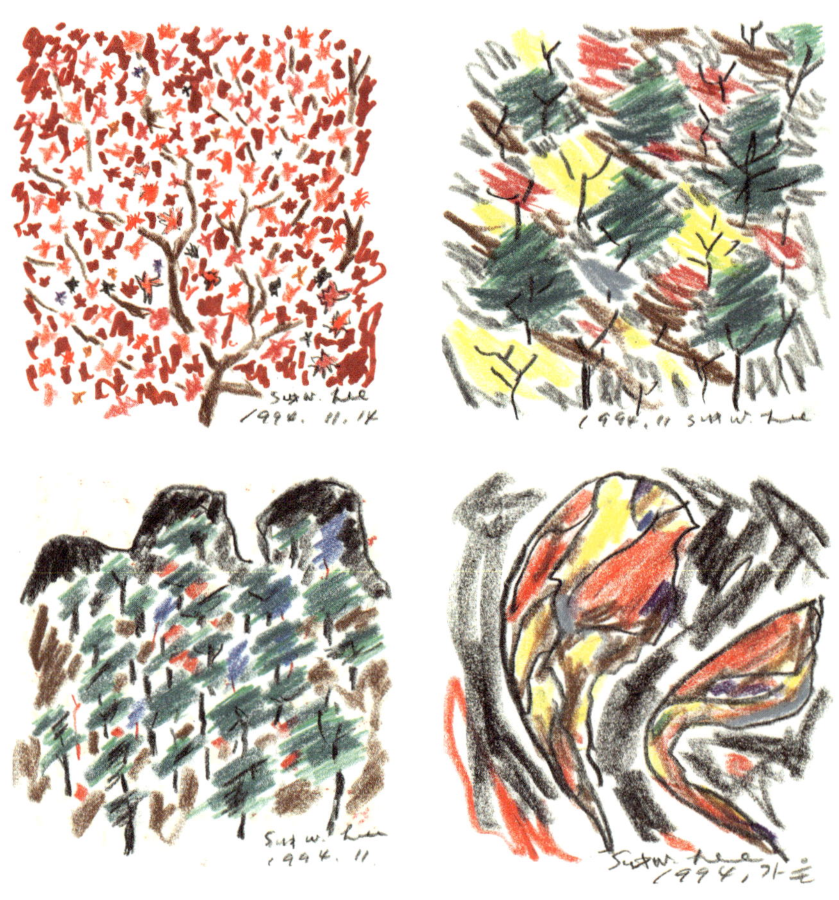

뜨거운 가슴을 토해 내듯, 17×18.5cm, 1994.　　산과 잣나무 숲, 17×18.5cm, 1994.
바람 속의 소나무, 17×18.5cm, 1994.　　　　춤추는 낙엽, 17×18.5cm, 1994.

3
예술가와 고독

세월과 더불어 더욱 쓰리게 아픈 것은 '고독'이라는 이름의 병이다. 고독은 지독한 것이어서 잠시 잊을 수는 있으나 아주 떨쳐 버릴 수 있는 성질의 것은 아니다. 어떤 사람은 그렇기 때문에 예술이나 놀이, 심지어 학문까지도 고독을 극복하려는 인간들의 몸짓에서 비롯되었다고까지 말한다. 모든 병은 치료가 가능하지만 고독이라는 병은 끝내 치유될 수 없는 병이고, 문명과 더불어 그 저려 오는 아픔은 더욱 극심해질지도 모른다는 걱정을 낳고 있다.

우리는 고독의 공간, 그 바다 속에 살고 있다. 하지만 고독은 느끼는 자만의 것이고 그 힘이 얼마나 당찬 것인가 하는 것은 아는 자만이 안다. 그것은 가히 호킹 박사가 발견한 블랙홀과 같은 엄청난 흡인력으로 우리를 휘두른다.

구태여 나누자면 고독은 세 가지로 구분될 것이다. 하나는 나면서부터 타고날 수밖에 없는 본래적인 것으로 절대고독, 순수고독이 이 범주에 속한다. 다른 하나는 근원적이라기보다는 사회적 관계에서 생기는 국외자Outsider의 감정으로 이는 주로 소외에 그 원인을 두고 있다. 마지막은 인간 개개인이 개별적으로 갖는 차등적 고독으로 스스로 지니고 사는 무거운 짐이다. 이들 셋이 딱 부러지게 구별되어 독립적으로 존재한다고 보기는 어렵다. 다만 서로가 엉켜 고독의 심도를 더해 주는 것만은 확실한 것 같다.

오이디푸스 왕의 고독은 운명 앞에 떠는 한 인간의 절규이며 리스만이 밝힌 '군중 속의 고독'은 사회적 관계만으로는 결코 채울 수 없는 고독의 속성을 말한다. 그리고 사르트르의 『구토』에 나오는 잉여 인간적 고독은 인간 실존의 무의미에서 오는 절망감이다.

그러나 인간 고독의 근원은 역시 인간의 불완전함, 극복할 수 없는 인간의 조건들에 연유하는 것 같다. 사라져야 할 존재, 자기 한계에 가슴 떨리는 무력감, 구멍 뚫린 듯 텅 빈 공허한 마음, 이것들은 정말 어쩔 수 없는 것인가. 그래서 고독이란 완전을 향한 그리움이며 부족함을 채우고자 하는 인간 정신의 목마름인지 모른다.

고독은 징벌인 동시에 은총이고 죄이며 무엇보다 고통이다. 그것은 견디기 어려운 극심한 아픔이지만 그것을 통해 우리는 진실에 가까워 질 수 있다. 그래서 예술가에게 고독은 숙명인지도 모른다. 고독은 그에게 자유를 주지만 질곡이 되기도 한다.

고독은 자유에의 통로이고 영원과의 대화를 열어 주는 교감대다. 진정한 발견이 진정한 고독 속에서 이루어지는 것은 그것이 가장 순수하기 때문이다. 이를 통하여 예술가는 매일 새롭게 태어난다. 예술가에게 무엇을 어떻게 다르게 표현했는가 하는 것은 그가 겪고 있는 고독의 질에 달려 있는지도 모른다.

4
문화는 풍토에서 자란다

요사이 주변 곳곳에서 외국여행을 하고 돌아온 분들을 쉽게 만날 수 있어 국제화시대를 실감케 된다. 여행은 자기 해방을 위해서도 신선한 탈출이지만 새롭고 색다른 문화를 경험한다는 점에서도 실로 흥분되는 즐거운 일이다.

더욱 재미있는 것은 세계문화의 통합적 경향에도 불구하고 문화는 여전히 그 나름의 차이와 상이한 감정을 보여 주고 있다는 점이다. 마치 사람의 얼굴이 다른 것처럼 문화도 각 나라, 지역, 민족, 인종과 역사에 따라 표정과 맛과 향이 다르다. 정치적 통합과 같은 것은 단기간에 이룰 수 있지만 문화의 융합이 어렵거나 불가능한 것은 각기 그 뿌리와 배경이 다르기 때문이다.

알렉산더 대왕은 동서 문화의 통합을 시도했지만 그리스적이지도 동방적이지도 않은 제3의 헬레니즘문화를 만들어 냈다. 그것이 인도문화와 조우했을 때는 간다라 미술 등을 낳았고 어쩌면 파란의 경로를 거치면서 우리 석굴암까지 파급되었는지 모른다. 이처럼 문화는 살아 있는 생물체처럼 남의 것을 먹기도 하고 토하기도 하고 또 다른 분비물을 계속 만들어 내기도 한다. 사학자 부르크하르트가 인류역사에 가장 강한 영향을 미치는 3대 요소, 즉 정치, 문화, 종교 중에서 가장 세속적인 영향을 미치는 것을 문화라고 지적한 것도 이 때문일 것이다.

문화는 그 풍토와 역사 속에서 오랜 기간에 걸쳐 형성된다. 그래서 얼른 지울 수도 키울 수도 없는 것이고 그만큼 고유의 성격과 특성을 지닌다. 중국 곳곳을 뒤덮고 있는 듯한 상징물 용龍은 구름과 비, 햇빛과 간절한 염원을 표상하는 농경문화의 산물이며 그들 문화의 기교적 장식성과 강렬한 색채, 나름의 북화와 남화는 그들 방식의 표현방법이다. 눈 덮인 모스크바의 희끄무레한 겨울 하늘 아래서 차이코프스키 음악의 진수를 느낄 수 있고, 북구의 음산한 분위기에서 뭉크 그림의 불안과 우울을 만끽할 수 있는 것도 그 때문이리라. 한국의 고추씨를 멕시코에 갖다 심으면 지독하게 맵고 톡 쏘는 핫페퍼 고추가 되어 버린다는 말도 그냥 넘겨들을 수만은 없는 것 같다. 한옥, 음식, 계절이 확실한 이 나라에서 옷과 패션문화가 크게 융성하리라는 예견은 지나친 독단일까.

그렇게 볼 때 각 문화는 각자의 고유성과 독자적 가치를 지닌다. 그 점에서 평등하다. 과학기술 문명은 현상적으로 선진, 후진이 있을지 모르나 정신, 특히 예술문화는 선후, 고저가 존재하기란 어렵다. 원시미술이 현대미술에 미친 영향은 익히 알려져 있다. 세계화의 통합성 속에서도 우리 고유의 문화를 지켜야 할 이유가 여기에 있다. 지나친 쇼비니즘적 지역성의 고집함도 곤란하지만 전자매체들의 위력 앞에 궤멸 직전에 있는 우리 문화의 현실을 직시해야겠다. 우리 것에 대한 깊은 이해를 가진 자가 참다운 문화의 국제화도 이룰 수 있다.

5
참된 소중함은 돈으로 계산될 수 없다

서양 중세에는 '정당가격 Just Price' 이 있었다. 물품의 가격은 수요와 소비의 거래관계에서 설정되는 것이 아니라 모든 물품은 이미 고유 가치를 스스로 타고난다는 생각이다. 그러한 이유로 길드와 같은 직종의 분할화와 마스터와 같은 전문장인의 출현이 가능했다. 이 당시의 상품이란 이익창출의 매체라기보다는 필요한 만큼의 공급이라는 의미가 강했던 것 같다.

그러나 중세 후기의 도시부활과 15세기 말의 상업혁명, 18세기의 산업혁명을 거치면서 상품은 '필요' 보다는 '이익창출' 을 위한 맹렬한 수단이 되고 말았다. 오히려 이익의 확대를 위해 소비를 어떻게 촉진시키느냐 하는 것이 오늘날 자본가의 최대 과제가 된 것이다.

그러나 참으로 소중한 것은 돈이나 수치로 계산될 수 없음을 우리는 곧 알게 된다. 어머니의 사랑은 계산되는 것이 아니라 다만 느낄 수 있을 뿐이다. 눈을 감고 어머니의 모습을 가만히 떠올리면 가슴을 시리는 듯한 회한의 아픔 외에 무엇을 떠올릴 수 있을까. 그리움 그것은 얼마나 소중한 아쉬움인가. 그리움의 공간을 넘어 하늘에라도 입 맞추고 싶은 인간들의 간절함은 그 자체로 아름답다.

사람은 어떤 형태로든 무엇인가를 사랑하지 않으면 안 된다. 다만 무엇을 어떻게 사랑하느냐가 문제다. 우리는 이익과 물질의 허구적인 부富, 그리고 능률을 찾아 너무나 소중한 것들을 무참히 버려 왔다.

나는 때로 새벽 두세 시경에 잠이 깨면 작은 거실에 앉아 그 정적을 즐긴다. 주변에는 내 삶의 흔적이 묻은 물건들이 여기저기 놓여 있다. 조상의 지혜와 무심한 숨결을 되살려 주는 조선시대의 허술한 오동나무장, 10여 년 전 천안 어디에선가 구해 온 은행나무 개다리소반, 그것은 하늘과 땅을 연결해 주는 밥의 정신을 담고 있다. 한구석에 있는 돌확 속에서 노닐고 있는 작은 물고기의 평화로움과 생명력, 거기에 앞산에서 들려오는 두견새 소리라도 있으면 나는 이미 이승과 저승 사이의 구별을 잊곤 한다.

한 가정의 행복을 그들이 가진 자동차의 종류와 아파트 평수, 그리고 집값으로만 가늠하기에 너무도 익숙해 버린 우리들의 굳은 의식. 대학만 들어가면 모든 것이 다 이루어질 듯이 자녀들을 학교로, 학원으로, 독서실로 짐승처럼 몰고 있는 너와 나의 무자비함은 이미 망각의 그늘에 빠져 들었는가.

한 송이 들꽃을 사랑하고 한 작가의 작품에 몰입하며 작은 물건에서도 무한한 애정과 삶의 소리를 들을 수 있는 우리 감성의 통로는 모두 막혀 버린 것이 아닐까. 소인은 그 즐김만을 즐기고 그 이익을 추구하고자만 한다. 이제 선에 머물러 삶의 질을 되살릴 때가 아닌가 싶다.

6
예술가와 경쟁논리

극성스러운 자본주의 사회에서 예술가는 어떻게 살아남을 수 있을 것인가? 자본주의는 경쟁에 의해 그 체제가 유지되고 개인적 차별이 정당화된다. 그리고 그 경쟁은 이익창출을 현실적 목표로 한다. 그 때문에 예술도 상품화의 간단없는 위협을 받고 있다. 솔직히 같은 조건이면 부를 가진 예술가가 유리한 곳을 선점하고 있는 인사동 거리에서 어제까지 화랑이었던 자리가 오늘 노래방으로 바뀐 가혹한 현실을 눈앞에 보고 있는 것이다.

자본은 어떠한 개인의 자유영역까지도 무차별 격파하고 있다. 벨Bell이 얘기한 대로 이제 어느 누구도 사회 밖에 홀로 서 있을 수 있는 시대는 지났다. 개인의 도피구는 모두 막히고 만 것이다. 예술가도 자기 공간, 고독의 터를 확보할 수 없어 통상의 문화권에 흡수되어 하나의 기능인으로 전락할 위험에 놓여 있다.

여기서 예술가는 자본과 경쟁논리를 외면할 것인지, 아니면 뛰어들어 피투성이 싸움을 전개할 것인지 선택의 기로에 서게 되었다. 사실 미술계 일각에서도 이러한 변화에 적극 대응해야 한다는 목소리가 높다. 인쇄매체나 공방제작 등을 통해 예술품을 대량 생산하는 등 자본주의 속성을 오히려 역이용하여 미술문화의 확충을 도모해야 한다는 주장이다. 또한 미술 개념을 순수미술에만 매어 둘 것이 아니라 모든 예술성 작업을 포용하는 광역적 개념의 재정립이 필요하다는 논의도 있다.

그럼에도 예술이 자본논리의 확충에 편승함으로써 끝내 그 고유의 자리를 지켜 갈 수 있을 것인가 하는 의문 또한 떨쳐 버리기 어렵다. 이 문제에 대한 해결의 실마리는 예술 영역과 경제사회 영역의 본질적 차이가 어디에 있는지에 대한 이해에서부터 시작되어야 할 것 같다. 경제사회 영역은 능률과 합리주의를 그 근간으로 한다. 하지만 예술은 자기 희생적이고 비합리적인 반지성주의도 서슴지 않는다. 자본원리의 목적이 이익창출이라면 예술은 자기 목적적 표현을 그 본령으로 한다. 그렇기 때문에 예술의 경쟁논리는 승패에 있는 것이 아니라 영혼의 자유성을 얼마나 실현했느냐 하는 데 있는 것이라고 한다면 지나친 아집일까. 이 때문에도 예술가들에 대한 정책적 지원이 더욱 절실하다.

그 때문에 예술가의 경쟁대상은 밖에 있는 것이라기보다 오히려 자기 내면에 있다고 해도 과언이 아니다. 독창성에 이르는 제일의 원리는 자기와의 경쟁이다. 토인비Toynbee가 창조적인 사람의 특성을 외부지향성Outwardness이 아니라 내부지향성Inwardness에서 찾은 것도 이 때문일 것이다. 심안을 날카롭게 갈고닦는 자만이 이 역사의 흐름을 타고 살아남는다. 내면의 조용한 정적 속에 더욱 치열함이 있는 것이 정신의 속성이 아닐까?

자본주의의 힘은 커서 무한궤도를 끝도 없이 달려간다. 예술가는 이 무절제성에 제동을 걸 책임이 있다. 예술가가 자본주의 소비문화 촉진의 첨병일 수만은 없다. 끝내 패배할지라도 달걀로 바위를 깨는 작업은 피할 수 없는 것이 아닌지. 자본주의는 본래 금욕정신에서 출발했다는 막스 베버의 말을 되새겨 봄 직하다.

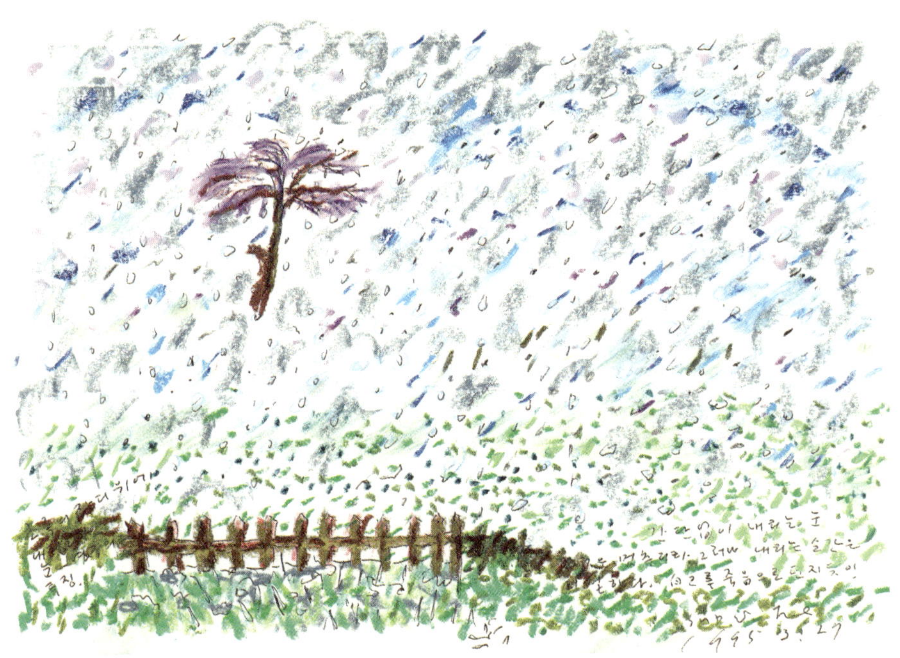

초원에 내리는 눈발, 29×21cm, 1995.

7
예술의 일회성과 영원성

사람들은 사라지는 것과 변화하는 것을 싫어하고 영원하고 불변하는 것을 좋아한다. 그래서 플라톤은 진리란 변하지 않고 언제나 동일한 것이라고 했다. 이집트인들은 영원을 살기 위해 조각을 시작했고 그리스인은 시와 연극을 썼으며, 히브리인들은 여호와를 찾았다. 존속은 희망이며 소멸은 절망일지 모른다. 시들어 가는 꽃을 보고 눈물 흘리는 이유는 그 덧없음에 있을 것이다.

누군가 '예술이란 제한된 시간에서 무한을 추구하는 것'이라고 말했다. 이는 예술의 최종가치가 시간을 넘어선 영원성에 있음을 뜻한다. 예부터 '예술은 길고 인생은 짧다.'고 했다. 과연 예술은 영원한 것인가? 또는 영원해야 하는가?

나는 때로 뛰어난 성악가의 힘차고 감미로운 노래에 흠뻑 젖었다가도 저 음성이 언제까지 살아남을 수 있을까 하는 부질없는 생각에 빠지기도 한다. 또 잘 닦여진 아름다운 몸매의 무용가가 펼치는 생명력 넘치는 몸짓과 날개 같은 활력 속에 오버랩되어 나타나는 그 무용수의 늙은 얼굴을 보고 새삼 놀라기도 한다. 마치 활짝 핀 벚꽃이 그 찬란함으로 인해 시들 수밖에 없는 흐느낌 같은 것이 느껴지기 때문이다.

그러나 과연 영원한 것만이 아름다운가? 헤르만 헤세는 반대로 덧없음의 아름다움을 이렇게 말했다. "꽃은 덧없기에 아름답고 황금은 변함이 없기에 따분하듯이 자연의 생명

있는 모든 운동은 덧없을 때 아름다우며 정신은 변함이 없을 때 따분하다.”

아름다움은 영원 속에만 있는 것이 아니라 오히려 사라져야 할 시간성에도 내재해 있다는 지적이다. 썩지 않는 비닐, 자라지 않는 나무, 흐르지 않는 물은 얼마나 섬뜩한 것인가?

그 점에서 소멸한다는 것은 보다 더한 완성을 위한 전제일 수 있다. ‘예술행위는 순간의 완성을 극대화한 다음 사라져야 한다.’는 어느 무용가의 말이 떠오른다. 어쩌면 예술은 영원히 남기고자 하는 바람과 끝없이 지우고자 하는 자기번민이 계속되는 긴장의 순간에 이루어지는지도 모르겠다.

예술의 진정한 완성을 추구한다는 예술가치고 자살을 생각해 보지 않은 작가가 한 사람이라도 있었을까. 로드코, 고흐, 최욱경, 어느 무명의 작가에 이르기까지 완성되었다고 생각하는 그 순간 이미 파멸의 불꽃은 타오르고 있기 때문이다.

그래서 좋은 예술품은 순간을 영원 속에, 영원을 순간 속에 동시에 구현시킬 때 이루어지는 것이 아닐까? 아마 어쩌면 순간과 영원은 같은 것일 수도 있다. 작품과 예술가가 합일되는 ‘초월의 경지’, 그 순간을 위해서 예술가의 삶은 계속되고 있는지 모른다.

8
퇴락의 문화를 넘어 예술의 문화로

우리들은 지금 감각중심, 욕구분출 시대의 한복판에 살고 있다. 이젠 상품의 질이나 내용보다는 그것의 색감이나 디자인이 오히려 중시된다. 그래서 누군가 물건을 파는 것이 아니라 포장을 파는 것이며, 실물이 아닌 이미지를 팔라고 했던 것도 이같은 시대의 속성을 잘 반영하고 있다.

자본資本 또한 이같은 감각 충족의 여러 고안물들을 창안해 내고, 이를 확대 재생산하는 데 무서운 위력을 발휘하고 있다. 우리들은 먹을 것, 볼 것, 들을 것들의 홍수에 빠져 있는 느낌이다. 한 발자국만 나가도 자동판매기, 커피숍, 제과점, 카페테리아 등이 곳곳에 널려 있어 먹고 싶은 충동만 느끼면 언제라도 먹을 수 있다. 무엇을 사고 싶을 때도 이젠 전처럼 기다리며 저축하고 아쉬워할 필요가 없어졌다. 월부나, 카드 또는 간단한 사인 하나로 무엇이나 사고 싶은 것을 당장 살 수 있게 되었다. 그래서 나는 이 시대를 기다림이 없는 인스턴트 시대라고 부르고 싶다.

이제 자기를 지키기도 어려운 시대가 되었다. TV, 오디오, 비디오 등은 간단없이 우리를 표백시키고, 타인들의 뜻에 따라 우리들의 감성을 조작 당하게 하고 있다. 버스 안에서도 이어폰을 낀 승객들이 늘어가고, 심지어 조용한 산속에서조차 스테레오라디오를 목에 걸고 다니며 세상의 번잡한 소리들을 쏟아놓게 하는 사람들이 있다. 참으로 이 시대는 자기상실, 자기탈취의 시대라 아니할 수 없다.

그렇게 볼 때 석학 소로킨^{Sorokin}의 말이 적중된 감마저 든다. 그에 따르면 역사는 첫째는 '관념적 단계 — Ideational Stage', 두 번째는 '이상적 단계 — Idealistic Stage', 셋째는 '감각적 단계 — Sensate Stage'라는 3단계를 거치며 순환한다는 것이다. 첫 번째 단계는 신神 중심 문화로, 경건과 절제가 특성이 되며 두 번째 단계에서는 이성과 감성이 조화를 이루는 이상적인 문화를 이룬다. 반면 제3단계는 문화의 속성이 매우 감각적이 되어 물질 위주의 욕구 충족적 속성을 지니며 모든 가치가 상대화되는 문화를 낳게 된다. 이 시기의 예술은 매우 육감적이 되며 '유사예술'이 판을 친다. 예를 들면 조각의 경우만 해도 종교적인 주제는 3.9%에 불과한 데 반해, 세속적인 주제는 96.1%에 이른다. 사실 오늘날 많은 논쟁의 초점이 되고 있는 포스트모더니즘도 그같은 문화적 속성의 측면에서 논하면 보다 정답에 가까워지지 않을까 한다.

현대인들은 지극히 감성적이면서도 낭만주의 시대처럼 그것에 솔직히 접근치 못하는 주저함이 있다. 멋있게 내리는 눈과 비는 이미 낭만의 대상만이 아닌 산성을 잔뜩 머금은 위해독소로 보인다. 문화의 생산 또한 매우 부정적인 방향으로 치닫고 있다. 이미 우리들은 자녀들을 데리고 영화관에 가는 것을 망설이게 되었으며, 비디오문화의 폐해는 가정이라는 성역조차도 성의 유희장으로 전락시킬 충분한 위험성을 안고 있다.

사회폭력이나 범죄, 마약문제는 단순한 사회문제가 아니라, 그들에게 감성의 올바른 통로를 찾아주지 못한 정서적인 면과도 깊은 연관을 맺고 있다. 그들에게 자기정신을 훈련시킬 능력을 배양시켜 주지 않고, 건강한 방향으로 감성의 출구를 찾아주지 못하는 한 아무리 강력한 범죄 단속반이라 할지라도 이를 막지는 못할 것이다.

레저문화가 가져다준 피해는 이미 우리들의 눈앞에 드러나고 있다. 해수욕장, 디스코 클럽, 위락시설 등은 이미 만원이고, 사회문제를 만들어 내는 또 하나의 불안지대로 변화되고 있다.

나는 이들 문제들을 해결하는 장기적이고 탄탄한 방법의 하나로 예술문화의 창달과 보급을 제안하고 싶다. 예술은 혼자 조용히 즐길 수 있으며, 그것은 고도의 지적 정신적 훈련을 요구하고, 흐트러진 정신을 정리시키며, 내면적인 해방감을 가져다준다. 예술은 또한 질^質 높은 희열과 거의 완벽한 자기충족, 그리고 창조적 완성미를 느끼게 한다.

그럼에도 불구하고 우리의 주변문화는 저급한 것으로부터 감성의 충족을 유도하고 있는 듯한 느낌을 받을 때 매우 개탄스럽다. 선정·퇴폐적인 영화, 오도된 스포츠, 벗기는 잡지물들이 얼마나 우리의 감성을 피곤케 하며, 끝내는 허탈과 좌절 그리고 끝없는 갈증에 시달리게 하고 있는가!

건전한 미술문화, 놀이문화의 창출은 예술 그 자체를 위해서뿐만 아니라 건강한 사회를 만드는 데도 필수불가결하다. 예술가 특유의 훈련된 감성과 직관으로 발견해 낸 질 높은 조형세계가 주는 참된 희락의 체험은 그 무엇과도 바꿀 수 없이 귀중한 것이다. 좋은 미술품이나 음악이 주는, 온몸을 뒤흔드는 듯한 엄청난 감동을 무엇으로 설명할 수 있을 것인가. 교육에서, 정책에서 그리고 삶 속에서 이러한 기회를 확대시키고 어릴 때부터 건강한 정서적 체험을 하도록 훈련시켜야 한다. 바둑을 두는 법을 모르고는 바둑의 묘수가 주는 묘미를 결코 맛볼 수 없다. 온 국민을 문화적으로 훈련시켜야 한다. 감히 신문의 1면도 문화면으로, 제3TV가 제1TV보다 훨씬 더 많은 관심을 모으도록 해야하며 곳곳에 미술관을 짓고 미술연금제와 작품 구입 기금은 대규모로 조성해야 할 것이다.

문화부장관도 부총리급으로 승격시킬 것을 감히 제안한다. 경제적 성장을 이룩하고도 결국 정신적으로 패배하는 어리석음을 자초하지 않아야겠다. 과감한 예술 분야에의 투자와 정책적 우선 배려, 그리고 이것이 갖는 장기적 결실의 중요성에 대한 사회의 각성이 절실히 요구된다.

9
문화는 시대를 넘어 지속된다

— 장강처럼 흐르고 있는 중국의 과거, 현재, 미래

수 · 지평선의 나라

중국은 놀랄 것이 많지만 우선 그 공간의 넓음이다. 나는 중국을 감히 수평선의 나라, 지평선의 나라라고 부르고 싶다. 북경에서 천진까지 고속버스를 타고 2시간여를 달렸는데 산 하나를 아니 구름 같은 것조차 찾을 수가 없었다. 다만 가도 가도 계속되는 지평선과 회색빛 하늘 그리고 초록색의 옥수수 밭 같은 들판이 끝없이 퍼져 나가고 있을 따름이다. 간간이 농민 몇 사람과 운송용 말들이 눈에 띄다 사라진다. 사람들이 땅을 지배하고 농사를 짓는 것이 아니라 사람이 땅 속에, 옥수수 밭에 묻혀서 사는 것 같다.

그곳에는 시간이 정지되어 있는 것 같았다. 그 말은 곧 시간이 끝없이 흐르고 있음을 말한다. 낳아서 살다가 죽어 감이 자기의 의도나 주도 아래 이루어지는 것이 아니요, 다만 커다란 운명의 흐름이라는 배에 태워져 어디론가 흘러가다 사라져 가는 시간과 역사에 묻힌 인간들을 생각하게 했다. 사람이 시간을 사는 것이 아니라 시간이 사람을 잠시 받아들였다 버렸다 하는 것 같았다. 이러한 분위기에서 중국적 운명을 생각해 보지 않은 사람이 있을까.

중국적 운명을 생각

이같은 배경 속에서 중국의 유장한 역사와 문화가 형성된 것이다. 6천km를 넘는 만리장성, 동아시아 지배와 군림의 상징적 존재라 할 붉은 기와의 자금성, 곳곳에서 만날 수 있는 용龍문화의 편만성, 6·4사태의 현장 천안문광장이 그렇다. 중국은 역사를 먹으며 문화를 배설하며 살아온 거대한 생명체 같았다.

문화란 그 풍토와 역사의 산물이다.

그 문화가 거기에 그렇게 존재하기까지는 그럴 만한 까닭과 사연이 반드시 있다. 상해上海에 내리면 웃통을 벗고 반바지에 거의 반라半裸의 몸을 방불케 하며 거리를 활보하는 사람들, 어느 곳에나 가리지 않고 누워서 잠을 청하고 있는 사람들을 수없이 발견하게 된다. 때로 우리 기준으로 생각하면 예절을 갖추지 못한 사람들이라고 생각하기 쉽다. 그러나 하루만 상해의 덥고 습한 공기에서 지내 본 사람이면 자신도 훌훌 벗어 버리고 반라가 되어 버리고 싶은 충동을 피할 수 없을 것이다. 더구나 상해는 중국의 어디처럼 물이 귀해서 목욕을 자주하기는 어려울 것 같다.

사실 중국인들은 질 나쁜 물로 시달리고 있는 것 같았다. 그것도 그럴 만한 이유가 있다. 산이 없으므로산이 많은 지역 제외 비가 오면 물이 한꺼번에 흘러가 버리고, 물이 있다고 해도 흐르는 물이 아니고 고인 물이기에 그것이 식수에 적합할 리가 없다. 어쨌든 중국의 역사는 물과, 그리고 치산치수와 관계가 깊다. 황하에서 문명이 발생한 것도 그 때문이 아닌가.

북경의 중심부에 우람하게 선 자금성의 그 화려한 황금색과 9천9백 개의 방을 가진, 동서 7백50m, 남북이 1천m에 이르는 거대함에 우리는 압도당한다. 그러나 그것은 지배자의 치열한 자기방어와 권위 창출의 고안물임을 간과할 수 없다. 황제를 만나기 위해서는 거대한 5개의 문을 거쳐야 한다. 그 긴 통로는 무엇을 위해서인가? 황제를 알현하려 들어오는 사람의 기(?)를 죽이기 위한 위축로에 다름 아니다. 자금성 안의 그 긴 통로에서 보면 사대주의가 단순한 외교적인 방편이었음을 슬프게도 인정하지 않을 수 없다. 거대한 힘에 저항하여 깨지기보다는 자기를 지키기 위한 수단이었음을 인정하는 것은 또 하나의 사대주의적 발상인가? 인간들은 남을 지배하면서 스스로를 가두고 있는 것이다.

정선과 추사의 자존심

박물관이나 예술관에서 발견하는 그 수많은 산수화는 중국 풍토에서 중국인이 그린 그림이다. 소주蘇州와 이화원에 서 있는 그 기괴한 석회석 같은 정원석은 그들의 산에서 난 돌이다. 그런데 잘 그린다는 것은 중국인의 화법에 더 가까워지는 것과 동의어였거나, 우리나라에 있지도 않은 괴기한 정원석을 그려 댔던 우리의 문인화는 정말 문화적 주체성을 생각케 했다. 자기 것을 그리지 않고 남의 것을 그리는 데 관념적 자족감에 빠져 있는 우리의 일부 예술은 문화·배경을 망각한 단순한 기법의 모방에 불과하다. 그나마 진경산수의 정선이 있고, 추사 김정희가 있어 작은 자존심이라도 지킬 수 있었다.

중국은 사람이 많다. 그래서 '인부중人富中', '자부중資富中'이라 한다. 사람이 많다는 것도 실로 실감난다. 그 많은 사람들, 그중에는 혜택받은 사람, 그와 정반대로 어떤 이는 마치 고통받기 위해 태어난 듯한 사람들이 한데 어우러져 살고 있다. 에어콘 리무진을 탄 사람이 있는가 하면 인력거에 사람을 태우고 달려야 하는 인간들. 상해의 아침 꽃은 여전히 아름다우나 사람이 사는 것은 이토록 천차만별이다.

이 수많은 사람들을 보면 역사를 생각하지 않을 수 없다. 그저 살다가만 가는 사람, 그에게 역사의 짐이란 그저 사는 것이 전부인 것 같다. 그러나 어떤 이는 역사를 거머쥐고 뒤흔든다. 모택동이 그렇고 등소평이 그렇다. 이들은 모두 시대의 역할을 담당하며 산다. 모택동은 봉건 중국을 현대화시키기 위한 역사적 역할을 담당했다. 등소평은 실용주의 개방노선을 따라 중국을 성공적으로 바꿔 나갔다. 그들은 시대의 필요를 예감하고 그것을 실현시킨 사람이다. 사람들은 역사에서 모두 자기의 몫을 가지고 살다 가는 것 같다. 그래서 나는 종교, 사회구조, 이념과 같은 요인들을 인정하더라도 역시 역사는 '인간 드라마'라는 사실을 중국에서 더욱 실감할 수 있었다.

역사와 문화의 자부심

그래서인지 인간성을 무시한 제도나 이념이란 끝내 성공할 수 없다는 생각을 떨쳐 버릴 수 없었다. 인간들은 모두 자기를 표현하며 자기실현을 하고 싶어한다. 사람들은 일부 제도의 영향을 받겠지만 기본적으로는 자신의 동기, 의식, 인간성에 따르게 된다. 인간이 육체와 정신으로 이루어지듯이 정신과 물질이 다함께 어우러져 역사를 만든다. 역사는 사회구조와 물질, 인간정신과 감성이 서로를 반응하면서 만들어 간다. 가꾸지 않은 허술한 아파트, 친절하지 않은 점원, 소비량에 못 미치는 식량, 이것들은 자기의 본성이나 이익에 아무런 관계도 없기 때문에 방치된 무관심 속에서 생겨날 수밖에 없는 현상이다. 사회주의를 포기하지 않고 중국이 강대국이 될 수 없다는 평범한 이야기는 이를 증거한다. 중국이 발전하고 있는 중에 생기는 여러 문제들도 인간성과 물질의 측면에서 접근하면 그 이해도 한결 쉬워진다.

중국은 역사를 가지고 있고 그것을 소중히 해 온 민족이다. 사마천의 『사기史記』는 중국인 지혜의 총합이다. 중국이 오늘의 개혁에 성공하고 있는 것은 그들이 역사를 갖고 거기에서 배우기 때문이다. 소련이나 기타 공산권의 실패에 비하면 이는 놀라운 일이다. 앞으로도 중국은 기복은 있을지 모르나 실패한 민족은 아닐 것이다.

중국은 추앙할 지도자를 갖고 있다. 모택동의 문화혁명 실패에도 불구하고 천안문광장에는 그의 초상화가 걸려 있다. 등소평은 은퇴했는데도 여전히 중국을 지배하고 있다. 우리와 비교해 보자. 우리는 지도자나 역사를 파괴해 버리고 다만 오늘만을 보고 진흙탕 속의 싸움만 하고 있지는 않은지? 중국은 아직 우리보다 가난하지만 그들은 돈 몇 푼으로 계산되지 않는 역사와 문화의 자부심을 갖고 있다.

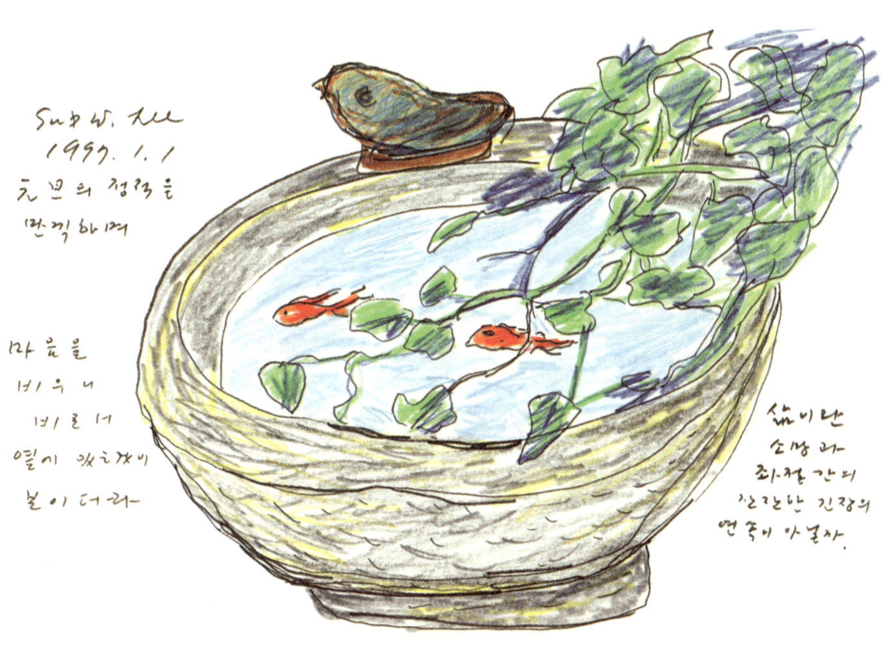

삶이란 소망과 좌절 간의 잔잔한 긴장, 29×21cm, 1997.

10
모더니즘 개념과 그 역사성

모더니즘 이해의 복합성

모더니즘이 무엇인지 그리고 그것이 지닌 역사성을 점검해 보는 것은 현대미술 이해의 매우 중요한 부분을 차지하는 것 같다. 사실 모더니즘의 본질을 파악하는 것은 곧 미술이 무엇인가 하는 문제로 연결되기 때문이다. 모더니즘은 또한 전환의 시기와 그 양태 때문에 논의의 대상이 되고 있다. 즉 모더니즘은 과연 끝난 것이며, 그것이 만일 포스트-모더니즘 또는 네오-모더니즘Neo-modernism으로 전환되었다면 그들은 서로 어떻게 다르며, 어떤 관계에 있는가의 문제가 제기된다.

모더니즘이란 용어 자체가 일정한 현상에 대한 체계적 이념이 아니고 다발 발생적인 현상에 대한 포괄적이고 진행적 용어이기 때문에 그 특성에 대한 이설은 필연적일 수밖에 없다. 매우 통상적인 것이긴 하지만 모더니즘에 대한 사전적 뜻매김을 살펴보는 것은 앞으로의 논의에 도움이 될 것 같다. 다소 긴 감이 있지만 몇 개의 어의 해설을 여기에 옮기겠다. 왜냐하면 용어 그 자체도 통일된 정의가 아직 부재 상태이기 때문이다.

"모더니즘…… 내용적으로 매우 모호한 말이지만, 제1차 대전 후의 예술사조를 막연하게나마 시대적 특성으로 표현하고 있다. 이 시기에는 이미 표현 양식의 다양화가 진행되었고, 사실주의, 낭만주의, 상징주의 등 온갖 경향의 작품이 만들어졌으며, 예전처럼 시대의 양식을 명확하게 규정할 수 없게 되었다. 모더니즘은 이 시대의 작가들이 살며, 시시각각으로 변하는 '현대'에 매우 민감하게 반응하면서, 현대를 표현하기 위해 온갖 새로운 형식이나 이론을 구하고 있다는 것을 나타내고 있다."[1]

또 『Encyclopedia of World Arts』에서는

"예술운동과 관련된 'modernism'이란 단어는 시대적인 의미뿐 아니라 이념적인 의미도 지닌다. 'ism'은 의도적인 변화의 계획과 개혁의 이상을 내포한다. 광의의 역사적 의미로는 과거로부터 일탈하여 미학, 형식, 매체 등을 당대의 예술적 신념으로 대치하려는 노력에 적용되는 용어라고 말하고 있다."[2]

문학 쪽에서는

"모더니즘…… 현대문학 — 유럽에서는 현대문학 전체를 가리키기도 한다. — 전체가 모더니즘에 속한다고 할 수 없다. 현대문학의 여러 경향 중에 특별히 전위적이고 실험적인 것만이 모더니즘과 관계 있다. 모더니즘은 더 직접적으로 19세기 후반과 20세기 초에 융성하였던 사실주의 및 자연주의에서 벗어나려는 노력이다. 사실주의와 자연주의는 19세기적 유물론과 관련이 깊은데 모더니즘은 그러한 우주관은 물론, 일체의 물질주의와 산업주의를 개인정신의 부자유로 보고 반발한다."[3]

다른 한곳의 정의를 더 옮기겠다.

"모더니즘…… 일반적으로 기성 도덕과 전통적 권위를 반대하고, 자유와 평등, 도시의 시민생활과 기계문명을 구가하는 사상적, 예술적 사조를 말한다…… 20세기에 들어와서 크게 유행하였다. 상징주의, 인상주의, 야수주의, 입체파, 미래주의, 쉬르리얼리즘, 실존주의 등이 그것인데, 이러한 예술적, 철학적 사상의 근거에는 개인주의가…… 공통점이다. 그리고 이것을 반反리얼리즘으로 설정할 때, 그 대극에 리얼리즘, 특히 사회주의 리얼리즘이 설정된다."[4]

이상에서 보여 준 바와 같이 그 용어의 내용이 시각에 따라 서로 상이하고, 유동적이

---

1) 季刊美術編 『現代美術用語事典』《중앙일보》, 1981. 57쪽.
2) 『Encyclopedia of World Arts』, New York, McGrawHill, 1968(VoC, X, 201쪽).
3) 이상섭, 『문학비평용어사전』, 민음사, 1976, 63~4쪽.
4) 문덕수 편집, 『세계문학대사전』 성문각, 1975, 657쪽.

며 광의적이다. 더구나 모더니즘 용어의 복잡성은 때로 그것을 논의하는 입장이나, 수용하게 된 역사적 과정의 파행성 때문에 더욱 심화된 것도 사실이다. 모더니즘에 관한 논의는 구미歐美에서도 식었다고 할 수는 없지만, 제3세계의 자각과 더불어 더욱 가열된 것 같고 우리나라의 경우 리얼리즘과의 대립여부 문제 때문에도 서로 입장에 따라 첨예한 대립을 보여 왔던 것도 사실이다.

모더니즘 어의語義의 시대성

모더니즘이라는 단어를 『미술용어사전』5)에서는 '현대주의' 라고 옮기고 있다. 영한사전에서는 '①현대식(의 태도), 근대주의, 근대사상, 근대적 방법, ②현대(근대) 어법, ③(M-)(종교), 근대주의(가톨릭교회 내의)' 라고 역하였다.6) 여기서 모더니즘이 근대와 현대의 시대개념과 밀접한 관계를 갖고 우리말로 옮겨지고 있는 점이 주목된다.

역사학에서 근대와 현대는 엄연히 다르게 구별되어 사용되고 있다. 논자들에 따라 근대의 시작과 종결, 현대의 시작에 대한 시대구분이 상이하여 일치하지 않을 때도 있다. 그러나 일반적으로 근대는 르네상스기로부터 시작되는 것으로 구분하고 있으며, 현대는 1871년독일통일, 1914년1차대전 발발, 1945년2차대전 종결 등의 시기로부터 추정한다. 우리말 사전에도 근대는 '중고中古와 현대와의 사이의 시대' 라고 되어 있고, 현대는 '지금의 이 시대, 이 세대, 현시대' 라고 해설하고 있다. 그같은 상이한 개념에도 불구하고 미술용어에서는 모더니즘을 '근대주의' 또는 '현대주의' 라고 혼용하고 있다. 이러한 혼용은 미술사의 시대구분이나 작품유형의 분류에도 나타나고 있다. 몇 개의 대표적인 예를 들어 보면 다음과 같다.

오광수는 그의 『서양근대회화사』7)에서 1900년대 중반에 속하는 추상표현주의까지의 미술양식을 다루고 있다. 근대를 1950년대까지 연장하고 있는 셈이다. 같은 필자는 『한국현대미술사』8)를 내면서 그 부제를 '1900년 이후 한국미술의 전개' 라고 붙이고 있다.

---

5) 계간미술편, 전게서, 57쪽.
6) 시사영어사 편집국편, 『뉴월드콘사이스』, 英韓事典, 시사영어, 1976, 840쪽.
7) 오광수, 『서양근대회화사』, 일지사, 1980.
8) 오광수, 『한국현대미술사』, 열화당, 1985.

똑같은 저자가 거의 같은 시기를 다루면서 하나는 근대로, 다른 하나는 현대로 표현하고 있는 셈이다. 반면 이경성은 〈한국근대미술 60년의 문제들〉이라는 논문에서 근대미술 60년을 1910~1968년까지로 잡고 있다. 그러나 이 시기는 역사적 시대구분으로 볼 때 분명 현대에 속한다.[9]

　이러한 혼용은 전시작품의 선정이나 분류에서도 혼란을 일으키고 있다. 김복영은 그의 한 신문 논고에서

　"……최근의 경향으로부터 금세기 중엽 그리고 19세기 초중엽의 경향에 이르는 적어도 3대의 경향들 모두가 '현대미술'이라는 이름으로 전시되고 있으니…… 일단 무언가 혼미하다는 일말의 불안감을 떨쳐 버리기 어렵다. 그것은 왜 그럴까?…… 세 개의 장르마다 세계의 경향들이 뒤범벅되어 있어…… 혼미의 정도는…… 엄청난 것이 될 것이다……. 우리는 이제…… 현대미술이란 무엇인가부터 다시 생각해야 한다."라고 쓰고 있다. 이러한 혼란은 근대와 현대의 시대적 개념이 혼돈되고, 작품의 경향과 현대정신의 불일치에서 오는 다중 이미지 때문이 아닐까?[10]

현대미술과 현대시대

　그러면 무엇이 현대미술이며 무엇이 근대미술인가? 역사적 시각으로 보면 현대에 그려진 모든 그림은 현대미술현대의 미술이며, 근대의 제작된 모든 미술은 근대미술근대의 미술이 아닐까?

　그러나 'ism'의 시각에서 보면 현대주의적 정신으로 그려진 그림만이 현대미술이다.회화 중심으로 이야기하자면 반면 현대에 그려진 그림이라도 현대주의적 정신에 기초하여 그려진 그림이 아니라면 이는 현대미술이라고 말할 수 없지 않은가? 이 점에서 역사적 시각의 시대구분과 예술적 시각의 미술의 분류는 차이를 드러내고 있다. 이는 역사적 시각에서 보는 문제점도 없지 않지만, 요컨대 모더니즘이란 용어 자체가 'ism'적이면서도 시대성을 띠고 있는 데서 생기는 불가피한 결과이다.

'근대주의'라고 불리는 모더니즘이 현대라는 성격으로 대치된 이 시대에도 여전히 그렇게 불리운다면 시대적 시차時差를 드러내고 있음을 부인키 어렵다. 그래서 사람들은 이를 '현대주의'라고 다시 첨언하게 된 것 같다. 그러나 그렇게 될 경우 모더니즘이 꼭 현대에만 적용된 용어는 아니라는 문제가 생긴다. 이미 바사리는 르네상스 때에 "We Moderns."란 말을 쓰지 않았던가? 또 하나의 문제는 현대는 계속된다는 현대개념의 연속성이다. 100년 후 300년 후의 사람들도 그들 당대를 현대라고 부르지 않겠는가! 이는 마치 근대가 지난 후에도 여전히 현대에 적용된 어휘를 '근대주의'라고 말하는 데서 생기는 문제를 다시 반복하고 있는 셈이 될 것이다.

사실 이같은 문제는 미술 자체만의 책임에서 연유한 것이 아니다. 오히려 시대구분이 갖고 있는 모순을 그대로 반영한 것이라 할 수 있다. 고대는 고대적인 것일 수만은 없으며 현대라고 '고대적' 요소가 전혀 없는 것도 아니다. 그리고 역사학계는 세계역사를 3분법고대, 중세, 근대에 의해서만 나눌 수 없는 어려움을 안고 있다. 근대라는 범위가 무한정 연장될 수 없기 때문에 제4의 시대라 할 수 있는 '현대 또는 최근세'를 추가시킨 것이다. 그러나 새로운 시대로 첨가된 '현대'에도 또 다른 문제점이 있다. 차하순이 지적한 대로 "시간경과에 따라 현대사에 속한 부분이 근대사로 옮겨지기 때문이다."11) 이 말은 반대로 현대가 그만큼 계속 연장될 수 있다는 이야기도 된다. 이는 결국 하레키가 말한 바 대로 시대구분의 상대성 때문에 생기는 결과이다.

이같은 혼란을 방지하려면 역사가들이 사용하는 시대구분과 미술관계자들이 구분하는 시대적 의미와는 별개의 것으로 써야 한다는 얘기가 된다. 그렇지 않으면 용어의 우리말 번역에서 '현대'니 '근대'니 하는 말을 관계시키지 않고 사용하는 방법이 있을 수 있다. 예컨대 모더니즘을 근대주의 또는 현대주의라고 하지 말고 '반전통주의'와 같은 내용적 의미로 번역하는 것이다.지극히 시안적 의미에서 물론 여기서 사용하는 '전통'은 '계통을 받아 전함, 또는 이어 받은 계통'이란 의미로의 전통개념이다. 그같은 맥락에서 송미숙의 〈현대미술에서의 '전통'에 대하여 하나의 관점〉12) 이라는 글은 하나의 시사점을 제

---

11) 차하순, 『역사의 의미』, 홍성사, 1984, 164쪽.
12) 송미숙, 〈현대미술에서의 '전통'에 대하여 하나의 관점〉, 《아트포스트》 제2호, 1988. 3, 4~6쪽.

시하고 있다고 본다.

모더니즘 한국 유입과정의 굴절성

우리가 다 알듯이 모더니즘은 우리가 직접 유럽으로부터 유입한 문화가 아니다. 일본을 통하여 들어오는 과정에서 일본식으로 받아들여졌고, 그것이 다시 우리들의 기호에 따라 재굴절당하였다. 더구나 식민지하의 한국지성들이 이를 저항적, 개혁적, 사회참여의 의지로 받아들였다기보다는 주지主知주의적, 유미자족적 태도로 받아들인 것도 부인할 수 없다.

또 하나는 모더니즘 수용과정에서 생긴 시차문제다. 서양미술이 들어오는 과정에서 유럽현장의 미술과 한국과 일본에 유입된 미술 간에는 상응한 시차가 존재했다. 조선미술전람회가 1922년에 최초로 열렸으니, 서양화단의 본격적인 활동은 이때부터 시작되었다고 보아도 무리가 없을 것 같다. 그런데 그들이 배우고 받아들인 대부분의 미술양식은 19세기 말에 꽃피운 인상파 내지 후기인상파였다. 반면 서양에서는 이때1920~30년대 탈인상주의 형태가 뚜렷이 나타났고 이미 앙드레 브르통은 쉬르리얼리즘의 선언을 준비하고 있었다.

일본미술의 선두주자들이 유럽에 건너가 그곳의 미술사조를 배우고 일본에 돌아가 후학들을 가르치고, 또 한국인들이 이를 배워 자기양식화하는 데는 거의 1세대의 시차가 보였다.

그같은 시차 때문에 현대에 사는 한국인은 오히려 근대에 해당되는 유럽의 인상주의, 후기인상주의를 현대미술로 받아들이게 된 점도 없지 않다. 그래서 시대구분적으로만 보면, 유럽의 근대미술이 한국에서는 현대미술이 된 셈이다. 이같은 시차를 체질적으로 겪으며 살아온 한국의 일부 근대미술인들은, 왕왕 그들의 그림이 자신들의 역사나 사회적 체험과 유리된 채 존재하고 있는 것에 관하여 하등의 갈등이나 책임의식을 느끼지 않아도 되었는지 모른다. 이것이 우리나라의 모더니즘이 '반사회주의 리얼리즘'의 속성을 안고 전개된 이유 중의 하나이기도 하다.

더구나 일제의 미술문화 정책은 의도적으로 참여적, 현실비판적 측면을 도외시한 감

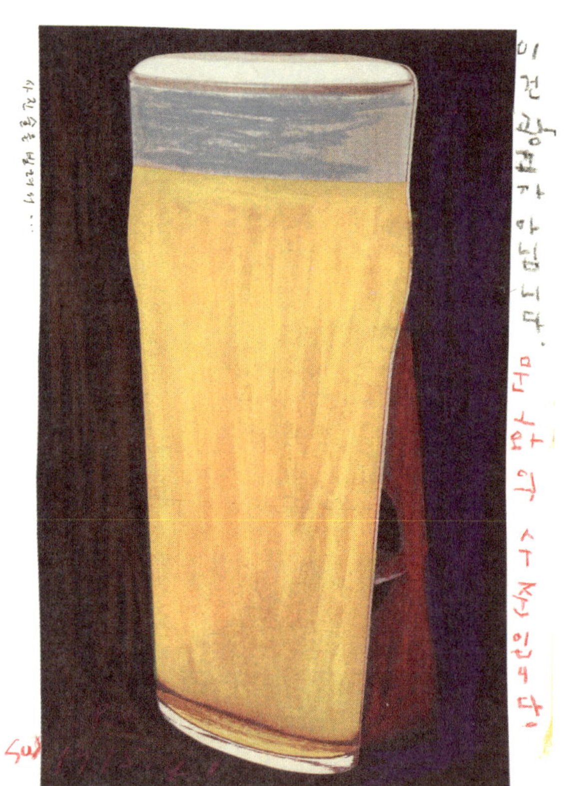

광고가 아닙니다. 문화의 수준입니다, 21×29cm, 1995.

도 없지 않다.

19세기 부르주아 혁명의 성공 이후 유럽미술은 두 가지 경향을 띠었다. 하나는 부르주아 혁명에 실망한 미술인들의 자기 함몰적 태도이고 다른 하나는 그들 부르주아들에 대한 비판과 사회참여의 길을 모색한 일단의 화가들이다. 전자의 경우는 사실주의 유파를 이루고 후자는 소위 사회주의적 리얼리즘을 형성하였다. 그러한 서구미술을 받아들이는 시기가 일제식민지하였다는 것은 모더니즘을 어떻게 수용했는가의 문제와 밀접한 관계를 맺는다.

어느 유파의 그림 경향을 받아들이는 것이 식민지 통치 아래서 쉬웠겠는가 하는 것은 자명한 일이다. 치자들의 입장에서 보면, 저항과 비판세력보다는 제도권에 길들여진 순종형이나 아니면 정신적 갈증을 낭만으로 채우려는 관념적 합리주의자들이 훨씬 다루기에 쉬웠을지 모른다. 그래서 이 나라의 서구미술 수용, 특히 모더니즘의 경우도 식민지적 악조건 때문에 부분적인 면만을 받아들인 셈이다. 더구나 모더니즘 자체가 서양의 산물인 한, 당시 근대화 Modernization 는 곧 서구화 Westernization 내지 서양의 모방이라고 생각되었던 세계에서 부분적 서구문화의 자각적 수용이란 어려웠을 것이다.

하지만 그같은 이유가 곧 서구 모더니즘 자체를 전체적으로 무력하게 보아야 할 이유일 수는 없다. 서구 모더니즘 수용을 지나치게 부정적인 시각으로만 보아서도 안 될 것 같다. 모더니즘을 리얼리즘과 대립되는 개념으로만 보는 데도 문제가 있다. 굴절된 모더니즘이라고 하지만 그것이 우리 미술계의 새로운 변혁과 전통의 타파, 서양미술의 정착, 미술문화에 대한 새로운 인식의 보급 등에 끼친 공헌은 그 나름대로 평가받아야 하리라고 본다.

서구의 모더니즘은 리얼리즘적 모더니즘, 아방가르드적 모더니즘, 유미주의적 모더니즘 등의 성격을 다양하게 갖춘 매우 다이나믹한 정신양태이다. 그렇기 때문에 모더니즘은 한 시대의 문화를 거부하고 또 다른 문화양식을 창출하려는 문화변혁을 주도하였다. 이를 단순히 정치적, 사회적 시각에 맞추어 무력한 모더니즘으로 몰아 부치는 치우침도 또한 경계해야 할 일이다. 모더니즘을 반리얼리즘적 개념으로만 파악해서도 안 될 것 같다. 리얼리티 Reality 를 반대하는 것이 아니라 리얼리티를 포용하는 미를 추구하는 자세를 모더니즘에서 배제하지 않았기 때문이다.

반면 모더니즘 수용의 무력성은 우리의 전통적인 정신풍토에도 크게 연유한다. 뿐만 아니라 서구 형태의 문화체험으로 인해 그 형식이나 테크닉만을 받아들인 데서 생기는 면도 간과할 수 없다. 서구 문명을 낳게 한 정신적 배경에 대한 이해 없이 그들 문화의 외 형만을 수용하는 문화는 결국 형식주의로 흐를 수밖에 없다. 더구나 유교적 정신주의를 중시하며, 미술을 하나의 유희나 여가로 생각했던 우리의 전통적 미술풍토에서 사실주 의적 모더니즘은 아주 자연스럽게 받아들여질 수밖에 없었다. 오히려 그같은 면을 조장 한 감도 없지 않다.

모더니즘과 문화

모더니즘은 20세기 구미 예술을 떠나서는 이야기할 수 없으며, 이는 곧 20세기 문화와 의 깊은 연관 속에서 논의되어야 한다는 사실을 말한다. 현대미술의 효시라고 인정되는 포비즘의 출현¹⁹⁰⁵은 현대문명의 한 표출형식이다. 현대미술의 한 유파인 큐비즘이나 바 우하우스미술운동, 미래주의 등은 현대문명의 한 구성요소들이다. 이들 미술운동이 그 무렵 표면에 떠올랐다 하더라도 이들이 표출되기까지는 당대의 시대정신과 다양한 상호 작용 속에서 태어났을 것이다. 17세기와 18세기를 '지적 혁명^{Intellectual Revolution}' 의 시기 라고 한다면 1830년부터 1914년까지는 그것이 결실을 맺고 발아하는 '지적 진보기 Intellectual Progress' 였다.13)

이 무렵에는 연역적 이성주의가 쇠퇴하고 경험주의의 승리를 이룬 오직 과학만이 유 일한 지식의 원천으로 숭앙되었다. 다윈^{Charles Darwin}이 『종의 기원』¹⁸⁵⁹을 출간하여 신의 창조설에 도전하였다. 또한 사물관이 바뀌었다. 물체는 단단한 원자로 구성된 것이 아니 라 그 원자 자체도 전기성을 띤 전자핵으로 구성되었다는 것을 알게 되었다. 이는 대상 에 대한 사람들의 생각을 바꾸어 놓을 만큼 획기적인 발견이었다.

아인슈타인의 상대성원리는 그같은 변화된 물질관을 전 우주에 확대시킨 셈이다. 제

---

13) E. Burns, Western Civilization(6th, ed.), New York, Norton, 1963, 796쪽.

한된 형태이긴 하지만 1905년에 처음으로 발표된 이 이론은 그때까지의 공간과 운동에 대한 절대적 관념을 깨뜨렸다. 그래서 시간과 공간, 운동을 모두 상대적 개념으로 파악하게 되었다. 3차원에 시간이 첨가된 셈이다. 바야흐로 문화는 절대적 기준이나 이성적 틀 안에서 해방되었다. 가두어졌던 것이 이제 풀어헤쳐져 각자의 생명성을 극대화시키려는 경주가 시작된 셈이다.

그림에서도 이같은 성향이 치열하게 나타났다. 그리는 것을 거부하는 운동, 구체적인 것을 비구체적인 방법으로 표현하는 시도, 정형定型을 비정형으로 표현하는 방법, 무의식을 의식보다 더 중시하는 그림, 보편적인 것을 특수적인 것보다 우선시하는 운동들이 우후죽순처럼 자라났다.

이것들을 이름 붙여 비구상 앵포르멜, 추상표현, 팝아트Pop art 등등으로 명명하였다. 운동을 도입한 마르셀 뒤샹Marcel Duchamp, 팝아트의 선조 앤디 워홀, 행위미술의 대가 조셉 보이스 등은 모두 그같은 문화현상의 미술적 대행자들이다. 한 시대의 정신과 가치가 바뀜에 따라 미술정신, 미술의 사상이 바뀌고 그에 따라 새로운 미술이 탄생한다. 이는 초기 기독교 미술의 형성에서 좋은 예를 발견할 수 있다. 로마 말기 기독교의 보급은 고대적 가치관의 전면적 붕괴를 예비하였으며, 이는 새로운 기독교 미술의 출현을 강요하였다.

구체적인 것보다는 상징적인 것을, 현세적인 것보다는 피안적인 것을, 인간적인 것보다는 신적인 것을 중시하는 문화색채의 변화 속에서 그 변화에 상응하는 미술양식이 형성된 것이다. 20세기의 현대미술도 모더니즘의 이름 아래 출발한 것은 아니다. 각자의 미술양식이나 운동은 나름대로의 사상과 시대적 배경, 생활조건 속에서 발생적으로 형성되었다. 다시 말하면 문화 정신의 시각적 반응이다. 사람들은 그같은 시각문화의 형식 밑에 흐르는 정신을 종합하여 모더니즘이라고 후대에 명명하였을 것이다. 분명한 것은 모더니즘의 이름 아래 모더니즘 미술이 출현한 것이 아니고, 모더니즘적 미술이 출현한 다음에 후세인들이 모더니즘이라는 이름을 붙인 것이다. 오늘날 모더니즘 미술이라고 불리는 팝아트, 미래주의, 설치미술, 실험미술 등은 이를 편의적으로 모더니즘 미술의 범주 안에 포괄한 것에 불과하다.

이 말은 현대문명이 없는 현대미술의 출현은 없고 현대미술 없는^{미술에 국한하여 생각할 때} 모더니즘은 있을 수 없다는 뜻이다. 그렇기 때문에 현대문명의 체험 없는 외형과 형식만 의 모더니즘 수용은 매우 허구적인 것일 수밖에 없다. 한국 모더니즘의 외침이 공허한 메아리로 들리는 것은 때로 이같은 이유에 연유한다. 사실 '이즘^{ism}' 이란 그 속성상 후생 적^{後生的}이고 관념적일 수밖에 없다. '이즘' 이란 말은 역사상 비교적 최근에야 생긴 말이 며, 그것은 구체적이기보다는 포괄적이다. 또 '이즘' 은 언제나 실제 사실보다는 뒤늦게 명명되는 것이기 때문에 뒤에 형성된 개념을 앞시대의 것에 적용하게 된다. 서던^{R. W. Southern}이 말한 것처럼 '이즘' 은 뒷시대의 관념을 과거에 투사시키는 것이다.[14]

그렇기 때문에 '이즘' 은 아무리 충실한 어의를 지닐지라도 결국 사실과는 일치할 수 없는 괴리와 허구성을 지닐 수밖에 없다. 그래서 모더니즘은 사실 1900년 초부터 1960여 년 무렵까지 일어난 전위적, 반전통적, 시각적, 실험적 운동을 포괄적으로 논하는 형성 과정에 있는 용어 의미라고 볼 수 있다. 그것은 형성과정의, 즉 논의과정의 용어이기 때 문에 더욱 논란의 대상이 될 수밖에 없다.

오늘날 포스트-모더니즘이 논의되고 있다. 이것 또한 1970년부터의 미술변화에 대한 포괄적 명명^{命名}이다. 포스트-모더니즘을 낳기 위해 70년 이후의 복수주의와 같은 미술운 동이 전개되고 있던 것은 아니다. 오히려 그 순서는 반대이다. 이는 바꾸어 말하면 지금 의 문화가 변하고 있고 그 변화의 시각적 반영이 또 다른 포스트-모더니즘적 형태로 이 름 지어지고 분류되고 있는 것이다. 사실 근대나 서양의 현대문화적 갈등이나 위기의식, 소외감 등을 뼈저리게 역사적으로 체험하지 않은 우리에게 그곳에서 형성된 미술문화는 언제나 형식이나 감성적으로만 와 닿을 뿐이다.

더구나 모더니즘 자체가 내용보다는 형식을, 개성보다는 비인격화를, 감정보다는 몰 정서성을, 영원성보다는 순간성을, 그리는 것보다는 그리지 않는 것을 지향했기 때문에 그러한 형식성은 더욱 심화될 수밖에 없었다. 그동안 미술은 자기해방의 과정에서 타 분 야와의 연합 내지 도입을 계속하여 왔다. 사각의 캔버스 안에서 해방되어 오브제를 도입

---

14) R. W. Southern, Medieval Humanism, New York, Harper and Row, 1970, 29쪽.

하고 환경 속으로 뛰어나가며, 인간의 행위와 사물의 설치까지도 미술 속에 수용하였다. 우리는 이것을 미술의 확산이라고 부른다. 하지만 이를 타면에서 보면 미술의 소멸과정이라고 볼 수는 없을까?

미술의 고유영역은 무엇인가? 다른 모든 분야가 침해할 수 없는 미술 고유의 핵은 무엇인가? 벌써 사람들은 이같은 자성을 시작하고 그것을 점검하기 시작했다. 사실 모더니즘은 무엇을 그리느냐보다는 어떻게 그리느냐에 더 치중하여 왔다. 그래서 내용보다는 형식을 더 중시하게 되었다. 형식을 중시하다 보니 자연히 의미 있는 사물들 즉 자연이나 우주, 인간과 같은 의미적인 것과는 단절하는 상태에 이르게 되었다. 그같은 경향은 현대문명의 분석적 속성 때문에 더욱 촉진된 감이 있다. 분석하고 해부하며 찾아낸 실상이 인간에게 무엇을 가져다주었는가? 그것은 삭막과 불안과 고독뿐이 아닐까?

이제 인간들은 다시금 자기를 성찰할 시점에 이르렀다. 그같은 성찰은 결국 종합하는 일이라는 것을 깨닫게 된 것 같다. 분석보다는 종합이 이 시대 문화의 과제가 된 셈이다. 앞으로의 조형예술 분야의 방향도 그러한 종합화의 방향에서 조명되어야 하지 않을까?

IV

영혼을 사르다 간 이들을 떠올리며

1

좌절의 삶, 위대한 꿈―전남 다산 초당

다산초당이 들어서 있는 구강포 율동마을은 투명한 햇빛과 황토밭, 연초록 보리밭이 꿈같은 아름다움을 연출하고 있는 곳이다. 그리고 은빛 가득한 바다와 그 노란 갈대들은 왜 그렇게 그리움과 갈증 같은 것을 토해 내고 있던지.

만덕산 초당으로 오르는 길은 단연 엄숙하다. 하늘을 가를 듯이 올곧게 뻗어 나간 대나무들의 숲과 시린 세월 뜨거운 아픔 다 겪으며 라오콘의 고뇌 어린 몸짓으로 서 있는 소나무들, 그들이 만들어 내는 오솔길 그늘은 내 가슴과 머리를 서늘하게 한다.

그렇게 얼마 가지 않아 다산초당과 만난다. 그 마당에 서면 온몸을 휘감는 듯한 역사의 감동을 주체키 어렵다. 여기 이렇게 살다 간 사람도 있었구나 하는 짜릿한 충격, 시간과 공간이 하나가 되는 순간, 오직 그곳에 살아 숨쉬는 하나의 정신을 본다. 그리고 나의 내면에 차곡차곡 억제시켰던 자유정신이 또다시 꿈틀거리기 시작함을 느낀다.

정다산이 서학에 연루되었다는 이유신유교난과 황사영 백서사건로 귀양살이로 밀려난 것이 1801년순조 1년. 그가 1818년에야 풀려났으니 꼭 18년 여름을 강진 땅에서 보낸 셈이다.

초당 뜰, 차茶 부뚜막에 솔가지를 꺾어 차를 다리고 뒤뜰에 있는 바위 위에 '정석丁石'의 글을 새기며 인내를 배웠던 외로운 심경. 언제 풀려날지, 어느 때 실행해 볼지도 모르는 자신의 개혁의지를 책으로 쓰고 있던 기약 없는 세월을 그는 어떻게 참아 냈을까.

그의 혼이 역사로 살아남아 지금도 숨쉬고 있는 것은 그 좌절의 삶 속에서도 소망의 의지를 결코 버리지 않았기 때문일 것이다. 그는 그곳에서 당시 조선사회가 무엇 하나 건질 것 없이 모두 병들어 있는 현실을 뼈저리게 체험했다. 유배지의 농민 100호 중 70호가 소작인이었다. 더구나 가렴주구와 과중한 세금으로 시달리고 있는 농민들을 목격하면서 그는 주권재민의 개혁사상을 달구어 냈던 것이다. 그리고 그렇게 바꾸지 않으면 나라가 망할 것이라는 사실 또한 직시하였다.

그는 형과 가까운 친지가 처형당하고 유배기간 동안에 자식들마저 병으로 세상을 떠나는 아픔을 겪었다. 마키아벨리는 44세의 나이에 모든 것을 잃고 절망하다시피 했다. 정다산은 이보다 5년이나 앞선 39세의 한창때에 별리의 땅 강진에 버려졌다.

그러나 역사는 단순한 평면의 흐름을 거부하는 데 큰 매력이 있는 것 같다. 이들의 개인적인 삶의 불행이 곧 역사의 불행은 아니었기 때문이다. 권력과 명예에서 승승장구했을 두 사람을 바꾸어 생각해 본다. 그들의 명리에 갇힌 마음에서 『목민심서』, 『경세유표』, 『군주론』과 같은 위대한 저술이 나올 수 있었겠는가.

슬픔과 기쁨의 차이는 무엇이며 소망과 좌절의 거리는 얼마일까? 이 지난의 시대를 사는 지혜는 우선 마음을 가난하게 하는 일이다. 역사는 절제와 용기를 함께 가르쳐 주고 있으니 이 얼마나 다행인가.

2
금빛 가을에 무심으로 걷는 길―한 마리 나비가 된 나혜석

지난여름 어느 학술회의에 참석했다가 갑자기 실내에 날아든 한 마리 노랑나비를 보고 안타까워했던 기억이 새롭다. 나비는 훨훨 자유롭게 날고 있었지만 분위기는 단연 애절했다. 그 녀석이 납덩이 같은 강당을 빠져나가 창공으로 마음껏 날아가야 할 텐데. 나비란 속성이 앞으로만 날려고 하는 것이라 그 운명이 몹시 걱정됐다.

나비를 보면서 이 나라 현대사의 선각자로 미술과 문필에서 혁혁한 개척의 길을 열었으면서도 비극적으로 인생을 마감한 나혜석1896~1946을 떠올렸던 것은 지나친 비약이었을 게다. 필자가 나혜석에 대한 관심을 가진 것도 꽤 오래인 것 같다. 서가에는 언제부터인가 이구열의 『네 어미는 선각자였느니라』동화, 1974, 정을병의 『화, 화, 화火, 花, 畵』제오, 1978 등 몇 권의 책이 꽂혀 있다. 그중에 이상현이 펴낸 『달뜨고 별지면 울고 싶어라』국문, 1981에서 나혜석의 글을 직접 읽을 수 있었던 것은 뜨거운 감동이자 고뇌의 시작이었다.

사람을 평가하는 데 있어서 우리는 흔히 본인이 쓴 글Text보다는 타인들이 그에 관해 쓴 글Context이나 말에 더 의존하는 경우가 많다. 나혜석도 이혼사건과 허물어진 말년의 삶 때문에 그녀가 남긴 위대한 정신적 행적이 가려지는 아쉬움이 있다.

비운의 조각가 권진규는 그의 조각실에 "범인에게는 침을, 바보에겐 존경을, 천재에겐 감사를"이라고 써 붙여 놓았다고 한다. 『죄와 벌』의 주인공 라스콜리니코프도 인간을 초인과 범인으로 나누고 초인들은 선과 악의 일상적 판단의 범주 밖에 있어야 한다고 생각했다. 나혜석 역시 세상에서 정해 놓은 제도적 틀로 판단하기에는 너무도 큰 거인이다.

그의 글에는 봉건의 질곡을 타파하고자 하는 선구자의 모습이 완연하다. 그는 좁은 길을 택한 자의 운명이 어떤 것이라는 것을 누구보다도 잘 알고 있었다. 그가 그린 〈선죽교〉처럼 삶에는 선혈이 낭자하더라도 나혜석은 자신이 담당할 역사의 몫이 무엇인지 뚜렷이 의식하고 있었다. 또 그녀의 글은 힘차고 명쾌해 답답한 가슴을 탁 트이게 한다. 넘치는 감성과 현대감각도 뚜렷하다. 그가 지향했던 것은 '인간해방' 그것이었다. 60년이 지난 오늘 그녀가 다시 살아나 똑같은 생을 산다 해도 돌을 던지는 사람이 수없이 많을 것이다. 우리 사회의 의식은 그만큼 미분화된 상태에 머물고 있다.

미국 유학시절 그녀의 아들 진을 일리노이 대학에서 만날 수 있었던 것은 우연만은 아니었던 것 같다. 십여 년 전 햇빛 조용한 어느 가을날 북한산 입구 청운동 어떤 양로원 앞을 지날 때 입구에 우두커니 앉아 있던 노인들을 보며 혹시 그곳이 나혜석이 잠시 머물렀던 곳이 아닌가 생각했던 적이 있다.

이 가을에 누구도 판단하지 말자. 그리고 무심無心으로 걷자꾸나.

3
위대한 조연

주연보다 조연이 더 결정적이거나 돋보일 때가 있다. 이는 화가들의 아내에게도 해당되는 것 같다. 이들은 화가 자신들보다 더 치열한 인고를 감내하는 버팀목이었다. 다만 그들은 무대 뒤에 가려져 있거나, 그늘에 묻혀 잊혀졌을 뿐이다.

얼마 전 나는 전환기 우리 현대사의 질곡을 살았던 화가 13인의 삶을 조명하는 작업을 한 적이 있다. 그 과정에서 상당수의 작가가, 아니 작가 거의 모두가 아내의 도움 없이는 그들이 이룬 예술적 성과에 도달할 수 없었을 것이라는 생각에 이르게 되었다. 생활의 짐을 덜고 작업을 계속 할 수 있도록 한 것도, 그들 작품을 보전할 수 있었던 것도 아내들의 뜨거운 멸신의 희생 때문이었다. 나는 감히 아내들의 증언을 통한 새로운 미술사의 서술을 꿈꾸기까지 하였다.

월북화가 이쾌대[1913~1970]와 그의 아내 유갑봉[1916~1981] 사이의 두견새 같은 피맺힌 사연을 들여다보자. 이쾌대는 해방공간과 분단의 아픔을 몸으로 살았던 한국 현대미술사 최고의 리얼리즘 작가였다. 그의 투철한 사회 역사의식은 고전적이지만 낭만이 있는 민중의 열정으로 그림 속에 오롯이 배어 있다. 그가 발견된 후 한국미술사가 다시 쓰일 만큼 그의 행적은 크다. 그는 6·25전쟁 동안 전쟁포로로 잡혀 거제도 포로수용소에 갇히게 되었고, 반공 포로석방 때[1963] 운명의 북쪽행을 택한 작가로 알려져 있다.

이쾌대가 서울을 탈출하기 위해 집을 나간 1950년, 그의 나이 37세, 부인 유갑봉은 34세였다. 더구나 3남 1녀가 덩그렇게 남겨져 있었다. 그는 누구보다도 아내를 사랑하였고 전쟁 없는 평화 속에 가족과의 만남을 갈망하였다. 그러나 이렇게 시작된 별리는 결국 유갑봉에게 부역자의 아내라는 질고와 생계, 자녀교육이라는 모든 짐을 떠맡겼다. 친척들과의 교류는 거의 끊겼고, 자녀들의 관직, 해외여행은 꿈꿀 수조차 없었다. 이제 국가는 보호자가 아니라 감시자였다.

하지만 남겨진 작품을 보전하는 일은 또 하나의 다른 책무였다. 작품들을 숨겨야 하며 그 부피 때문에 캔버스 틀에서 천 부분만 떼어 두루마리처럼 말아 보관하였다. 그런데 만 부분이 물감을 압박하고 수축하며 건조까지 해서 유화물감들에 균열이 생겨 떨어져 나갔다. 다시 캔버스에 옮기고 장마철에는 선풍기로 습기를 제거하였다. 스케치북에는 6개월에 한 번씩 좀약을 넣어 두었다고 한다. 이런 물리적 보존보다 더 어려웠던 것은 작품의 가치를 혹 아는 이가 있어 이를 구입하고자 하는 유혹을 이겨 내는 일이었다.

이쾌대가 해금된 것은 1987년, 그리고 4년 후 신세계 백화점 미술관에서 '월북작가 이쾌대전' 1991. 10. 8~27이 열려 우리 미술계를 진동시키고 분단의 슬픔을 다시 되씹게 하였다. 이때는 당사자 유갑봉이 해금의 한을 안고 세상을 떠난 지 7년이나 지난 후였다. 그녀의 나이 67세, 기다림이 응결되어 구름이 되었는가 바위가 되었는가.

그녀는 '위대한 조연'이었다. 이제 보안법 폐지냐 개정이냐가 정가의 쟁점이 되어 있다. 어느 쪽이든 이 땅에 이런 아내의 눈물과 한은 하루속히 걷혀야 한다.

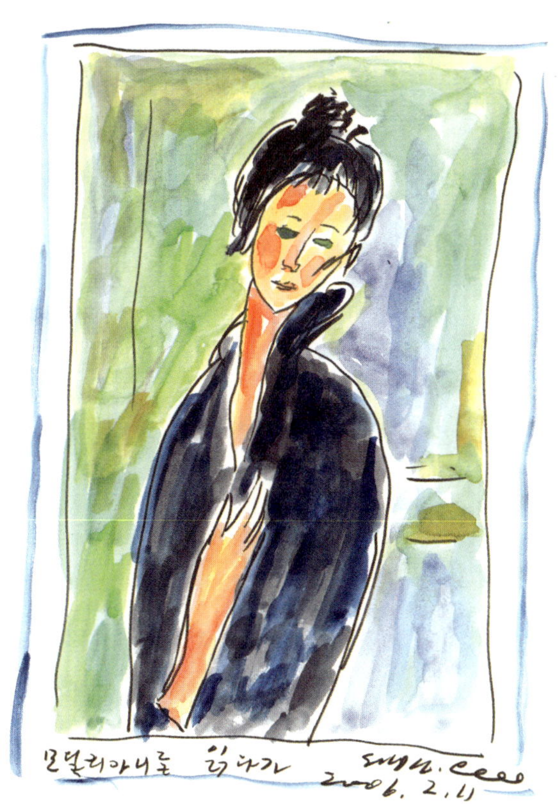

모딜리아니를 읽다가, 21×29cm, 2006.

4
인간의 내면 파헤친 영혼의 예술가―고야

예술과 인생의 거인 『고야』의 4부작을 읽고 나니 내 자신 긴 역사의 터널을 지나온 느낌이다. 책을 읽는 동안 나는 고야가 살던 시대, 그가 살던 유럽 에스파냐를 멀리멀리 유영하고 있었다. 그 일탈은 나와 내 삶으로부터의 감미로운 단절이었지만 정신과 영혼은 마치 거대한 역사의 수레바퀴를 탄 듯 만감이 오가는 충일감에 차 있었다. 짙푸른 바다의 무거운 파도가 해변의 검은 바위에 부딪혀 그 하얀 작렬의 파괴를 반복하듯이, 읽는 동안 내 의식의 차오름을 이기지 못하여 책을 놓고 의자를 박차고 일어나 몇 번이고 걸어 나서지 않으면 안 되었다.

예술사 차원으로 끌어 올린 전기

『고야』를 읽으면서 자꾸만 저자인 홋타 요시에를 떠올리는 이유는 무엇일까? 한 예술가를 탐구하려는 그의 집념은 실로 놀라운 것이었다. 그는 지금까지 고야에 대해 씌어진 모든 책을 섭렵한 것으로 보인다. 고야의 작품을 보기 위해 어디든 몇 번이고 갔다. 더구나 그와 관계된 곳, 그의 발길이 닿은 곳을 찾아가서 과거와 현재를 함께 조명함으로써 생생한 현장감을 전해 주고 있다.

『고야』를 쓰게 된 동기는 그의 쓰라린 전쟁 체험과 관계되어 있다. 사실 작가는 그의 체험들을 『고야』를 통해 투사하고 있다고 말해도 좋을 것이다. 그는 "역사는 사실이고, 문학은 인간이며 상상"이라고 말하고 있지만, 책 속에서 이 두 세계를 자유로이 넘나들며 자신의 문학세계를 도도히 펼쳐 나간다. 그의 해박한 지식, 뛰어난 상상력, 치열한 구성력은 이 책을 하나의 단순한 예술전기가 아닌 당대의 문화사, 예술사의 차원으로까지 끌어 올리고 있다.

홋타 요시에는 에스파냐를 자주 러시아와 비교하고 있는데, 자신의 문학관이 도스토예프스키와 깊은 연관을 맺고 있기 때문임도 숨기려 하지 않는다. 작가는 인간의 광기 · 이기심 · 폭력 등이 예술과 역사 속에서 어떻게 작용하고 있는지를 직시하려 한다. 그는 공포와 사랑이 인간을 지배하는 정서적 요인이기도 하지만, 분노와 증오 또한 그에 뒤지지 않는 정념의 요소라는 사실을 알고 있다. 결국 '고야'라는 인물을 통해 추적해 보고 싶은 것은 인간의 조건, 인간의 본질 문제라 할 수 있다. 그는 누구보다도 인간 존재의 실존을 예리하게 직시하고 고야를 통해 이들 문제에 대한 의문을 끊임없이 제기하고 해답을 얻으려 하고 있다.

평민에서 궁정화가에 이르기까지

고야와 그의 예술이 어떤 것인가를 알기 위해서는 그의 삶의 무대인 에스파냐를 이해할 필요가 있다. 저자가 에스파냐를 조감하는 데 첫째 권을 할애하는 이유가 바로 여기에 있다. 땅은 척박하고 기후는 혹독하여 아홉 달의 겨울은 차갑고 여름 삼 개월의 태양빛은 잔혹하리만큼 따갑다. 가난은 오랜 뿌리를 갖고 있어서 혹자는 에스파냐의 역사를 배부른 자와 굶주린 자의 역사로 나누기까지 한다. 겨우 2%의 인구가 50%의 토지를 소유하고 있으니 황금으로 꾸며진 속에 숨겨진 견딜 수 없는 굶주림이라고나 할까. 80명 중에 한 명이 거지라니 그들의 눈 속 깊이 숨겨진 원망이나 원한을 탓할 일만은 아니다.

이 모순의 땅에 평민으로 태어나 궁정화가의 자리에까지 올라간 고야의 인생 여정은 그 자체가 바로 드라마이다. 예술과 장식문화가 모두 상류계층의 소유물인 상황 아래서 왕족이나 귀족, 권력자들의 지원 없이는 그의 예술의 탄생이 불가능했으리라. 적어도 외양적으로 그가 '출세주의자', '대세순응주의자'가 될 수밖에 없는 이유가 여기서 발견된다.

그러나 고야는 그곳에만 머무르는 인물이 아니었다. 물론 그는 어느 누구 못지않은 이기심과 교활함까지 느끼게 하는 인간의 약점과 강점을 두루 갖고 있었다. 하지만 그의 영혼 속에는 잠재울 수 없는 진실을 향한 갈구가 메아리치고 있었다. 그래서 그의 그림은 꿰뚫어 본 듯한 진실이 드러나 있다.

그가 그렸던 그 많은 초상화들은 좋은 의미든 나쁜 의미든 본인의 캐릭터를 극명하게 드러내고 있다. 비록 왕의 옷을 걸치고 번쩍거리는 장식을 한 권력자라 할지라도 그들의 이중성·불안·속물근성 같은 인간적 약점은 그의 그림 속에서 결코 숨겨지지 않는다. 반면 그는 이름 없는 민중을 화면에 의식적으로 등장시킨 최초의 화가였다.

또한 〈전쟁의 참화〉, 〈변덕〉, 〈5월 2일〉, 〈5월 3일〉 등의 작품에서 보여 주듯이 시대와 인간성, 사회 정치에 대한 예리한 비판을 통해 리얼리즘 시대의 여명을 열고 정통화의 완벽성을 과감하게 부쉈다. 이것이 결국 인상파, 초현실주의, 표현주의, 심지어 낭만주의 예술의 단초까지 마련하는 계기를 열었던 것이다. 그 때문에 미술사가 벤투리는 고야를 근대미술을 연 선각자로 보기까지 했다.

고야는 인간의 어두운 내면을 폭로하고 인간의 자유를 박탈하는 모든 것을 파헤치고 이를 그림으로 고발하는 엄정한 저항정신의 소유자였다. 그것이 종교적인 위엄을 갖춘 것이든 광인이나 악마들의 향연이든 그림의 진실 속에 담아 내기를 주저하지 않았다. 자기가 본 것을 표현하려는 예술가의 진실을 향한 에고이즘(?)은 도덕이나 감정, 이해의 조건까지도 뛰어넘어 무서운 힘으로 고야를 광기 속으로 몰아넣었다.

핑크빛 논란이 많은 고야의 두 작품 〈옷 입은 마하〉와 〈벌거벗은 마하〉에 대한 이해도 이같은 맥락에서 이루어져야 한다. 작중의 인물이 누구이든 여체 그대로의 여자, 성을 가진 여성의 진실이라는 측면에서 접근해야 한다. 우리는 때때로 몇 가지 에피소드로 예술가를 이해한다고 믿고, 몇 개의 미술 유파적 기준으로 작품을 재단하려는 경향이 있다. 그러나 저자는 한 작가와 작품의 이해가 얼마나 깊은 문화·역사·풍습·사상·인종적 배경의 지식을 필요로 하는지 이 책을 통해 제시하고 있다.

이 점에서 저자는 21세기 문화지성들의 지향점이 무엇이어야 하는지 예감케 하고 있다. 다가올 세기의 구성원들은 문화예술을 깊이 이해하지 않으면 안 될 뿐만 아니라 이들에 대한 높은 식견을 통해서만 진정 문화를 사랑할 수 있다는 평범한 진리 말이다. 고야는 그의 생애 마지막에 끝내 '허무'를 보았다. 모든 인간들은 역사 무대에 잠시 등장했다가 시간 속에 묻혀 버리지만, 살아 있는 동안 실존의 역할을 감당해야 한다.

5
나의 미술 만나기—사회 속의 개인, 작가에 접근하려는 자세

이 글을 쓰려다 보니 몸에 맞지 않은 큰 옷을 입고 나들이를 나서려는 사람처럼 망설여진다. 어쩌다 미술관계 글을 몇 편 썼다고 졸지에 붙여진 이 칭호(?)는, 뿌리치기에는 유인력이 너무 강하고 지키기에는 지나치게 과분한 것이다. 솔직히 말해 나는 미술평론가라고 불려질 처지는 아니다. 구태여 그 면에서 나를 규정하려면 '미술관계 글을 쓸 때 매우 즐거움을 느끼는 사람' 정도에 불과하다. 그래도 미술 쪽에 잔치가 벌어질 양이면 그곳 구석진 끝자리 어디엔가라도 앉아 있고 싶은 심정이 또한 이 글을 끝내 쓰게 하고 있는지 모르겠다.

때로 예술이란 무엇일까 하는 본원적 의문에 시달릴 때가 있다. 여러 주장들이 나름의 근거들을 갖고 있지만 나는 무엇보다도 예술이란 '자기표현'이라고 말하고 싶다. 드러내지 않고는 견딜 수 없는 것들의 표현 말이다. 사람들은 말하지 않으면, 보지 않고는, 그리고 몸짓 하지 않으면 견딜 수가 없다. 그리고 그것들을 어떤 형식으로 나타낼 것이냐 하는 데서부터 예술은 출발하지 않을까? 그에 대한 사회적 반응이 뒤따르면서 이론과 이즘, 논리와 해석, 운동과 양식 같은 것이 생기게 되었을 것이다.

이 점에서 나는 인간 즉 작가에 대한 깊은 관심을 갖고 있다. 피카소는 "작가는 작품으로만 말한다."라고 했다. 작가의 모든 것은 작품에 배어 나오므로 작품은 그 작가를 모두 대변한다는 뜻에서 그같은 말을 했을 것 같다. 하우저Hauser의 생각은 좀 다르다. 그는 "예술작품은 고독한 인간의 사회적 행동이다…… 예술은 다른 무엇보다도 더욱 사회적 힘의 산물이며 사회적 영향의 원천이다."라고 말했다. 그는 작가보다는 사회구조, 사회적 힘에 더 관심을 두는 입장이라 하겠다.

본인도 사회 속의 인간을 조명하려는 사회구조적, 사회사적 접근이 갖는 신선함을 좋아한다. 다만 지나친 사회적 측면의 강조가 인간 개인 내지 작가의 분출하는 창조적 몸짓을 간과해 버리지 않을까 하는 위험성을 경계하고 싶을 따름이다.

사실 작품이란 개인과 사회 간의 끊임없는 부딪힘과 대화의 과정 속에서 이루어지는 자기표현이라고 볼 수 있다. 그 맨 밑바닥에 깔려있는 원동력은 역시 작가의 꺼질 줄 모르는 창작 혼이다. 결국 그것이 그를 끝내 작가로 만들고야 마는 본원적 바탕이고, 그 때문에 작가는 그토록 시달리는 삶을 살아갈 수밖에 없지 않은가?

나는 작가 탐구적 글을 쓰고 싶다. 물론 그 시대의 문화와 집단정신을 소홀히 하자는 것은 아니다. 그럼에도 모든 인간들의 삶의 이야기는 한 편의 드라마처럼 역동적이며 흥미롭다. 하물며 예술가의 경우는 말할 나위조차 없다. 그들의 삶, 그들의 작품은 무한한 관심의 대상이며 거부할 수 없는 손짓이다. 거기에다 나의 섣부른 글이 훗날 연구자들에게 작은 자료적 가치라도 갖는다면 나로서는 더 이상 바랄 것이 없다.

6

내가 남과 똑같을 수 없지 않는가

슈펭글러는 세계사에 사멸했거나 현재 있는 문명을 8개로 나누었다. 이집트, 바빌로니아, 인도, 중국, 고대 그리스-로마, 아랍권, 멕시코, 서양문명이 이들이다.

그가 이렇게 문명을 나누는 근거는 문명마다 각기 다른 고유의 특성과 역할이 있다는 것을 전제로 한 것이다. 얼핏 보기에도 그리스문명에는 합리주의나 누드 상 같은 것이 두드러지고, 인도문명은 깊은 종교성과 환상적 깊이, 로마문화는 법과 건축, 정치 조직과 같은 실용성이 특징으로 눈에 띤다.

확실히 상이한 문화의 다양함은 우리를 매료하는 힘이다. 이집트의 조각이 조용하고 평화로운 초월적 영원성을 갖고 있는 반면, 아시리아의 그것은 힘차고 사나우며 야성적이다. 아프리카의 목조각은 그토록 투박하고 대담한데, 이슬람권의 문양은 어찌 그리 화사하며 또한 반복적인가? 누가 그렇게 하라고 시킨 것도 아닌데 일정한 지역에서 그 오랜 세월을 지속하여 연면히 이어 온 이유는 무엇일까.

진정 슈펭글러가 말한 대로 각 문명은 어떤 여타 문화의 영향에도 변질될 수 없는 고유의 Idea^{표상}가 있다는 말인가? 우리가 외국에 가서 그들의 풍물을 접하게 되면 이런 생각을 하지 않을 수 없다. 언선 옥스퍼느에 머무를 때 더욱 절감한 사실이지만 거리를 가득 메운 관광객 군상들이 나누는 그들의 말들은 어쩌면 그렇게 서로 다른지. 운율과 톤과 강약, 리듬이 각각 다르고 그 말소리 속에서 다혈질이나 우울질 같은 국민적 기질마저도 명쾌히 다시 확인되는 것 같았다. 과연 이렇게 서로 다른 문명들이 하나로 통합될 수 있는 날이 올 것인가?

이토록 정보와 소통이 급속히 증가하고, 그 위력이 훨씬 커지는 상태에서 지역이나 민족의 고유문화가 살아남기란 거의 불가능해 보인다. 하지만 세계문화가 하나로 통합, 통일될 것인지의 여부는 아직 속단하기 어려운 미지수로 남아 있다. 그럼에도 한 가지 분명한 사실은 설혹 강한 나라의 문화가 약한 나라의 그것을 송두리째 삼킨다 하더라도, 그렇게 되는 데는 많은 시간과 과정이 필요하리라는 점이다.

역사를 되돌아볼 때, 역사적 전환기마다 문명의 성격이 크게 변했지만, 다른 한편으로는 그것 자체가 그 특유의 성격과 본질을 새롭게 창출했던 것이다. 이집트의 건물과 조각이 그리스의 초기예술에 영향을 미치고, 메소포타미아의 전설과 문학이 그리스의 서사시와 문학에 깊은 영향을 준 것이 사실이다. 하지만 그것은 그리스인 특유의 감성과 정신을 통하여 재해석되고 재창출되었던 점을 잊어서는 안 될 것 같다.

헬레니즘 문명만 하더라도 동·서양문화의 조우를 통하여 서로 영향을 미치고 간다라 미술 같은 양식을 만들어 냈지만, 그럼에도 여전히 동방과 서방의 문화는 따로 남아 있는 부분으로 공존하였다. 중세 천년을 풍미했던 기독교문화조차도 게르만적 요소나 고대 로마적인 문화요인을 전적으로 배제할 수는 없었던 것이다.

우리는 거의 폭력에 가깝게 질주하는 기차처럼 우리에게 부딪혀 들어오는 서구문명의 위압적 속도 앞에 우리 것이란 아무것도 지킬 수 없을 것 같은 위기감을 느끼고 있다. 서구의 영화나 음악, 유행들은 간단없이 우리들의 가치전거의 전이를 강요하고 있다. 우리의 근본인 의식주 생활에서조차 우리 것을 찾아보기란 힘든 현실이다.

이같은 자기상실의 위기 아래 출범한 '한국성 — 그 변용과 가능전'의 출범은 자기를 찾자는 운동이지만, 어쩌면 자구적, 자기방어적 성격 또한 내재했다고 보겠다. '한국성' 그것은 추구하고 발견해야 할 사항이지만, 그것에 맹목적으로 매달리지는 않음으로써 변화·변용의 가능성을 조심스럽게 열어 놓고 있는 셈이다.

이는 크게 보면 문화를 주체적으로 수용해 보겠다는 의지의 표명이다. 조각의 측면에서 보면 우리의 것과 남의 것의 만남을 통하여 더욱 우리 것다운 것을 만들어 그것이 세계성을 갖게 하자는 의지의 세움이라 하겠다.

문화의 수용자로서 이러한 태도는 너무도 당연한 것인데, 그럼에도 우리는 이에 막연한 자격지심 같은 것을 느껴 왔던 게 사실이다. 그리고 우리의 고민은 남의 것보다는 우리의 것이 무엇인지를 알아내기 어려웠다는 데 있다.

한 가지 분명한 것은 우리의 것은 과거에만 있는 것이 아니며, 오늘에도 있고 또 앞으로도 있을 가능성으로 열려 있다는 사실이다. 한국적인 것을 찾기 위한 이 시대적 고민조차도 어쩌면 아주 한국적인 것인지도 모른다.

'한국적' 이란 민족문화와 역사의 총체이며 우리 현실의 종합이지, 어떤 이데올로기나 '이즘ism' 에 국한시킬 일이 아니다. '한국성' 의 속성 중에는 자연히 세계적인 것이 내재해 있는 것이지 대립, 상이관계에서만 파악할 일이 아니다.

전통이란 형식이나 제도에 고착되어 있는 것이 아니라 언제나 정신과 정서를 통하여 변화를 여는 가능성이다. 그것은 과거의 우리와 현재의 우리 사이의 끊임없는 대화를 통하여 생성, 발전시켜 나가는 것이다. 형식은 그 자체로도 일부 메시지를 함유하기 마련이지만, 리얼리티는 늘 자기의식외적 영향과 교감하는과 정신을 통하여 창출되며 내용이 형식 안에 담겨져 있다는 사실 또한 상기되어야겠다.

나는 소재주의를 말하려는 것은 아니지만, 우리 주변 곳곳에는 한국성의 교감을 나눌 수 있는 대상들이 수없이 많다고 본다. 모나리자의 미소를 몇 배 앞지르는 반가사유상, 그 대담한 장승, 소박한 돌담, 무언의 시간성과 인내 그리고 침묵으로 말하는 산야의 거대한 바위, 돌에도 한국적 표정이 있다. 물소리, 소나무 가지를 스치는 바람, 우리 역사의 고통과 함성이 배어 있는 듯한 산, 산들, 논배미 가득한 물 위에 조용히 비추는 태양의 낙조, 내 삶의 희로애락을 담뿍 안고 있는 저 정신성의 하늘, 말없이 거기 그대로 피어 있는 들꽃, 들길, 흙냄새, 우리 가슴의 슬픔을 바가지로 퍼내듯 토해 내는 씻김굿, 별신굿, 내 슬픈 한을 해학으로 바꾸는 그 호쾌한 장타령, 아직도 한국적인 것은 지천에 깔려 있는 것 같다. 그토록 서양화, 미국화가 철저하게 진행되어, 얼굴조차 미국식으로 뜯어고치는 차제에도……

우리는 약한 듯하지만 줄기차고 강하다. 섬약한 듯 보이지만 자유분방하고 신명나는 영혼과 감성을 갖고 있다. 있는 듯 없고 없는 듯 있다.

우리 것을 지나치게 고집하는 폐쇄적 자세도 바람직하지 않지만, 서양의 것들을 내심 열등의식으로 대하고, 그들의 문화적 경험들을 마치 우리의 경험인 양 차용 변질시키는 데 문제의 심각성은 더 있다. 서구문명의 좌절된 말기 현상을 가장 현대성을 지닌 작품 정신으로 받아들인다면 이는 앞뒤가 바뀐 것 아닌가.

한국적 감성, 한국적 세계인식, 즉 세계관 속에서 이것들을 발견하고 조형화하는 일은 작가의 몫이다. 아무리 짐스럽고 고통스러우며, 시간이 걸리더라도 이 일은 작가가 해 주어야 한다. 왜냐하면 작가는 시대를 앞질러 가고 그것을 예감해 주는 사람이어야 하기 때문이다.

우리가 한 작가의 작품을 보러 가는 것은 그가 세계를, 대상을 어떻게 파악하고 있는 가를 보러 가는 것이나 다름없다. 그 말은 곧 작가가 그의 의식을 그의 매체를 통하여 어떻게 표출하고 있는가를 보러 가는 것이다. 다시 말해 그를 통해 새로운 정신을 만나고 싶어서 가는 것이다.

한국성이 있는 작품이란 그것에 의해 한국을 다시 발견하고 거기에서 세계성을 동시에 느끼는 것으로 이는 한국적 리얼리티를 추가하는 일이다.

서양의 미술학교를 찾을 기회가 한두 번 있었는데, 그들은 학생들이 어떻게 잘 그리느냐에보다는 우선 어떻게 대상을 새롭게 생각할 줄 아는가에 더 역점을 두고 가르치고 있는 것 같았다. 우리에게 주는 시사가 있다고 본다.

핀Finn은 좋은 작품이란 언제 보아도 새롭게 만나는 창작물이라고 했다. 좋은 작품은 우리를 때로 다른 세계에서 오랫동안 유영하는 감미로움을 갖게 한다. 지난 10여 년의 세월을 통해 세미나, 토론, 워크숍 등 진지한 모색을 거듭해 온 작가들의 노고에 경의를 표한다. 그동안 발간해 온 도록의 발문과 출품작들에는 그간의 고뇌와 변화를 겪은 흔적이 그대로 고여 있어 이들이 얼마나 치열한 자기 모색을 했는지 알 수 있다. 그들이 이룬 성과는 또 다른 한국성의 발견에 기여하는 밑거름이 되었으리라 믿고 자부심을 갖는 데 인색할 이유가 없다고 본다.

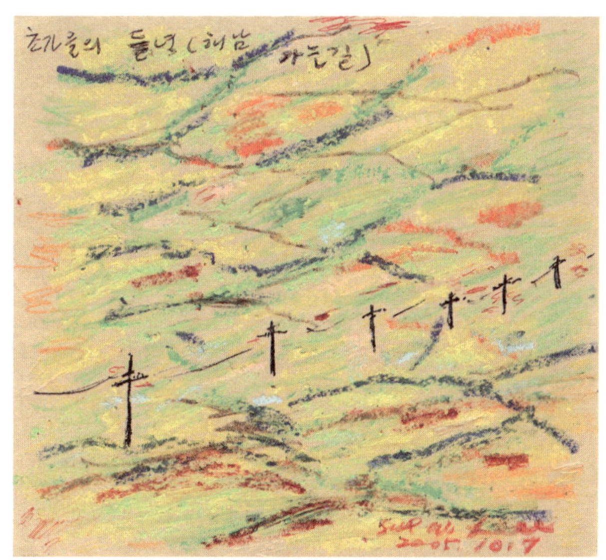

초가을의 들녘, 17×16cm, 2005.

7
예술낭인 양수아

금남로에 그가 다시 펄럭인다

양수아, 한 고독한 영혼이 쓰러진 지 32년이 지난 오늘, 다시 그의 이름이 금남로에 펄럭이며 살아 오른다. 그가 52세의 젊은 나이로 세상을 떠날 때, 그는 모든 사람으로부터 버림받았다는 적막감에 시달리고 있었다. 양수아가 매정한 세상을 버렸는가, 주변이 그를 외면했던 것인가. 그러나 그가 없는 거리는 내내 텅빈 듯 쓸쓸하였다. 52년의 삶이 '떠남'과 '만남'의 연속임을 일찍이 간파한 그였지만 그것이야말로 인간이 예견, 극복할 수 없는 명제임이 분명하다. 만난 줄 알았는데 떠나더니 떠나 버린 그인 줄 알았는데 다시 돌아왔다. 역사의 파고에 묻혀 망각의 늪으로 떠내려갈 것 같았던 그가 용케도 살아나 다시 왔구나.

고난의 시대에 태어나 질곡의 삶을 살았던 그는 해방공간1945~49의 혼돈을 견뎌내야 했다. 6·25 동족상잔의 깊은 상처를 입고 끝 모르는 소외와 가난에 더하여 정신적 불안감에 시달려야 했다. 그는 또한 한 시대의 지성으로 한국전의 와중에서 빨치산에 몸을 실었던 불운한 참여주의자이자, 24회의 전시회를 통해 자신의 화혼畵魂을 불사른 전업 작가이자 추상미술의 선구자였다.

1953년 최초의 추상화전을 공동 개최함으로써 중앙화단보다 훨씬 일찍이 앵포르멜 화

168

풍의 깃발을 높이 들었다. 그렇더라도 보수적이라고 평가받고 있었던 당시 지방의 호남 화단에서 그의 도전은 참용기를 필요로 하는 것이었다.

한 시대의 예술정신을 형성하는 데는 많은 희생과 선구적 정신을 필요로 한다. 하지만 그에게 지워진 짐들은 너무도 가혹했던 것 같다. 그의 타오르는 자유분방한 예술정신과는 달리 혹독한 가난은 늘 그를 짓눌렀다. 부역자라는 꼬리표를 단, 감시받는 처지는 상상 이상으로 그의 정신을 훼손시키고 있었다. 사상의 자유, 행동의 자유가 없는 상황에서 그는 오히려 역설적으로 기행으로 도전하고 상처 입은 사자처럼 포효하며 저항의 기백으로 거역의 몸짓을 계속하였다. 이같은 정신 분열적 상황을 지탱해 주는 것은 아이로니컬하게도 그나마 술이었다. "촌놈이다. 촌놈. 이 촌놈의 세상이." 그를 서서히 부식시키고 있었던 것이다.

그의 영혼의 고독과 깊은 내면의 소리를 아는 이가 몇이나 되었겠는가. 나라와 제도는 그 소속인을 보호하고 기회를 열어 주는 것이 그 일차적인 책임이다. 그러나 양수아가 살던 시대의 권력이나 조직은 늘 그를 요주의인물, 감시의 대상으로 여겨 보이는 곳과 보이지 않는 곳에서 이중의 처신을 유발시키며 내면의 열등을 심화시켜 가는 억압체제에 다름 아니었다. 그는 진정 지식인이 당했던 비극적 상황의 대표적인 사례의 한가운데서 있었다. 그도 고분고분, 어떻게 재주껏 현실과 타협하며 적절히 처신할 수 있었을 텐데 하는 안타까움이 들 때가 있다. 그러나 그의 강직한 예술혼, 자유정신은, 끝내 이를 거부하고 내면에서 솟구치는 거역의 정신을 잠재우지 못했다.

국전을 외면한 지방작가, 인기와 타협하지 못하는 반골, 제도권 밖의 그가 중앙화단에서 바로 평가를 받으리라고 기대하기는 어렵다. 하지만 중앙 중심의 한국미술사 기술^{記述}이 그의 미술사적 위상, 추상미술에서의 선구적 위치 그리고 그가 호남미술계에 미친 영향 등에 대해 합당한 관심을 두지 못한 것은 큰 아쉬움이다.

양수아의 정신세계는 마치 번질거리는 드넓은 새벽바다의 일렁임을 상기케 한다. 태양은 아직 구름 뒤에 숨어 있지만 그것이 다시 구름위로 붉게 떠오를 때면, 바다는 붉다가 노랗다가 백금처럼 하얗게 다시 변하는 천의 얼굴이 된다.

그는 현실에 지고 예술에서 되살아났다. 이것이 어찌 양수아만의 이야기이겠는가. 정도의 차이는 있지만 질곡의 시대를 살았던 모든 화가들의 이야기이기도 하다. 그를 위한 씻김굿, 레퀴엠이 행해져야 할 이유가 우선 여기에 있다.

87년 양수아가 '현산미술부분 특별상'을 수상하면서 바쳐진 어느 헌시獻詩는 그래서 여전히 우리의 가슴을 울린다.

지금도 날과 씨를 고르고 계시겠지

당신이 비워 둔 자리 매듭 없어도

흐르던 세월도 머문 곳 여기

서두름 없이 살아간 당신처럼

한 올씩 맺힘 풀어 펼 것입니다.

우리는 모두 늦되던가

이제 철들어

당신의 체온 느끼며 잔을 들었습니다.

당신을 기리는 노래야

아직 소리 없어도

함께 당신 닮게 합창이려니

멀리 돌아온 마음들의 모임에 손을 주소서.

말러G. Mahler의 심포니 No. 5가 어딘가에서 들려오고 있다. 격정과 적막과 조용한 슬픔, 그리고 저 태고에서 들려오는 듯한 소리는 왠지 양수아의 삶의 어떤 부분을 연주하고 있는 듯하다.

꿈을 가꾸던 시절

양수아는 1920년, 전남 보성에서 양계환梁桂煥 씨와 박순례朴順禮 씨 사이의 3남 2녀 중 장남으로 태어났다. 가풍은 퍽 진취적이고 가세는 중농이었다. 양수아의 막역지우 조용근 교장전 목포 북교초등학교, 나주 중앙 초등학교에 따르면 그때에도 문패에 두 분의 이름을 함께 써 놓았다고 한다. 겸백면사무소에 근무하기도 했던 양계환 씨는 고지식한 사람일 뿐 아니라 멋진 한량춤을 추는 풍류도 있었다. 손재주 또한 좋아 군내에서 결혼식에 쓰던 문어발 봉황조각 솜씨로 명성이 자자하였다.

그의 고향 마을 석효리는 마을 뒤로 해발 500m 정도의 초암산草岩山이 서 있고 마을 앞에는 강폭 70여m의 보성강이 흐르는 50호 농가의 아름다운 마을이었다. 가계家系에서 미술가적 전통을 추적해 가면 수아의 15대 조부 학포學圃 양팽손梁彭孫에 이른다. 그는 조선시대 학자이자 문인화의 대가로 호남화단 원조 중의 한 사람이다. 기묘사화를 입은 조광조가 사사賜死되었을 때 그가 취한 행적은 널리 알려져 있다. 당시 역적의 시신을 거두면 삼족三族이 멸문지화滅門之禍를 입는 것이 법이었지만 양팽손은 그 시신을 염습할 만큼 강직하였다.[1]

양수아는 어릴 때부터도 그림에 남다른 재질을 보였던 것 같다. 당시 그가 다니던 겸백공립보통학교 교장이었던 미가미三上勳一의 눈에 띄어 크게 인정받았다. 그는 겸백학교 4년을 수료하고 이모가 살고 있는 일본 시모노세키下關로 건너가 그곳에서 초등학교彦島와 시모노세키 공립중학교 5년을 졸업하였다. 그리고 가와바다 미술학교川端畵學에 진학한 것은 1939년이었다.

동경 유학생활은 스스로 학비를 벌어야 한다는 부담도 있었지만 그의 삶을 그만큼 풍성하게 했던 것 같다. 어느 출판사의 도안사, 아파트 관리인, 신문·잡지 삽화 그리기, 화구점과 악기사의 점원 등 다양한 일을 마다하지 않았다. 그가 노래도 잘 부르고 특히 음악에 대해 해박하며 기타, 하모니카 연주로 주변을 놀라게 했던 것은 악기사와의 인연을 상기시키는 부분이다.[2]

삽화가 미야모토 사부로宮本三郎의 문하이기도 했던 그는 삽화 그리기 아르바이트를 선호했을 것 같다. 일본이름 조지 마쓰다益田讓治 또는 요시모도 대야良本禎也라는 이름으로 여러 잡지와 출판물에 삽화를 그렸다. 가와바다를 졸업한 것이 1942년 그동안에 일본 창생파전創生派, 東京 銀座菊展 갤러리, 일본 백어회전白漁會展, 東京 銀座菊展 갤러리에 참가하였다고 한다.

---

1) 박종석, 『부러진 대나무』, 개미사, 2003, 5쪽.
2) 조용근은 방학 때면 고향에 온 수아가 슈베르트의 〈겨울 나그네〉 등을 선물했다고 한다.

그의 미술학교 시절 일본 화단 분위기는 서구 아방가르드나 다다이즘을 영입하고 있었다. 1차 대전 후 유럽문명에 대한 불신이 유럽의 미술운동에 새로운 바람을 일으키고 있을 때 일본의 유럽 유학생들이 이를 배워 일본에 이입시킨 것이다. 후일 그가 앵포르멜 운동에 매료되었던 것도 이 시절의 영향과 연결시킬 수 있을 것 같다.[3]

양수아 정신세계 형성의 상당 부분이 일본적 풍토 속에서 일본교육의 영향 아래서 이루어졌다. 그럼에도 그가 당시의 어두운 일본화풍을 털어 버리려고 사찰 등을 돌아보며 무엇인가 한국적인 미를 찾으려고 노력한 점은 주목할 부분이다. 그 무렵 그는 불국사 석굴암의 불상이나 화엄사의 쌍사자 석등에서 깊은 한국적 미감을 발견하였다. 한편 절의 새로 수리하여 갈아 낀 기둥 부분의 미적 부조화를 지적할 만큼 한국미에 대한 안목도 예리하게 닦여져 있었다. 가와바타를 졸업할 무렵 그는 모교 앞의 벚꽃을 그리고 조용근에게 구두 닦는 늙은이를 그린 그림을 선물하였다.

양수아의 가치기조의 상당 부분이 사무라이적 의리관념과 도덕성에 기초하고 있는 것도 어린 시절부터 보낸 일본유학 때의 교육과 연관된다. 그는 일본의 검성劍聖이라 할 수 있는 '미야모토 무사시宮本武蔣'를 무척 좋아했다. 이것은 양수아가 항상 귀의하는 이야기 소재였으며 술이 취하면 그 사설을 연극의 대사 외듯이 줄줄 외었다.[4]

그가 평소 인간관계를 중시하고 제자들을 그토록 아끼고 훈훈한 인정을 쏟았던 것도 그같은 사상적 배경이 깔려 있었기 때문인 것으로 보인다. 그는 후일 알콜 중독증을 보일 정도로 술을 마셨지만 다른 한 편의 그의 생활은 단정하고 높은 도덕률을 유지하였다. 그는 누구와도 논쟁을 벌이고, 때론 성난 짐승처럼 포효하고 분노하기도 했지만 결코 품도를 벗어나지는 않았다. 그를 아는 사람들의 말에 따르면 그는 결코 미워할 수 없는 인물이었다. 그의 생의 막바지에서 이 마지막 리듬마저 깨어지려고 할 때 가장 괴로워했던 것 같다.[5]

---

3) 당시 학교를 같이 다녔던 미술학교 한국유학생들과 일본 미술 분위기는 본인의 저서, 『예술혼을 사르다 간 사람들』, 가나아트, 1997, 177쪽 참조.

4) 위증, 〈양수아 그 비구상적 생애와 예술〉 예향, 1986. 7. 내가 이 글을 쓰기 위해 광주 풍향동의 곽아미(郭玉男) 사모님을 방문했을 때도 요시다 에이지 잰 슈우(吉川英治全集 18, 19)의 손때 묻고 낡은 『宮本武蔣』(한국에서는 솔출판사 번역 출간) 책을 보여 주었다. 수아의 그런 취향 때문에 온 가족이 일본 문학을 좋아하게 되었다고 한다.

5) 이석우, 앞의 책, 180쪽.

1941년^{혹은 43년} 양수아는 북경을 향해 떠난다. 시인 위증은 파리 유학을 떠나기 위해 당시 동양의 파리라 할 만한 북경행을 결심했을 것으로 추정하고 있다. 이것은 일제의 징용을 피하는 길이기도 했다. 그러나 중국의 불안한 정세는 북경행을 좌절시키고 안동安東에 정착케 하였다. 그곳 지방 신문인 《안동신문》에 문화부 기자로 일자리를 구해 삽화 실력을 발휘하였다. 일요일에는 캔버스 앞에 앉아 열심히 그렸는데 그는 이때까지만 해도 술, 담배를 거의 입에 대지도 않았다. 여기서 일본인 여자 아베 에스코安部悅子를 만난 것으로 알려져 있는데 뒷날 그녀와 함께 귀국하여 고향 보성에서 아들 현승을 낳았다. 이때 친구 조용근이 안동을 방문하여 신의주 등을 함께 여행하고 동생 회기會杞까지 데려 갈 정도로 그의 생활은 안정되어 있었던 것이다.

해방공간의 격동기

1945년 8월 15일 일본의 항복은 한반도에서뿐 아니라 만주 안동에도 큰 변화를 가져 오게 되었다. 해방된 안동은 일본인과 중국인들의 충돌로 상당히 소란했다. 멀리 북간도로 이민 간 한인이나 광복군 등으로 활약했던 당시의 군인, 정치가들은 안동으로 모여들어 북적댔다. 이 소란 속에 수아는 한인협회 선전부장을 맡아 귀국하고자 하는 한인들을 차례차례 귀국시키느라 정작 본인의 귀국은 46년 10월에야 이루어진다.[6] 그가 귀국했다고 그에게 일자리가 보장되어 있었던 것은 아니다. 체제와 시대가 바뀐 상황에서 인텔리 겐챠의 행동 폭은 매우 불안정했다. 해방은 민족적으로 다행이고 기뻐할 일이나, 개인적으로 보면 갑자기 바뀐 현실 앞에서 적응하는 데 개인의 희생이나 시련 속에 시달리는 시간이 불가피했다.

우리가 우리 힘으로 자주적으로 이루지 못한 광복은 나라의 운명을 개척하는 데 있어서 우리가 원하는 대로 선택하며 진행시킬 수 없도록 하였다. 양수아 비극의 근원을 알기 위해 우리는 해방공간의 흐름을 한 번쯤 일별해 볼 필요가 있다. 왜냐하면 양수아의 궁극적 비운과 소외는 이때 이미 잉태되고 있었기 때문이다. 해방이 된 1945년부터 끝내

---

6) 손정연, '전남양화 50년' 102회 중 양수아 편 7회, 《전남일보》로 추정되는데 날짜와 면은 미확인.

한국전쟁이 폭발한 1950년, 그리고 쫓기듯 들어간 지리산 입산부터 그의 자수해방^{1952년} ^{또는 53년}까지의 기간은 양수아 인생의 일대 전환이자 수난기였다. 하지만 그것은 또한 우리 현대사의 가장 암울하고 잔혹했던 시대이다. 그는 자의든, 타의든 한국 해방공간 현대사의 거대한 홍수의 거역할 수 없는 흐름에 휩쓸려 떠내려가고 있었다는 느낌이다.

여운형을 중심으로 한 건국준비위원회는 1945년 9월 6일 미군이 서울에 입성하기 이틀 전 천여 명의 대표자가 모여 조선인민공화국을 선언하였다. 그러나 미군정은 인민공화국은 물론 임시정부조차 인정하지 않았다. 최용범에 따르면 미군정과 인민위원회의 대립은 대구인민항쟁, 여순항쟁, 제주 4·3을 가져왔다는 진단이다.[7] 당시 광범위한 대중의 지지를 받고 있던 인민공화국의 주장들을 도외시 한 미군정의 정책은 한국전쟁 때까지 남한의 정치적 상황을 불안하게 만든 중요 요인이었다는 것이 그의 시각이다.[8] 물론 갈등 요인을 모두 미군정의 탓으로만 돌릴 수 없을지 모른다. 하지만 8·15 이후의 상황을 보면 중립이라는 것이 별다른 의미를 가질 수 없었던 것 같다. 그것은 오히려 역사를 책임 없이 방기하는 측면을 가지고 있었다. 중도보다 특정 정당이 민족사의 측면에서 보면 오히려 바른 노선이었던 경우가 많았다는 것이다.[9] 이를 다르게 말하면 당시의 어떤 선택은 오히려 요청적인 것이어서 그때의 선택을 오늘의 어떤 이데올로기적 잣대만으로 설명할 수 없다는 말이기도 하다.

당시 외국기자였던 콘데^{David W. Conde}의 다음과 같은 지적은 좌우 흑백논리의 이분법적 편 가르기가 매우 어려웠음을 드러내고 있다.

만약 토지개혁과 주요 기업의 국유를 주장하는 것이 좌익이라면
조선 사람은 전부 좌익이요, 민족해방과 완전 독립을 갈망하는 것이
우익이라면, 조선 사람은 전부 우익일 것이다. 조선의 소련방화 거부
를 우익이라면 우리는 모두 우익이어야 할 것이고 조선의 미국 식민

---

7) 최용범, 『하룻밤에 읽는 한국사』, 중앙 M&B, 2001, 320쪽.
8) 같은 책.
9) 임헌영, '해방 후 지식인의 민족 현실 인식', 『해방전후사의 인식 2』, 한길사, 1985, 417쪽.

지의 배격을 좌익이라면 우리는 모두 좌익일 것이다.[10)

요컨대 배성룡이 말한 것처럼 민족주의와 공산주의를 대립개념만으로 볼 수 없었던 것이 당시의 복합적 현실이었다. 이는 그때 누군가 "사상은 두 가지이나 조국은 하나"라고 하는 구호의 말에도 함축되어 있다. 해방 후 한국전쟁까지는 비교적 자유로운 논쟁, 정치 논의가 가능했었다.[11)] 언론인 홍종인조차도 미-소의 외세 배격과 민족적 주체성에 입각한 조선의 건국 없이는 한반도에 위기가 도래하고 말 것이라고 예언하였다. 그러나 1948년 8·15 대한민국 정부 수립 이후부터 극우파 민주주의 주장이 세를 얻게 되고 그 동안의 자유로운 논의조차 불온사상으로 몰리는 부분이 있었다.[12)] 그같은 변화는 남쪽만의 경우가 아니라 북에서도 일어나고 있었는데 김일성은 자신의 중심 체제를 굳히며 남침 준비를 서두르고 있었다.

1948년 12월 1일 보안법이 제정 공포된 것도 이런 배경에서 이해되는데 이는 '남조선 노동당' 남로당을 비롯한 좌익세력의 제거가 그 목적이었다.[13)] 49년 한 해만 해도 보안법으로 입건된 사람은 118,621명이었고, 당시 형무소에 수용된 수감자 80% 이상이 국가 보안법에 의한 좌익수였다.[14)] 권력에 의해 선택이 강요된 현실에서 한국인들, 특히 지식인들의 좌절은 컸고 냉소적이 되거나 허무주의로 방황을 낳게 되었다.

이때 양수아도 예외는 아니었을 것이다. 서울 용산초등학교에 있는 친구 조용근을 방문하기도 하고 그 와중에 4·3사태로 전주 교도소에 구금된 동생 양회천養千을 잃은 것도 이 무렵이다. 서울에 와서 경복궁 미술관에서 열린 국전을 보고 《동아일보》48년에 '질과 양의 빈곤'이라는 국전 평을 썼던 것도 그 무렵이다. 그리고 신세계 백화점 4층에서 작품전을 연 오지호남관, 김주영, 이인성, 박영선 합동전를 찾아가 만난 것도 이 해방공간 동안이다. 그때는 찬탁, 반탁 대립과 논쟁이 전국을 뜨겁게 달구고 있었는데 그것은 학교 안이라고

---

10) David W. Conde, 『解放朝鮮の 歷史』, 1970, 183쪽. (임헌영, 같은 책, 413쪽에서 재인용)
11) 임헌영, 앞의 책, 417쪽.
12) 같은 책, 420쪽.
13) 박원순, 『국가보안법연구Ⅱ』, 역사비평사, 1997, 16쪽.
14) 같은 책.

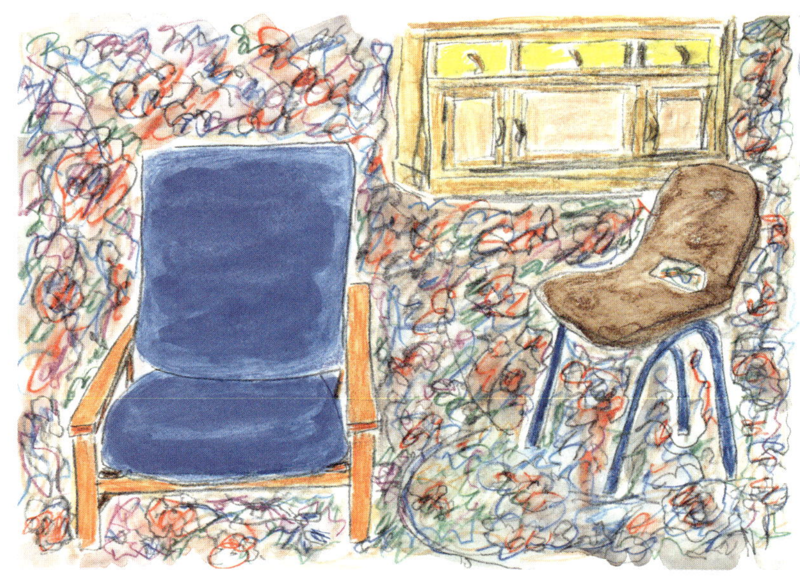

Overseas House의 서재, 29×21cm, 2004.

예외가 아니었다.

목포시절

방황하는 양수아에게 가와바다 동창인 배동신이 목포사범 미술교사 자리를 소개해 주었던 것은 해방 후 그가 찾은 최초의 일터였다. 이 때문에 그가 목포로 간 것이 47년 아니면 48년이었던 것 같다. 이후 그는 문태고등학교, 목포여자고등학교, 목포중학교의 미술교사직을 감당한다. 대동병원 2층에 임시 거처와 화실이 마련되었다. 지금 생각하면 그분이 이렇게 여러 곳의 교사직을 단일직으로 또는 겹치게(?) 맡았던 것은 정식 교사가 아닌 임시직이나 강사직이 아니었을까 하는 생각이 든다.

당시 목포의 위상은 특이해서 해방 전에는 전라도에서 가장 큰 도시로 알려져 있었다. 일인들이 많이 거주했고, 항구도시이기에 외국 문물과의 교류도 빈번한 활력의 도시였다. 해방이 되자 예향 호남의 전통과 어우러져 작가들이 모여들고[15) 미술애호가나 예술지망생들이 많아 문화적 열기 같은 것을 느끼게 하는 곳이었다.

그러나 이렇게 자유롭고 따뜻한 유달산 항구도시에도 여순반란 사건이 일어난 1948년 가을부터 시국의 차가운 바람이 매섭게 불어오기 시작했다. 수업 중에도 느닷없이 형사가 교실에 들어와 학생을 연행해 갔다. 교권이고 뭐고 운운할 여지도 없었다. 서북청년단의 행패도 대단했다. 수상한 사람의 집 대문에는 빨갛게 동그라미를 쳐 놓았는데 그것은 공포감을 주기에 충분했다. 그리고 끌려갔다 하면 팥고물이 되어 나오는 형편이었다. 정의감에서 바른말 한마디만 해도 잘못 보이면 끌려가서 개 패듯이 맞고 공산당이 되어 나오는 이른바 '관제공산당' 시절이었다. 말 한마디도 마음 놓고 할 수 없는 세상이 되어가고 있었다.[16)

그러나 이렇게 얼어붙은 분위기에서도 예술을 향한 열정만은 훈훈히 타오르고 있었다. 문인화가들이 그 무렵 목포의 미네르바 다방에 자주 모였다. 조희관 당시 항도여중

---

15) 박화성은 일찍이 이곳 출신 문인이고 신안의 김환기는 이 모양 저 모양으로 목포에 연고를 지니고 있었으며, 수필가로는 조희관, 문학평론가로는 김우종, 차재석, 화가로는 양수아 외에도 고화흠, 양인옥, 김수호, 남농, 백홍기, 진도출신의 서예가 손재형, 극작가로는 차범석 등이 있었다.

16) 박기동, 『부용산』, 삶과 꿈, 2002, 192~193쪽.

교장,[17] 소설가 박화성 여사를 중심으로 음악가, 미술가, 소설가, 시나리오 작가, 평론가, 시인들이 커피 한잔을 앞에 두고 얘기꽃을 피웠다. 때로 안주도 없는 맥주 파티를 열기도 했다.[18] 그때 목포 항도여중 교사로 있던 〈부용산〉 시인 박기동은 그런 만남들을 이렇게 요약했다.

> 말하자면 낭만주의자들의 총집합이었던 셈이다. 일찍이 낭만을 막을 수 있는 총칼은 인류의 역사에 없었다. 낭만은 언제나 인류의 앞길을 열어 주는 꿈이 아니었던가.[19]

시인 박기동은 이런 낭만조차 오래 즐길 겨를이 없었다. 1949년 9월 그는 타의에 의해 목포를 떠나야 했기 때문이다. 〈부용산〉 시를 썼다는 이유로, 교내 문예지 《새싹》의 편집 경향 때문에, 그리고 순천 사범의 '교협사건', 평소 수업 시간의 언동 등이 모두 당국의 눈으로 볼 때는 불온한 자처럼 보였던 것이다. 그는 53년이 지난 뒷날 집필한 회고록 『부용산』에서 그때를 다시 이렇게 통한스럽게 회고하였다.

> 나는 공산주의가 뭔지도 모르는 사람이다. 다만 사회가 너무나 썩어 문드러져 가는 것 같아서 좀 바르게 살자고 파닥거린 것뿐인데 이처럼 대추나무에 연 걸리듯 줄줄이 걸렸으니 딱하기 짝이 없다……
> 아무리 생각해 봐도 죄를 지은 일은 없었다. 그럼에도 나는 쫓겨가는 몸이 된 것이다. 나를 쫓아다니는 것은 나보다도 덩치가 큰 시국^{時局}이라는 것이었고, 그보다도 더 덩치가 큰 국가의 운명이라는 것이었다.[20]

---

17) 교육자이자 수필가(『철없는 아이들』, 항도출판사)였던 조희관 선생은 당시 목포의 주도적 지성으로 전국에서 탁월한 교사들을 모셔와 질높은 교육을 하려는 열정에 차 있었다. 당시 〈부용산〉 시인 박기동이나 양수아 같은 인물에게 일자리를 주었던 것에서 그의 인재 교육을 위한 품격 높은 이상을 읽을 수 있다. 그들이 때론 오해받는 선생님들이었는데도 그는 이들을 믿고 감싸안아 품었다. 이 때문에 김소남은 조희관이 조명되어야 양수아나 박기동에 대한 해답도 얻을 수 있다고까지 말했다.
18) 같은 책, 193~194쪽.
19) 같은 책, 194쪽.
20) 같은 책, 196~197쪽.

1950년 6월 25일, 전쟁은 모든 것을 바꾸어 놓았고, 북괴군은 목포를 신속히 점령하였다. 이때 양수아는 목포지역 예술동맹위원장을 맡았던 것으로 전해진다. 그리고 국군이 다시 회복할 때 몸을 피하여 지리산으로 입산하는 빨치산이 되었다.^{이 부분은 뒤에서 다시 다루기로 하자.} 그동안에 일본인 처 아베 에스코가 당한 고초는 상상을 초월한 것이었다. 어디 숨겼느냐고 문초를 당하고 집 마루바닥까지 뜯어 수색하였으며 경찰서에 불려가 아마 고문까지 당한 것으로 듣고 있다. 그래서 그녀는 아들 현승을 데리고 일본으로 돌아가고 말았다.

지리산에서 자수하고 재판과정을 거쳐 다시 양수아가 목포로 돌아온 것이 1952년 말이나 53년 초였을 것 같다. 그리고 이전의 제자였던 곽아미玉男와 결혼한 것이 53년 6월이었다.

필자가 목포중학 시절, 미술교사였던 양수아 선생님을 만난 것은 그해 말이었다. 그때 목포시 중앙동에 있는 양수아의 집은 '양수아 양화연구소'로 미술지망생들에게 활짝 열려 있었다. 필자 등과 그의 제자들은 그림을 그렸다기보다 거기에 흠뻑 빠져들어 있었다고 함이 오히려 적절한 표현일 것이다.²¹⁾ 거기에는 강홍윤, 구대일, 양계탁, 김소남, 신영재, 김승남, 정태정, 김옥자, 김춘이, 김복자, 정순임 등이 항상 어우러졌다. 지금도 이상한 것은 그때 빨치산의 아픔을 경험한 뒤인데도 그에게서 전혀 그런 흔적조차 느낄 수 없었다. 여전히 맑고 따뜻하며 마음이 넉넉한 선생님이셨다. 폭풍 후의 평화라고나 할까. 내가 그 사실을 알게 된 것은 30여 년이 지난 후였고, 그것이 확인된 것은 이태가 쓴 『남부군』¹⁹⁸⁹에 의해서였다.

양수아 선생님의 인품과 견인불발의 자유예술정신은 누구에게도 곧 감지될 만큼 뚜렷하였다.²²⁾ 그는 중학생인 우리들에게도 무언가 평범하지 않은 특별함이 있었다. 누구보다도 날카롭고 판단이 굉장히 빨랐다. 예리한 눈초리, 검게 뒤로 빗어 내린 중앙 가르마의 긴 머리, 그것들을 그는 항상 손가락으로 빗었다. 떨어지는 폭포소리 같은 맑은 목소

---

21) 당시 양화연구소의 분위기, 그림훈련, 1954년 11월 15일의 '제 1회 양화연구소 일동의 전시회' 등에 관해서는 이석우, 『예술혼을 사르다 긴 사람들』, 가나아드, 1997, 180~189쪽, 같은 지자의 『그림, 억사가 쓴 자시진』, 시공시, 2003, 325~320쪽 참조.
22) 양수아 선생님의 풍모와 목포 생활에 대해서는 필자의 저서 『예술혼을 사르다 간 사람들』, 186~187쪽 참조.

리, 그 특유한 웃음소리는 늘 물이랑처럼 강렬히 공기 속으로 터져 나갔다. 짧은 목포생활 중에서도 이사를 4~5번 다녔던 것 같은데, 이는 그 시절 선생님의 가난을 말한다. 그래도 우리나 그분이나 누구도 돈에 대해서는 한마디 언급도 하지 않았다. 지금 생각하면 너무도 세상을 몰랐던 내 자신이 부끄럽고 죄송하다. 그림에 대한 그의 비판은 솔직하고 직선적이었다. 그리고 구체적이라기보다는 "좋다."든지, "흥미롭다.", "재미있다.", "선이 좋다."는 등 비교적 포괄적인 것이었다. 하지만 때론 공간도 모르는 놈이 그림을 그리느냐고 신랄히 비판하기도 했고 한번은 그림에 서명을 함부로 하니까 서명도 그림의 일부라고 따끔히 나무라셨다. 그만큼 그는 그리는 사람의 개성을 또한 존중했다고 보겠다.

그의 제자 사랑이 얼마나 따뜻한 것인지는 함께 지내 보면 말없이도 곧 느낄 수 있다. 그는 약한 모습을 한 번도, 그리고 자존심을 훼손하는 행태를 보이지 않았다. 돈 한 푼도 내지 않으면서 우리는 밥통에 있는 그 집 밥도 먹어 버리고 석고가 귀한 시절 석고 하나를 깨뜨렸는데도 나무람을 받지 않았다. 속없는 우리는 그림을 그릴 욕심으로 새벽 4시에 가서 문을 두드리기도 하고 도대체 선생님의 당시 처지가 얼마나 어려운지 조금도 모르던 철부지였다. 그만큼 그가 그의 어려움을 드러내지 않았기 때문이었을지도 모르겠다.

그러나 그는 그때 끊임없이 형사들의 감시 대상이었으며 당시 목중제자였던 임진모에 따르면 형사들이 학교까지 와서 괴롭혔던 것 같다. 어느 날 경찰서 앞에서 계단을 내려오던 선생님과 마주쳤는데 그의 얼굴이 몹시 언짢아 보였던 것으로 기억하고 있다. 그는 누구에게도 말은 할 수 없었지만 깊은 심적 불안과 짙은 내면의 우울함 같은 것을 느끼고 있었을 것이다.

그러나 이때도 그는 서구의 미술 흐름과 운동에 대해서는 일본을 통해 계속 정보를 얻고 있었다. 함께 그림 그렸던 김소남 학형에 따르면 그 무렵 목포항에는 일본 외상선이 들어오곤 했는데, 그 배의 선장이 물감이나 '미술수첩'을 가지고 와서 선생님에게 전해 주곤 했다. 그때는 정말 좋은 물감 구하기가 하늘에 별따기처럼 어려운 시절이었다. 그 고마움에 대해 그는 그림으로 답하기도 하고 그들을 집에 초대하기도 했었다. 서구의 앵포르멜 운동을 이미 접촉하고 알고 있었던 것도 이런 경로를 통해서였던 것 같다. 앵포르멜이 2차대전 후 일그러진 인간상과 심상의 표출이라면 전쟁의 상처가 짙게 파인 양수아에게 이는 강한 호소력으로 다가왔을 것이다. 오지호가 양수아의 추상을 보고 양수아는 그렇게 그릴 수밖에 없었을 것이라고 한 말은 깊은 시사를 준다.

양수아 선생님은 2년여 동안 자기 방의 한 부분을 결코 공개하지 않았는데 뒤에야 그 이유를 알려 주었다. 자신이 추상화를 시험하고 있었는데 학생들이 영향을 받을까봐 문을 닫아 놓고 했다는 것이다. 얼굴을 그릴 때 너무 닮거나 세심하게 그리면 오히려 지워 가도록 했다. 사실 복숭아를 자주, 그리고 잘 그리셨지만 그것은 그가 진정 원하는 것은 아니었고 오히려 그의 그림은 치열함 쪽에 있었다. 그때 정말 그분은 한시도 편안할 날이 없었고, 그림 속에 완전히 몰두하는 순간순간에나 안식을 얻었던 것 같다. 해방공간으로부터 6 · 25 전후까지의 그의 그림이 망실되어 버린 것은 그를 이해하는 데 큰 공백이어서 못내 아쉽다.

훗날 옛 제자들이 한자리에 모이게 되었을 때 우리는 양수아 선생님에게 무엇을 배웠는가를 자문자답해 본 적이 있다. 그것은 화가란, 예술가란 저런 것이고 예술의 삶이란 저렇게 사는 것이구나 하는 것에 대한 영향이었다는 데 곧 공감대를 이루었다.

6 · 25 전쟁 중에도, 전쟁 후에도 국가보안법은 여전히 효력 발효 중이었다. 6 · 25 전쟁기간을 통하여 처리된 자는 550,915명이었고 50년 11월 25일 867명의 사형선고를 받았다.[23] 윤형섭이 말한 대로 한국전쟁은 남한을 엄격한 친미, 반공의 보수사회로 굳히는 데 결정적인 계기가 되었다. 국민의 사고경향과 의식에도 냉전의식이 자리잡아 혁신, 진보주의조차 공산주의자와 동일시하기까지 했다.[24]

이때 양수아에게도 변화의 상황이 생겼다. 그는 강용훈 등의 도움으로 광주에 있는 광주사범 미술교사로 가게 되었기 때문이다. 56년 5월 1일자로 그는 직장을 광주사범으로 옮겼으며 목포를 떠나는 전시회를 56년 4월 3일부터 9일까지 미네르바 다방에서 부부전으로 열었다. 이때 양수아와 가까이 지내던 변호사 김하증金夏增은 '떠나는 수아' 라는 제목으로 《목포일보》에 이렇게 썼다.

---

23) 박원순 앞의 책, 21쪽.
24) 윤형섭, 『한국혁신정당론』, 한국정신문화, 1988, 280쪽.

……그의 화폭은 몇 잔 대포술에 얼큰하여 토론하는 유쾌한 독설을 연상케 합니다…… 그의 강인
한 선과 명랑한 색조는 그의 생활의 옥이며…… 그는 생활을 애써 괴로워하나 생활에 구애받지 않
은 무서운 화가입니다…… 또한 그는 작화의 발전이 현실의 불안과 초조, 그리고 절망에서 해탈하
려는 생활의 투지가 엿보인다는 것입니다.

이 글은 수아의 떠남을 아쉬워하는 내용이지만 그의 작품에 대한 강한 의욕과 삶의 고
뇌, 그리고 불안과 초조를 언급하고 있어 목포생활의 정리이자 광주생활의 불확실성을
예견케 하는 부분이 있다.

광주생활의 열정과 시련

1956년부터의 광주생활은 그의 추상미술에 대한 열정과 함께 시작되었다. 그의 동역
자이자 라이벌은 강용훈이었고, 배동신 또한 함께 하는 자리에 빠지지 않았다. 그들의
만남은 미술논쟁으로 시작되었고 헤어짐도 그것으로였다. 여기에 추상미술에 비판적이
었던 오지호가 있어 광주화단의 화론을 더욱 첨예하게 하였다. 지방에서 오히려 중앙보
다 일찍이 새미술운동이 시작되었다는 것은 매우 주목할 만한 사실이다.

1960년 《전남일보》 지면에서 진행된 오지호와 강용훈의 40여 회에 걸친 구상, 추상논
쟁은 광주의 미술적 선도성을 뚜렷하게 예시한다. 이 무렵 중앙화단에서는 김영주와 김
병기가 추상논객의 선두에 섰다. 양수아, 강용훈, 천경자, 백영수, 김보현 등이 모인 광주
화단은 후끈했다. 황영성은 이때야말로 예술가를 경외스럽게 보고 그들의 행태를 사랑
으로 이해하려고 했던 '순수시대'라는 말로 요약했다. 이때 세계의 새로운 미술경향을
소개하는 데는 미국공보원^{광주}의 전시회도 한몫을 담당하였다.

그 무렵 선생님의 직접 가르침을 받은 분들이 최종섭, 박상섭, 최재창, 김성식, 김종
일, 우제길, 황영성, 이태길^{무순} 등이었다. 이들은 모두 미술행정가로, 대학교수로, 전업
작가로 뚜렷한 행로를 개척하였음은 다시 설명을 필요로 하지 않는다. 이들 중 상당수가
양수아의 영향을 받아 비구상계열의 길을 가고 있음도 그 작품에서 드러나고 있다. 그리
고 그 무렵 목포에서 김소남, 박석규, 김상만, 김용철, 이춘만, 구대일, 강동원, 양계탁,

정승주 등이 모여 시작한 '십대전' 또한 양수아 선생이 뿌린 씨앗의 결실이라 하겠다.

그러나 1961년 광주사범과 광주사대가 교육대학으로 개편되면서 양수아는 광주사범대학의 시간강사와 광주사범의 미술과 교사를 그만둔다. 그가 왜 공적 직함 생활을 그만두게 되었는지의 원인은 확실치 않다. 자신은 자유로운 창작생활을 하기 위해서라고 말하고 있지만 자신의 내부적 방황과 사회적 여건들이 어느 형태로든 충돌하고 있었지 않았나 싶다. 그리고 보다 멀리는 자신의 과거 시대적 여건들과 더불어 그를 그 자리에 매어 두기에는 자존심이 허락지 않은 부분이 있었을지 모른다. 자유를 찾아 늘 비상하고자 하는 그에게 어떤 감시적 분위기 같은 것도 견딜 수 없는 무게였을 수도 있다.

필자가 이것을 몹시 안타까워하는 것은 당시 전업작가로 작품을 팔아서 살아가기 힘든 세태에서 이는 그의 삶과 예술을 압박하는 힘겨운 요인이 되었을 것이기 때문이다. 목포에서 머문 것이 5년에, 광주에서의 제도권 생활이 겨우 5년에 불과했다. 그리고 그가 세상을 떠날 때52세까지 11년여 년 동안 제도권 밖에서 미술 낭인浪人으로 살아가야 했던 데 대한 안타까움이다. 미술수업 시대를 빼면 그의 화가로서의 인생 25년여의 반을 야인으로 보낸 셈이다. 이태길현 광주시립미술관장이 못내 아쉬워하는 것도 이 부분이다. 양수아는 61년 '양수아 화실'을 내었으나 그 운영도 활발한 편이 아니었다.

역사가 안겨 준 시련에도 그가 학교에서 제자들을 가르치는 동안에는 그것이 예술에의 길과 통할 뿐 아니라 자신의 존재의미를 확인시켜주는 것이었다. 그러나 자의든 타의든 그 길에서 이탈되었다는 것은 또 하나의 자존심에 큰 상처일 수밖에 없었다.

이 무렵 《광주일보》 후문 오쉔집(?) 이야기나 술과 더불어 얽힌 여러 얘기는 오늘까지도 전해 내려오는 광주미술계의 화제였다.25) 미야모토 무사시의 흉내를 내는 검법 강의, 그의 노래나 행동은 언제나 범상을 넘는 '애교 띤 품위(?)'를 지니고 있었다. 〈서커스의 노래〉를 부를 때는 줄타는 흉내를 하며 수건을 머리에 동여매고, 빗자루를 양산처럼 돌리며 춤을 추었는데 이는 눈물이 날만큼 슬픈 웃음을 낳게 하였다.

가난은 그를 늘 떠나지 않았다. 그러나 그를 최후까지 지켜 주고 있는 힘은 부인 곽옥

---

25) 이들에 관한 얘기는 앞서 말한 『예술혼을 사르다 간 사람들』, 195~197쪽 참조.

남雅美이었다. 양수아가 끝까지 미술의 삶을 살다가 쓰러져 간 것도 곽옥남의 헌신적 뒷받침 때문이었다. 광주 Y살롱 등에서 여러 번 전시회를 열었으나 경제적인 수익 면에서는 언제나 마이너스였다. 빨간딱지를 붙여도 작품값 지불은 한꺼번에 된 경우가 거의 없었으며 세월이 지나면 잊혀지기 일쑤였다. 액자제작과 대관료 등 막상 목돈이 들어가지만 들어오는 것은 푼돈으로 경제적인 도움이 거의 되지 않았다. 그녀는 일생을 남편의 봉급봉투를 받아 본 적이 없었다. 그래서 집을 꾸려 나가는 일은 항상 곽옥남의 몫이었다.

계림동에 '모던수예점'을 열고 정성들인 미싱자수를 제작판매하며 살림을 겨우 꾸려 나갔다. 그 일 때문에 지금도 심한 허리통증으로 시달리고 있지만 수아가 떠나기 전이나 이후나 4남 1녀의 가솔을 이끌고 지켜 나가는 일은 참 힘겨운 것이었다. 쌀통에 쌀 한 말 한 번 채워 보지 못하고 아이들 납부금에 세금고지서에 시달렸던 세월. 그녀는 "책에서 배운 가난은 다만 불행할 뿐이라고 했으나, 실제 가난은 지나치면 사람을 파괴시킬 수 있음을 실감했다."고 지난날을 회상했다.

수아가 떠난 지 32년. 그 세월 동안 작가 양수아의 위상을 지키며 자녀들을 출가시키고 그의 작품들을 그 가난 속에서도 줄기차게 지켜 온 그녀는 한마디로 위대한 화가의 부인이자 한국의 대표적 모성상이라고 말해도 좋을 것 같다. 장남 승철承徹은 성실한 회사원으로, 둘째 승훈承薰은 애니메이션 예술 감독으로, 셋째 승찬承燦은 나인갤러리 관장으로 막내 승걸은 서울에서 중견 연극인으로 활약하고 있다. 그리고 딸 희숙은 미술전공 학도로 키웠다.

빨치산 화가 양수아

막연한 풍문으로만 전해져 내려오는 그의 빨치산 경력이 확인된 것은 이태의 빨치산 수기 『남부군』에서였다. 이 내용은 당시 《한국일보》 기자였던 이성부 시인에 의해 다시 확증되었다. 가나아트, 1990년 1월호

이태와 양수아가 만난 것은 51년 지리산 피아골이었고, 52년 3월 초순 백우동 골짜기에서 부대가 흩어져 서로 헤어질 때까지 그들의 어울림은 계속되었다. 양수아는 지리산 빨치산 부대의 핵심인 '이현상' 부대의 정치부 소속 종군화가였다는 것이다. 『남부군』 책

에는 양수아 대신 양지하라는 가명을 쓰고 있다. 이성부 기자와 만난 저자 이태는 양 씨가 어딘가 살아 있을 가능성 때문에 가명을 썼다고 해명했다.[26) 양 씨가 어떤 경로로 빨치산이 되었는지는 자신도 모른다고 했으나 양수아와 퍽 가까이 지냈던 것만은 분명하다. 그는 우선 양수아를 유머가 풍부하고 인간적이며 쫓기는 산중생활에서도 끊임없이 그림을 그렸던 동지로 기억하고 있었다.

『남부군』 하권의 상당비중을 차지하고 있는 양수아 관련 부분은 대략 이렇다. "일본 제국미술학교 출신인 양지하는 매우 유능한 화가였다. 과업 때문이기도 했지만 그는 그런 생활 속에서도 도화지와 그림물감들을 잘 간수"하고 다녔다는 것이다.

양수아는 또 기억력이 뛰어나서 일본의 장편 검객소설 『미야모토 무사시』를 끝까지 외울 정도였다. 혹 심심하거나 짬이 있을 때 몸짓을 겸한 이 무사의 얘기는 마치 연극처럼 시간 가는 줄을 모르게 했다. 이태는 또한 양수아의 '개땅쇠론'을 아주 인상 깊게 기억하고 있었다. 남도에는 만석군, 천석군이 많다. 땅이 넓고 비옥해 대지주가 많은 반면 그만큼 농노계급이 많았다는 얘기도 된다. 그래서 남도에는 소수의 지주와 다수의 극빈자로 계층이 나누어져 빈부의 차가 극심한 지역이었다. 이제 개화기가 되어 세상이 열리면서 빈한자들은 도시를 찾아 나섰고 그곳 생활에 적응해 나가야 했다. 그들은 살기 위해 먼저 한때 이민간 아일랜드인이 그랬던 것처럼 체면이나 위신을 생각할 겨를이 없이 온갖 술수를 다하여 강인한 생활력을 과시했다. 이 때문에 '개땅쇠'란 말이 생기고 호남인에 대한 나쁜 인상을 갖게 했다는 것이다.

그래서 이를 해결하는 방법은 혁명적 토지 개혁을 하고 사회주의 경제정책을 쓸 수밖에 없다고 했다는 것이다. 이 부분이 그가 빨치산에 들어간 먼 이유를 드러내게 한다. 그도 역시 능력보다는 평등한 사회를 만든다는 데 매료되어 있었던 것 같고, 진보적 사고를 지닌 개혁주의자였음을 보여 주는 대목이다.

그는 언제나 배낭에 물감과 도화지를 챙겨 다니며 동료들의 빨치산 모습을 그려 주고 선전극을 만들거나 포스터를 그려 마을에 붙이지 않았나 싶다. 그러나 이태는 양수아의

---

26) 《중앙일보》, 1990. 2. 6.

생각, 행동, 언동 등을 생각할 때 그는 결코 공산주의자가 될 수 없는 사람이라고 증언하였다. 그는 반정부, 반사회적이긴 했어도 공산주의자는 아니었으며 오히려 자유주의자에다 낭만주의자라고 했다.

친구 조용근에게 전한 빨치산에 대한 양수아의 전언은 "추울 때는 모포를 쓰고 눈 속에 자는 것이 제일 따뜻하다."는 정도의 말이었다. 훗날 시인 이성부는 지리산 연작시 〈화가 양수아의 빗점골 회고〉에서 그를 그리워하며 이렇게 썼다.

> 낮에는 조릿대 밭에 엎드려 쥐죽은 듯 포스터를 그리고 글씨를 쓰고 숨죽이며 울었다…… 댓잎 사이로 쏟아지는 별들 추워도/ 바람소리 죽은 동무들 외침소리 나를 덮어도/ 등 뒤에 깔린 솔가지들 있어/ 가슴 위에 포갠 두 손 내 돌아갈 집이 있어/ 몸 떨리지 않았다……
> — 이성부, 〈화가 양수아의 빗점골 회고〉 부분[27]

그런 양수아가 부산에 있는 곽옥남을 찾아온 것은 떠난 지 3년 뒤였다. 머리를 박박 깎고 나타났는데 그때는 검문이 심하고 도민증 같은 것이 없으면 여행할 수가 없었는데도 그는 용케도 부산에 왔었다. 이들이 다시 목포로 돌아와 1953년 결혼했던 얘기는 앞에서 썼다.[28]

자화상으로 만나는 인간 양수아

그의 작품을 보노라면 뜻밖에 자화상이 많음을 알게 된다. 내가 소장하고 있는 작품도 구상 하나, 비구상 하나인데 모두 자화상임은 우연만은 아닐 것이다. 반 고흐나 렘브란트, 뒤러가 그랬듯이 늘 자아를 의식하며 성찰했던 작가들이 많은 자화상을 그렸다. 그리고 무엇인가 생의 목적을 다시 확인하려는 사람이 거울 앞에 자신을 세웠다. 양수아도 예외는 아니었을 것이다.

1950년대 파스텔로 그린 자화상은 아직도 전사, 투사 내지 지사의 모습을 느끼게 한

---

27) 이성부, 『지리산』, 창작과 비평사, 2001, 82~84쪽.
28) 지리산 관계에 대한 곽옥남과의 대담은 앞의 책 『예술혼을 사르단 간 사람들』, 199~207쪽 참조, 가나아트, 1990. 3,4월호.

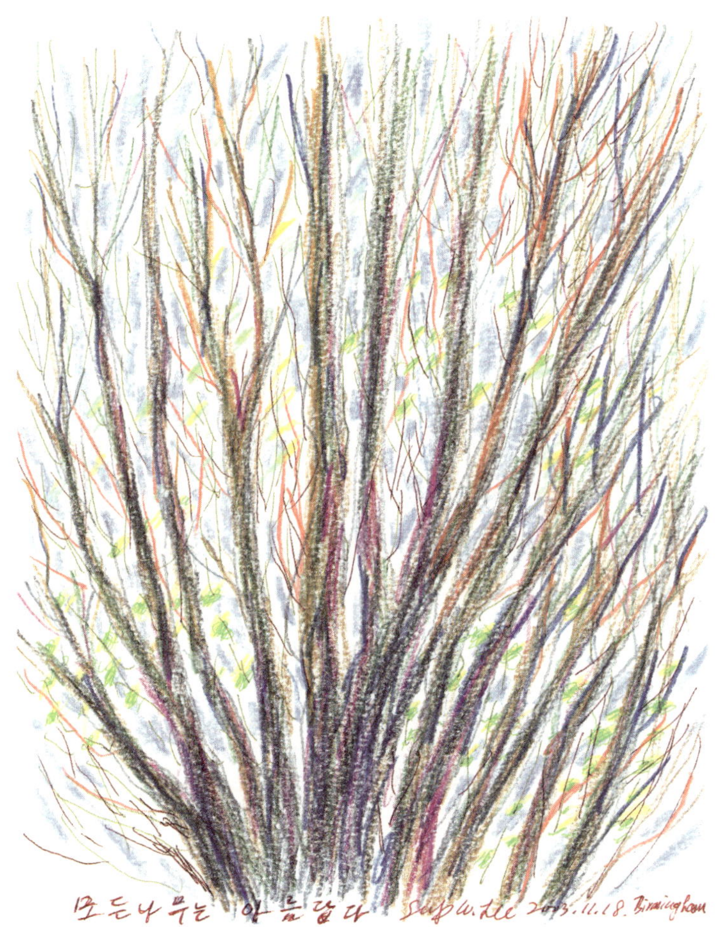

모든 나무는 아름답다, 21×29cm, 2003.

다. 뻣뻣해 보이는 머리가 가르마 양편으로 나누어져 있고 얼굴 윤곽은 뚜렷하다. 지사나 일본시대 대학생들이 입었을 법한 외투의 깃을 높이 세웠다. 얼굴과 배경이 운동감 있는 황색과 초록으로 율동감 있게 그려져 있는가 하면, 오버코트의 색은 짙은 블루로 처리되어 있어서 어떤 애잔한 분위기를 연출한다.

우리를 응시하는 그의 눈은 또 얼마나 슬플 것인가 그리고 고독한가. 그 눈 어딘가에는 원망과 저항이 묻어 있는 듯하지만, 슬픔이 더 지배적이다. 눈물이 곧 쏟아질 것처럼 말이다. 입을 굳게 다물고 턱은 사각형으로 굳은 의지의 소유자임을 드러낸다. 그의 얼굴은 대리석처럼 단단해 보이지만 그 배경은 회전하듯 동적이다. 고집스럽고 타협할 줄 모르는 카랑카랑한 표정이지만 의외로 매력적이기도 하다. 어떻게 보면 자기모순과 갈등, 소외와 분노가 있지만 그 분노는 순화된 분노처럼 보인다. 원색적으로 드러내기에는 그동안 삶을 통한 자기순화가 잘 진행되고 있었음을 말한다.

얼굴 전체는 각이 지는 형태이고, 눈썹은 짙고, 이마에는 짙은 주름이 드리워 있으며 코는 중앙에 육중히 앉아 있는데 좌우로 다문 긴 입술은 궁핍과 사회적 소외에 대한 저항 같은 것을 드러낸다. 자기 얼굴을 그렸다가 다시 힘찬 붓으로 지워 간 듯한 앵포르멜적 자화상은 때로 섬뜩함을 느끼게까지 한다. 왼쪽이 마치 외눈 같고 드라큐라를 연상시키는 괴물형태이다. 어떻게 보면 분노하는 사자 같기도 하고 부식되어 가는 인간의 얼굴을 상정케도 한다. 화면 전체의 붓놀림은 다이나믹하다. 색은 짙은 고동색에 흰색을 더하여 회전의 속도감을 가속화시키면서 곳곳에 핏자국 같은 붓의 터치가 있다. 그리고 뒷배경은 그 특유의 연한 녹두색을 썼다. 그림은 전체적으로 평화와 같은 부드러움을 주는데 묘한 안정감까지 느끼게 한다.

나는 양수아 그림에서 어떤 역동성과 더불어 부드럽고 애잔한 그리움 같은 것을 보는데 그의 자화상도 이에서 벗어나지 않는다. 그 점에서 그의 대범하지만 강직하고, 부드럽지만 결코 포기할 수 없는 성품이 그림에 메밀꽃처럼 잘 배어 있다고 본다. 한복을 입은 자화상이나 이젤 앞에 붉은색 계통으로 그린 그림들이 모두 윤곽이 뚜렷하고 결의에 찬 듯하지만 모두 거역할 수 없는 따뜻한 흡인력을 갖고 있다. 이것이 바로 양수아의 기질이요 본성이라고 보면 지나친 독단일까?

어떤 자화상은 물감을 이기듯 뿌리듯 그렸으나 전체로는 삐에로 같은 얼굴의 자화상
도 있다. 이것은 자기의 현실이 삐에로의 그것에 방불하다고 생각했기 때문이다. 또 어
떤 그림은 연필선으로만 그렸는데 얼마나 강직한지 눈에서는 불꽃이 튀어나올 것 같다.
단순 선만으로 이렇게 개성적인 얼굴을 그린 그림은 일찍이 보지 못했다. 나는 그의 구
상작품을 보면서도 느끼는 것이지만 그의 탁월한 기량이나 무엇이든 소화해 낼 수 있는
능력에 거듭 감탄하고 있다.

가난한 중에서도 잃지 않았던 그의 훈훈한 인간미와 배려는 곳곳에 드러났다. 특히 영
화를 좋아해 찰리 채플린의 영화 등을 빼놓지 않았던 얘기, 달밤이면 가족들과 서로 산
책하며 사랑의 대화 나누기, 어쩌다 돈이 생기면 가족들을 불러내어 맛있는 음식을 사먹
이는 등의 일은 가족을 지탱하는 끈끈한 힘이었다.[29]

양수아는 〈빨간 마후라〉를 좋아한 것으로 알려져 있다. 그러나 친구 조용근은 수아가
진정 좋아했던 노래는 〈부용산〉이었음을 내게 귀뜸해 주었다.

부용산 오리길에
잔디만 푸르러 푸르러

솔밭 사이사이로
회오리 바람타고

간다는 말 한 마디 없이
너는 가고 말았구나

피어나지 못한 채
병든 장미는 시들어지고

---

29) 앞의 책, 『예술혼을 사르다 간 사람들』, 196~197쪽 참조.

부용산 봉우리에

하늘만 푸르러 푸르러

— 박기동, 〈부용산〉 전문

양수아가 부르는 〈부용산〉은 왠지 더 애절하고 가슴을 파고드는 간절함이 있었다.

사람은 가고, 그리고 남긴 것

68년 무렵 그의 삶의 리듬의 붕괴와 신체적 내리막길이 시작되고 있었다. 이 무렵 시인 위증과 가까이 지냈는데 이들은 뜻이 통하여 위증의 시에 수아의 그림, 그리고 송곡 안규동의 글씨로 〈유목민의 본적지〉라는 시화전을 열었다. 이들 두 사람은 미술지의 간행까지 생각하고 있었다고 한다. 이는 양수아에게 큰 재기의 용기를 주어 마침내 서울 전시회 계획까지 세우기에 이르렀다.

서울 전시회는 그의 평생의 숙원이었다. 그리고 이는 그가 지금까지 추구해 오던 추상미술의 영역을 정리하고자 하는 의도가 있었던 것 같다. 그는 마치 그동안의 작품실험과 정신적 방황을 마감이라도 하듯 이 일에 전력투구하였다. 그의 작품전이 71년 9월 15일부터 21일까지 국립공보관 화랑에서 열렸다. 그러나 이 전시회는 알려진 대로 양수아에게 결정적인 좌절을 안겨 주었다. 그는 작가로서 인정받는 데 성공하였지만 단 2점의 그림을 팔았을 뿐이다. 그러나 지금 생각하면 그 때 작품전을 하지 않았으면, 우리는 그의 작품을 그나마 갖지 못하였을 것이다. 그 점에서 이 전시회는 필요 절실한 것이었고 성공한 전시회라 하겠다.

이 전시회 뒤에 광주로 돌아가지 못하고, 서울에서 고뇌의 방황을 하면서 광화문 지하도의 매점에 앉아 아내 곽옥남에게 보낸 편지는 지금도 가슴을 치는 듯한 슬픔이 있다.

진정으로 진정으로 사랑하는 나의 아내에게. 이제 밖에는 비가 내리고 있소. 나의 눈에 눈물이 흐르고 있다오. 여기는 광화문 지하의 과자점. 조용히 매실주를 마시고 있소. 물론 나 혼자서…… 서울에서 돈을 가지고 광주에 가리라고 생각하지 말아요. 커다란 무게 때문에…… 당신이 고생하고 있는 것을 생각하면 눈물이 흐르는구려. 나는 그렇게 눈물 흘리는 사람이 아닌데…….

그는 이 전시회 뒤에 광주로 돌아가 다시 아내를 볼 용기가 없어 서울에서 끝없는 방황과 자기 소진을 거듭하였다. 작품은 여관비로 잡히고 삶은 밑바닥까지 탈진되어 갔다. 어쩔 수 없이 부인 곽옥남의 손에 이끌려 광주로 되돌아오긴 했지만 양수아는 깊은 허탈감에 빠져 있었다.

1972년 10월 그의 마지막 전시회가 된 24번째 여수 전람회가 열리는 동안 급환을 얻어 광주에 돌아왔으나, 그 뒷날인 72년 10월 13일 오전 7시 양수아는 그 파란 많은 인생을 마감하였다. 오지호는 "양수아는 죽은 것이 아니라 세상이 죽였다."라고 안타까이 슬퍼하였다. "이 땅이 나를 술마시게 한다."라는 권일송의 시구가 떠올려진 것은 무슨 까닭일까?

한 사람의 영향은 크고 때로 지속적이다. 양수아 제자들이 이를 말해 주고, 한 예술가의 삶의 행적이 되살아나고 있음이 이를 증거한다. 그는 진정 타고난 그리고 천성의 예술가였다. 이제 남은 것은 더도 덜도 말고 그에 대한 바른 평가가 이루어지기만을 기대할 뿐이다.

사실 어찌하다 보니 내가 인간 양수아의 삶과 예술에 대해서 쓰게 되어 두렵고 주저스러운 마음이다. 자료의 부족, 연대의 불확실성, 현장답사 등에 한계가 있었다. 그 무엇보다 내 자신이 그분의 온당한 모습을 그려 내기에는 너무나도 역부족이었다. 혹 그분께 누가 되는 글의 내용이 있었다면 그것은 나의 탓이니, 용서와 질책을 빈다.

V

대학이란 무엇인가

1

대학의 전통과 정체성의 위기

— 진리와 효용 간의 균형이 문제

오늘의 대학에 대한 첨예한 쟁점은 무엇인가? 한마디로 그것은 정체성의 위기라고 할 수 있다. 요컨대, 대학이란 무엇이며 무엇이어야 하고 그 지향목표는 어디인가에 대한 불확실성이다.

대학의 정체성은 두 가지 측면에서 줄곧 논의되어 왔다. 하나는 대학이 순수한 학문추구와 인격도야의 장이 되어야 한다는 주장이고, 다른 하나는 실용적이고 전문적인 또는 기능적인 교육을 지향해야 한다는 입장이다.

근래, 이에 대한 논의가 더욱 거세진 것은 대학에 대한 변화 요구가 거의 강요되다시피 하고 있기 때문이다. 대학도 이제 학문의 논리가 아니라 자본의 논리, 더 나아가 경영, 능률주의의 원리를 따라야 한다는 목소리가 높다. 이러한 논의는 어제오늘의 일이 아니며, 어쩌면 중세대학 이후 지난 8백여 년 동안 이 문제는 늘 대학의 중심과제였다고 하겠다. 사람들은 이 논의에 대한 해답의 근거를 대학 발생의 원인을 규명함으로써 찾으려 하였다.

독일의 사학자 그룬트만은 대학형성의 일차적 이유를 지적 탐구심과 학문적 욕구에 돌리고 있다. 그는 대학 발생이 직업적 필요나 인재 양성과 같은 실용적인 목적에서 출발하지 않았다는 몇 가지 점을 지적하고 있다. 대학 시작 초기 국왕과 교황은 오히려 대학 출현을 저지하려고까지 하였다는 점을 상기시키고 있다. 볼로냐의 경우에서처럼 법학공부를 시작하게 된 것 또한 전문 직업을 얻고자 하는 이유에서가 아니었다. 그때 공부하는 시민법전은 별로 통용되고 있지 않았으며 한때는 법률공부를 금지시키기까지 했었다고 한다. 또한 신학의 중심지라 할 수 있는 파리 대학에서 교황으로부터 파문까지도 당할 수 있는 위험을 무릅쓰고 아리스토텔레스를 연구했다는 점을 지적하고 있다.

반면 코반과 서던 같은 이들은 그룬트만의 주장이 지나치게 관념적이라고 비판하고 그 대신 실용의 사회적 이유를 제시하고 있다. 당시 국가와 교회의 입장에서는 보다 전문적인 지식을 갖춘 인재들을 필요로 하였다는 것이다. 또한 대학진학자들의 내심 저변에는 사회적 지위를 개선해 보려는 의도가 짙게 깔려 있었다고 보고 있다. 중세에서 대학에 간다는 것은 장시간의 투자와 재원이 필요하였기 때문에 어떤 구체적 보상에 대한 기대 없이는 대학에 가기가 어려웠다는 것이며 오늘의 정체성 논의도 사실 그같은 맥락의 연속이라 하겠다.

종교개혁 시기의 대학은 종파적 이해를 초월하기 어려웠고 전체주의 시대에는 국가주의의 색채를 떨쳐 버릴 수가 없었다. 더구나 시민사회의 등장은 산업사회의 도래와 함께 직업이 다양하게 분화됨에 따라 현실생활에 걸맞은 직업교육의 필요가 더욱 생기게 하였다. 이에 따라 대학교육의 목표, 대학의 기능에 대한 논의가 다시 떠오르지 않을 수 없었다.

뉴먼은 지식추구는 그 자체가 목적이므로 그 자체로서 평가받아야지, 사회적 요구와 필요에 따라 평가될 일이 아니라고 했다. 반면 베이컨은 "진리와 효용은 하나"라고 함으로써 대학교육과 사회요구를 동일시하려는 논리를 제시했다. 19세기에 들어서면서 여러 나라들은 이 둘 중 하나를 추구하든지 아니면 두 가지 목적에 따라 대학을 특성화하거나 했다. 전자의 사례를 따르는 것 중의 하나가 훔볼트가 세운 베를린 대학이며, 후자에 해당하는 것이 프래그머티즘의 기초 위에 선 미국의 대학들이라 하겠다. 앞의 경우는 대학과 사회 또는 외적 필요에 대해 일정한 거리를 유지하는 반면, 뒤의 대학들은 대학과 사회, 국가 등과의 밀집한 협력을 강조하는 경향이었다.

지식·정보사회가 되면서 멀티-버시티Multi-Versity란 말이 나올 정도로 대형화된 대학들은 기업과 국가의 도움을 외면할 수 없게 되었다. 이들 외부세력들이 지원을 강화하면서 대학성격의 변화까지 요구하고 있다.

대학교육의 대중화는 실로 급속히 진행되어 왔고 자본 소비문화의 위력 또한 대학 스스로를 지키기 어렵게 하고 있다. 17세기 하버드 대학의 학생 수가 6백여 명에도 못 미치던 것이 1840년과 1970년 약 130여 년 사이에 417배나 늘었다. 이에 비해, 그 기간 동안 인구는 12배 밖에 증가하지 않았다. 문제의 심각성은 대학에서 학생 수가 늘고 등록금이 인상되고 있는데도, 대학의 외부 재정지원의 의존도는 더욱 심화되고 있다는 점이다.

더구나 대학의 기능화, 사회에 대한 '서비스 스테이션' 화가 촉진될수록 역으로 그만큼 전인교육·가치교육은 수척해지고 그 회복의 필요가 증대되고 있다는 점이다. 아무리 정보와 지식이 많아져도 이를 판단하고 선별하는 교육이 이루어지지 않으면 대학의 양적·기능적 팽창은 어쩌면 트로이의 목마가 될지도 모르기 때문이다.

— 《서울대 대학신문》, 1998년 11월 23일

2

대학의 형성과 변화, 그 의미

— 대학은 자치와 연대 속에 살아 숨쉰다

중세대학을 논의할 때에는 몇 가지 중요한 논쟁점이 있다. 하나는 중세대학이 왜 형성되었는가에 대한 논란이며, 다른 하나는 중세대학이 어떻게 형성되었으며 어떤 형태를 갖추었는가에 대한 질문이다. 다음으로는 이렇게 형성된 중세대학이 시대를 거치면서 얼마나 변모되었는가의 문제이다. 이들을 점검해 보는 과정에서 중세대학이 갖는 오늘에의 의미를 되새겨 봄 직도 하다.

이 글에서는 앞서의 문제들을 중심으로 그에 대한 답을 구하는 방식으로 내용을 전개해 나갈 것이다.

대학은 발생하는 환경적인 요건과 그것을 구성하는 사람들의 인위적 노력이 상호작용하며 이루어진 실체이다.

우선 환경적 요인으로는 11세기에 들어서면서 일어난 중세인들의 의식의 변화, 사상의 각성을 지적할 수 있다. 십자군 이후 중세인들은 또 다른 세계를 발견하고 일종의 문화충격을 받으면서 그들의 정신적 지평을 넓혔다. 그것과 함께 묻어 들어오기 시작한 외국 번역서들은 잠들어 있는 의식을 깨웠으며, 아리스토텔레스의 자연과학과 같은 저서들은 특히 유럽에 스콜라철학을 일으키는 기폭제가 되었다.

이 시기에 유럽의 인구 또한 급증하였다. 1200년경 유럽의 인구는 대략 6천만 명으로

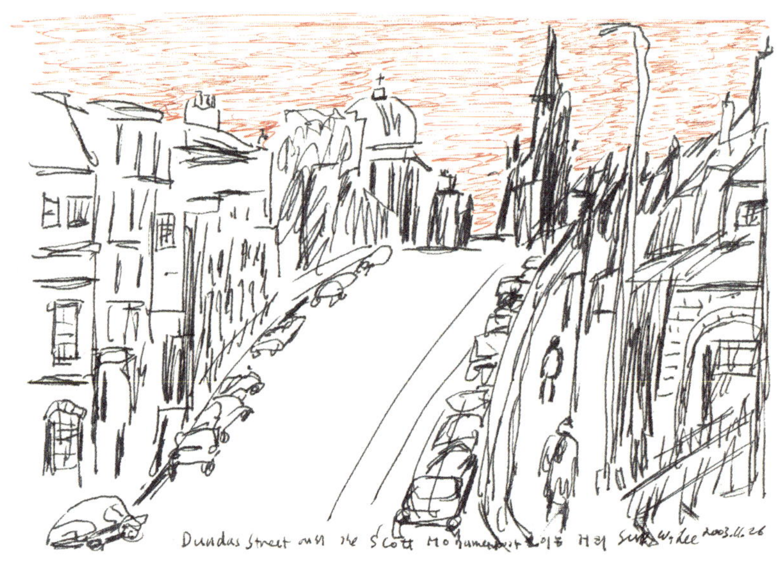

The Scott Monument가 보이는 거리, Dundas Street, 25×18cm, 2003.

추산되는데, 100여 년 사이에 약 50%가 증가하였음을 보여 준다. 인구의 증가와 상업의 부활은 도시의 등장을 불가피하게 하였으며 일종의 도시혁명을 가져왔다.

이에 따른 교육환경의 변화는 지금까지 수도원 중심의 소수정예주의 교육을 도시의 대주교성당으로 옮겨지게 함으로써 보다 다수를 대상으로 하는 교육의 확장이 이루어졌다. 무엇보다 당시 유럽에는 여러 직종의 길드가 형성되고 있었는데, 그 자치, 자율 정신이 대학길드 형성에도 결정적인 역할을 했다는 데 주목해야겠다.

그러나 이상의 주변적 요인의 제변화만 가지고 대학 발생의 이유를 다 설명할 수 없다. 그것은 필요조건은 되지만 충분조건까지 갖추었다고 말하기는 어렵다. 아무리 조건이 성숙되었다 하더라도 인간적인 동기유발 없이는 대학은 결코 형성될 수 없었을 것이다. 이것이 대학 출현의 동인을 논하게 되는 까닭이요, 또 그만큼 그에 대한 의견이 엇갈리는 이유이다.

대학 발생의 동인은 대략 세 가지로 요약될 수 있는데 하나는 역사진보의 한 틀 안에서 대학 출현을 보려는 입장이다. 이들은 다시 말해 대학의 발생을 멈출 수 없는 인간의 지적 추구심에서 찾았다. 대학 출현의 근본적인 동기를 인간의 순수한 지적욕구에서 구하고 있는 그룬트만의 입장도 크게는 이 범주에 속한다. 두 번째로는 서던이나 코번이 말한 대로 대학은 직업적이고 실용적, 사회적 동기에 의해 시작되었다는 주장이다. 코번은 로마 이후 교육이 실용적 이익이나 적용을 위한 수단이었지 순수한 교육 자체가 목적이 된 때는 없었다는 점을 상기시켰다. 마지막으로 대학은 직업훈련의 목적보다는 교육적인 목적과 이상이 대학 형성의 근본원인이라는 주장이다. 파리 대학의 교수조합은 각기 다른 전공자들이 모여 결성한 것으로 가치 구현을 우선시했음을 보여 준다는 주장이다.

이상의 여러 논의에도 불구하고 대학 발생의 원인을 이들 중 한 가지 요인만으로 설명하기는 어렵다고 보겠다. 오히려 이들 원인들이 복합적으로 적용될 때만 전체적인 설명이 가능하며, 동시에 대학의 속성을 드러낼 수 있다는 점이다. 대학의 발생 원인으로 교육적 이상이나 학문의 사랑과 함께 직업적 훈련 같은 현실적 필요도 작용했으리라는 것이 필자의 입장이다.

중세대학의 형성은 역사 문화적 전통과 연결지으며 전개되었다. 법학의 전통이 오래되었던 볼로냐에서는 이르네리우스 같은 유명한 법학자가 행한 유스티니아누스 법전 강의에 많은 학생들이 자발적으로 모여들었다. 그런 분위기에서 탄탄한 학생조합에 의해 볼로냐 대학이 설립되고, 그 경영도 학생들에 의해 이루어졌다. 오랜 신학적 전통을 지녀 온 파리 또한 노트르담 사원을 중심으로 교회학교가 성장하는 한편, 유명한 교수들을 찾아 구름처럼 밀려온 학생들은 파리 대학 형성의 동력이 되었으며 세느강 좌안을 글 읽는 소리로 가득하게 하였다.

처음 대학이 설립된 당시에는 교황이나 국왕이 별로 탐탁지 않게 생각하였으나 대학의 출현이 필연적 대세가 되었을 때 이들은 경쟁적으로 대학을 도왔다. 어떻게 보면 대학이란 세상의 속권과 교황권 사이의 세력대립에서 자신이 성장할 수 있는 틈새를 찾았다고 할 수 있다. 이들 두 세력을 적절히 이용함으로써 자신의 자치적 운신 폭을 넓혀 간 셈이다. 그러나 교황과 왕권의 도움은 선도적이고 적극적이라기보다는 문제가 발생한 후 그것의 해결을 위한 보호적 차원이었음에 주목해야겠다.

1192년 파리 대학 학생들과 생제르맹 주민들 간의 충돌, 그리고 1208년 옥스퍼드 대학생의 우발적인 여자 살인사건 등은 시 당국과 팽팽한 대립을 유발시켰다. 그런 긴장 아래서 왕권의 간섭으로 학생들은 자율의 특혜와 재판관의 선택권을 갖는 등 양보를 얻어 낼 수도 있었다. 그렇더라도 이것은 '강의 정지'나 '해산권'이라는 도시를 탈출하여 다른 도시에서 대학을 세우는 것과 같은 이주의 실력행사를 무기로 하여 이루어 낸 것임을 간과해서는 안 되겠다. 바꾸어 말해 중세대학의 자주 독립성은 주어진 것이 아니라 관계자들의 긴장 어린 선택과 저항적 용기를 통해 얻어진 결과이다.

그러나 중세대학이 얻어 낸 자율권에도 불구하고 과연 학문을 하는 연구의 자유와 가르치는 자유까지도 얻어 냈느냐 하는 것은 별개의 문제이다.

중세대학 형성의 밑바닥에는 동향단Nation이라는 저변조직이 있었다는 사실은 매우 중요하다. 유럽의 전 지역에서 모여든 학생들은 지역에 따라 동향단을 조직했으며 기본적으로는 모든 학생이 여기에 소속되어 자신들의 Rector나 Proctor 등을 선출해야 했다. 동시에 그들이 학교운영의 책임을 맡아 학장이나 총장직을 수행하였다. 볼로냐는 학생조합 중심이고 파리는 교수들의 조합이라는 점에서 차이가 있었지만 기본적으로 이 원리에 벗어난 것은 아니었다.

중세 후기의 대학 환경은 교회세력의 쇠퇴와 강력한 중앙집권 왕조의 출현으로 크게 변화를 겪게 되었다. 중심 세력으로 등장한 군주는 더 이상 국가세력 신장이나 질서유지에 방해되는 어떤 세력도 인정하려 하지 않았다. 교회의 대분열1378~1417과 백년전쟁은 대학의 위상을 크게 떨어뜨린 장애적 요인으로 작용한 것도 사실이다.

대학의 자율, 자주권을 약화시키는 조처는 프랑스에서 더욱 뚜렷하였다. 1437년 샤를 7세1422~1461는 대학이 누리는 재정의 독립권을 인정하지 않고 세금을 부과하도록 결정 내렸다. 더욱 훼손되는 조처는 사법적 면책권과 강의 정지권의 정당성이 폐지되는 일이었다. 학생들이 민사상의 면책을 얻어 재판관을 선택할 수 있었던 제권리가 사라지게 된 것이다. 학생들의 면책특권을 일반시민과 똑같이 함으로써 사실상 중세 동안 허용되었던 대학에 내린 특권이 거의 소거된 셈이다.

아무 재산도 없던 대학이 이제 건물이 생기고 땅이 얻어지며 자신의 금고가 생김으로 해서 운신 폭의 제한을 받게 되었다. 강의 정지권과 도시이주를 통해서도 아무것도 잃을 것이 없었던 대학의 이동의 자유는 이제 가진 것이 있으므로 오히려 이주를 부자유스럽게 했으며, 그만큼 대학의 저항권도 약화되었다.

대학은 종교개혁을 거치면서 양 진영의 대립 속에서 학생 수는 크게 줄어들고 대학재정 또한 고갈되었다. 종교의 선택을 달리한 교수들의 경우 학교를 떠나기까지 하였다. 더구나 대학은 계몽주의 시대를 거치면서도 보수화, 특권화에서 벗어나지 못하고 변화에의 대응을 능동적으로 하지 못했다. 한때 학문과 문화의 새로운 업적은 불행히도 대학 밖에서 이루어졌다는 점에서 그 비난의 책임을 면하기도 어렵다.

중세대학은 대학의 자치권을 얻기 위한 기나긴 저항의 과정이었다. 하지만 학문의 자유, 학문을 위한 학문의 대학을 지탱한 것은 근대적 의미에서 독일의 베를린 대학과 할레 대학 등을 들 수 있겠다. 이것이 대학을 상아탑이라고 부르게 된 사정이다.

그러나 급속한 과학의 발달과 산업, 정보사회로의 변화는 대학을 상아탑 속에서만 남겨 두기에는 그 속도가 너무 빨랐다. 오늘의 대학을 멀티-버시티의 양태로 바뀌게 하였지만 그것마저도 시대적 변화와 사회적 요구를 충족시키기에는 역부족인 듯하다. 사회는 대학이 자기들이 원하는 대로 더 많이 변화하기를 요구하고 있는 것이다. 이런 변화에 어떻게 적응할 것인가? 이 적응과정에서 대학의 정체성은 과연 무엇이어야 하는가가 바로 오늘날 '대학위기'의 본질이다.

역설적이게도 대학은 현실의 필요에 따라 갈수록 그곳에서 가르치는 학문의 사회적 효용기간은 점점 단축되는 것 같다. 새것에 적응할수록 더 많은 새것이 이전의 새것을 삼켜 버린다. 어제의 통계가 오늘은 이미 쓸모없는 무용지물이 되기가 일쑤이다. 학생들에게 선택의 기회를 더 주기 위해 제공된 수강과목의 자유 선택권이 다수의 폐강과목으로 오히려 선택의 폭을 줄이고 있다.

반면 중세대학은 변화 속에서 지킬 것은 지키려는 노력을 전개하였고, 이 점에서 중세대학이 주는 의미는 크다고 본다. 도슨이 지적한 대로 중세대학은 유럽문명에 지적훈련을 시키는 제도적 틀을 마련하였다. 유명론과 실재론의 스콜라철학 논쟁은 그 의도가 어디 있던 근대학문 논쟁의 기본토양이 되는 소중한 경험이었다. 또한 중세대학의 엄격한 토론과 강의훈련은 근대학문 풍토의 기조가 되었다는 점 또한 지적되어야겠다.

이런 토대들은 중세대학이 이룩한 자치, 자율권과 더불어 인류 지성사에 중요한 이정표가 되었다. 대학의 자치 없는 학문의 자유, 가르치는 자유의 유지가 어려운 것이라면 비록 아쉬운 점은 있지만 중세대학은 학문의 자유와 가르치는 자유의 기초를 마련했다고 봄도 무리는 아니다. 학교가 경쟁하는 곳만이 아니라 가치교육을 통한 인간다운 인간을 만들기 위해 가르치는 곳이라면 중세대학의 교육방식이 주는 오늘에의 시사점 또한 많다고 본다.

— 《고려대학원신문》, 2001년 4월 6일

3
대학생활 어떻게 할 것인가

우선 자기 식의 사고를 하는 방법, 자기 식으로 개성적인 삶을 창출하는 방법을 배워 나가라고 말하고 싶다. 우리는 그동안 다양성을 무시한 채 어떻게 하면 통일된 단일 지향적 인간을 만들어 내느냐 하는 데 기를 쓰고 있었던 것 같다. 그러나 이제는 남이 하는 대로 따라갈 일이 아니라 자기의 방식이 무엇인가를 깊이 생각하며 실행에 옮길 일이다. 규율적 생활에서 벗어났다고 친구들과 어울려 남이 가는 곳만 가고 남이 하는 대로 우르르 몰려다니는 것은 주체가 없는 흉내내기 삶이다. 작은 것이라도 자기 것이 무엇인지 생각할 일이다.

그러기 위해 나는 우선 선인들의 지혜와 가르침에 접하라고 권하고 싶다. 그것에 이르는 가장 쉬운 길은 문학과 사상에서 고전이라고 하는 위대한 문화유산을 읽는 일이다. 감히 나는 말한다. 현대적인 것은 모두 고전 속에 있다. 새 것을 찾으려면 고전으로 가라, 역설적인 얘기다. 만일 누군가 나에게 젊은 시절 가장 큰 후회 중의 하나가 무엇이냐고 묻는다면 앞서의 위대한 고전을 충분히 독파하지 못한 것이라고 단언적으로 대답하겠다.

플라톤, 단테, 셰익스피어, 장자, 다산의 짤막짤막한 조각 글들을 읽을 때마저도 나는 무한한 영감과 통찰력 같은 것을 느낀다. 아! 이것이었구나. 만일 내가 대학시절 이들을 독파하고 깊은 사유의 심연 속에서 끝없는 방황과 깨달음의 순간들을 경험했더라면 내 사유의 차원은 얼마나 넓고 깊게 형성되었을까. 현대의 모든 것은 과거에, 그리고 지금의 참신한 이론과 사상이라는 것이 사실은 고전과 명저들 속에 있다. 그곳으로 가라. 끝내 사람들은 자신이 읽은 책에 의해 지배받고 영향 받기 마련이다.

필자가 머물고 있었던 옥스퍼드 대학은 학부에서 한 학기 동안에 적어도 일주일에 한 편의 에세이를 써 오게 한다. 그리고 교수와 학생이 그것을 놓고 토론하며 장점과 단점을 평가한다. 그런데 중요한 평가기준의 하나는 그 에세이 주제에 관해 다른 저자들이 하는 말과 같은 논리를 펴면 그것은 좋은 평가를 받을 수 없다. 바꾸어 말하면 지금까지 책의 저자들이 말한 것과는 다른 참신한 창의적 논지를 전개해야만 높은 평가를 받을 수 있다. 그 이유는 남의 이론을 그대로 받아들이는 것은 모방에 불과하며 자기 식의 사고를 개발하는 것이 가장 중요한 교육방법의 하나라고 믿기 때문이다.

요컨대 자기 식의 사고를 어떻게 하느냐를 배워 나가는 것이 대학생활의 가장 중요한 부분이다. 자기 것을 가지고 교수와 동료와 지속적인 토론을 벌임으로써 자기 것과 자기 것이 아닌 것을 알게 하며 거기서 또 진정한 자기를 발견하는 것이다. 자기와 타인을 동시에 존중하고 인정하는 것이 개인주의의 기본이기 때문이다.

다음으로 권하고 싶은 것은, 젊은 시절에는 모든 대상을 실험정신을 가지고 대하라는 것이다. 젊음과 기성인의 가장 큰 차이는 무엇인가? 젊은이는 실험을 할 수 있는 시간적 여유를 갖고 있지만, 기성 사회인은 실험할 시간이 없고 실험 그것이 실패를 의미할지도 모른다는 점이다. 실험정신으로 대하라는 말은 무슨 말인가? 무엇보다 자신이 완성된 것으로 생각할 일이 아니요, 언제나 지속적인 모색과 창조적 사유 그리고 완성을 향한 끝임없는 고뇌를 하라는 뜻이다. 이 말은 또한 대학시절에 자기 인생의 설계와 이상, 비전을 크고 날카로우며 아름답게 다듬고 가꾸어 나가라는 말이다.

시장구조Marker-System는 우리의 의식을 점점 편의주의 위주의 삶으로 몰아가고 있다. 물질을 가지고만 있으면 모든 것이 해결되는 듯한 착각을 갖게 한다. 그리고 즐기는 것과 사용에 필요한 것 사이에 구분을 없애 버리고 있다. 마치 사용하는 모든 것이 곧 즐거움이나 행복과 동일시되듯이. 그리고 즐기기 위해서는 사용해야 하며, 사용하려면 구매

해야 한다는 충동을 줌으로써 모든 개념을 단순한 소비자로 전락시키고 있다. 인간의 존엄성과 가치, 정직성과 희생정신은 이제 헌신짝처럼 무효한 것이 되고 새로운 것, 상품화된 것만이 가치 있는 것으로 전도시키고 있다. 질의 삶이 아닌 양의 삶으로 끌고 가고 있다.

이러한 시장논리가 인간을 협력자이기보다는 경쟁자로 만들고 있다. 그리곤 기다림과 인내를 마모시키고 있다. 인스턴트식품, 기다리지 않고도 즉시 살 수 있는 크레디드 카드, 새로운 것이 더 좋은 것이라는 광고에 젖은 사고. 우리는 기다림의 미덕과 인내심을 잃어가고 있다.

나는, 인간의 힘은 어쩌면 기다림에서 온다고 믿는다. 그런데 기다림이 없는 삶은 사실 힘을 잃어버린 삶이다. 바꾸어 말하면 우리는 외적 조건인 광고와 군중심리, 패션과 유행, 텔레비전과 매스컴에 자기를 맡기며 그것에 무력하게 끌려가고 있다. 그래서 본인은 젊은이들에게 시장논리에 끊임없이 저항하라고 간절히 당부하고 싶다.

좋은 것은 쉬운 것, 즉시적인 것이라고 생각하기 쉬운데, 사실 좋은 것은 어려운 것이며, 좋은 것은 기다리는 중에 얻어지는 것이라고 말해야겠다. 그래서 참는 훈련, 기다리는 훈련은 인생의 힘이 된다는 사실을 거듭 강조하고 싶다.

삶을 깊이 즐기는 방법을 개발하는 지혜도 필요하다. 삶을 즐기는 방법은 여러 가지가 있으리라 본다. 술을 마시는 일, 심지어는 마약을 하는 일, 자유분출하는 성적 개방주의, 아니면 책을 읽거나 진정한 진리를 찾아 끊임없는 사색과 종교적 목적에 헌신하는 일, 위대한 미술품을 창조해 내거나 감상하는 일 등 다양하다. 기술과 자본이 만들어 낸 여유는 삶을 즐기는 수준과 그것의 중요성을 증대시키고 있다. 인류가 개발한 건축, 조각, 미술 등 위대한 문화유산 그것을 보고도 하나의 돌이라거나 단순한 색채나 형태로 지나치는 사람과 그것에서 위대한 인간의 창의적 정신과 영혼을 발견하는 사람 사이에는 얼마나 큰 차이가 있는가. 진정 삶을 즐기는 것이 번잡스럽고 소란한 군중 속에만, 도시의 찻집이나 백화점에만 있는 것은 아니다. 무한한 정적, 그것을 즐길 줄 아는 사람은 때론 한순간 우주라도 소유할 수 있다.

아름다움이 어찌 고급스러운 것, 값비싼 것, 유명한 것에만 있겠는가. 일상의 것, 작은 것, 지나쳐 버린 것, 하찮은 것 속에 숨어 있어서 그 깊고 경이로운 아름다움은 통속적이 거나 외형주의에 찌들은 눈으로는 발견할 수 없을 것이다. 작은 것 속에서 넘치는 미를 발견했던 다빈치는 어두운 눈을 가진 자들이 얼마나 불쌍해 보였겠는가.

지금 세계는 분명히 한마을처럼 축소되어 가고 있다. 인터넷은 세계를 하나의 세계로 만들고 있다. 이 시대에 어학실력이야말로 세계화를 이루는 중요한 수단이라고 생각한 다. 적어도 대학시절 동안 한 개의 외국어는 쓰고 읽고 듣는 데 불편 없이 충분한 능력을 갖추도록 권하고 싶다.

세계적인 학문의 고장인 옥스퍼드에서 한동안 나는 책 속에 묻혀 산 적이 있다. 어쩌 면 도시 전체가 모두 책으로 덮여 있다고 해도 과언이 아니다. 그런데 나는 그곳에서 한 국에 대해 영어로 씌어진 책이 얼마나 적은지 보고 놀라지 않을 수 없었다. 정말 손가락 으로 셀 정도로. 우리는 세계의 것을 무차별하게 받아들이면서도 어학 실력이 없기 때문 에 우리 것을 그들에게 알려 주지 못하고 있다. 이 일에 도전하라. 참으로 값진 것은 오랜 시련을 통해 얻어지는 것이다. 고통은 결코 패배나 좌절이 아니며 새로운 탄생과 발전을 위한 전환의 매듭일 뿐이다.

마지막으로 역사를 사랑하라고 말하고 싶다. 역사를 사랑한다는 말은 과거에 대해 책 임을 지며 현재에 정직하고 미래를 배신하지 않는다는 말이다. 그리고 조그마한 성취와 이익에 매달려 살 것이 아니라 역사를 상대로 살라고 말하고 싶다. 역사 앞에서 부끄러 움 없는 삶은, 이 시대의 부끄러운 자들이 되지 않기 위해서 직접 역사를 알고 역사를 사 랑하는 일이다.

— 《뿌리와 날개》, 1996년 2월

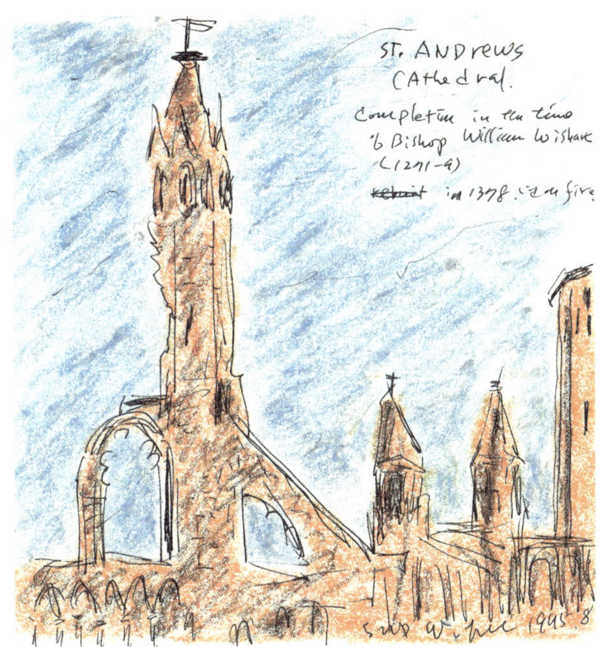

St. Andrews Cathedral, 17×18cm, 1995.

4
옥스퍼드의 학문과 사회

현재 속의 과거

옥스퍼드에 도착 즉시 그곳의 인상을 나는 이렇게 적고 있었다. 메모 그대로 옮긴다.

나는 지금 옥스퍼드라는 중세도시에 와 있다. 적어도 그런 착각에 빠져 있다. 건물, 거리, 가구의 장식에 이르기까지 옛것이 그대로 보존되고 있음에 우선 놀랍다. 아 그 책들, 인간들의 탐구욕과 지혜의 축적인 책이 마치 도시를 온통 채워 버릴 것만 같다. 현대 속에 이렇게 과거의 역사가 보존되어 있는 곳이 적어도 지구상에 한 곳은 있어야겠다. 이 광적 변화의 시대에 말이다.

그때에 나의 첫인상이 모두 옳은 것은 아닐지 모르나 적어도 도시가 갖고 있는 역사성과 책의 도시라는 인상만은 강렬했던 것 같고 그 생각은 지금도 변함이 없다.

옥스퍼드는 30년 전에 방문했던 사람이나 10년 전에 방문했던 사람이든 간에 그 골목, 그 상점, 그 흔적들을 고스란히 다시 만날 수 있다. 그래서 언제나 편안하고 온전히 보존된 회상을 즐길 수 있다고 한다. 지금은 자동차의 거리, 상점의 거리로 비교적 번잡한 '하이 스트리트' High Street 조차도, 그 넓이 그대로 빅토리아 시대의 마차가 지나다녔던 것만 달랐을 뿐이다.

그러면 그들은 진정 변화의 현대를 거부하고 있는 것인가? 그렇지는 않은 것 같다. 조금만 유심히 바라보면 남아 있는 과거의 틀 속에 현대 또한 깊숙이 자리 잡고 있음을 발견하게 된다. 건물만 하더라도 그 외형은 그대로 지켜지지만 내부는 크게 현대화되어 있음을 알게 된다. 칼리지의 육중한 수도원 같은 석조건물 틈새에 섬세하게 연결된 레인 망, 전자식 열고 닫기의 도어 등이 그같은 예이다.

영국인은 옛것을 지키는 연속성과 변화에 적응하는 순응력 사이의 긴장을 스스로 택하고 있는 것 같다. 그들은 과거에 해 보지 않았던 일을 현명하다는 이유만으로는 잘 택하지 않는다. 우매해도 차라리 해 오던 대로의 방식을 선호한다는 말이 있다. 이러한 그들의 성격 때문에 영국은 선례에 따라 다스려지는 나라라고 할 수 있다. 그 좋은 예로 그들은 아직도 군주제, 의회, 대학과 같은 중세적 제도를 그대로 지키고 있다. 그럼에도 앙드레 모로아가 지적했듯이, 그들의 '오래된 제도는 항상 새로운 추세를 시인하며 허용'하고 있다. 그 전통을 맹목적으로 보존하려 않듯이, 현대 또한 맹목적으로 따르려 하지 않을 뿐이다. 아니면 적어도 속도를 조절하고 있다고 할까?

책, 책, 홍수 같은 책

영국은 책의 왕국이다.

책의 종류도 종류지만 그 아름다운 북디자인과 인쇄 제본의 뛰어남은 과연 영국이 북디자인의 나라라는 말을 실감케 했다. 그곳에서 북디자인을 전공하는 분을 만나기도 했다. 나 자신도 책들에 홀리어 몇 날을 정신 나간 사람처럼 서점 순회에 얼이 빠져 있던 적이 있었다. 사실 이 기벽(?)은 일년 내내 지속되었다고 보아야겠지만…….

그러나 옥스퍼드 서점들을 순방하는 참기쁨은 오히려 '중고서점' Secondhand Book에 있음을 곧 알게 되었다. 그곳에는 28개의 크고 작은 중고서점이 있는데 그중에 가장 큰 것으로는 워터필드 Waterfield와 쏜톤즈 Thorton's를 들 수 있다. 이들은 모두 3, 4대째 가업을 잇고 있으며 5층 건물 모두가 분야별 중고서적으로 가득 차 있다. 그외에도 거의 2개월이 멀다 하고 열리는 북페어 Bookfair가 있는데, 이는 흩어져 있는 각 지역의 중고 책 상인들이 연합으로 모여 여는 책 장터라 할 수 있다. 순간의 방문자라도 지역신문을 통해 그

정보를 입수할 수 있다.

그들의 '중고서적' 개념은 우리의 '헌책방' 개념과는 다르게 쓰이고 있다. 대체로 우리에겐 헌책이란 새 책보다 싸다는 값 개념이 주류를 이루고 있는데, 영국의 경우는 자기가 원하는 책을 발견하는 곳으로서의 '중고서적'의 성격이 더 강하다. 워낙 신간이 많이 출간되므로, 실제 서점에는 일년만 되어도 자기가 찾는 책을 보유하고 있는 경우가 거의 드물다. 뿐만 아니라 출판년대가 좀 지난 책이라도 신간보다 훨씬 소중한 내용의 책이 얼마든지 있을 수 있기에 말이다. 또한 옥스퍼드에서 서북쪽으로 2시간여 드라이브해 가면 순전히 '중고서점'만으로 구성된 책마을, 책타운이 있는데 헤이-온-와이^{Hay-on-wye}란 마을이 그곳이다. 오후 햇살이 반기고 건물의 그림자가 길어질 그 시간이면 외로운 나그네의 이국정서는 발길을 자연히 이들 서점가들의 순방에 끌어내곤 했다. 때로 그곳에서 주옥같은 책을 발견하는 기쁨 외에 지식의 연속성, 학문의 생명성 같은 것을 호흡할 수 있어 좋았다. 운치 어렸던 인사동 고서점가, 청계천의 즐비했던 서점들이 오락실과 소주방으로 바뀌어져 가는 우리 현실과 얼마나 큰 대조인지, 이는 마치 과거를 모두 도려내 버리고 현실의 삶만 찾아 열받게 아우성치고 있는 우리의 모습을 상징적으로 대변하고 있는 것 같다.

특이한 칼리지 제도

영국의 대학을 이해하려면 우선 칼리지 제도부터 말해야 할 것 같다. 우리와 대비시켜 말한다면 우리는 '대학 안의 칼리지'^{University-College}인 데 반해 영국 옥스퍼드와 케임브리지의 경우 '칼리지로 구성된 대학'^{College-University}이라고 하겠다. 다시 말해 영국의 대학은 칼리지들이 모여 대학을 이루고 있다. 학생선발 권한, 교수 채용권^{물론 대학교 산하의 교수가 있다}과 재정문제도 거의 칼리지가 독자권을 갖고 있다. 그래서 대학 간의 경쟁은 칼리지 간의 우열경쟁이란 말이 있다. 옥스퍼드의 농담 중에 대학 본부가 어디인지를 아무도 모른다는 말이 있을 정도로 대부분의 일이 칼리지 중심으로 이루어진다.

칼리지는 중세 때부터 내려온 전통으로 강의와 숙식이 함께 이루어지는 장소라고 생각하면 거의 가까운 이해라고 생각된다. 강의는 몇 개의 개설된 공개강좌를 제외하곤 대부분 튜토리얼 시스템Tutorial System, 즉 학생과 교수 간의 일대 일 강의와 세미나로 이루어진다. 영국에도 이젠 이런 교육이 너무 비싼 경비를 필요로 한다는 비판이 있기도 하지만 옥스브릿지Ox-bridge는 이 제도를 고수하고 있다. 대체로 정해진 과목 아래, 교수가 일주일에 한 주제를 선정하여 그 분야에 권위 있는 책을 7~8권 읽고 자신의 견해를 밝힌 에세이간이논문를 써 오도록 한다. 이것을 기초로 학생과 교수는 무한대의 깊이에 이르는 토론을 벌이는데, 그 강의의 수준은 어떻게 보면 학생의 준비와 질문능력에 따라 정도가 결정된다 하겠다.

에세이 평가에 한 가지 중요한 기준은 기왕의 저자들이 한 말의 되풀이어서는 안 되고 어딘가에 자기 식의 자기비평과 견해가 수반되어야 한다는 점이다. 내가 잘 아는 교수는 영국의 과거와 오늘의 저력은 이 튜토리얼 교육제도에 있다고 자부심 높게 언급하였다.

그 점에서 옥스퍼드 대학은 강의 중심의 대학이라기보다는 연구 중심의 대학이라 할 수 있다. 교수가 연구하고 있는 주제를 놓고 그것이 자연스럽게 배우는 학생에게 흘러들어가는 형식을 취한다. 또한 교수는 강의 부담을 별로 안고 있지 않다. 내가 이해하기로는 배우고자 하는 학생이 신청하면 강의를 하되, 그렇지 않더라도 연구업적으로 보완되는 것 같다. 사실 연구하는 대학이란 교수가 연구하는 대학을 말하는 것이며 단순히 대학원 중심의 제도적 장치만 마련됐다고 연구하는 대학이 될 수 없다. 어느 교수가 지적했듯이 지식의 전달에만 치우쳐 정작 연구에는 충분한 시간을 투자할 수 없었던 교육풍토를 고치지 않고는 참된 창의적 연구를 기대하기란 어려울 것이다. 학생과 교수의 비율을 단순히 숫자적으로만 비교하는 것이 무의미해지는 것도 이 때문이다.

무엇보다도 대학이 살아 있는 학문연구의 본산으로 숨쉬고 있는 현상은, 학기 중 오후 5시 이후면 거의 모든 칼리지에서 열리고 있는 석학들의 세미나 ― 특강이다. 곳곳에서 각 분야의 전문학자들이 자신의 연구테제나 논문가제를 그 분야 전문학자들 앞에서 발표하고 토론과 공방을 벌인다. 이것은 자기 가설의 검증인 동시에 그 분야 학적수준의 현주소를 밝히는 것이기도 하다. 옥스퍼드의 장점은 그 명성 때문에 세계 어떤 대학의 석학도 사신해서나 아니면 초청해 올 수 있다. 발표자의 입장에서도 그곳에서 발표한다는 것은 누구에게나 인정받는 명예이기에 이 두 가지 요소가 절묘하게 맞아떨어져 그같은 수준 높은 세미나가 계속될 수 있다..

대학을 말할 때 빠뜨릴 수 없는 것은 그 토론 풍토다. 누군가 한국의 현실을 '주장만 있지 토론이 없는 사회'라고 했다. 반면 영국은 어떤 문제라도 토론에 부쳐 그 장단점, 적어도 그것들의 차이가 밝혀질 때까지 끊임없는 토론을 전개한다. 이는 영국인 특유의 그 깊숙이 묻힌 인내심과도 관계 있는 것 같다. 우리는 왕왕 의견을 내고 비판을 하면 단숨에 상대방을 적으로 돌리는, 적과 동지의 편 가르기에 빠져든다. 하지만 그곳은 비판도 참여라고 보며 오히려 위험한 것은 토론 없는 침묵과 일방적 주장의 의사결정이다. 토론이 있은 후의 결정은 모두 승복해야 하지만 토론을 거치지 않는 반대와 불복은 그 나름의 근거를 갖고 있는 셈이다. 잘 알려져 있듯이 옥스퍼드 대학 학생회Student Union는 토론문화의 선두주자이며, 그곳에서 열리는 토론은 그 무게 때문에 닉슨, 네루, 부토, 클린턴 등 세계적 인물이 그곳에 초청되어 토론자가 되는 것을 큰 영광으로 생각했다.

필자가 직접 참석해 보았던 토론장은 영국의 의회를 거의 그대로 축소해 놓은 모형이었다. 토론주제와 전문적으로 관련된 교수도 함께 참여하고 또 그 문제와 관계된 정부, 사회단체의 책임자까지 참석하여, 충분한 토론을 하고 나름의 결론을 유도하고 있는 것을 보았다. 그리고 토론이 끝나고 나올 때는 두 개의 문찬성과 반대이 있어서 자기가 찬성하는 쪽의 문을 통과해 나오면 자동합산이 된다. 그 결과는 학생신문과 언론에 공개되며 그것은 곧 대학사회, 영국사회의 여론, 때론 세계 여론에까지 영향을 미친다. 이런 풍토에서 자란 옥스퍼드 대학의 학생회장은 장래 수상감의 훈련자라는 말까지 나오게 된 것 같다.

본인이 속해 있던 그린 칼리지Green College의 바로 곁에 전 영국수상 대처가 졸업한 섬머빌 칼리지Somerville College가 있다. 그들 학교의 전통을 퍽 자랑스럽게 들려주었던 그곳 학장인 캐더린 휴Catherine Hugh의 초대를 받아 격식 있는 디너를 대접받았던 기억이 새롭다. 그곳 교수 하비Harvey와 기타 저명교수들의 추천에 따라 본인이 역사 깊은 '영국왕립 역사학회'Royal Historical Society의 해외펠로우로 선출된 것은 잊을 수 없는 영예였다. 이것은 그동안 성장해 온 우리 대학과 학계에 대한 인정으로 알고 겸허히 받아들였다.

묵계된 계층사회

유럽을 돌아보고 영국에 오면 더욱 절감되는 사실이지만 영국사회는 퍽 안정된 나라라는 느낌이다. 이런 느낌은 영국을 방문한 대부분 사람들의 공통된 의견일 것 같다. 그 이유는 늘상 푸른 그 잔디의 초록색 색감 때문만은 아니다. 영국은 아직도 보이지 않는 계층사회란 느낌을 버릴 수 없다. 대부분의 영국인들은 자기분수에 맞는 자기 식의 삶을 사는 데 익숙해져 있는 것 같다. 높은 명예와 지위를 가진 사람은 그만큼 책임이 크며 권리만큼이나 많은 의무를 갖고 있다는 데 공감하고 있다. 로마식으로 말하면 '노블레스 오블리제' 즉 높은 신분에 따른 도의적 의무가 서로 묵계되어 있는 것이다. 교육도 일정 수준까지는 의무이지만 고등학교 상급학년이나 대학에 진학하는 순간부터 사회적 역할에 이미 차등이 주어진다는 것을 수용하고 있는 것 같다. 다만 교육의 기회와 의료의 혜택은 평등하고 주택은 마련되어 있으며 영국은 집값이 오르지 않아 고민하고 있다. 생활능력이 없는 경우에는 정부의 주당보조를 받아 최소한의 생활을 할 수 있다. 자신이 어떤 방식의, 어떤 내용의 삶을 살 것인지는 상당한 부분이 본인의 능력과 의지에 열려 있다고 하겠다.

그들의 삶은 돈이나 물질의 양, 경제적 삶의 수준에 의해서만 그 질質이 결정되지 않는다. 오히려 명예를 소중히 여기고 자기의 가치체계를 보유하며 사는 것을 자랑스럽게 생각한다. 어쩌면 삶의 질과 삶의 양은 서로 상반의 관계에 있는지 모른다. 어떤 이는 자기의 개인공간을 지키기 위해 전화기조차 일부러 설치하지 않으며, 자선사업을 위해 그토록 아끼던 가보도 서슴지 않고 내놓을 수 있으며 아직도 정직을 중요한 삶의 가치로 인정한다.

이러한 영국 사람들의 생활태도를 어떤 이는 에너지와 변화가 없는 사회라고 비꼬기도 한다. 영국인들도 물론 발전과 현상유지, 경제의 양적 부와 삶의 질 중 어느 길을 택할 것인지 고민하고 있다. 비록 자신들의 삶의 전통적 양태를 지키고 싶다 하더라도 유럽과 미국, 기타 국가들의 경제적 발전은 그들을 그대로 온존시킬 것인지 위협하고 있다.

더구나 영국은 노쇠해 가는 대제국이다. 역사는 어쩌면 자기편이 아닐지 모른다는 우려를 숨기지 않고 있다. 자기늘의 가치를 지키면서도 역사 속에서 살아남을 것인가. 이미 에드워드 기븐Gibbion은 『로마제국흥망사』를 썼고, 『역사의 연구』를 쓴 토인비는 그리스의 파르테논신전의 폐허 앞에서 영국의 앞날의 운명을 생각하고 눈물을 흘렸다고 한다. 영국인은 그들의 과거 역사를 자랑스러워한 만큼 사실 역사가 부담스럽기까지 하다고 어느 교수는 내게 솔직히 말했다. 내가 느끼기에 영국인은 본능적으로 역사지향적인 사람들이다. 서가 하나, 편지 한 장, 집기 하나에 이르기까지 거의 모든 것에 역사성을 부여하고 그것들을 보존한다. 영국 옥스퍼드 대학에서 가장 큰 학과가 900명의 학부생을 헤아리는 역사학과이다. 그리고 졸업 후 가장 취업이 잘되는 과도 사학과이다.

이들은 그만큼 역사의 방향을 응시하고 있다. 로마제국의 침입을 받은 후 언제나 영국은 그같은 위기의식을 가지고 살아왔다고 본다. 나는 영국이 세계의 문화유산을 모아 대영제국박물관을 만든 것도 어찌 보면 예견된 앞날에 대한 준비가 아니었는가 생각될 때가 있다. 빅토리아 왕조 때 해가 지지 않는 나라로 세계의 부를 손아귀에 다 쥐고 있을 때도 그들은 부를 사치와 쾌락을 위해 낭비하지 않았다. 반면 교육, 문화재, 농촌 가꾸기에 돈을 투자하고 심혈을 기울였다.

옥스퍼드와 케임브리지의 그 튼튼한 석조건물에서 천년 앞을 내다보는 그들의 교육에 대한 조망을 예견할 수 있고, 어디 가나 여유 있게 널려 있는 공원의 녹지공간은 수백년 앞을 내다보는 환경문제에 대한 대응이었다. 그들은 학문이나 사회나, 건물이나 그 기초를 대단히 튼튼히 한다. 그렇게 할 때만 비록 쇠퇴하더라도 그 속도가 느리다는 생각이다.

고민되는 진로

한 나라를 평가하는 기준이 경제만일 수는 없다. 영국은 강대국의 허상에 붙잡혀 있지 않다. 식민지를 가장 일찍이 현실적으로 개편한 나라가 영국이다. 오히려 그들은 살기 좋은 나라, 삶의 질이 높은 나라를 건설하는 것이 그들의 국가목표인 것 같다. 그들은 공기와 물을 깨끗이 하고 식품의 해독을 최소화한다. 광막한 들판에 들풀과 들꽃이 자유롭게 자라며, 수백년 고목이 그 자리에서 자라 그 자리에서 쓰러져 썩어가고 있는 환경 존중의 나라. 교수도 마치 바위 위에 이끼가 앉듯이 그가 서 있는 자리, 그가 하고 있는 일을 위해 그 연구실의 한 이끼 낀 바위처럼 거기에 그렇게 앉아 있다.

옥스퍼드 생활 중에서 가장 소중했던 것 중의 하나는 혼자 있음의 시간이었다. 때로 모든 공간을 메울 듯이 압박해 오는 고독. 그것이 극에 달할 때는 자기존재의 망각뿐. 이 생과 저승의 구분이 확실치 않았다. 그것은 고통이었지만 동시에 외로움의 맑은 행복이었다. 때로 깊은 좌절의 기간이 너무 길 때도 있었다.

한국에 돌아온 순간부터 정보만능시대의 신드롬에 시달리고 있다는 느낌이다. 정보란 무엇인가. 결국은 속도라고 생각된다. 속도는 왜 필요한가? 편리하기 때문이라 한다. 그렇다면 편리함은 무엇을 위해서인가? 그 속도와 편리는 인간의 행복과 연결되고 있는가?

현상은 그 반대다. 오히려 인간들은 정보와 속도의 희생양이 되어가고 있다. 정보의 양은 이미 개인이 조절할 수 있는 범위를 넘어 도움의 차원에서 이미 억압자로 변했다. 인간은 정보만을 쫓아 허기지게 뛰다 보니 자기고독, 자기공간을 잃고 있다. 그 수많은 40대, 50대의 젊은 일꾼들이 무용지물처럼 되어 회사에서, 일터에서 패잔병처럼 쫓겨나고 있다.

지속적이고 가치 중심의 사유를 하는 사람은 점점 이 사회의 거추장스러운 존재로 전락하고 있다. 정보사회에서 필요로 하는 인간은 사유 깊고 전능한 교양인이 아니다. 정보에 즉각 반응하며, 지체 없이 변화하는 효용적 가치 추구자를 선호한다. 훌륭한 인격인이 될 것을 요구하기보다 능률적인 기능인이 될 것을 강요한다.

대학교육도 기본과 가치관으로 튼튼히 무장된 사람보다는 그같은 반응적 인간을 양산하도록 요청받고 있다. 생각건대 이 나라가 이만큼이나 발전한 것도 모두 교육의 덕이라고 볼 수 있는데 이러한 과거를 전면 부정이나 하려는 듯이…….

이제 21세기의 문턱에서 사람들은 20세기의 공과를 정리하려 하고 있다. 20세기는 이상과 높은 희망을 갖고 출발했으나 남은 것은 실망과 좌절뿐이라 했던 어떤 이의 말이 생각난다. 산업, 정보 사회라는 아름다운 외적 포장 밑에 인간의 이기심, 자유를 빙자한 방종, 악은 만연하고 있다. 기술의 발달과 노동분화는 인간들을 모두 파편 같은 모래알들로 분열시켜 놓았다. 그리고 그 끔찍한 대량학살이 자행됐고, 살인과 범죄 약물중독이 가장 기승을 부렸던 세기가 20세기 아닌가. 맹목적인 발전과 과다한 정보만을 추적해 온

이 시대의 인간평점에 대한 결론은 이미 나왔다고 본다.

갈 길은 멀다

영국을 떠난 지 2개월여밖에 안 되었는데, 아직도 그곳에 대한 그리움을 다 삭일 수가 없다. 그것을 누가 시켜서 할 수 있는가? 스스로 좋아한다는 것. 그것보다 더 큰 힘은 어디에도 없으리라. 그것은 상호간의 진실 없이는 이루어질 수 없는 정서다.

95년 2월 나는 영국으로 떠나기 전에 정약용 다산의 유배지 강진을 방문한 적이 있다. 그 청청한 대나무, 청아한 솔바람 속에서 나는 몇 번이나 마음으로 다짐하였다. 이렇게 살다 간 사람도 있구나. 옥스퍼드의 그 많은 책과 자료 속에 묻혀 자신은 그것의 작은 부분조차 뚫고 들어가지 못하는 무력감을 얼마나 되씹었는지. 좀 더 먼저 준비하는 사람이었더라면……. 지난날 해 왔던 일이 헛것이 아니라면 준비라고 강변해도 좋다. 무언가 그래도 내 분야에서는 작은 흔적이라도 고이게 해야겠는데 석양 길의 해도 얼마 남지 않았으며 갈 길은 여전히 멀다.

그 흑맥주 홍건히 고인 팝^{Pub}에서 어느 영국인과 나누었던 대화를 다시 떠올린다. "생각은 높게, 삶은 단순하게, 행복은 조용하게"라고.

— 《대학주보》, 1996년 5월 20일

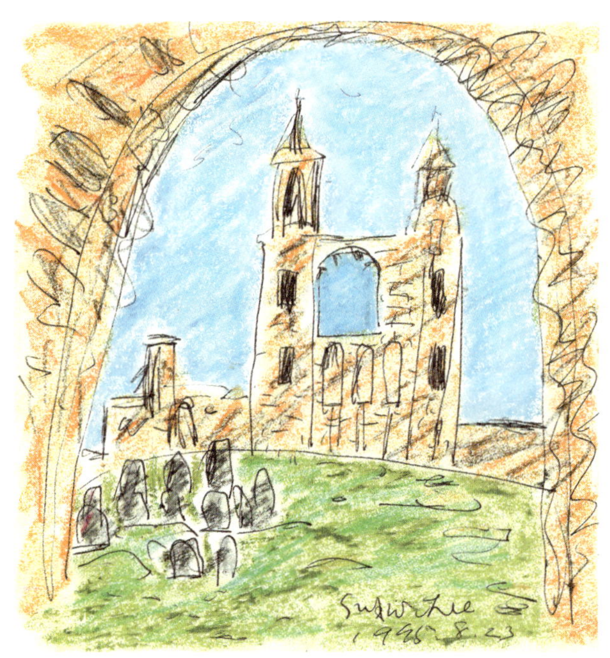

폐허지만 의연하게, 17×18cm, 1995.

5

우리 시대 르네상스를 기대하며

곱디고운 석양의 붉은 햇덩이가 서편 하늘에 떨어지면 도서관 창문의 불빛이 더욱 환해진다. 저곳에서 젊음을 책에 가두고 있는 학생들은 어떤 책을 읽고 있을까.

도서관을 꽉 메운 그들이 무슨 공부를 하고 있느냐고 누군가에게 물은 적이 있다. 대부분의 학생들이 의·치·한의대 국가고시 준비를 하거나 CPA, 사법·행정고시, 언론고시(?), 아니면 토익, 토플 준비에 바쁘다는 것이다.

그러면 그중에 인생의 고뇌를 대석학이나 사상가들의 글 속에서 해결하며 새로운 가치를 만나기 위해 책을 읽고 있는 학생은 몇이나 되겠는가. 거기에 생각이 미치자 내 가슴은 안개가 낀 듯이 답답해졌다.

근래의 대학 분위기는 비전과 가치창출에 주안점을 두기보다는, 취업과 사회에의 현실적 적응이라는 실용적 측면으로 바뀌고 있는 것 같다. 교육개혁이라는 이름으로 진행되고 있는 변화의 방향 또한 이 방향으로 몰고 가는 것이 현실이다. 다전공의 명분 아래 사실상 전공의 의미가 이미 희석되고 있다. 더욱 가공스러운 우려는 학생들을 취업에 필요한 실용적인 분야에만 모여들게 함으로써 문文·사史·철哲과 같은 생의 기본과목들을 시들어 버리게 하고 있다는 점이다. 편식이 낳을 결과는 영양실조뿐이다.

대학이 직업교육을 위주로 할 것인지, 가치교육 중심이어야 할 것인지는 중세 이래의 논쟁점이 되어 왔다. 본인은 이 두 가지를 동시에 추구할 수 있다면 더욱 좋다고 생각한다. 하지만 우리 현실은 지나친 직업위주 교육 일변도로 나가고 있다는 데 문제의 심각성이 있다.

사실 중세대학은 당대 사회가 요구하는 직업교육을 가능한 한 억제하려 했었다. 그래서 인문자유학부를 마친 다음에야 전문직업 과정이라 할 수 있는 신학·법학·의학 등의 마스터코스에 들어갈 자격을 주었다.

만일 대학이 이런 전인적 소양교육을 중심축으로 하지 않았으면 Universitas는 직업전수 학교나 학원 수준에 머물렀을 것이다. 다시 말해 오늘까지 대학이 존속할 수 없었을 것이라는 뜻이기도 하다. 이 점에서 지금의 대학이 지나치게 기능주의 교육 위주로 나가고 있는 것은 대학 스스로 그 존재 이유를 부정하고 그 함정을 파고 있다고 보아야겠다.

솔직히 대학이 아무리 첨단기술 교육을 시킨다 하더라도 졸업생들이 사회에 나가면 그것은 곧 녹슨 지식이 되고 말 것이다. 오히려 튼튼한 기초교육을 시키는 것이 앞으로 다가올 기술과 사회의 예견된 변화에도 적응할 수 있는 능력을 길러 주는 것이 아니겠는가. 그 과정에서 지식혁명을 소홀히 하자는 것은 물론 아니다.

가치와 과정을 소홀히 하고 경쟁과 결과만을 내세우는 교육의 결말은 불을 보듯 뻔하다. 무한경쟁은 무한전쟁과 다를 것 없다. 발전과 세계화를 추구하는 것은 탓할 일이 아니나, 무엇을 위한 발전인지 깊이 생각할 일이다.

기능과 사용 위주만의 교육은 사실은 보되 진실은 보지 못하는 반쪽인간을 만들지 모른다. 인식은 대부분 추상작용이며, 판단은 자신의 가치관에 의존하기 때문이다. 하버드 대학의 로조프스키 Rosovsky 교수는 "교육의 원래 목적은 음미할 만한 가치의 삶을 영위하는 것이지 꼭 경제적 성공만을 의미하지 않는다."고 했다.

대학이 거듭 난다는 것은 대학인의 사고력과 가치창출의 힘을 기른다는 뜻이기도 하다. 우리 시대의 르네상스를 기대해 본다.

— 《출판저널》, 1997년 1월 20일

캠퍼스에서 만나는 생각들

교수평가

주변에서 방학이 되었으니 좀 한가하겠다는 인사 아닌 인사를 받을 때가 있다.

그때마다 나는 방학이 되면 더 바쁘다는, 상대방에게는 다소 의외의 대답을 하곤 한다. 강의는 잠시 쉬지만 그동안 하고 싶었던 일, 밀렸던 일을 해야 하기 때문이다.

이번 방학엔 한 가지 더 마음 쓸 일이 생겼다. 금년부터 실시되는 연봉제도에 따라 한 해 동안의 연구실적을 챙기는 일이다. 우리 교육사에서 처음 실행되는 제도이기 때문인지 동료 교수들 사이에도 이런 저런 말이 오고간다. 일부 교수들은 인격이 아닌 점수로 평가받는 것을 언짢아한다. 눈물이 단지 H_2O만은 아니라는 논리로까지 비약한다. 또 다른 이는 숫자적인 성과에만 쫓기다가 정말 해야 할 연구는 뒷전으로 밀리지 않을까 염려한다.

자본주의의 핵이 경쟁이고 그 체제가 세계화되어 가는 과정에서 평가는 피할 수 없는 현실인지도 모른다. 하지만 우리 선인들은 학문을 도道로까지 생각하면서 가난한 선비됨을 부끄러워하지 않았다. 서양 중세대학에서도 교수들은 신으로부터 거저 받은 지식을 돈을 받고 가르친다는 사실에 대해 늘 마음이 불편했었다.

경쟁만을 지나치게 강조하다 보면 교육에 대한 우리 고유의 정서를 소홀히 하게 되지 않을까 걱정된다. 우열만을 가리는 평가보다는 부족함을 일깨우고 보완하는 정신이 더 필요한 시점 아닐까.

— 《조선일보》, 1999년 1월 7일

시간이 머무는 곳

영국 옥스퍼드 대학에 체류했던 일년간은 많은 회상거리를 안겨 줬다. 숲처럼 많던 책에 홀려 며칠씩 서점 순회에 얼이 빠지곤 했던 기억이 새롭다.

인구 10만여 명의 대학 도시에는 그 유명한 블랙웰이나 딜론 같은 새 책방뿐만 아니라 헌책방만도 30여 곳이나 있다. 쏜톤즈나 워터필드 같은 중고책 서점은 3~4대째 가업을 잇고 있으며 4~5층 단독 건물은 모두 헌책으로 가득 차 있다.

옥스퍼드에서 서북쪽으로 두 시간여 드라이브해 가면 순전히 중고 서점만 모여 마을을 이룬 헤이-온-와이라는 곳도 있어 마치 70년대 서울 청계천 5~6가에 즐비하게 늘어섰던 헌책방을 연상케 했다.

옥스퍼드의 조용한 햇살이 기울고 건물 그림자가 길어질 무렵이면 나의 고독을 달래 주던 곳이 이들 서점이었다. 거기에서 발견한 주옥같은 책들은 가히 황홀한 기쁨이었다. 그곳은 확실히 지나가 버린 것과 현재가 만나는 현장이었다.

현재는 순간에 지나가고, 미래는 아직 오지 않은 것이라면 우리는 결국 과거 속에 살고 있는 것이나 다름없다. 그럼에도 우리는 과거를 늘 도려내 버리듯이 살고 있다. 서울에서 헌책방이 사라져 가고 있다는 것이 이같은 우리의 현실을 반영하는 것은 아닌지 두렵다.

— 《조선일보》, 1999년 1월 14일

21세기의 대학

〈황무지〉의 시인 엘리어트는 4월을 잔인한 달이라고 했다. 그렇지만 입시생을 둔 한국의 학부모들에겐 희망과 좌절이 뒹구는 1월이 잔인한 달이다.

이토록 모두가 온몸을 던지다시피 가고 싶어하는 대학의 21세기 모습은 어떤 것일까.

혹자는 전래적 의미의 대학은 사라지고 재택수업이나 사이버공간 교육만이 행해질 것이라고 내다본다. 그런가 하면 대학에는 사회에서 즉시 필요로 하는 실용 기술 직업교육만 살아남을 것이라는 걱정도 있다.

과연 그럴까. 나는 이에 대한 답을 두 가지 측면에서 풀어보고 싶다. 하나는 대학이 사회적 요구를 외면할 수 없으리라는 점과, 다른 하나는 21세기가 만들어 갈 사회에 대한 내 나름의 진단을 통해서다.

2000년대는 불확실성이 증대하고 윤리적 위기나 빈부의 차이가 심화될 것이라는 우려의 소리가 높다. 과학의 승리로 인간은 정체성을 잃게 될 것이며 생명마저 돈으로 팔고 사는 자본횡포 시대, 어쩌면 자기통제력 상실 시대가 될지도 모른다. 선진유럽의 거리에 떠도는 마약환자와 구걸자들을 본 내 선입견이기를 바랄 뿐이다.

그러면 대학이 윤리와 도덕 위기의 해결사, 가치 지키기의 보루가 되기를 바라지 않겠는가. 찬 기류 흐르는 재택수업이 아니라 인간냄새가 물씬 풍기는 온정의 캠퍼스를 기대하고 싶다. 지향점은 다르지만 중세의 수도원 같은 역할 말이다. 에코가 말한 현대사회의 중세적 현상이 대학에도 일어나게 될 것인지 자못 궁금하다.

— 《조선일보》, 1999년 1월 28일

7
대학이란 무엇인가, 대학과 사회

대학과 사회는 그 속성이 퍽 다른 두 개의 문화영역으로 느껴진다. 대학은 꿈의 고장이다. 그곳은 창조와 학문, 진실과 사랑이 넘쳐흐르는 이상의 도시와 같다. 반면 사회는 수단과 경쟁, 현실적 이해가 맞부딪히는 차가운 겨울밤처럼 생각된다.

이렇게 서로 다른 특성에도 불구하고 대학과 사회는 그 관계면에서 결코 떼려야 뗄 수 없는 밀접한 관계를 맺고 있다. 사회 없는 대학은 존재할 수 없다. 그리고 대학 없는 사회는 비전과 방향감각 없이 어둠과 좌절로 시달리게 될 것이다. 그리고 급기야는 쇠퇴와 정체를 면할 수 없게 된다.

그래서 사람들은 대학을 사회의 '양심'이나 '심장' 그리고 '두뇌'에 서슴없이 비유한다. 대학은 사회의 양심이다. 그 사회가 아무리 부패하거나 타락했다 하더라도 '대학의 양심'이 살아 있으면 불원간 그 사회의 도덕성, 신뢰성, 정신성이 회복될 것은 확실하다. 대학에서 배출된 양심적인 인재들이 그 사회로 흘러들어 갈 것이며, 그 양심이 사회의 잘못을 차츰 바로잡으면 그 사회의 양심도 회복될 것이기 때문이다. 마치 지금 헤집어 놓은 샘물이 아무리 혼탁해도, 맑은 샘물이 솟아오르면 그 샘은 곧 맑고 깨끗해지는 것과 같다. 반대로 지금 사회가 아무리 양심적이고 깨끗한 사회라도 대학의 양심이 더럽혀져 있으면 그 사회는 얼마 가지 않아 곧 오염되고 말 것이다.

대학을 심장에 비유하는 까닭도 대학의 역할이 더러운 피를 깨끗하게 하는 심장의 역할과 같은 기능을 담당하고 있기 때문일 터이다. 한 사회가 기존 규범과 가치, 방법론에 일정기간 매달려 있으면, 자연히 인습적 매너리즘과 타성에 젖게 된다. 한편 대학은 연구와 개선된 방법론, 새로운 문화양식을 창출해 내서 사회에 내보냄으로써 그 사회는 쉼 없이 새롭게 재생산의 길을 가게 된다.

또한 한 사회의 문화와 기술 수준은 대학 '두뇌'들의 수준과 상대적인 관계에 있다. 대학의 연구능력과 적응력, 창조적 지성이 고도로 활성화되어 있으면 자연히 한 사회의 그 분야 수준도 크게 높아지리라는 것은 쉽게 짐작할 수 있다.

이상의 몇 가지 사례들에서 한 사회의 기능적, 도덕적, 문화적 수준은 그 사회 안에 있는 대학의 수준과 함수관계에 있음이 밝혀진다.

그 점에서 대학은 그 사회가 서 있는 가장 중요한 기반이며, 대학은 바람직한 사회를 위해 걸출한 인재를 배출해야 할 절박한 과제를 안고 있다고 하겠다. 대학은 중요한 인재의 배출장소이며 동시에 사회에 내보낼 인재들을 양성하는 훈련도장이다. 그래서 한 나라의 장래는 그 나라의 대학생이 무엇을 하고 무엇을 생각하느냐에 달려 있다고 해도 지나친 말이 아니다.

그러면 대학에서는 무엇을 어떻게 준비해야 할 것인가?

우선 대학은 자기의 꿈을 키우고 훈련하는 곳이어야겠다. 다시 말해 자기완성과 자기가치 실현의 과정이어야 한다. 그 말은 대학이 단순히 합격을 위한 단기적 처방처가 될 수 없으며, 어떤 사회적 지위나 직업알선만을 위한 수단이 되어서는 안 된다는 말이기도 하다. 궁극적으로 자기가 무엇을 위하여 자기 인생을 걸 것인가 하는 본질적인 문제를 추구하고 결정하는 곳이어야 한다. 어떻게 살 것인가의 방법도 중요하지만 무엇을 위해 살 것인가를 탐구하고 고민하고 모색하는 자기발견의 과정이 되어야겠다. 나는 왕왕 대학에서 '무엇' 보다 '어떻게' 에 치중하여 대학과 과를 선택한 학생이 끝내 적응하지 못하고 좌절하며, 그가 좋은 사회의 일꾼이 되는 시기를 놓치는 경우를 목격할 때마다 안타까워진다.

같은 맥락에서 소위 사회적 통념에서의 일류, 이류 학교 등의 구분과 겉모습은 일시적 현상일 수밖에 없는 것은 아주 분명해진다. 자기가 하고 싶은 것이 무엇이며, 가장 원하는 분야가 무엇인가 하는 물음에서부터 대학은 선택되어야 하며 이는 자기가 앞으로 감당해야 할 사회 속의 역할과도 궁극적으로는 같은 관계를 맺게 된다.

대학의 일차적인 성립 이유는 직업인의 양성에 있었던 것이라기보다 지식에 대한 호기심과 진리탐구, 학문연구의 열정에서 시작되었다는 점은 우리에게 깊은 시사를 준다. 그래서 대학에서 내보내는 사회인은 우선 전문적 기능인에 못지않게 지도자적, 전인적 인격을 갖추게 해야 할 것으로 생각된다.

대학인의 가치는 곧 그 사회의 가치기준이 되고 그 문화의 표상이 된다. 그리고 대학인의 인격형성은 그가 4년간 몸담고 있는 대학의 전통과 정신에 크게 영향받을 것이다. 그래서 대학 선택은 그 학교의 특성과 전통에 유의해야 할 필요가 있는 것 같다. '창학정신', '교육이념', 그 학교가 벌여 온 학문적 전통이나 운동 및 연구업적 학문을 고려하는 것은 바람직한 일이라 생각된다. 욕구충족의 단순한 성취감보다는 가치실현의 뿌듯한 보람감은 구별되어야 하리라 본다. 지나친 목적의식적 태도는 풍요한 정신적 자양분을 결핍시킬지도 모른다. 대학은 이 나라의 장래와 인류문화의 성격을 결정짓는 곳이다. 아무리 민주주의를 부르짖더라도 민주적 사고와 행동, 가치관의 확립 없이는 그것은 단순한 구호에 불과하다. 어떤 문제에 대한 다양한 토론과 회의, 분석적·종합적인 연구 없는 단순 논리적 결정은 그 사회의 지적 황폐화를 가져오고 말 것이다. 그래서 대학은 속성상, 행동하는 곳이라기보다는 생각하며 회의하며 번뇌하고, 남의 지적 축적을 책과 연구라는 매체를 통해 받아들이고 비판하며 거기에서 보석 같은 깨달음을 축적하는 곳이다.

대학은 이상을 갖고 신념에 투철하며 정열을 가진 자만이 그 소속원이 될 자격이 있는 지상에서 가장 아름다운 곳이다. 준비하는 사람만이 본질적으로 중요한 일을 할 수 있으며 그것을 통해 주변을 가꾸고 사회를 바꾸며 역사를 바꾼다. 역사를 이끌어 가는 일은 언제나 화려한 외양을 갖추고 시작된 것은 아니다. 남이 넓은 길로, 요란한 길로, 그리고 안이한 길로 가고 있을 동안 자기는 인생에게, 인류문화에게 가장 핵심적인 모체가 되는 본질을 붙들고 고독을 되씹으며, 어려움에 도전하며 선구자적 길을 가는 그 사람에 의해 감당해야 할 몫이다. 작은 일의 중요성과 그 일이 갖는 역사적 의미를 투철하게 알고 대학의 삶을 보낸 자는 사회에서 가장 필요로 하는 사람이 될 것이다.

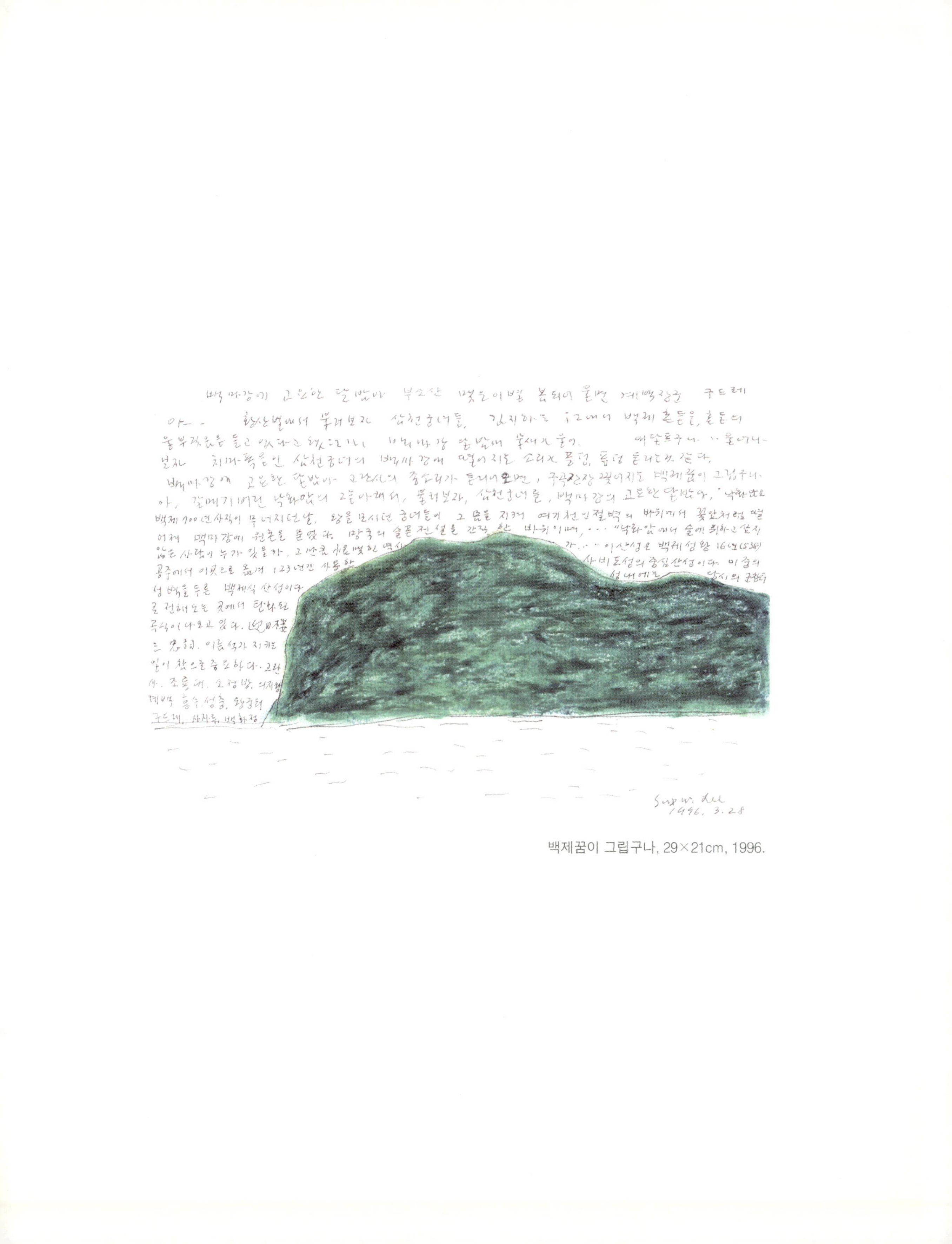

백제꿈이 그립구나, 29×21cm, 1996.

8
우려되는 대학 문화

대학 캠퍼스에도 어김없이 계절의 변화가 찾아왔다. 낙엽은 가득 쌓이고 코를 찌르는 최루탄 냄새는 가을의 고적감을 더하게 한다. 절박한 듯 외치는 학생들의 구호는 조용했던 연구실을 혼란스럽게 하고, 수많은 글씨로 채워진 대자보는 우리들의 발길을 멈추게 한다.

하지만 주변에는 여전히 재벌 기업들의 사원 모집 포스터가 붙어 있고, 학생들의 행사들을 알리는 공고들이 여기저기 어지럽게 붙여져 있다. 이렇듯 풍성하고 다양해 보이는 교정에서 무언가 짙은 상실감 같은 것을 느끼게 되는 것은 무슨 까닭인가?

근래 대학교육의 학습량에 대한 짙은 우려가 제기되고 있다. 법정학기 16주를 날짜로 환산하면 96일^{16×6}이 된다. 그러나 실상 중간고사 및 학기말고사 기간 12일과 국가공휴일을 대체로 5일 잡고 학생행사들을 5일로 계산한다면, 수업할 수 없는 날이 22일이나 된다. 그래서 수업일수는 74일⁹⁶⁻²²이 되지만 실제의 수업은 이에도 미치기 힘든 것이 솔직한 현실이다.

물론 수업일수가 꼭 학습량의 다과多寡와 일치하는 것은 아니다. 하지만 필자의 유학시절 경험에 따르면 미국의 경우, 학사일정은 국가공휴일과는 전혀 무관하게 진행되고 학생행사로 휴강을 했던 일은 없었던 것 같다. 대학교는 각 학과와 대학에 따라 시간표를 작성하고 있으므로 학생행사 때엔 수업이 없는 학생들이 언제나 참석할 수 있다. 그래서 고등학교처럼 학생행사로 일제히 수업을 하지 않는다는 등의 일은 필요가 없었던 것 같다. 또한 학생들은 여름방학과 겨울방학이 있으니 국가공휴일에 쉬지 않아도 충분한 과외활동을 할 수 있다. 사실 우리처럼 국가공휴일에도 쉬고 방학에도 쉰다면, 우선 외형상 이중으로 쉬는 결과가 된다.

그렇다 하더라도 학습량만 기대된 만큼 충분하다면 염려할 일이 못된다. 그러나 어느 기관에서 행한 전공서적에 대한 학습량의 조사는 우리를 경악하게 만든다. 우리 대학생들의 학기당 평균 전공서적의 학습량은 2.92권인데, 서독학생들의 경우는 10∼15권이나 된다. 전체적으로 본다면 우리 학생들의 학습량은 평균치인 7.26권의 36% 수준에 머무르고 있다는 것이다.

이같은 학습량의 부족은 대학교육의 지적 황폐화와 결코 무관할 수 없다. 대학은 극단론과 단순논리, 거의 종교화된 이데올로기를 향하여 한쪽으로 치닫고 있었던 느낌이다. 민주화를 주장하면서도 그 방법은 비민주적 방법을 서슴없이 사용했다. 자기의 주장이나 이론이 옳다고 생각하면 타인의 주장도 입장만 다른 견해의 차이라는 점을 인정하지 않으면 안 된다. 그럼에도 자기와 의견이 다른 거의 모든 의견은 적으로 간주한다. 그래서 올바른 비판과 토론의 장이 허용되지 않았다. 다시 말해 비교와 선택의 지적 자세를 취하지 않고 모든 것을 이원대립Antagonism적 입장에서 파악하는 단순논리 말이다.

그러한 풍토가 조성된 데는 그만한 까닭이 있을 터인데 입시지옥에 간단없이 시달려야 했던 그들에겐 남을 수용하며 다양한 가치를 받아들일 여유가 없었음을 들 수 있다. 하지만 근본적인 문제는 대학 자체에서조차도 충분한 독서량과 전공과목을 충분히 습득시키는 데 두었다기보다는 얄팍한 교육효과만 거두려는 데 있지 않았겠는가?

올바른 대학교육의 본질적 출발점은 회의하는 것에서부터 출발된다고 믿는다. 교과서적인 이야기에 대한 근본적인 회의 말이다. 그러나 우리의 대학교육이 대학인들을 지적으로 얼마나 회의하게 하고 있는지는 생각해 볼 일이다. 몇 권의 인기 있는 책, 사회과학서적, 강의실의 노트에 안주하도록 그들을 방치하지는 않았는지? 대학생들이 보다 더 창의적인 회의의 배 위에 자신을 태우고 드넓은 진리의 바다를 멀리 항해해 본 경험을 갖도록 해 보았는지?

우리 학생들의 45%가 도서관을 단순히 독서실로 이용하고, 그것도 취직시험과 외국어시험 준비로 4년의 대학생활의 대부분을 보내야 한다면, 언제 전공이나 자기탐구에 침잠해 볼 기회가 있었을지 의심스럽다. 그래서 다양한 가설과 가치의 상대성, 학문적 진리의 한계성 등을 익히는 대신 단기적이고 편리한 감성이나 이념, 단편적 지식에 익숙해질 수밖에 없지 않았을까?

그 점에서 학문적 분위기를 조성시켜 주지 못한 책임을 대학생들보다는 기성세대에게서 일차적인 책임을 구해야겠다. 정치가 학원을 이용하고, 약속을 간단없이 무너뜨리며, 졸업 후 내일에의 비전과 희망을 주지 못하는 사회, 그 수많은 모순들이 젊은이들로 하여금 학업에만 전념할 수 없게 하였다. 심지어 학생들의 이유 있는 항거를 무산시키기 위해, 수업일수를 마음대로 조정하고, 공부하지 않아도 되는 대학의 풍토를 조성하지 않았는지 자괴감까지 든다.

대학은 인간적인 단절과 불신, 공동체 의식의 분해화뿐만 아니라 새로운 가치체계의 적응에 시달리고 있다. 대학은 지금, 인간관계의 단절에 고통당하고 있다. 교수와 학생 사이는 마치 넘을 수 없는 다리처럼 아주 깊이 그리고 멀리 끊겨 있는 느낌이다. 진정한 의미의 교수와 학생 간의 대화가 침묵된 지 이미 오래였다. 그들 사이엔 다만 최소한의 필요한 말만 오고 갈 뿐이다. 마음이 열리지 않는 사무적인 대화들만 오고 간다. 학점이나 시험문제, 행사를 위한 절차 등의 대화들이 주를 이루었다.

물론 교수와 학생 간에 대화가 전혀 없다는 이야기는 아니다. 하지만 진정한 대화가 오고 가기엔 선생과 학생들은 너무도 오랫동안 수단화되었던 것 같다. 부당한 간섭들이 학생들을 단순히 지도적 차원에서만 만나게 했고, 인간적 학문적 차원에서의 만남을 갖지 못하도록 했다. 그리고 교수가 학생문제를 다루는 데 있어서 얼마나 무능하며 수동적인가를 그동안의 정부정책이 아주 사실적으로 보여 주도록 했다. 그같은 불신 속에서 인격이 전해질 수 없고 학문이 전해질 수 없었기 때문에 단순한 지식의 전수자와 전달자의 관계만이 형성되었다.

교수와 학생, 학생과 학생들 간에 신뢰가 회복되지 않고는 진정한 대학교육의 올바른 정립이란 무망하다. 이는 대학문화의 도덕성 회복과도 직결되는 문제다. 사제 간의 불신은 급기야 모대학에서 일어난 일과 같은 폭력을 불러일으키고 있다.

젊은이들은 구시대와 신시대의 전환기에서 불확실한 도덕적 요구에 시달리고 있었으며 새로운 인간관계의 정립에 갈등을 겪고 있었다. 뿐만 아니라 분단의 현실에서 오는 이념적인 문제와 산업사회의 욕구팽배에 따른 욕구분출에 당혹하고 있었다. 그동안 반공이데올로기 일변도의 주입식 교육에 길들여진 이들은 또다시 대학에서 접한 독단적 이념의 횡포에 시달렸다. 풍성한 물질주의는 풍요로운 듯하지만 정신적 소외를 더욱 가중시키고 있다. 텔레비전과 비디오 그리고 영화 등의 넘치는 폭력물, 집요하게 파고드는 선정문화, 빠른 속도로 밀려오는 외래문화를 어떻게 어느 선에서 수용할 것인지의 문제를 안겨 주고 있었다.

뿐만 아니라, 치열한 입시경쟁과 생존을 다투는 취직경쟁은 여전히 넘기 어려운 장벽으로 우뚝 앞을 가로막았다. 사실 그같은 제문제들에 비하면 대학생들은 너무나도 왜소하고 고독한 싸움을 하고 있는 것이었던 셈이다. 그들은 소비문화로 인한 소외, 자기로부터의 소외, 이념으로부터의 소외로 괴로움을 당하였다.

이제 대학은 무언가 결단의 변신을 요구당하고 있다. 우선 학업에 열중해야 하고 우리 모두 그같은 분위기 조성을 위해 협력해야 한다. 바른 비판이 수용되고, 허용되는 풍토가 조성되기를 기대한다. 우리가 일시적인 손해를 각오하는 한이 있더라도 서로를 믿고 신뢰를 회복해야겠다. 역시 대학의 새로운 지평은 대학의 전래적 본분에 충실하는 데서부터 찾아야 하지 않겠는가?

9
스승의 날, 아직도 유효한가?

사제 간의 정情이란 말은 이제 듣기에도 생경스러운 듯하다. 무엇인가 옛날에 잃어버린 아주 귀중했던 것에 대한 기억을 되살리는 것 같은 짙은 아픔마저 느끼게 한다. 선생과 학생의 관계를 단순히 지식을 전달하는 기능적 관계로 파악하려는 생각들이 편만해 가고 있기 때문이다.

하지만 상실감이 강하면 강할수록, 그것을 되찾고자 하는 바람은 더욱 간절할 수밖에 없다. 스승은 제자의 따름을, 그리고 제자는 참다운 스승의 가르침을 목말라 하고 있는 것 같다.

한 학생이 내게 들려준 스승에 대한 회상담은 감동적이기까지 했다. 그는 고등학교 시절 페스탈로치라는 별명을 가진 수학선생님에 대한 기억을 결코 지워 버릴 수 없다는 것이다. 그 선생님은 항상 진지하시고, 청소는 물론 점심시간에 식사까지도 학생들과 함께 했다고 한다. 한번은 방과 후에 청소시간인데, 그날 청소당번들은 선생님의 선의善意를 이용하여 모두 집으로 돌아가고 말았다. 물론 청소는 선생님 혼자서 할 수밖에 없었다. 그 다음날 학생들은 선생님의 불호령이 떨어질 줄 알고 교실에 들어섰다. 그런데 도리어 선생님께서는 웃으시면서 "청소가 그렇게 하기 싫으냐? 앞으로는 청소하고 싶은 사람만 남아서 같이 하자."라고 말씀하셨다. 그날부터 도망가는 사람은 한 명도 생기지 않았다.

그 선생님은 교육계에 그토록 뿌리 깊은 촌지寸志문제에 대해서도 결코 용납하지 않았으며, 심지어는 스승의 날 학생들이 선물한 와이셔츠도 반려할 정도였다. 그때는 학생 자신도 좀 심하다고 생각했는데, 졸업한 지 몇 년이 지나도 그 선생님을 잊을 수 없고 존경심이 더해 가는 것은 어쩔 수 없다는 것이다.

우리 시대에는 "선생은 있어도 진정한 스승은 없고, 학생은 있어도 진정한 제자는 없다."는 개탄의 소리가 빈번히 들려온다. 그렇지만 그같이 어두운 면이 있음에도 불구하고 아직도 우리 사회에는 사제지도師弟之道가 분명히 살아 있음을 알게 된다.

우리 사회가 물질문명화, 이익사회화, 대중화되는 과정에서 사람과 사람들 사이의 정이 가뭄처럼 메말라 가고 있는 것도 사실이다.

그래도 역시 스승과 제자의 기본관계는 사랑과 신뢰 위에 구축된다고 믿는다. 사제의 정은 아주 작은 것에서부터 시작된다. 제자는 스승의 가르침에 감사하며, 스승은 제자의 바른 깨달음에서 무한한 희열을 느낄 때 정은 자란다. 스승은 항상 가르침이 부족하지 않나 염려하고, 제자는 항상 배움이 부족하지 않나 하고 송구스러워할 때 두 관계는 훈훈한 신뢰의 여유가 생긴다.

어느 학생은 사제 간의 정을 느끼게 하는 몇 가지 사례를 다음과 같이 지적하였다. 스승이 이름을 기억해 줄 때, 두부김치에 막걸리 잔을 기울이며 인생을 논할 때, 고민이 있어 면담을 요청하여 조언을 얻었을 때, 가장 가까이 느낄 수 있는 장소에서 우연히 만날 때, 시위 때 경찰서에서 해방시켜 줄 때, 어려운 문제를 함께 고민하며 해결을 위해 긴 토론을 할 때 — 의견이 같든, 상치되든 — 인사를 하면 받아 줄 때, 칭찬을 해 줄 때라고 했다.

매우 소박한 바람이다. 그리고 아름다운 기대이다. 정은 큰 것에서 시작되지 않는다. 세상이 아무리 변하여도 지킬 것은 지켜야 할 것 같다. 가장 귀중한 것 중의 하나가 사제의 바른 관계가 아닐까?

10
대학의 진실
— 역사적으로 접근해야

대학은 그곳에 들어가고자 하는 사람에게는 꿈의 고향임에 틀림없다. 하지만 그곳에 몸을 담고 있는 사람들에겐 학문과 사회, 그리고 문화의 아픔을 부둥켜안을 수밖에 없는 고뇌의 장이기도 하다. 그러나 대학은 단순한 이익창출 집단이 아니라 진리탐구와 바람직한 가치형성의 터전이라는 점에서 우리 모두가 동경하는 진리의 고향임에 틀림없다.

나의 고등학교 시절도 예외는 아니었다. 서울에서 대학에 다니다가 방학 중에 고향에 내려온 친구의 형이 어떻게나 부러워 보였던지! 그래서 몇 날을 그 형의 뒤를 쫓아다니며 대학이란 어떤 곳인지, 무슨 학과가 있는지, 공부는 어떻게 하며 졸업 후의 진로는 어떻게 결정되는지를 열심히 물은 적이 있다.

과연 대학이란 무엇일까? 우선 쉽게 말해서 대학이란 고등지식을 연마하고 창달하기 위해 만들어진 조직집단이라 할 수 있다. 이 일을 위해 대학은 전문분야의 지식인들이 그 분야를 가르치고 연구하며, 때로 필요하면 평가와 발표를 하도록 하며 일을 가장 효과적으로 실현하기 위한 방편을 마련한다.

대학은 또한 다른 조직과 달리 연구와 교육기능의 충실도를 위해 최대의 자율이 보장되어야 하는 특수조직이다. 그 이유는 자율 없는 자유의 확보는 어려우며, 자유 없는 곳에서 온전한 연구와 학문전수가 이루어질 수 없기 때문이다.

복잡 다양해져 가는 현대문명 속에서 대학의 전문인 양성기능이나, 실용성을 배제시킬 수는 없다. 하지만 그같은 실제적 측면조차도 그것이 본질적으로 진리와 양심의 자유에 기초하지 않으면 무용지물이 될 위험성을 충분히 안고 있다. 연구기능을 주로 하는 대학의 학문추구성에도 불구하고, 사회현실에 눈 돌리지 않을 수 없는 대학인의 고민이 여기에 있다.

대학에 대한 바른 이해를 위해 대학 형성사가 갖는 몇 가지 특성을 일별해 볼 필요가 있다. 대학 형성사의 가장 두드러진 특징 중의 하나는, 대학이 공간이나 장소의 개념으로 시작된 것이 아니라 배우고자 하는 열정과 가르치고자 하는 마음이 부딪치는 곳에서부터 출발되었다는 정신사적인 측면이다. 중세대학의 기원을 이룬 볼로냐 대학은 당시 유명한 법학자 이르네리우스에게 배우고자 하는 학생들이 볼로냐에 모여든 데서부터 시작되었다. 학생들은 자신들의 배움의 환경들을 편리하게 하기 위해 조합을 결성하고 대학의 터전을 닦아 나갔다. 학생과 교수가 가르치고 배우는 곳이면, 그것이 여관이든, 공회당이든, 교회이든 간에 대학이라 불렸다. 그래서 대학은 건물이나 정부의 인가로부터 시작된 것이 아니라, 배우고자 하는 지적 열정에서 비롯된 것이다. 파리 대학의 경우도 시작이 교수에 의해서 되었다는 점만이 다를 뿐 그 동기는 동일하였다.

대학형성 초기의 학문논쟁은 주로 스콜라철학을 중심으로 하였다는 점에서 한계성을 갖고 있었다. 그럼에도 신앙을 이성적으로 설명해 보려고 했다는 점에서, 이 논쟁들은 최초의 전문 지식인들에 의해 진행됨으로써 당대의 지적 풍토에 혁신적 전기를 마련했다고 평가받고 있다.

그러나 14세기말 무렵부터 대학의 종사자들이 특수계층화됨으로써, 새로운 연구 분야의 창출에 소홀한 감이 없지 않았다. 새 전문 영역의 개발보다는 기존의 제도에 안주하는 침체의 징후가 역력하였다.

1500년 무렵 대학은 또 다른 시련에 부딪히게 되었는데, 국민국가가 형성되면서 각 국가들은 대학을 자신들의 영향권 아래 두려고 했기 때문이다. 국가는 자신들이 필요로 하는 인력훈련에 초점을 맞추고 자신들의 의도와 목적을 교육과정에 구현시키려고 했다. 이러한 국가 간섭을 과감하게 비판하고 나선 것이 새로이 형성된 시민계급이었다. 이들

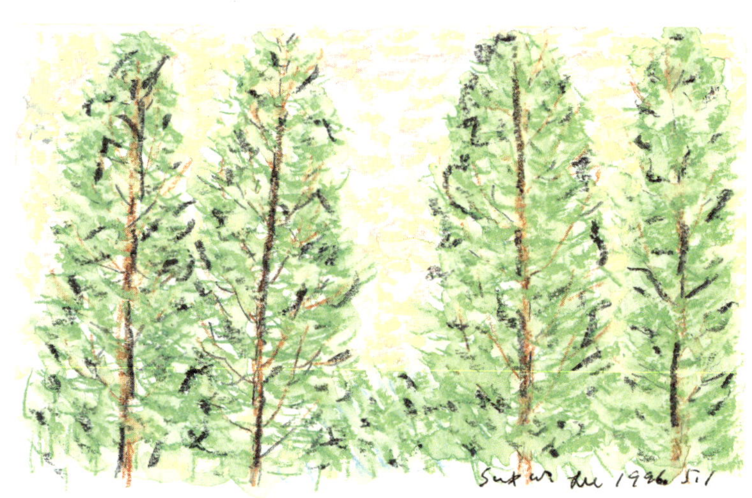

아침의 숲, 21×14cm, 1996.

은 귀족화된 대학의 체계와 교과과정을 개편하고, 기존가치의 전수보다는 연구기능에 초점을 맞추는 대학으로 개편하였다.

역사적으로 볼 때, 대학이 국가나 교회 또는 귀족계층에 의해 교과과정의 실정이나 운영에 간섭받을 때 또는 출판과 비판의 자유가 억압될 때 침체될 수밖에 없었다. 대학형성 초기 대학은 도시귀족이나 주교들의 간섭을 막기 위해 교황이나 군주의 도움을 필요로 하였다. 그러나 군주가 강해져서 대학에 간섭할 때 대학은 자체 연구보다는 보수적 회귀와 국가목적에 부응하는 부정적 자세를 나타냈던 것을 부인할 수는 없다. 그래서 근대대학들은 영국에서처럼 사립대학을 지향하거나, 프랑스나 미국처럼 정부의 지원을 받되, 학교의 운영과 연구는 독자적으로 하는 이원적 구조를 유지하려 하였다.

또 사회기능이 다양화되고 전문화되어 감에 따라 대학의 기능도 순수 학문연구에만 고정시킬 수 없어서 대학조직의 3원화를 통하여 이를 보완하려 하였다. 그것이 곧 인문·과학 교양전문 교육 중심의 대학과 전문분야 직업인 양성을 목적으로 하는 대학원, 그리고 학자와 연구원을 배출하는 박사과정을 둔 것이 바로 이 때문이다.

대학은 외부의 간섭을 최소화하면서 연구와 출판, 교육의 자율적 수행에 전념할 때 발전하였다. 이같은 원리가 확실해질 때 대학은 무엇이어야 하며 그 구성원인 대학인은 어떠한 위상을 갖추어야 할 것인지에 대한 윤곽이 잡힐 수 있을 것 같다.

오늘의 대학가는 이데올로기 과잉으로 시달리고 있다. 그리고 우리역사의 모순이 한꺼번에 폭발하는 듯한 절박감마저 느끼고 있다. 이같은 혼미와 격변 속에서 일의 전말을 정리하기 위해서는 제문제들에 대한 역사적 접근이 필요하다고 본다.

대학은 시대에 따라 자신의 위상과 사회의 대응방식을 달리해 왔던 것도 사실이다. 그러나 두 가지 변할 수 없는 대학의 핵심적 요소가 있었다고 본다. 하나는 대학의 자율을 통한 자유의 확보이며, 다른 하나는 연구와 비판을 통한 학문의 진작이었다. 그리고 이 두 가지 요소는 대학인이 살아 있는 의식을 가지고, 사회와 국가의 양심으로서 그 역할을 담당할 때만 원만하게 수행되었다.

11

인문학 위기, 어떻게 대처할 것인가?

외국에서 인문학의 위기를 어떻게 극복했는가라는 질문은 다른 나라에서의 인문학의 오늘은 어떤 상황인가 하는 질문과 맥을 같이 한다고 보겠다.

그에 대한 답을 하기 전에 인문학 위기의 근거는 무엇이며 그것이 과연 바람직한 현상인가부터 몇 마디 언급하겠다. 왜냐하면 본 주제와 밀접히 관계되어 있기 때문이다.

요컨대 인문학의 위기는 바람직한 것이 결코 아니다. 세상에는 악화가 양화를 구축하듯이 반드시 있어야 할 것인데도 나쁜 조건들이나 주변 상황 때문에 떠밀려 나가는 것이 수없이 많다.

녹지 공간이 필요하고 맑고 깨끗한 공기가 인간에게 가장 소중한 것인데도 불구하고 공업화와 발전(?)이라는 이름으로 공기가 오염되고 물이 썩고 있지 않은가.

인문학의 가치를 의심하는 쪽의 주장에 따르면 인문학은 과학성이나 객관적인 연구방법을 적용시키지 않기 때문에 이론적 학문의 기조를 결하고 있다는 것이다.

이는 자연과학적 학문 접근태도를 가진 사람들이 왕왕 제기하는 주장이다. 다시 말해 학문이 자연과학에서처럼 보편적, 법칙적이지 못하고 규범적, 개별적인 인문학이 그 점에 있어서 약점을 갖고 있는 것은 사실이다.

하지만 이런 주장은 매우 중요한 부분을 간과하고 있다. 거두절미하면 인문학은 자연과학적 기준으로 잴 수 없다. 과학화, 법칙화되지 않더라도 합리적이며 필요한 것이 이 세상에는 얼마든지 있다. 사랑, 신뢰, 정직, 창조성, 슬픔과 기쁨의 감정, 정신적 보람 같은 가치와 본질들은 자연과학적으로 법칙화할 수 없지만 진정 인간에게는 소중한 것들이다.

인문학은 무엇이 인간다움이며 왜 그래야 하는가를 묻는 가치 중심적 학문이다. 그래서 그 성격 자체가 회의적이며 반성적이고, 그 자세는 모든 인간사에 적용된다. 그래서 인문학에게 자연과학적 법칙성과 효율성을 요구하기란 어렵다.

자동차나 엘리베이터처럼 당장 유용한 것은 아니래도 무엇이 바람직한가의 문제도 인간의 세계관, 도덕성, 정신의 훈련 등에 필수적으로, 장기적으로 유용한 부분이다.

오늘날 인문학이 위기에 몰리고 있는 것은 실용-과학주의 물량적 발전을 요구하는 힘의 논리, 적어도 손익계산과 같은 자본논리에 밀리고 있기 때문이다.

인문학이 인문학으로서의 존재 이유가 되는 것은 적어도 그것이 자연과학과 동일하지 않은 기조 위에 서 있기 때문임을 상기해야겠다.

이 점에서 영국이나 벨기에, 프랑스, 독일 같은 데서 무엇보다 큰 차이가 발견되는데 즉, 인문학을 보는 태도이다. 인문학이 비록 쇠퇴의 상황에 있지만 그것은 바람직한 것이 아니라는 데 대한 인식이다. 그렇기 때문에 그것을 제도적으로 보존하려 하고 있고 적어도 의도적으로 무너뜨리려고 하지 않는다는 점이다.

우선 영국이나 벨기에의 경우 학생을 가르치는 일과 교수직의 존속을 꼭 연계시키지 않고 있다는 점이 눈에 띈다. 수강생이 없어도 연구로서 강의가 보완되며, 수강생이 한 명이라도 있으면 강좌가 개설된다.

그 예로 옥스퍼드 대학의 All Souls College 같은 경우 학생은 한 명도 없이 단지 200여 명의 교수로만 구성되어 있는 예외적인 사례도 있다.설립 때부터 이러한 체제

이는 재정적으로 부담이 많이 되는 일이긴 하지만 정부와 기업의 지원이 있고 칼리지 자체가 기금을 갖고 있으면 가능한 일이다. 연구하는 대학은 교수가 연구할 때 비로소 이루어진다.

정부나 기업체, 독지가들에 의한 기부금으로 유지, 성장되고 있는 석좌교수 제도는 인

문학 분야의 석학을 배출하는 데 크게 기여하리라 생각된다.

또한 엘리트 교육을 지향하는 유럽의 일부 대학들은 튜토리알 시스템을 견지하고 있다. 이 제도는 교수와 학생 간의 일대일 교육으로 인문학의 존속과 그 심화에 크게 기여하고 있는 부분이다.

이런 제도하에서는 교수들의 연구가 지속적이고 깊어져서 그것들이 언제나 저서로 출판되고 있는데, 이것은 인문학이 존속되는 아주 확실한 방법 중의 하나이다. 영국의 옥스퍼드, 케임브리지 대학 출판부의 세계적인 명성은 널리 알려져 있거니와 이는 교수 연구의 지원과 동시에 그의 연구성과 발표를 제공하는 통로이다.

대학에서 거의 하루도 빠지지 않고 열리는 수준 높은 세미나에는 그 자리의 70% 이상을 교수들이 채우고 있다. 그리고 그 열기 높은 공방과 토론은 학문의 질을 높이는 데 크게 기여하고 있다.

또 하나 구미에서 가장 상위급에 속하는 전문분야 공부는 정말 하고 싶은 사람만 하고 또 엘리트 위주의 교육을 시키고 있다. 알려져 있듯이 구미 선진국에서는 대부분 고등학교 때 이미 대학에 진학할 것인지 취업전선에 종사할 것인지가 결정되어진다. 그리고 대학에 가는 방법도 수능시험과 같은 일률적 테스트보다는 고등학교 성적이 그 선발 기준이 된다. 대학 입학의 중요한 평가 기준이 되는 고등학교 과목이 인문학 과목으로 되어 있다는 점에 유의할 필요가 있다. 취업의 길이 좁아지는 현실에서 인문학 담당자들도 인문학적 가치와 현실적 위기 사이의 괴리를 어떻게 연계시킬 것인지 고민해야 한다. 인문학의 중요성이 갖는 당위만 주장하고 젊은 세대들의 고뇌와 방황을 외면한다면 인문학 위기의 일차적 책임은 인문학 당사자들에게 돌아갈지도 모른다. 우선 인문학에 회의하고 방황하는 젊은이들의 고민이 무엇인지 그것을 어떻게 현실 사회에 대응하며 인문학적 가치를 창출해 나갈 것인지에 대해 진지하게 경청하며 공동의 해답을 구하는 노력이 경주되어야 할 것이다.

VI

마음을 열고 얘기하기 — 인터뷰

1
사람과 자연에 애정을 갖는 이 시대의 낭만주의자

계절의 변화를 예민하게 느끼면서 사람과 자연에 대한 애정도 많은 교수님, 로맨티스트 Romantist적인 학자, 문화와 미술, 기독교적인 입장에서 역사를 연구하시는 분, 학생들이 생각하는 이석우 교수에 대한 인상평이다. 나이가 지긋하면서도 소년과 같은 이미지를 학생들이 느끼는 이유는 어디에 있는 것일까? 찐빵모자를 쓰고 다니면서, 작은 수첩을 품고 항상 메모를 하는 이석우 교수에 대한 학생들의 궁금증은 어떤 것들인지 사학과 학생들의 질문을 통해 풀어 본다.

93학번 손희곤 사모님을 어떠한 방법과 수단으로 유혹하셨는지 알고 싶습니다. 또한 평소에 가지고 계신 종교관과 역사관과 살아오시는 동안 사고의 전환점이 된 일이나 사건을 알고 싶습니다.

손 군은 궁금한 것도 많군, 나의 아내야 그야말로 정석대로 만나 사랑한 거지. 사랑이란 상호간의 유혹인 것이야. 우리가 사랑을 나눈 방법은 편지야. 조금은 진부하다고 생각할 수도 있겠지만 편지를 주고 받으면서 피어나는 애틋함은 더욱더 신선하고 좋지. 자고로 연애를 잘 하려면 편지를 자주 써야 해. 요즘은 전화를 많이 사용하는데 편지에는 인격이 들어가게 되지. 전화로는 하지 못하는 이야기도 더 솔직하게 이야기할 수 있고 어떤 약속을 할 때도 미리미리 준비하게 해 주기 때문에 자기도 모르는 사이에 예의도 갖추게 되는 것이야. 연애편지뿐 아니라 사회활동에서도 품위 있는 관계라면 편지로 유지하는 것도 아주 좋아.

두 번째 질문에 대해서 대답을 하자면, 나는 역사를 움직이는 힘이란 무엇인가 궁금해서 역사공부를 시작하게 됐어. 그런데 하나의 결론을 내리기란 참으로 어렵더라구. 역사는 인간이 할 수 있는 부분과 할 수 없는 부분 사이의 대립이라고 결론을 내리게 됐지. 역사를 이해하는 데 과학적인 방법도 중요하지만 이해를 통해서 해결해야 할 만큼 역사는 오묘하고 다양한 방법으로 접근해야 한다는 생각이 들었어. 궁극적인 답은 자기 발견에 있는 것이야. 인간이 어떤 형태의 일을 했는가를 아는 것이 자기를 아는 것이고 실타래처럼 얽혀 있는 과거를 정리하다 보면 자기를 알 수 있는 것이지. 역사는 전체적이고 종합적인 관찰이 필요하다는 것이야.

나의 종교관에 대해서도 궁금하다고? 인간의 조건, 아픔이나 슬픔, 기쁨 등 이 모든 인간적인 것을 해명하는 데 합리적인 것만으로 설명할 수 없다는 것을 깨달았지. 나는 사실 실증주의자였어. 모든 것을 실증적으로 풀어 나가야 한다고 생각했지. 그런데 세상은 알 수 없는 신비의 것으로 싸여 있어서 종교의 힘을 빌리지 않고는 풀 수 없는 것이 너무나 많다는 것을 차츰 알게 된 거야. 그렇다고 아카데미즘Academism과 기독교적인 것을 무조건 혼합하자는 것은 아니지. 비코Vico와 같은 사람은 "자연현상은 신에 의해 설명된다."라고 말했어. 내 삶에도 하나님께서 무엇인가 뜻을 가지고 도와주지 않았는가 하는 생각이 들기 시작했지. 난 60학번이야. 내가 공부할 때 서양사를 가르쳐 주신 이원설 박사님께서 서양사를 하려면 기독교를 알아야 한다고 한 것이 계기가 된 것 같아. 나의 대학시절은 인간적인 삶을 살면서도 본질에 대한 회의가 아쉬움으로 항상 남아 있었거든. 역사 속에 내재한 종교문제를 접하게 되면서 차츰차츰 내 삶의 전환을 맞게 됐지. 크리스천으로 하나님의 섭리 영역이 어디까지이며 인간의 역할이 어느 선인지, 이것이 내가 갖고 있는 기독교와 역사 관계에 대한 문제의식이야. 나의 삶의 매듭매듭에 전환기가 있었고 그런 면으로 보자면 나의 삶은 하나님과 이웃에게 빚진 인생이라고도 볼 수 있지. 이 정도면 세 번째 질문에도 대답이 된 것 같은데.

92학번 이종경 역사란 무엇입니까? 지적영역인가요, 아니면 감성적인 영역인가요?

두 가지 모두지. 과거란 정염의 역사라고 할 수 있어. 역사를 움직이는 힘은 이성보다는 정염에 의해서 결정되었다고도 할 수 있지만 이성이 또한 정염의 힘에 오묘하게 작용하는 것일 수도 있지. 바스티유 감옥을 무너뜨렸던 힘은 결국은 정염에 의해서라고 할 수 있거든. 크게 보면 서정성의 힘이 강하고 이성조차 포용한다고 보고 싶어요. 하지만 그러기 전에 이성적인 생각이 열정을 키우기도 했겠지.

95학번 장지연 하나님의 정죄와 자비에 대한 강의를 하신 적이 있었는데 그것에 대한 교수님의 개인적인 생각을 자세히 듣고 싶습니다.

솔직히 정죄에 대해 강조하고 싶지는 않아. 크리스천 역사관에서 답을 얻기 어려운 게 '고통'에 관한 것인데 선하신 하나님이 고통을 주지 않고 심판을 안 주셨으면 하는 게 솔직한 심정이야. 전쟁 때문에 순진한 아이들이 죽어 가고, 가난하게 되고 억울함을 당하는 것, 이런 부분에 항의하고 싶을 때가 있어요. 하지만 때로는 고통조차도 지난 후 자기 성장에 도움되는 요인 이란 것을 느껴. 하지만 나쁜 짓만 한 사람은 심판을 받아야 한다고 생각해. 인간에게 심판에 대한 두려움이 없다면 이 세상은 훨씬 혼돈스러워질 거야. 질서의 측면에서도 인정할 수밖에 없는 아쉬움이 남지. 미학적인 입장에서 파악하면 어둠으로 인하여 밝음을 알 수 있는 것이니까. 선과 악이라는 것도, 어둠과 밝음도 전체로 보면 하나의 조화라고 보고 그 사이에서 하나님은 많은 고뇌를 하시고 있을 거야. 인간이 성장하며 하나님께 가까이 가기를 원하시는 것 같아.

92학번 이호영 교수님의 관심은 역사적 사실보다도 역사 속의 인간인 것 같은데 그렇다면 역사의 뒤안길에 있는 소외된 많은 사람들에 대해 어떻게 생각하시는지요? 또한 성경 속에 등장하는 인간의 '자유의지'에 대해 어떻게 이해하시는지요? 자유의지는 우리의 특권일 수도 있지만 끊임없는 선택의 과정 속에서 고민과 번민을 해야 하는데…….

나도 한때 불평등, 모순에 대한 저항감이 많긴 했어. 어떻게 보면 영웅주의적인 생각인데 그것들을 개선하고 없앨 수 있다면 없애야 한다고 혁명주의자 같은 생각도 했지.

하지만 제도와 교육을 통해 이런 것을 고치더라도 결국 개선은 되지만 또 다른 문제가 다시 생긴 것을 역사를 보면 인정하지 않을 수 없어. 바꿀 것은 바꾸고 개선할 것은 개선하는 데 최선을 다해야지만 인간의 한계를 인식하고 개혁하도록 노력해야 하지.

자유의지에 대한 항거도 했지. 왜냐하면 이것도 허구고 제한적인 것이라고 생각했으니까. 완전하게 주든지 하지 그렇지 않으면 왜 갈등을 하게 하시나 하는 생각도 많이 했어. 그러나 우리가 손이 잘못 사용될 수 있다고 해서 손이 없기를 바라는 이는 아무도 없잖아. 하지만 인간에게 선택권을 주지 않았다면 우리는 진정한 자유인이라고 할 수 없어. 두 가지 모순되는 사실이 진리인 경우가 많아. 역설적인 진리일지라도. 고통스럽지만 자유의지는 꼭 필요한 것이야.

여기에는 하나님의 오묘한 진리가 숨어 있어. 홉스는 원하는 대로 선택하는 것이 자유라고 하고, 어거스틴은 자유의지는 있지만 바르게 선택하지 않는다면 그것은 이미 자유가 아니라고 했어. 사실이 그렇지 않나. 자유와 방종을 구분해야 하는 것처럼 자신이 선택한 자유에는 그에 따른 책임이 필요한 것이야. 책임이 없는 자유란 진정 누릴 만한 여건이 없는 것이나 다름없지. 이것을 인정하기까지는 나에게도 많은 시간이 필요했어. 교통질서를 예로 들더라도 사람들은 차도를 건너야 할지 말아야 할지 결정할 수 있는 자유의지가 있어. 자유라고 하여 빨간 불이 켜져도 길을 건너가다가는 사고가 나고 말 거야. 그처럼 제대로 된 자유를 누리지 않는다면 그 자리에서 자유를 빼앗기게 되는 거야.

95학번 정원일 선생님, 정원일 학생과 김선호 학생을 확실히 구분하실 수 있으세요?

후후후. 당연히 구분하지. 내가 학생들을 하나하나 기억하고 싶어하다 보니 실수를 좀 한 것 같은데, 그래서 이미지로 기억하다 보니 내가 구분을 잘못한 면도 있지. 왜 그 말만 하면 계속 웃지? 지금은 확실히 다른 걸 알고 있어.

94학번 강은영 요즘 사학과 학생들은 사회진출에 대단한 부담을 느끼고 있습니다. 이럴 때 교수님들의 한마디가 힘이 되곤 하죠. 교수님은 저희에게 어떤 말씀을 해 주고 싶으세요?

학생의 질문은 늘 공감하는 내용이야. 사학도는 어디까지나 역사의식을 가진 사회의

지도자이기에, 역사의식을 갖고 시대를 읽으며 살라고 하고 싶어. 때로는 힘들어도 자부심을 가지고 한 분야에 관심을 두고 추구하면 좋은 결과가 온다고 먼저 결론을 맺고 싶어. 사회적 지위, 직업으로 사람이 평가되는 건 아니니까. 진정 하고 싶은 것의 전문가가 되라는 말을 하고 싶군. 예를 들어 로마사의 최고 권위자가 되면 사회에 기여할 부분이 생기게 되는 거야. 그러기 위해서는 단기적으로 승부를 내려 하기보다는 장기적으로 승부를 내야겠지. 그러면 길이 열리게 돼.

역사 공부가 실용성이 결해 있다고 말하지만, 사실 장기적으로 인생의 가늠자를 갖게 하고 가치관 형성 등에 기여한다는 면에서 역사는 오히려 가장 유익한 학문 분야라고 봐. 현실적으로도 역사 전공자는 교사, 교수, 출판사 편집인, 언론사 진출, 홍보 분야의 기업, 프리랜서 등 할 수 있는 영역이 열려 있지.

— 《연합공보》, 1997년 12월 5일

2
예술과 운명의 위태로운 만남을 들추다

사학과 교수이자 박물관장이며, 중후한 인품이 느껴지는 초로의 학자 이석우. 그가 '전환기 한국 미술가 13인의 삶과 예술'이라는 부제가 붙은, 무엇보다 섬세한 정감과 깊은 공감을 토대로 해야 하는 『예술혼을 사르다 간 사람들』이라는 책을 썼다는 사실은 어딘가 의외意外의 느낌을 불러일으켰다. 그와 처음 마주하고 앉은 순간, 그는 이같은 의외에 또 다른 의외를 덧붙이면서 이야기를 시작했다.

"사람이 얼마나 아름다운가요. 신이 창조한 것 중에 가장 아름다운 게 있다면 사람일 거예요. 특히 여성들의 하나하나가 정말 다 신비죠. 그 살빛이며, 머리카락, 얼굴 윤곽, 표정, 몸매, 손가락 하나하나에 이르기까지. 또 화려한 장미나 모란이나 성하 여름의 칸나만 아름다운 게 아니고, 찬 겨울바람 부는 들판의 고추밭 있잖아요. 여름에는 빨간 고추가 열지만 겨울이 되면 고추대가 새카매지고, 새카만 고추대 속에 한두 개 남아 있는 빨간 고추. 그것은 겨울 찬바람 속에 그렇게 얼고 스산해도 아름답구요."

듣다 보니 정말 그랬다. 하지만 사학자가 쓴 예술가론이라는 의외는 잠시 고개를 숙였다가 다시 고개를 들어 올렸고, 그것은 대체 당신의 인생에서 역사와 예술이 무슨 상관이 있었느냐는 다소 거친 질문으로 이어졌다. 그는 빈켈만이나 크로체, 부르크하르트처럼 역사와 예술, 역사와 문화를 연결시킨 역사학자들에 대해 이야기하면서, 예술의 핵심인 직관이야말로 역사 이해의 원동력임을 역설했다. 그러니까 직관이란 지성보다 한 단계 낮은 감성에 불과한 것이 아니라, 주체가 객체객관세계로부터 지성적인 실마리를 얻어 내기 위한 최초의 집중이라는 것. 결국 그는 인문학의 핵심이 미학이며, 미학의 본질이 인문학이라는 이야기를 하고 있는 셈이다. 이것은 옥스퍼드 대학에서는 미술사가 역사학과에 있는데 왜 우리나라 대학에는 미술사가 미술대학에 있느냐는 의문으로도 이어졌다.

그러고 보면 언제부턴가 우리 사회에서도 미술美術과 인문人文이 사이가 좋아지기 시작했다는 생각이 든다. 문득 미학에 인문학적인 넓이가 더해지고 인문학에 미학적인 깊이가 더해질 때만, 얼마 전부터 죽어 가는(!) 인문학을 살릴 수 있으며 오래전부터 죽어 있던(?) 미학을 살릴 수 있는 방도가 마련되지 않을까 하는 생각도 들었다. 그래야만 인문학은 좀 더 매력을 갖추고 미학은 좀 더 인품을 갖추게 될 테니까.

하지만 저자의 첫 발자국은 인문 쪽이 아니라 미술 쪽에서 떼어졌다. 목포중학교 미술부장을 하면서 『예술혼을 사르다 간 사람들』에서 다룬 열세 명의 화가 가운데 한 사람인 양수아를 스승으로 삼아 미술의 세계에 흠뻑 빠져들었던 경력을 먼저 들고 나왔다. 그같은 경험을 자신의 최초의 경력으로 내세우는 사실을 보면 과연 그렇고, 자신의 인생을 회고하는 첫머리가 그토록 아름다웠던 고향 마을에 대한 시적인 묘사로 시작되는 걸 보면 더욱 그렇다.

봄이면 온 산에 분홍색 진달래가 불을 질러 놓은 듯 피었으며, 눈 덮인 겨울에는 우리 산 동백골에 핀 동백이 흰 눈 속에 핏빛처럼 붉게 살아났다. 봄이 되면 온 마을을 하얗게 꽃동네로 변하게 하는 것은 감꽃들이었다. (중략) 장독대 주위에 핀 맨드라미, 봉숭아 그리고 잎을 모두 떨어뜨린 앙상한 가지 위에 셀 수도 없이 열린 적등색의 감은 파란 하늘 때문에 더욱 붉어 보였다. 사랑채 끝엔 방앗간이 있었는데 그곳은 나와 어린 친구들의 공작실이었다. 황토를 파다가 물에 짓이겨 그릇이나 소, 말, 사람 얼굴을 만들어 숯불을 일구어 굽는 재미, 잘 깎이는 오동나무 판과 소나무 가지들을 잘라 깎고 파거나 다듬는 등의 일은 그토록 즐거울 수가 없었다.

— 역사학자 이석우의 명화 속 역사 찾기 『그림, 역사가 쓴 자서전』 중에서

그가 『예술혼을 사르다 간 사람들』이라는 책에 담아내고 있는 13인의 화가들은 모두 세상을 떠난 분들이며, 대부분 요절하거나 비운의 그림자가 짙게 드리워진 생애를 살다 간 분들이다. 그렇다면 그분들의 자취에서 느껴지는 비극의 느낌은 어쩌면 그분 자신들의 것일 뿐 아니라 예술 또는 예술가에 대한 저자의 것일지도 모른다는 생각이 들었다. 그렇다면 비극이라는 직관적 통찰을 통해 그가 이 예술가들의 생애에 덧칠하고자 한 역사적인 의미는 무엇이었을까.

"그런 말 있잖습니까. 백척간두 진일보라고. 백 척이나 되는 대나무 위에 올라가는 그것도 힘들죠. 근데 거기에서 한 발을 더 떼어 놔야 되는 거죠. 그래서 나는 예술가의 삶은 그런 거 아닌가, 한 발을 떼어 놓아도 떨어지지 않으면 다행이지만, 떨어질 확률은 훨씬 더 많은 거죠. 그래서 위대한 예술가, 위대한 삶을 살려고 하는 사람에게 비극성은 피할 수 없는 것이 아닌가. 우리가 안일을 좋아하고 제 자신도 평화롭고 행복하고 안온한 게 좋긴 하지만, 그러나 그것에 늘 만족할 수 없는 내면의 소리가 있죠. 저런 분들은 그게 더 강했을 거예요. 강할 뿐 아니라 견딜 수 없었을 거예요."

백척간두百尺竿頭 진일보進一步라. 당신은 그런 적이 있으신가. 나는 또 그런 적이 있었던가. 백 척이나 되는 대나무 위에 올라가 다시 거기에서 한 발을 떼어 놓는다는 것. 백 척이나 되는 대나무의 끄트머리에 올라가는 것도 모자라서, 다시 그곳에서 허공을 향해 한 발을 내딛는다는 것. 본래 일어나지 않기 마련인 기적이 결국 일어나지 않는다면 허공에 고꾸라질 것이 틀림없는 그곳을 향해 한 발을 떼어 놓는다는 것. 그들은 틀림없이 백 척 허공으로 추락하기 마련이다. 덧붙이자면 그렇게 백 척 허공으로 고꾸라진 후 다시 오랜 세월이 흐른 뒤에 추락해 버린 자신의 곡예가 역사라는 그물에 의해 기적적으로 되살아날 줄을 미리 짐작하고 있었던 자는 없었으리라. 이중섭도 그랬고, 박수근도 그랬으며 가만, 고흐도 그랬다고 했던가.

"비극적인 것을 각오하지 않으면 위대한 성취를 하기 어렵지 않은가. 적어도 예술가의 경우에는 난 그렇게 봐요. 예술가도 적절하게 타협하며 살면 그냥 안온하게 살 수도 있겠죠. 그렇지만 그렇게 하기에는 내면에서 불타오르는 열정이 너무 강하기 때문에 사실은 결과적으로 억제를 못하는 거예요. 억제치 못한 사람은 늘 그것 때문에 자기가 당해야 하는 위기랄까, 불행의 단초들을 감당할 수밖에 없는 거죠. 그러니까 그런 사람들은 결국 비극을 각오해야 되고, 거기서 초극을 해서 잘 되면 다행이고 안 되더라도 멈출 수 없는 거죠."

책에서 다룬 13인의 화가에 대한 이야기는 어느덧 세상의 위대한 예술가에 대한 이야기로 넘어가 있었고, 마침내 한 바퀴를 돌아 이런 의외의 책을 쓴 저자 자신에 대한 이야기로 돌아와 있었다.

"그런 반열에는 못 들지만요, 저도 자기가 어떻게 못한 거예요. 자기가 하고 싶은 걸 못 견디고 그렇게 할 수밖에 없었던 거겠죠. 강물을 그냥 꽉 막아 두면 그게 터질 수밖에 없는 거지요. 그게 술술 흘러나온 게 이런 건데, 결국 운명적이라고밖에 볼 수 없는 거죠. 누가 그렇게 하라는 게 아니니까. 무당들이 무당굿을 안 하면 못 견디는 거나 같죠."

그러고 보니, 그의 말마따나 정도의 차이만 있지, 왜 예술가들만 그렇고 왜 저자만 그렇겠는가. 그것이 바로 모든 인생의 본령이며 예술의 본령이며 역사의 본령이며, 흔히 말하는 운명運命이라고 하는 것의 속살이 아니겠는가.

이야기를 나누고 저서들을 들춰 보면서, 과연 그림 실력이 만만치 않다는 생각이 들었다. 그래서 혹시 전시회 같은 걸 하실 계획은 없냐고 물어봤다. 대답은 이랬다. 한 번 했으면 합니다만, 하면 여러분들을 너무 괴롭힐 것 같고 다른 일로도 인생의 빚을 많이 지는 것 같아서 차마 하지 못했노라고. 결국 운명이라는 옛 친구를 다시 만나게 될 것이며, 그렇다면 다음번에는 전시회장에서 그를 만나게 되지 않을까.

— 《간행물윤리》, 강영희 지은이와의 만남, 2005년 2월

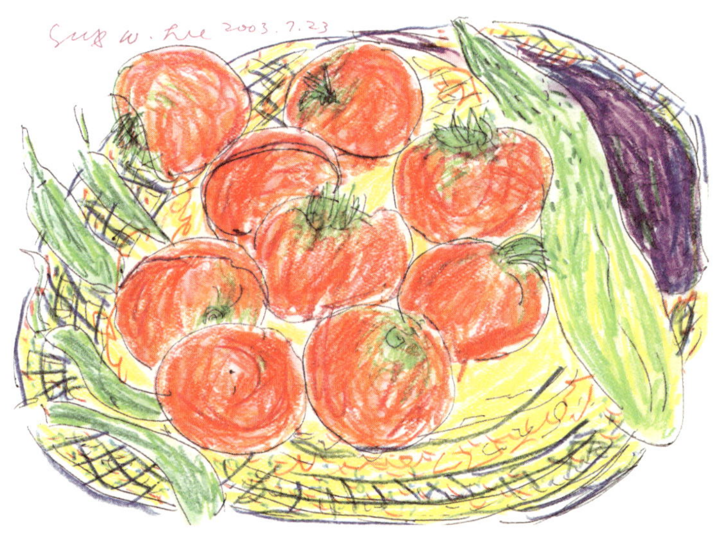

우리 밭에서 딴 토마토와 오이, 29×21cm, 2003.

3
삶, 구원…… 그리고 예술

나와 동시대를 살다 가는 예술가의 삶과 그들이 우리 앞에 던지는 저 예술이라는 무거운 이름은 우리 삶에서 어떤 의미를 지니는 것일까. 일상 속에서 그저 하루하루를 견디기에 급급한 현대인에게 예술가의 초상이란 얼마나 멀고 아득한 것인가. 이런 자문은 일상인이라면 누구나 한번쯤 던져 봄 직한 질문이다. 보이든 보이지 않든 혼으로 살다 간 사람들이란 범인의 눈에는 이 세상의 경계를 허물어 버린, 그래서 나와는 다른 세계를 살다 간 사람들이라는 막연한 동경과 거리감이 자리 잡고 있는 것이 사실이다.

저자 이석우는 이러한 마음의 경계를 허물기 위해 미술의 대중화라는 이름으로 한국 현대사의 질곡 속에서 예술혼을 불태운 미술가들의 초상을 한자리에 엮어 보여 주고 있다.

"남들은 역사학을 전공하는 사람이 웬 미술 이야기이냐고 묻곤 하지만 저로서는 비평가라는 생각보다는 혼으로 살다 간 사람들에 대한 남다른 애정이요 짝사랑이라는 생각입니다. 저는 이 세상을 살아가는 모든 사람들에겐 모두 나름대로의 삶이 있고 삶에 얽힌 이야기가 있다고 생각합니다. 사람 사는 이야기, 그게 문학이고 역사라 할 수 있겠지요. 이 책에서 다루고 있는 미술가들의 삶이라는 것도 이런 인식을 바탕으로 하고 있지요."

저자는 이 책 속에서 그가 전공하고 있는 인문학적 지성을 바탕으로 그 위에 예술적 지성의 섬세함을 교직함으로써 한 예술가의 삶을 다양한 모습으로 보여 주고 있다. 그렇다면 저자와 미술과는 어떤 인연이 있는 것일까?

"미술과의 인연은 저로서는 낯선 것이 아니었어요. 목포중학 시절 빨치산 종군화가였던 양수아 선생의 화실에서 그림공부를 한 인연이 있었으니까요. 그리 긴 시간은 아니었지만 감수성이 예민했던 저로서는 이 시절을 잊을 수가 없습니다. 학교 수업을 마치고 곧바로 달려갔던 화실에는 다른 곳에서 느끼지 못했던 독특한 분위기가 있었어요. 고등학교에 진학하면서 집안의 반대도 있었고 또 양수아 선생께서 광주로 거처를 옮기시는 바람에 그림을 그만두게 되었지만 그때의 추억은 오랫동안 제 기억 속에서 잊혀지지 않았어요. 결국 박사학위 논문을 끝내자마자 저는 미친 듯이 화랑을 쏘다녔지요. 인연의 끈이 저를 그쪽으로 이끈 것이겠지요."

이석우의 글은 우선 쉽고 부드럽다. 그의 글은 한 예술가의 작업에 대한 객관적인 잣대를 마련하고자 하기보다는 한 예술가의 마음의 결을 보여 주고자 한다. 따라서 그는 한 예술가의 삶이 어떤 모습으로 정신의 열도 속에서 살다 갔는가를 우리에게 말해 주고 있다.

사실 예술이 시대정신을 반영한다는 것은 정치적, 사회적 개혁의 의미에만 국한될 수는 없을 것이다. 미술의 사회성, 역사성도 중요하지만 작가 자신의 예술과 삶에 대한 뜨거운 사랑에서 우러나온 마음의 울림 또한 그만큼 중요하다. 한 시대의 증언이 꼭 의식과 사회성에만 기초하는 것은 아니어서 한 시대를 온몸과 넋으로 산 사람의 작품은 작품 자체만으로도 그 시대를 증언하고 있다고 보겠다.

— 민중정서의 미를 창출한 위대한 환쟁이 '박수근' 중에서

"40대에 저는 일종의 위기 같은 것을 느꼈어요. 산다는 것에 대한 위기 같은 것이겠지요. 그때 저는 한 사람 한 사람의 예술기의 삶에 주목하게 되었어요. 그들의 삶에 가깝세 다가가면서 삶의 의미를 찾고자 했지요. 역사의 소용돌이 속에서 혹은 개인사적 불행과 고통 속에서 예술의 길을 꿋꿋하게 걸어간 사람들의 삶을 통해 삶과 예술의 의미를 다시 한 번 생각해 보고 싶었어요. 1986년 우연한 기회에 저의 스승이신 양수아 선생에 대한 글을 《미술세계》에 쓰게 되었지요. 그때 양수아라는 화가는 중앙화단에 알려지지 않은 소외된 화가였지요. 그게 인연이 되어 한 사람 한 사람 시간 날 때마다 써 보았지요. 제가 본 작품 중에서 제 가슴을 울리는 작가에 대해 쓰지요. 그래서 오히려 부담감이 없었어요. 그분들이 남긴 메모나 유가족들의 회고를 토대로 다양한 모습을 그려 보았죠. 이 책에 실린 열세 분의 삶이 모두 이렇게 쓰였어요.”

이석우가 다루고 있는 인물은 다양하다. 불구의 삶을 화폭에 불사른 손상기, 목판화를 통해 민중의 생명력을 보여 준 오윤, 한국적 서정성을 표현한 박수근 등 그가 다루고 있는 예술가들은 하나같이 그들의 삶에서 예술을 하나의 구원의 빛으로 믿는 사람들이다.

“이 책에서 다루고 있는 미술가들은 그 생애가 주로 1910년에서 1980년 사이에 놓이는 분들이지요. 이 시기는 일제에 의해 강제로 나라를 빼앗긴 시절이었으며, 동족끼리 총부리를 맞대던 전쟁이 있었고, 급속한 산업화, 도시화로 인간성 상실의 위기를 뼈저리게 체험해야 했던 시기지요. 제가 이 분들의 삶 속에서 느낀 것은, 그들은 그들의 작업 속에 구원이 있다는 것을 믿어 의심치 않았다는 것입니다. 제가 이 책의 부제를 ‘전환기 한국 미술가들의 삶과 예술’이라고 붙인 이유도 고난의 시대를 살면서 예술을 구원으로 생각하며 살다 간 그들의 예술혼을 그리고자 한 것이지요.”

이 땅에 / 내 마음속에 환상이 사는 이상 / 나는 어떤 비극에도 지치지 않고 / 이 세상을 살고 싶다.
— 아픔의 삶을 살다 간 ‘손상기’의 메모 중에서

나는 잠시 암쟁이의 아픔도 잊고 그 막막한 대지의 화포를 바라보고만 있다. 막막한 대지의 캔버스에는 무수한 창조, 생명의 이미지가 잉태해 때를 기다리고 있는 것 같았다.
— 생명의 화가 ‘하인두’의 투병기 중에서

“저는 저의 삶이 흉내내기의 연속이라는 생각이 들 때가 많습니다. 제대로 하나의 길에서 저를 완전히 태우지 못한다는 생각이겠지요. 그래서 더더욱 훌륭한 예술가들의 삶과 그들이 남긴 작품에 관심이 가는지 모르겠어요. 그들은 적어도 자신의 길에서 주어진 삶을 불사르고 간 이들이니까요. 인상비평이라는 비난을 받을 수 있겠지만 이 책은 저에게는 청소년기의 잊을 수 없는 안식처였던 화실로 돌아감을 의미하며, 다르게 말하면 제가 가지 못한 길에 대한 후회와 동경이라고 할 수 있겠지요."

삶 속에서 구원을 찾은 이는 더없이 행복하리라. 꼭 구원을 찾지는 못했지만 그 구원의 희미한 빛 한줄기를 찾아 헤매는 자 또한, 적어도 일상에 함몰된 채 자신의 내면으로부터 울려 나오는 구원의 갈망을 잊고 살아가는 이보다는 행복하리라. 그러나 불행하게도 많은 예술가들이 찾아간 구원의 길은 가시밭길이었다. 이 책 구석구석에서 한 예술가의 삶을 진실하게 드러내려는 저자의 의도가 느껴진다. 예술가가 남긴 메모며 사진이며 주위 사람들의 회고들. 그리고 무엇보다 소중한 그들의 작품이, 삶 속에서 구원으로 자리 잡았던 예술의 이름으로 채워져 있다.

— 《포철신문》, 쇳물, 1993년 11월

4

사학자가 그린 전환기 예술가의 초상

예술가의 남다른 생애는 때로 그들의 삶과 사랑이라는 상투적 의미로 평범한 사람들의 호기심을 자극하곤 한다. 그러나 온전한 '예술가의 초상'은 그들의 삶과 예술을 통합적으로 조명할 때라야만 가능해진다.

최근에 출간된 『예술혼을 사르다 간 사람들』^{가나아트}은 이러한 의미에서 예술가 개인의 삶과 그 속에서 이루어지는 작품세계의 연관성을 밀도 있게 그려 내고 있어, 일상적 삶에 매몰되어 있는 사람들에게 일종의 '긴장감'을 불러일으키고 있다.

이 책의 저자 이석우 교수는 실제 중학교 때부터 그림수업을 시작한 아마추어(?) 화가이기도 하다. 생존시에는 어떠한 평가를 받았건, 지금은 그 작품성을 인정받고 있는 국내화가 13인을 대상으로 하고 있는 이 책 곳곳에서 배어나는 저자의 안목은 바로 이 창작에의 친숙함에서 비롯된다고 하겠다.

이 교수는 빨치산 화가 양수아를 이번 책 출판의 원인으로 꼽는다. 목포중학교 재학시 그곳의 미술교사였던 양수아 밑에서 그림에 눈뜨게 된 이 교수는 '인간다움'이 먼저 다가오는 그에게서 예술적 감각뿐 아니라 '몰입된 삶'의 모습을 보았던 것 같다. 집안의 반대로 계속 그림공부를 할 수는 없었지만 지금까지도 예술적 창작생활은 자신에게 동경의 대상이라는 그는, "교수로서의 여유가 생기니 다시 양수아 선생 생각이 나더라."고 고백한다.

"제가 학위를 받은 것이 우리나라 나이로 꼭 40세가 되던 1980년이었습니다. 인생의 한 고비를 힘들게 넘겼다는 생각은 지나온 삶에 대한 성찰로 연결되더군요. 그때부터 다시 화구들을 정리하고 틈틈이 그림을 그리기 시작했습니다."

앞으로도 계속될 이 자기모색 작업에 있어 하나의 중간 결산물이 되는 이번 저서는 지난 86년, 당시 광주에 생존해 있던 양수아 선생의 부인과의 대담에서부터 비롯된다. 자신의 추억이 뒤엉킨 이 대담을 기초로 양수아의 작품세계를 조명한 글을 《미술세계》에 연재하기 시작했던 것. 그후 유달리 기복이 많고 강렬한 삶을 소유했던 화가들을 찾아나서는 그의 '외도'(?)가 시작된다.

이 책에 수록되어 있는 화가들은 이젠 모두 고인이 된 사람들이다. 손상기, 오윤, 최욱경, 박길웅, 하인두, 박항섭, 권진규, 양수아, 박래현, 박수근, 김환기, 박생광, 이응노 등의 면모가 다양한 구성방식으로 소개되고 있다. 이 책에는, 그의 말대로 '여하한 형태로든지 작가와 접촉하려' 한 그의 노력이 담겨 있다. 즉 자료수집 과정에 있어, 각 화가들과 생존시에 이루어진 인터뷰는 물론, 전시회자료, 유족들의 증언과 유물, 신문·잡지 등 1차적 자료의 확보와 함께 당시의 정치·사회적 배경과 그들의 작품세계에 대한 평가까지를 망라해야 했던 것이다. 다행히도 평소 '헌 책방 뒤지는' 그의 습관과 수집벽은 이번 작업에 많은 도움이 됐다고 한다.

이 교수는 이 자료들을 우선 각 화가들의 구체적 삶을 구성하는 요소로 사용하고, 그 다음 그러한 삶이 작품세계에 어떠한 영향을 미쳤는가, 혹은 역으로 그들의 작품세계가 삶을 어떠한 방향으로 이끌었는가를 추적하고 있다. 그러므로 이 책에서는 화가의 생애와 함께 그들의 작품들에 대한 이 교수 자신의 비평을 읽어 낼 수 있다. 예를 들어 각 화가들의 특징을 가장 뚜렷이 부각시켜 주고 있는 소제목들을 살펴보면, 양수아의 경우 '역사의 격랑 속에 침몰한 낭만적 예술참여주의자'로, 박생광의 경우 '문화적 정체성의 위기를 예술정신으로 극복한 작은 거인'으로, 이응노의 경우 '분단 이데올로기로 상처 입은 예술혼'으로 묘사하고 있다.

무엇보다도 그는 다양한 관심의 소유자이다. 수록된 작가들을 보면, 모더니즘과 리얼리즘 계열의 작가들은 물론 80년대를 풍미했던 민중미술 계열의 작가까지도 그 대상으로 하고 있다. 이 교수는 이들을 함께 묶는 공통분모로 '전환기의 작가'라는 용어를 사용한다.

"사학자의 입장에서 볼 때, 해방 이후 지금까지는 전환기라고 생각합니다. 특히 예술가를 수용하는 시대라는 측면에서는 더욱 전환기적 성격이 두드러집니다. 왜냐하면, 예술가 자신의 내적 변화 외에도 시대가 그들에게 요구하는 변화의 강도가 심했지요. 그 요구에 응하느냐 거부하느냐는 그다음 문제입니다."

하나의 그림은 시대정신의 조형적, 가시적 반영이기 때문에 가장 확실한 역사적 자료가 된다는 이 교수는, 역사와 미술의 상관성 속에서의 예술가의 역할은 '최후의 항쟁자' 혹은 '피투성이의 영웅'이 되는 것이라고 말한다. 그리고 그 저항의 대항은 바로 그가 속했던 시대 — 우리가 살고 있는 시대이기도 한 — 인 후기산업사회이다. 소외, 퇴폐, 감각주의, 실용주의, 과학주의, 기능주의 등이 야기하는 문화의 황폐화 현상에 정면으로 대응하는 자세는 '자기가 무엇을 할 것인가를 분명히 알고 있는' 예술가의 얼굴을 만든다는 것이 이 교수의 생각이다.

물론 "그 얼굴은 다양하면서도 공존할 수 있다."고 말하는 그는, 이번 책 출판에 숨어 있는 또 하나의 의도를 밝히고 있다.

"내가 어떤 지사적 생각을 갖고 책을 낸 것은 아니지만, 평소 나름대로 느껴 왔던 기존 미술평론에 대한 아쉬움도 한몫을 한 것 같습니다. 그들의 지나친 전문성이 오히려 문화와 그 수용층인 대중을 단절시키는 요소가 될 수도 있으니까요."

미술문화의 보편화를 통해 전문가들의 권위의식에 대한 일종의 '해독작용'의 효과를 거둘 수 있다는 그가 일반적인 작가론이나 이론적 틀에 얽매임 없이 자유로운 시각으로 작가에 접근하고 있는 것도 이러한 의도와 무관하지 않다. 이번 작업은 그의 사관의 일면을 드러내는 작업이기도 하다. 화가 → 미술 → 나 → 역사로 확대되는 역사적 해석을 E. H. 카의 '현재적 관심'에 비유하는 그는, 과거나 미래에 대한 얘기는 모두 현재의 관심에서 선별, 구성된다고 말한다.

"고백하자면, 이 책에 등장하는 화가들을 통해 나 자신의 현재의 관심이 어디에 있는

가를 드러낸 셈이 되는 거지요. 구체적으로는 '미술'로 나타나지만 자기표현의 수단에 있어 자신에게 한계를 느끼곤 했기 때문에, 글쓰기를 매개로 예술가의 세계라는 지금과는 다른 세계에 탈출구를 마련하고 싶었던 거지요."

그가 말하는 '한계'란 단순히 자유분방한 창작생활을 규제하는 사회적 인습이나 관습뿐만 아니라 사학자로서 느끼는, 이 시대의 역사가 만들어 낸 한계상황을 의미하기도 한다.

삶의 자세에 있어 강변의 먼 불빛처럼 흔들리고 있다는 고백이 무척 쑥스럽다고 하는 이 교수는, 그저 예술가의 삶에 관심을 갖고 있는 한 교수의 예민함 정도로 이해되기를 바란다고 하지만 그에게 있어 이 책은 자기극복의 한 방법이 되고 있는 듯하다.

— 《출판저널》, 저자인터뷰

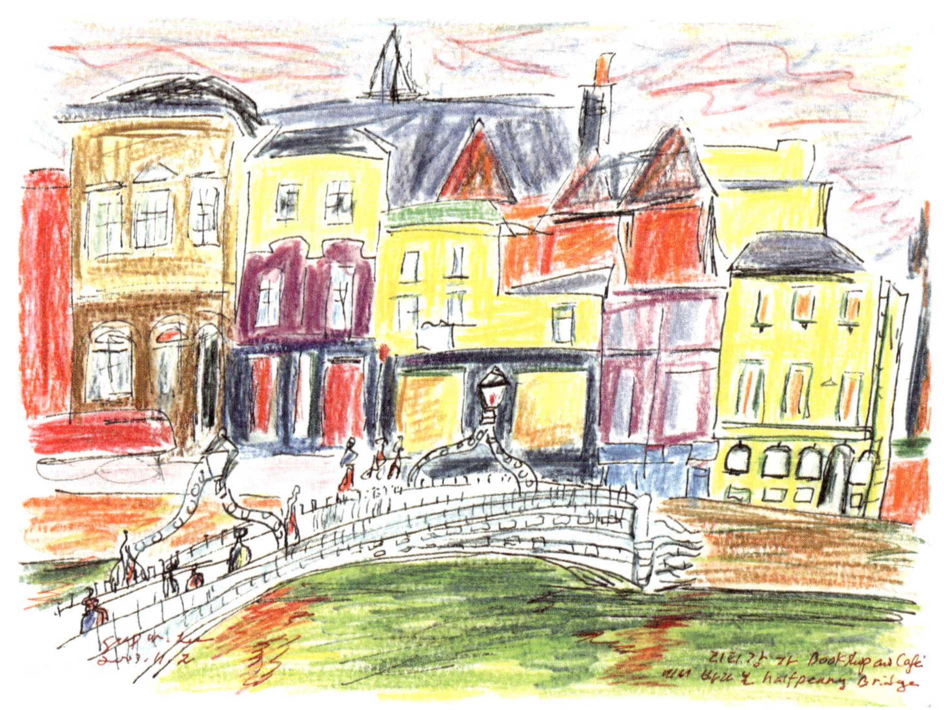

더블린의 리피강가 Bookshop and Cafe, 29×21cm, 2003.

5
13명의 예술혼, 그것은 종교의 경지

이석우 경희대 교수는 서양사학자다. 서양사 중에서도 고중세 지성사가 주요 연구 영역이고, 그중에서도 중세의 신학적 이념을 세운 아우구스티누스가 전공이다. 이렇게 서양 정신의 본질을 탐구하는 그에게 연구실 밖의 또 다른 관심 영역이 있는데, 미술이 바로 그것이다. 『예술혼을 사르다 간 사람들』은 그가 이 관심 영역에서 열렬히 사랑하고 흠모해 온 한국 현대미술가 13명의 삶과 작품을 탐색한 책이다. 1990년 출간됐다 절판됐으나, 찾는 이가 많아 이번에 새롭게 단장해 다시 펴냈다.

여기 소개되는 미술가들은 박수근·김환기·이응노 같은 두루 공인된 20세기 한국화단의 최고봉들도 있지만, 지은이 자신이 특별한 감동으로 만났던 '예술혼'의 소유자들이 다수를 이룬다. '한국의 로트레크'라 불린 꼽추화가 손상기, 추상표현주의풍으로 한 시대를 살다 간 최욱경, 창작을 위해 직장을 버린 최초의 화가 박항섭, 미술계의 구조적 모순 속에서 자살로 생을 마감한 조각가 권진규……. 인생보다 예술을 우위에 두었던, 그래서 창조성의 고갈을 곧 삶의 종말로 인식했던 사람들이 지은이의 존경심 어린 글 속에서 말을 걸어온다.

"미술은 중학교 시설부터 제 마음에 자리 잡은 뒤로 지금껏 저릿저릿하게 흉곽을 때리는 그리운 고향 같은 것입니다. 말하기 좀 뭐합니다만, 시인 김지하가 저랑 목포중학교

동기입니다. 그 시절에 미술부에서 같이 그림을 그렸는데, 제가 미술부장이었고, 김지하는 그냥 부원이었지요."

그가 쑥스럽게 웃으며 옛일을 털어놓은 건, 요절한 판화가 오윤 이야기를 하던 중이었다. "1980년대에 민중미술이 일어날 때 저는 그 운동이 꼭 필요하다고 봤습니다. 당시로써는 역사가 없는, 삶이 없는 모더니즘 회화가 화단을 장악하고 있던 때 아니었습니까? 억압체제를 고발하고 민중의 고난을 형상화하는 그들의 그림에 공감이 갔지요. 이 사회는 겉으로 보면, 누리고 사는 자들의 것 같지만 사실은 못 누리는 사람들, 그늘에서 일하는 사람들에 의해 지탱되는 것이지요. 그들의 삶을 응시하고 그들이 지닌 힘을 표현하는 작품들을 만나는 게 좋았습니다. 오윤의 판화는 특히 호소력이 있었지요."

그는 '민중적 삶의 저력을 형상화한 서민화가' 박수근을 묘사하는 말로 '석전우경'을 들었다. 돌밭을 소로 가는 것과 같이 힘겹게 독학으로 그림을 익혀 특유의 민중성을 담아냈다는 점에서 높이 샀다. 모더니즘 회화의 거장 김환기에게서는 '전력투구'의 정신을 읽어 낸다. 뉴욕 한 귀퉁이에 살면서도 한국적 정서를 모더니즘의 틀 속에 어떻게든 구현해 보려고 치열하게 고민했다는 점에서 형식만 있고 정신은 빠진 흔한 모더니스트들과 다른 점을 발견하는 것이다.

"아우구스티누스가 철학을 통해 종교에 도달하고 종교를 통해 보편적 구원의 가능성을 발견했다면, 여기 서술한 화가들은 예술을 종교의 경지로 끌어 올린 사람들이라고 할 수 있을 것입니다. 세속적 삶을 극한까지 밀어붙여 거기서 순결한 정신을 뽑아 올린 이 화가들이나 종교적 열정을 최후까지 발현시켜 '신의 나라'를 찾아내던 아우구스티누스나 자기초극이라는 점에서는 다르지 않다고 봅니다. 예술이야말로 세속의 종교이지요."

— 《한겨레》, 책과 사람, 2004년 11월 20일

6

미술문화의 보편화 위해 집필

역사를 전공하고 미술에 관한 책을 썼는데 미술과 역사는 어떤 관계인가.

역사는 인간이 만들어 온 흔적의 종합이라 할 수 있다. 그러나 정치사나 경제사만으로는 역사를 이해하는 데 한계가 있다. 따라서 미술문화와 유산에 대한 이해가 필수적 부분이다. 그러므로 한 시대 역사와 집단정신을 가시적으로 반영한 미술을 이해하는 것이 진정한 역사를 이해하는 것이라 본다.

미술에 대해 개인적 관심은 언제부터 갖게 되었나.

중학교 다닐 때 추상미술의 선구자라 할 수 있는 양수아 선생님으로부터 예술이 인간 삶과 정신의 발휘에 얼마나 소중한 자리를 차지하는지를 배웠다.

미술문화의 중요성을 강조하는 이유는?

인간의 표현 욕구를 건강한 방향으로 분출할 통로를 열어 주지 않으면 그 사회는 병든다고 볼 수 있다. 그러므로 미술이란 그 나라의 문화수준을 반영한다. 현재 각 나라가 문화의 관광화와 산업화를 서두르고 있는 것도 같은 맥락이라 본다.

『내가 만난 화가들』과 같은 책이 아직 국내에 없는 것으로 아는데 집필 동기는.

나는 미술문화가 귀족화(?)되는 것을 반대하고 화가와 대중이 유리되는 것도 원하지 않는다. 이 책을 통해 가장 하고 싶었던 말은 작은 부분이나마 대중과 미술문화 사이의 소통이 이뤄지고 미술문화의 보편화가 이뤄졌으면 하는 점이다. 특히 21세기를 앞둔 시점에서 시대적 과제를 안고 고뇌하는 작가들을 통해 시대 모습을 추적하고 싶었다.

사학자로서 국내 화가들에 대한 소감은?

어느 만남이나 소중한 것이지만 화가들과의 만남은 보다 극적이고 패러독스로 차 있는 듯하다. 사실 한 시대의 미술문화는 작가 한 사람의 일이 아니고 그 사회의 문화풍토와 밀접한 관계가 있다고 본다. 좋은 토양에서 좋은 나무가 자라듯 미술인과 문화도 가꾸고 키워 나가야 한다.

가장 기억에 남는 화가와 작품은?

좋은 작품이란 뛰어난 창조적 예술성과 진실함이 담겨 있어야 한다고 본다. 기록에 남아 있지는 않으나 감동적인 예술작품을 남긴 사람들은 무수히 많다. 국내 작가로는 『예술혼을 사르다 간 사람들』에 열거한 작가들을 좋아한다. 월북 작가 이쾌대는 역사에서 재평가받을 만한 인물이라고 본다.

앞으로의 계획은?

작품 중심의 글을 쓰고 싶다. 예를 들면 '내가 만난 작품들' 이라든지 그림이 그려진 배경과 내용, 메시지, 기법, 사상 등을 추적하고 싶다. 이들은 물론 역사적 관점과 배경에서 추적될 것이다.

독자들에게 하고 싶은 말은?

가끔 그림 감상법에 대한 질문을 받는데 우선 좋은 미술이론 서적과 미술사 책을 읽으라고 권하고 싶다. 축구를 즐기려면 그 규칙을 알아야 하지 않는가. 또한 많은 작품을 대하는 것이 좋다.

— 《일요서울》, 1995년 5월 21일

7
명화 속에 신앙고백을 담았습니다

성경을 재미있게 읽는 흥미로운 방법, 명화를 통해 성경을 만나 보자.

역사학을 전공한 경희대 이석우 교수는 기독교 명화를 통해 하나님을 더 알게 되고, 신앙의 거장들을 만남으로써 그 자신도 신앙의 새로운 경험을 맛보았다. 명화 속의 성경 코드를 읽은 『명화로 만나는 성경은 새롭다』는 이석우 교수의 미술서이자 신앙고백서이다. 어두움에서 빛으로 인도함을 받은 그가 만난 하나님, 깨달은 교훈과 감동을 명화 설명 속에 자연스럽게 담아 놓았다.

"크리스천들의 신앙과 문화적 자존심을 회복하는 데 기여하기 위해 이 책을 만들었습니다. 이 책을 통해 명화 속에 나타난 하나님을 만나고, 하나님의 말씀을 깨달아 빛으로 인도함을 받는 삶을 살기를 바랍니다."

문화와 역사를 바꾸는 힘이 기독교에 있다고 믿는 이 교수는 성경 곳곳에 담겨진 진주 같은 가르침들을 명화 설명을 통해 전달하고 있다. 지금도 명화에 대한 열정으로 매일매일 집필 구상을 하는 것으로도 벅차오른다는 이석우 교수를 만나 명화에 담긴 그의 신앙 얘기들을 들어 봤다.

다음은 인터뷰 전문.

『명화로 만나는 성경은 새롭다』는 천지창조에서부터 최후 심판까지 구약과 신약을 아우르는 내용을 그림을 통해 설명해 놓았습니다. 이 책에 대한 설명을 부탁드립니다.

그동안 미술사에서는 헬레니즘적인 작품이 마치 서양미술사의 전체를 이룬 것처럼 지나친 강조를 해 왔었습니다. 그러나 사실 서양미술의 중요한 축 가운데 하나는 바로 기독교 미술입니다. 오히려 서양 미술사를 기독교 미술사라고 말할 수도 있는데 우리나라에서는 왠지 문화 쪽에서는 기독교 미술을 종교적 측면에서 접근해 중립성이 훼손된다고 해서 다루기를 꺼려하고 있습니다. 한편 교회에서는 우상숭배라는 위험한 부분들이 지적되어서 회화나 조각 등 미술에 대해 접근하는 것을 주저하고 단순히 필요할 때만 쓰는 전도의 도구라고만 여겼습니다.

그러나 기독교는 문화와 예술을 완전히 바꾸어 놓을 수 있는 힘을 가지고 있습니다. 르네상스 때를 보통 인본주의시대라고 하는데 사실은 르네상스 인본주의자들이 기독교를 부인하면서 인본주의를 내세운 게 아니라 당연히 하나님을 인정하면서 다만 인간에 대한 개념을 바꾼 것입니다. 중세 때는 하나님의 위대함에 비해 인간을 너무 초라하게 봤는데 르네상스 때는 인간이 하나님의 형상이라는 개념이 확고해짐으로써 하나님의 형상을 가진 인간들이 자기 능력을 극대화하는 것이 오히려 그분을 찬양하는 방식이라고 이해한 것이지요. 그래서 성경을 소재로 한 성화들 대부분은 르네상스 때부터 바로크 시대 때 급격하게 발전을 했습니다.

이 책은 문화와 역사를 바꿀 수 있는 위대한 힘을 가진 종교에 대해 소홀히 했다는 측면에서 기독교 명화에 대한 가치성을 높이고자 하는 의도가 담겨져 있습니다. 또한 인간에게 공통된 고민인 죄와 연약함이 시대를 넘어선 신앙이라는 공감대를 통해 공감된다는 것이 좋았습니다. 제 자신이 하나님의 가르침에 대해 고민하고 방황한 것, 삶의 고뇌 등을 그림을 통해 고백한 신앙고백이라고도 할 수 있습니다.

이 책에는 많은 화가들의 작품들이 소개되어 있습니다. 이 그림들은 주로 어떻게 수집하셨나요?

저는 역사를 전공하기는 했지만 어릴 적부터 화가의 꿈을 가지기도 할 만큼 미술과 인연을 맺어 왔습니다. 그 이후 서양역사를 공부하게 되었는데 공부를 하면 할수록 서양의 역사가 미술과 깊은 관련이 있다는 걸 알게 되었지요. 역사를 공부하게 되니 미술을 만나게 되었고 신앙적으로도 성숙할 수 있었습니다.

그 과정에서 위대한 작품들 중에 성경을 소재로 한 작품들이 많이 있다는 사실을 새롭게 알게 됐습니다. 역사 전공의 전문성과 어릴 적 가졌던 화가의 꿈, 신앙인으로서 위대한 작가들의 작품을 조명해 보고 싶은 생각들이 한데 합쳐져서 외국에 갈 때면 미술관도 여러 곳에 가고 자료 수집도 많이 했습니다. 해외에 나가거나 여행을 하게 되면 꼭 미술관과 박물관에 들러 그곳의 작품들을 만나 보곤 합니다. 유학시절에도 그런 습관은 있었지요. 주로 이렇게 직접 눈으로 본 것들이 자료의 주가 되고 있지요.

이 책은 단순한 미술책이라기보다는 위대한 작가들의 작품을 통해 그들의 고뇌와 대화를 통해 내가 하나님께로 나가는 통로가 되기도 한 것입니다.

기독교 미술하면 기독교적 형상, 소재 등에 대한 직설적 표현에 대해 일반인들이 부담감을 갖고 있습니다. 이에 반해 외국 명화를 보면 예수님의 생애를 잘 다루고 있는데 교수님이 생각하시는 기독교 미술의 기준은 어떠합니까?

많은 사람들이 기독교 미술이라고 하면 교회 건물, 성경, 인물, 십자가를 다룬, 단순한 소재주의적 접근을 하는데 이런 소재주의 접근으로는 기독교를 충분히 다루기 어렵습니다. 하나님께서 창조하신 세계를 마음을 열고 보면 모두가 위대하고 아름답습니다. 모든 사람들이 주변에서 느끼는 아름다움과 경건함, 경이로움 등이 성경에 다 있는데 그것들을 포함해 표현하는 것이 기독교 미술이라고 생각합니다.

교회 건물이나 십자가, 성경인물로만 소재를 제한해 범위를 축소한다면 비기독교인들의 공감을 얻기 어렵습니다. 비기독교인들의 기독교 미술에 대한 이해가 부족한 것은 일부 그들의 책임도 있지만 한편으로는 기독교의 책임도 있는 것입니다. 작품을 선별하면서 성경을 읽을 때마다 감동을 받았고, 성경 속에 담겨져 있는 진실함과 역동성을 발견할 수 있었습니다. 예를 들어 우리의 죄는 다만 숨겨져 있을 뿐이라는 교훈을 간음한 여인 사건을 통해 다룬 렘브란트Rembrandt의 〈간음한 여인〉처럼 인간의 본성을 드러내는 이만큼 감동적이고 역동적인 작품이 어디 있습니까?

예수님의 산상수훈, 베드로가 예수님을 부인하고 난 후의 인간으로 느끼는 절망과 부끄러움, 예수 자신의 시험, 고난 등 그 자체로서도 굉장한 힘을 가지고 있습니다. 이 내용을 작품으로 다룬 작가들이 거장이기 때문에 성경의 소재와 작가들의 작품성이 맞아떨어지고 있지요. 단순히 그림이 예쁘고, 기독교 소재에 머무르지 않고 그것을 넘어 작가도 작품도 품격을 갖추고 성경의 내용으로 봐도 어떠한 문학 표현도 넘을 수 없는 차원의 것을 선택했습니다. 이 책이 문화 불모지, 기독교와 예술 사이의 갈라져 있는 틈새에 다리를 놓아 주고, 일반 독자들에게도 접근할 수 있었던 것은 미술과 성경에 대한 접근 방법이 달랐기 때문이라 생각합니다.

이 책이 독자들에게 전달하고자 하는 저자의 메시지는 무엇인가요?

내 자신의 삶을 돌아볼 때 부끄럽고, 죄에 빠진 부분들이 많이 있었습니다. 그런데 그런 과정을 거치면서도 내가 어둠의 길로 가지 않고 빛이 비치는 길을 향해 가고 있다는 것이 얼마나 감사한 것인지 하는 내용을 담았습니다.

인생에는 결국 두 가지의 선택이 있습니다. 빛의 길로 갈 것인가 어둠의 길로 갈 것인가 하는 선택이지요. 그래서 이 책 첫 장에 '삶에는 결국 두 가지 선택의 길이 열려 있습니다. 빛의 길이냐 아니면 어두움의 길이냐이다.' 라고 썼습니다. 이것이 이 책의 중심 테제이고 나 자신의 신앙고백입니다.

목차도 빛과 어두움을 중심으로 파트가 나뉘어져 있습니다. 천지창조부터 시작해 예수님이 오신 신약시대, 예수님의 죽음을 통해 생명으로 이어지는 길, 예수님의 고난 등 어두움과 빛의 이야기를 담았습니다. 온전한 빛이 있는 곳에 이르기까지의 나의 젊은 시절의 고뇌와 신앙적인 방황, 그리고 아직도 해결하지 못한 것들을 명화를 통해 나타낸 것입니다.

앞으로도 책 집필 구상을 갖고 계신지요?

지금도 머릿속에 구상하고 있는 책이 10권이 넘습니다. 책을 쓸 자료를 계속 수집하고 있는 중이지요. 내 저술에는 두 가지 영역이 있는데 하나는 역사, 다른 하나는 미술입니다. 역사 분야는 앞으로 기독교사관을 중심으로 쓰고 싶고, 미술은 성경을 소재로 한 작품들을 끝없이 설명하고 밝히는 작업을 하고 싶습니다. 아주 많은 구상을 가지고 있습니다. 중세 미술, 비잔틴 미술도 엄청난 종교 미술인데 이와 관련해서도 글을 쓰고 싶습니다.

마지막으로 독자들이 가볍고 즐겁게 미술을 감상할 수 있는 방법을 소개해 주십시오.

저도 처음에는 그림만 많이 보면 그림을 보는 눈이 열릴 것이라고 생각했습니다. 그런데 그림만 많이 봐서는 미술을 이해하는 데 한계가 있다는 걸 알게 됐습니다. 두 가지를 병행해야 합니다.

우선은 미술에 관련된 책을 읽으면서 미술에 대한 지식을 갖추면 아는 만큼 작품이 보이게 됩니다. 스포츠를 즐기기 위해 기본적인 규칙과 묘미를 알아야 하듯 미술을 감상하는 것에 있어서도 기본적인 사항들을 알고 공부하면 미술 작품을 더 즐겁게 볼 수 있습니다.

또 한 가지는 많은 작품을 감상하는 게 중요합니다. "나는 미술을 잘 몰라, 미술에 취미가 없어." 이런 말은 자기도 모르게 자기도 알고 있고 소질이 있는데도 불구하고 자신이 미술에 재능이 없다고 스스로 제한을 두는 것입니다. 미술에 대한 선입견을 버리고 즐겁게 가벼운 마음으로 접근하는 것이 필요하지요.

— 《뉴스파워(newspower)》, 2005년 7월 20일

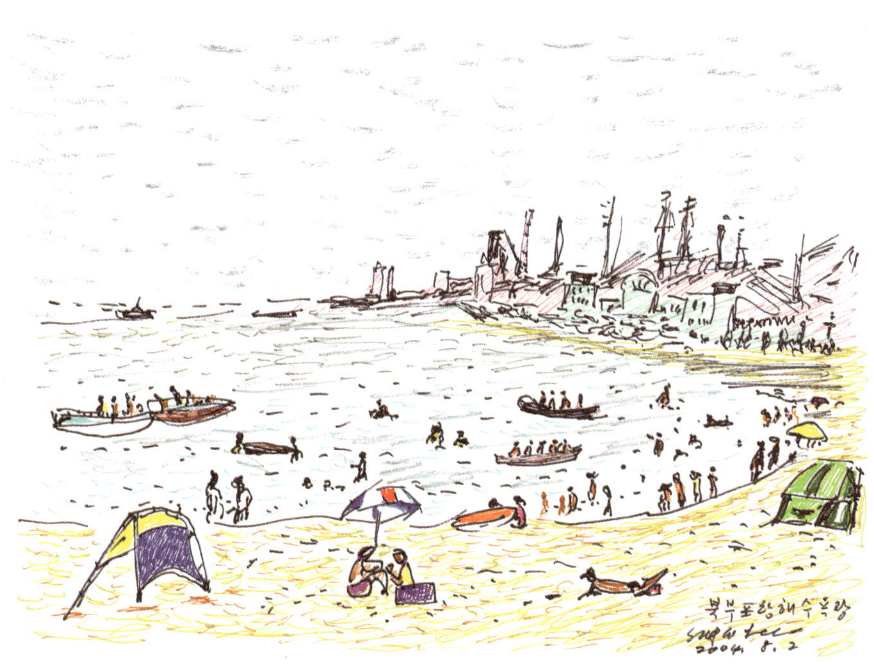

포항 해수욕장, 29×21cm, 2004.

8

역사학자지만 예전엔 화가지망생

역사학자가 그림 이야기를 하면 눈총 받던 때가 있었다. 타 장르의 범접을 막는 학문 분야 간 장벽이 도를 넘어서던 시절이었다. 법학자가 화가를 말하고, 과학자가 소설을 쓰는 퓨전 시대. 역사학자가 그림을 논한다 한들 시비 걸 사람이 있겠느냐 싶다. 하지만 『그림, 역사가 쓴 자서전』^{시공사}을 내는 이석우 교수는 내심 긴장한 표정이다.

"동료 교수들에게 책을 보내면서 쓸데없는 짓 한다고 흉볼까봐 걱정스럽더군요. 근데 세월이 많이 변한 모양입니다. 전공 분야나 열심히 하라는 식의 배타적인 시선은 거의 없습니다. 새롭다는 긍정적인 반응도 있었고요."

단순히 취미 생활의 결과물이었다면 긴장은 좀 덜했을 터. 책은 부제 '역사학자 이석우의 명화 속 역사 찾기'가 뜻하듯 역사와 그림을 적극적으로 결합시켰다. 쿠엔틴 마시^{1465/6~1530}의 〈환전업자와 그의 아내〉에서 신대륙 발견 후 북부유럽 무역항의 번창한 모습을, 조토 디 본도네^{1266~1336}의 〈유다의 입맞춤〉에선 중세와 르네상스가 교차하는 과도기를 읽는 식이다. 그림을 통해 화가가 살았던 시대상과 역사적 사건 등을 파악하는 방식으로 거대담론 대신 문화사나 예술사, 생활사 같은 미시사에 관심을 기울이는 요즘 역사학계의 흐름과도 맞물린다.

"낭만주의 시대에는 역사에 관심이 많았기 때문에 역사화가 많이 탄생했습니다. 역사가 그림의 중요한 소재였던 셈이죠. 반면 인상파가 역사를 직접 그린 예는 드뭅니다. 하지만 미술작품은 문화 풍토 안에서 자란 나무 같습니다. 그림이 사건을 직접 묘사하면 묘사한 대로 당대를 거부하면 거부한 대로 그림 속엔 시대의 특성이 드러납니다."

열성 미술반원이자 화가지망생이었던 이 교수는 "어찌어찌 역사에 빠져 여기까지 왔다."며 "이제와 돌아보니 좋아하는 두 가지그림과 역사가 닮은꼴이어서 다행"이라고 말한다. 역사가 사라진 과거의 망각과 상실에 대항하는 것이라면, 미술 역시 순간으로 사라질 아름다움을 화면에 잡아두는 반反시간적인 것이라고.

이 교수는 "첫 미술책에서 그림을 통해 시대상을 들여다본 소극적인 방식을 썼다."고 자평한 뒤 "다음번에는 전공인 서양사와 그림을 한데 녹여 내 아예 하나의 역사로 구성해 내는 본격적인 미술 역사서를 내고 싶다."고 밝혔다. 『그림, 역사가 쓴 자서전』은 지난해 본보 미술면에 연재된 칼럼 '이석우의 역사가 있는 미술'을 토대로 자전적 이야기 '나의 작은 역사 스케치북' 등 원고를 추가해 최근 출판됐다.

— 《국민일보》, 2002년 7월 19일

9

뜻밖의 영예······ '학문의 대사' 소임 다할 터

"**개인의 영예라기보다는** 한국 학계의 성장을 인정한 것으로 받아들여 앞으로 영국과 학술 교류를 확대하는 데 작은 교량 역할이나마 하겠습니다."

최근 영국 왕립역사학회로부터 한국 사학자로는 처음으로 해외펠로우로 선정된 이석우 경희대 교수. 지난해 해외국비파견 연구교수로 선발돼 현재 옥스퍼드대 그린칼리지에서 객원교수로 연구 활동 중인 그는 해외펠로우로 선정된 소감을 담담하게 말했다.

"왕립역사학회는 영국 내 모든 역사학회의 통합적 성격을 갖는 최고 권위를 자랑하는 학회로, 나를 해외펠로우로 선정한 것은 우리나라와의 학술교류에 대한 관심표명으로 받아들여지지만 정말이지 뜻밖입니다."

왕립역사학회는 지난 1868년 창립돼 백28년의 역사를 갖고 있는 학술단체, 중세사학회, 근대사학회, 근동사학회 등 개별분야의 각종 사학회들이 이 학회에 소속돼 있으며 현재 영국 내 회원은 천여 명, 해외펠로우는 48명이다.

해외펠로우는 해외의 저명사학자 가운데에서 자체 추천과 심사를 거쳐 선정된다. 지금까지 동양에서는 인도 2명, 중국, 일본 각 1명뿐이었다. 회원 중에는 『영웅론』을 저술한 토머스 칼라일, 중세사 대가인 노먼 칸터, 케임브리지대 교수인 로드 액턴 등 쟁쟁한 석학들이 포함돼 있다.

　　해외펠로우를 '학문의 대사大使'라고 설명하는 이 교수는 "학회 상호간 학술교류는 물론이고 간행물교류 등을 통해 양국 간의 학문적 이해를 높이는 것이 기본 임무라고 생각한다."고 말했다. 또한 "국가 간의 진정한 신뢰관계는 문화와 학술교류를 통해 이뤄지는 것"을 강조했다.

— 《동아일보》, 1996년 2월 2일

10
인물 인터뷰

"**사학**史學**은 비록** 과거의 일을 대상으로 하는 것이지만 현재의 눈으로 과거를 분석하기 때문에 가장 현재적인 학문입니다. 미래의 출발점이 지금이며 과거의 축적 역시 '지금'에 닿아 있는 것이기 때문에 결코 역사공부를 소홀히 해서는 안 됩니다."

영국 왕립역사학회 해외펠로우로 한국인으로서 처음 피선된 경희대학교 문리대 사학과 이석우 교수는 "어떤 사건이나 현상을 가장 빠른 시간 내에 정확하게 이해를 하려면 먼저 역사적 접근을 시도해야 할 것"이라고 말했다.

영국에는 언제 오셨으며, 그동안 어떻게 지냈는지요?

작년 이맘때 왔으니 만 일년되었습니다. 며칠 안 있으면 귀국합니다. 옥스퍼드 대학교 그린 칼리지에서 객원교수로 있으면서 대학사大學史에 관한 연구를 집중적으로 하고 있습니다. 당초 예정한 분량만큼은 못하였지만 이곳 분위기가 좋고 여러 자료 수집이 가능해 상당한 성과를 올리고 있습니다.

'역사적 접근'이라는 단어를 사용했는데 구체적으로 설명해 주십시오.

예를 들어, 사람을 처음 만났을 때 외모나 옷차림으로 그 사람을 판단하기는 상당히 어렵기도 하거니와 자칫 편견에 치우쳐 판단을 그르치기가 쉽습니다. '역사적 접근 방법'으로 그 사람이 어떻게 자라났는가, 어느 학교를 다녔으며 전공은 무엇이며 그리고 경력은 어떠한가를 살펴보면 그 사람에 대한 이해와 평가에 큰 도움이 됩니다.

즉 영국에 대한 전반적인 이해를 하려면 지금 벌어지는 일들의 과거, 즉 역사를 통해 관찰하면 보다 정확한 현상 파악이 가능하다는 것입니다.

영국 왕립역사학회는 어떤 곳인지요?

수백 년의 전통을 지닌 학회로 영국인 사학자를 비롯해 세계 각국의 저명 사학자들이 회원으로 되어 있습니다. 저 개인으로서도 이번 회원 가입이 영광스러운 일이기는 하지만 우리나라의 국력신장이 인정받았다는 데 더 큰 뜻이 있겠습니다. 현재 해외펠로우는 전 세계에 48명이 있는데 아시아 지역에서는 인도인 2명과 중국, 일본인 각 1명이 있으며 한국인으로서는 제가 이번에 처음입니다.

회원이 되었다는 의미를 어떻게 보시는지요?

학문적 교류를 연결할 공식 채널이 생겼다는 데 큰 의의가 있겠습니다. 혼자서 학문 연구를 계속한다는 것은 한계가 있을 뿐 아니라 상당히 힘든 일입니다. 즉 경제분야뿐 아니라 학문분야에서도 학술교류 증진을 위한 학자교류, 자료공유 등을 통한 세계화가 필수적입니다.

한국 대학과 영국 대학의 사학과는 어떤 차이가 있는지요?

옥스퍼드 대학교만 하더라도 각 단과대학에 흩어져 있기는 하지만 사학전공 학부 학생만 900명에 교수 인원이 100여 명입니다. 즉 '역사'에 대한 높은 인식을 단적으로 보여 주고 있습니다.

한국에서는 사학을 공부하는 학생 중에 졸업 후 취업 환경이 좋다고 말하기는 어렵습니다. 그러나 영국은 사학과 입학성적 수준이 아주 높을뿐더러 취업시에도 사학전공자가 우선이라는 것입니다.

영국에 있는 동안 크게 느낀 점이 있다면?

'전통과 변화의 균형유지'에 탁월한 감각과 역량의 영국인의 모습을 여러 곳에서 직접 보고 있다는 점입니다. 국가정책 수립 등의 일을 처리할 때 장기적 안목에서 결정하고 또 그 결정에 이르기까지 많은 시간을 가지고 토론과 여론 수렴을 거쳐 변화를 시도한다는 것입니다.

한인사회에 대해서도 한말씀 해 주시죠.

영국의 한인사회는 각 분야에서 어느 정도 선별되고 뛰어난 분들이 많습니다. 즉 전반적인 수준이 그 어느 나라보다 높다고 확신합니다. 영국인들이 한인들을 대하는 태도만 보아도 우리나라의 발전수준이 점차 제대로 인식되고 있다고 봅니다.

그러나 최근 극히 일부의 한인들이 영국 땅에서 여러 분들이 쌓아 가고 있는 좋은 점들을 깨뜨리고 있는 점은 대단히 안타깝습니다. 명성을 얻기는 극히 어려워도 불명예를 안기는 쉽다는 점을 명심해 한인 각자가 맡은 분야에서 보다 사려 깊은 행동을 해 주셨으면 하는 바람입니다.

— 런던 《코리안 위클리》, 1996년 2월 15일

11
전인교육 지향 '완전' 꿈꾼다

전인교육全人敎育**을 지향하는** 미국 중부의 명문.

일리노이 대학교University of Illinois at Urbana-Champaign는 최고의 도서관, 진보적 연구 활동, 문화예술 지향, 다양한 여가 생활 등을 통해 '완전한 대학'을 꿈꾼다. 일리노이 대학교는 미시간 호반湖畔에 자리한 미국 제2의 도시 시카고에서 남쪽으로 약 2백17km 떨어진 교육도시 샴페인Champaign 시와 얼바나Urbana 시에 본本 캠퍼스를 두고 있다. 시카고엔 의과대학과 부속병원, 분교가 자리한다.

1867년에 설립된 이 대학교는 8개 단과대학에 총학생수가 3만 5천여 명을 헤아리고 교수진도 만 천여 명이나 된다. 학생 대 교수의 비율은 3.2대 1로서 전 미국대학교 가운데 1, 2위를 다툴 정도.

입학은 고교성적이 전교에서 상위 10% 이내에 들어야 하며 대학원에 입학하려면 대학교 성적이 평균 B학점 이상이어야만 가능하다. 유학생은 내국인보다 높은 성적이 요구된다.

지난 68년부터 72년까지 미국에서 역사학 학·석사과정을 마친 이석우 교수는 일리노이 대학의 학풍을 "진보적인 학문을 추구하지만 교육과정은 무척이나 엄격합니다."라고 소개한다.

수업은 대부분 세미나식으로 진행한다. 발제를 맡은 학생은 일주일 전에 내용을 미리 요약해서 교수 연구실에 제출하며 나머지 학생들은 수업 전에 이를 읽고 토론에 따른 사전준비를 갖춘다. 과목당 한 학기에 최소 7~8권 이상의 책을 읽어야 수업내용을 따라갈 수 있다고.

대학 측은 학생들을 위해 학생회관 내에 24시간 개방하는 도서열람실을 운영하기도 한다.

"아침이면 밤을 새운 학생들이 먹다 버린 종이 커피 잔이 카펫 위에 눈송이처럼 뒤덮입니다." 이 교수는 아침마다 학문에 대한 강한 열기를 느낄 수 있었다고 말한다.

시험은 중간, 기말고사뿐 아니라 수시로 퀴즈시험을 치른다.

성적평가는 시험 결과 외에도 출석상황, 리포트, 구두시험 등을 종합해서 내려진다. 특히 시험답안지는 항상 공개함으로써 결과에 대해 학생들이 가질지도 모르는 의구심을 없앤다.

학생들은 주말이면 삼삼오오 '주말그룹'을 만들어 여행을 하거나 교정의 잔디밭 등지에서 록밴드를 결성해 젊음을 맘껏 발산한다. 강의실을 이동할 때 이용하는 학생들의 자전거 행렬도 일리노이가 젊은 분위기임을 알려 준다.

외국유학생이 많은 일리노이 대학은 기숙사 시설이 뛰어나다. 특히 부부를 위한 기숙사가 마련되어 기혼자들을 모두 수용한다.

일리노이 대학의 큰 자랑은 도서관. 전 미국의 도서관 중에서 3번째 규모로 5백만 권의 장서를 자랑한다. 그외에도 55만 권의 팸플릿, 38만 종의 지도와 항공사진, 33만 장의 악보, 2만 6천 종의 신문과 잡지들이 다양하게 구비되어 학문을 위한 대학임을 증명해 준다.

일리노이 대학에서 뛰어난 연구 분야로 인정받는 것은 엔지니어링, 교육학, 농학, 법학, 도서관, 역사학, 순수 과학 등. 전 미국 대학 랭킹에서 대부분의 학과들이 10위권을 넘지 않는다.

일리노이 대학에는 또 굴지의 화학 실험연구소 '로저·애덤스·랩', 교육용음악·연극공연장 '뮤직·퍼포먼스센터'와 미국 최고最古의 농업시험장이 있다.

일리노이 출신으로는 두 번이나 노벨상을 수상한 물리학자 존·바딤, 나일론 발명가

카로터즈 교수 등이 유명하다.

　일리노이 대학교 한국동문회는 지난 82년 결성되었다. 박기혁 교수^{연세대}를 비롯 이주천 교수^{과학기술원}, 박성용 회장^{금호그룹}, 조석래 회장^{효성그룹}, 육완순 교수^{이화여대} 등 현재 백여 명의 동문들이 각계에서 활동하고 있다.

— 《일간스포츠》, 1990년 9월 12일

12

지성과 감사가 몸에 밴 기독인 교수

경희대학교 교수연구동 옥상에서 오른쪽을 바라보면 하얀 화강암의 대강당이 고딕양식으로 웅장하게 지어져 가고 있다. 거의 외관은 완성됐다.

이 교수의 첫 마디 "전 이 강당을 교회라고 생각하고 올라와 기도할 때가 가장 행복합니다. 거기에서 무한한 감사와 힘을 느낍니다."라고 말했다.

경희대 언론정보대학원 이석우 원장^{분당샘물교회}은 이미 사학자로 잘 알려진 기독교 교수다.

온화한 성품에 지식과 영감을 겸비하고, 삶으로 제자들에게 그리스도의 사랑을 전하는 이석우 교수.

그러나 이 교수는 겸손하다. "지식은 남의 흉내만 냈습니다. 정말 제자들에게 영향을 끼친 교수였는가를 뒤돌아볼 때면 부끄러울 뿐입니다."

경희대를 다니던 대학시절 이원설 박사^{전 경희대 부총장}의 권유로 성경공부를 하면서 신앙에 눈을 떴고, 유학시절 세례를 받았다는 이석우 교수는 "지금까지의 삶을 돌아볼 때 하나님께서 인도해 주셨다고 확신한다."고 말했다.

"나 같은 사람이 예수를 믿게 된 것은 하나님의 은혜가 아니면 설명할 수 없습니다."

이어 도스토예프스키는 일찍이 "신神이 없다면 인간이 신이어야 한다. 그러므로 신은 반드시 존재해야만 한다고 말한 바 있다."며 신앙고백을 대신했다.

"하나님이 창조하신 이 세상의 모든 것이 다 신비스럽습니다. 인간의 신체구조, 심성, 풀잎, 나무 하나까지, 아니 씨앗 하나에도 수천 년, 수만 년의 세월을 이기며 생명력을 유지해 가는 것을 어떻게 단순히 과학으로 설명할 수 있겠느냐."로 되물었다.

"근대 이후 합리주의가 세상을 좁혀 놓고 말았습니다. 이성으로만 모든 세상을 다 볼 수 있습니까. 그렇다면 감성의 세계와 신비스런 종교의 세계는 어떻게 할 것입니까. 영적인 시각으로 볼 때 합리주의는 하나의 가설에 불과합니다." 이석우 교수의 말은 힘이 있었다.

이 교수는 한국사회가 그래도 이 정도라도 된 것은 교회의 역할이 중요했다고 말한다. 그러나 시대가 달라지면 교회의 대응방법도 달라져야 한다고 강조했다.

"개교회주의를 지양하고 물량주의, 기복적 신앙을 배제해야 합니다. 맹목적인 외형 꾸미기에 믿음을 빼앗겨서는 안 되지요."

한편 그는 청년의 중요성을 거듭 강조한다. "미래의 주역인 청년들에게 과감하게 투자해야 합니다. 진정한 투자는 교회에만 가둬 놓고 청년들을 조건화하는 것이 아닙니다. 한국 교회 청년들은 교회란 어항 속에 갇혀 있는 느낌이 듭니다. 세상에 나가 세상을 변화시켜야 하지 않습니까."

기복주의와 관련해서는 복을 구하는 것 자체가 기복주의가 아니라 그 내용이 문제라고 설명했다.

분당샘물교회에서 청년사역위청년·대학부 위원장으로 활동하고 있는 이석우 교수는 거듭 이 부분을 강조한다.

한편 이 교수는 근본적인 부분을 지적한다. "기독교에도 어느 결에 자본주의적 패러다임이 무의식적으로 배어 들고 있다."며 하나님의 원리에 충실한 교회, 근본으로 돌아가는 교회를 역설했다. "하나님의 원리는 편리한 것, 큰 것, 많은 것과 반대되는 부분도 많습니다. 팔복만 봐도 그렇지 않습니까."

"세상이 교회를 닮아 가야 합니다. 그런데 요즘 가만히 보면 교회가 세상을 닮으려 하는 것이 너무 많습니다."

부흥도 좋지만 질을 갖춘 부흥, 성경적인 부흥이 필요하다는 지론이다. "교회는 무엇을 위해 부흥하려 하는가를 먼저 설정해야 합니다."

영국에서 학자생활을 한 이 교수는 외국과 비교해 볼 때 우리 사회는 너무 사치와 낭비가 심하다고 안타까워했다.

연구하다 시간이 허락하면 그림도 짬짬이 그린다는 이 교수는 소년시절 화가를 꿈꿨다.

"미술관도 다니고 미술관련 서적도 읽고 스케치도 합니다." 미술에세이 『역사의 들길에서 내가 만난 화가들』 등 다수의 미술관련 서적도 집필했다.

요즘 이 교수는 '너의 몫이 뭐냐.' 는 자성적 자기 회오에 빠지곤 한다.

"세상에서 나의 소명에 대해 생각하게 됩니다. 자신을 돌아보고 하나님 앞에선 자기가 무엇인지 자성할 때가 많습니다."라고 덧붙였다.

이석우 교수는 현재 경희대 사학과 교수와 언론정보대학원 원장으로 재직 중이며 서양사를 전공한 문학박사이다. 경희대, 미 애드리안 대학, 일리노이 대학 대학원에서 공부했다. 전 총신대 교수를 역임했으며, 옥스퍼드 대학 사학과 객원 교수, 영국 왕립역사학회 해외펠로우, 옥스퍼드 대학 중세사학회 회원이며 미술평론가협회 회원이기도 하다. 저서로는 『아우구스티누스』, 『대학의 역사』, 『세계의 역사와 문화』, 『기독교사관과 역사이해』, 『예술혼을 사르다 간 사람들』, 『역사의 들길에서 내가 만난 화가들』, 『명화로 만나는 성경은 새롭다』 등의 저서와 다수의 역서 및 논문이 있다.

— 《교회연합신문》, 신앙으로의 초대, 1999년 7월 4일

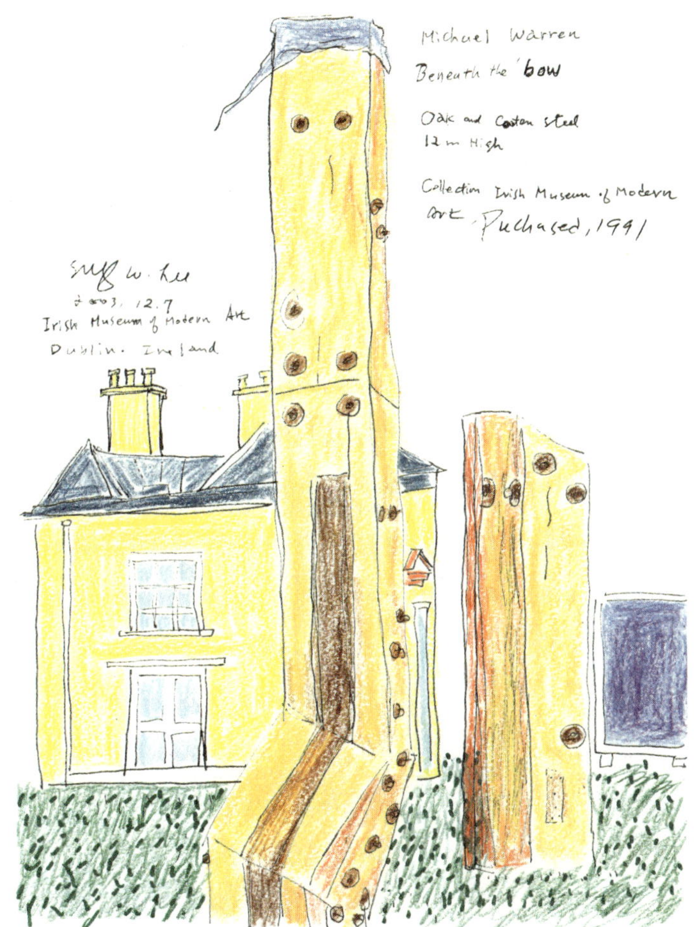

Irish Museum of Modern Art., 25×35cm, 2003.

2부

시간의 흔적, 순간의 미감^{美感}

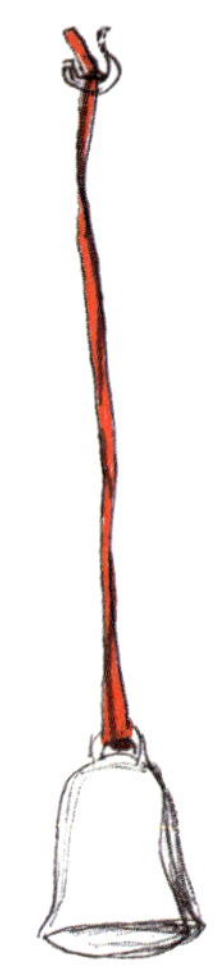
천장에 걸려있는
2001. 2. 6   - Auggen에서 - 밤의 정적

나의 그림 말하기

그림을 그리는 근원적 동기는 무엇일까? 그림을 그리는 행위는 인간들의 행위들 중에 제일 먼저 시작된 부분이 아니었을까 하는 생각이 든다. 라스코 벽화 이전에도 바위와 나무판, 흙위에 어떤 형태의 흔적들을 그렸을 것이다. 어린아이들이 자라면서 놀이하듯이 즐겁게 그리는 것을 보면 이런 생각을 하게 된다. 세상의 어디에서도 낙서나 그림 같은 것을 발견하기란 어렵지 않다. 그래서 나는 그리는 행위란 거의 본능적인 것이 아닌가 하는 생각까지 하게 된다.

"미술Art이라는 것은 사실상 존재하지 않는다. 다만 미술가들이 있을 뿐이다."라는 곰브리치의 말도 같은 맥락에서 이해하고 싶다. 세상의 만들어진 모든 것들은 최상의 상태로 창조되어 있다고 본다. 우선 사물들이 색色들을 가지고 있다는 것만 해도 얼마나 대견하고 다행스러운 것인가? 그것도 일정한 색이 고정되어 있는 것이 아니고 바다나 하늘의 색들에서 보여지듯이 시시때때로 변한다. 반대로 세상의 색들이 한 가지 색이거나 두세 가지의 색들로만 단순 통일되어 버린다면 얼마나 무미건조하고 삭막한 곳이 될 것인가?

길가의 풀섶을 잠시 눈여겨봐도 곱고 찬란하게 피어 있는 들꽃, 그 밑을 지나가는 곤충, 벌레들의 완벽한 디자인 형태에 경이를 느끼게 된다. 바다 속의 그 수많은 물고기 모양, 하늘을 나는 예쁘고 당찬 새들, 들판을 달리는 셀 수 없이 많은 사슴, 말, 기린, 얼룩말 등 그들은 성격과 기능에 맞추어 그토록 완벽한 형태로 존재하고 있음에 놀라지 않을 수 없다.

본인은 감히 이 세상을 경이로운 아름다움으로 가득 차 있다고 말하고 싶다. 물론 삶 속에서 만나는 고통과 악과 추함과 재난과 절망이 없다는 얘기가 아니다. 그러나 그것은 인간 중심으로 파악하기 때문이다. 추함과 아름다움도 사실 우리들의 고정관념의 산물인지도 모른다. 있는 그대로 존재함 그대로라면 모두 아름다운 것이고 적어도 전체의 질서에서 보면 아름다움에 서로 협력하고 있는 것은 아닌지? 그래서 피카소가 말한 것처럼, 아름다움은 찾아 나서야 만나는 대상이 아니고 주변 어디에나 있는 것을 발견하면 되는 것이다. 이러한 나의 생각은 내가 쓴 '아름다움과 추함은 공존한다' 라는 글 속에 이미 드러나 있지 않은가 싶다.

삶 속에서, 길거리에서, 문화 역사 답사길에서, 박물관의 유물들에서, 찬란히 빛나는 아침 햇살을 듬뿍 받고 있는 신록의 나무들에게서 우리는 경이의 아름다움을 수없이 만나게 된다. 그 숨찬 경이로움들을, 그토록 아름다운 것들을 어떻게 그냥 지나칠 수 있다는 말인가. 그것은 순간의 미감이지만 순간만이 거의 완전한 진실일지 모른다.

여기 실린 낙서 그림들은 그같은 느낌들의 흔적들이다. 이 말은 이것들을 잘 그렸다는 얘기가 물론 아니다. 기법이나 표현력에 있어서 턱없이 모자라고 미치지 못한다. 차라리 부끄럽고 또 미술가들에게 더욱 미안하다. 잘 모르거나 자신이 없는 부분은 손대지 못했으며 여러 면에서 너무도 미숙하다.

누군가 자유로워지려고 그린다고 했다. 나는 작가적인 부담을 안고 있지 않다는 점에서 좀 더 자유롭다는 것 외에 다른 내세울 것은 없다. 그러나 그 점에서조차 자유롭지 못하고 치기가 배어 있는 것 또한 부끄럽다. 내가 무엇을 이루어서 보여 주는 것이 아니라 다만, 허물을 벗어 버리고 싶어서이다.

내 그림은 내 삶의 흔적일 뿐이다. 어느 곳을 가나 손에 잡히는 스케치북 같은 것을 옆에 두었던 것 같다. 그렇지 않을 때도 메모지에나, 종이 조각 등 무엇이나 상관하지 않고 그리고 싶을 때 그렸다. 그리기는 시간상의 제한과 자료의 한계 속에서 행해졌다. 차분히 캔버스 앞에 앉아 대상을 놓고 물감을 준비하고 그린 것이 아니다. 그런 상황이 아니었다는 점에서 가히 순간의 낙서들이다.

오일이나 아크릴까지는 엄두도 내기 어려웠고 오일파스텔 색연필, 워터컬러연필, 심지어 수성펜까지도 상관하지 않고 손에 잡히는 대로 그렸다. 여행 중이나 미술관 탐방지에서의 낙서그림 하기는 준수(?)한 편이고 때론 교통체증에 있는 중에 차가 움직이기 전까지 운전대를 붙잡고 그리는 행위를 하기도 했다.

예술은 순응이기도 하지만 자기 저항적 요인을 안고 있는 것 또한 사실이다. 어쩌면 여기 그림들은 자기로 직진, 진입하기를 머뭇거리는 자기분열(?) 덕분에 태어날 수 있었는지도 모른다. 인간은 때론 할 수 없는 일, 갈 수 없는 것을 꿈꾼다. 하지만 무엇인가 표출하고자 하는 인간의 영혼은 갸륵한 것이 아닐까. 기교도 아니고 마음의 빚어짐도 아니라면 차라리 도달할 수 없는 것에 대한 향수라고나 할까. 그리는 행위가 좋아서 그렸지만, 그리고 있노라면 그 과정에서 즐거움이 있는 것을 감지할 수 있었던 것은 그나마 다행이다.

언젠가 남긴 메모지에 보니 이렇게 쓰여 있었다.

읽고, 쓰고, 그리고 싶다. 이 세 가지 형태가 내 삶의 집약된 몸짓이었으면 한다.

본인은 세계 어느 곳을 가든지 형편이 되면 미술관이나 박물관에 들르는 일을 게을리 하시 않았다. 그늘 삭삭의 지역 문화와 풍토, 역사가 다르기 때분에 각기 다른 특성의 조각, 도자기, 회화, 문화유산을 만나게 된다. 이들을 볼 때마다 두 가지 의문을 갖게 된다.

회화는 그 많은 문화, 풍토, 사람들의 차이에도 불구하고 그들이 갖는 공통의 미감을 갖고 있는데 그것은 어디에서 유래하는가이다. 다른 하나는 장인들로 하여금 저토록 아름다운 작품들을 만들어 내도록 한 궁극적인 동인은 무엇인가 하는 의문이다. 작가 장인들의 경우 내면에서 불꽃처럼 타오르는 탐미주의적 열정이 그들로 하여금 미의 완성을 향한 지속적인 노력을 경주하게 했으리라는 짐작이다. 인간의 내면에는 멈출 수 없는 미적 추구심이 있다는 얘기가 된다.

이에 대한 의문은 결국 하나로 통합되는 느낌을 갖는다.

미의 창조력이나 미감은 여러 곳에서 시작되거나 연원했다기보다도 한 곳에서 시작되었을 것이라는 생각 말이다. 그래서인지 일찍이 플라톤은 이데아론을 주장했고, 플로티아누스는 일자一者, Oneness를 말했으며, 기독교는 창조자를 미의 근원으로 밝히고자 했던 것 같다. 플라톤에게 이 세상의 사물들은 이데아Idea의 반영이며, 플로티아누스Plotinus에게 모든 사물은 일자로부터 유출 형성된 것으로 보였다. 그래서인지 몬드리안 같은 화가 또한 그림의 근원을 찾아 사물의 형태 묘사를 배제하고 선과 면으로 된 그림을 그리는 절대주의를 지향했던 것으로 보인다.

나는 미美의 근원을 창조자 작업에게서 구하고 싶다. 이 세상의 피조물들이 그 전체로 완벽한 형태를 지니고 질서와 균형, 조화를 잘 이루고 있는 것을 보면 그것들이 미적 근원에서 철저히 기획되어 창조되었다고밖에 볼 수 없다. 한 잎의 떨어지는 낙엽 속에 피어오르는 파릇한 생명애, 그리고 저물어 가는 붉은 석양은 하나같이 아름다움의 극치이다. 시들은 장미에서도 메마른 검은 겨울의 앙상한 가지만 남은 고추밭에도, 섬뜩한 곤충들에게조차 미감을 느끼게 하는 것은 그 때문이 아닐까.

피조물의 모든 부분every part은 전체적인 것the whole과 통합되도록 속성 지어져 있다. 그것은 자신의 불완전성으로부터 도피하기 위해서이다.

— 레오나르도 다빈치

좀 무거운 이야기들을 하지 않았나 싶다. 나의 미관을 밝히는 것이 도리일 것 같아 말이 좀 길어졌다. 지난해 썼던 인사 소회의 일부를 여기에 옮겨 적음으로 글을 마감하려 한다.

세상의 모순과 고통, 불안, 폭력들이 가슴을 아프게 한다. 하지만 이것 또한 완벽하게 창조된 우주질서의 불가피한 부분이 아닐까 하는 생각이 든다. 인간에게 어느 정도의 결정 영역이 주어지기 위해서는 자유의지가 필요하지만, 그것은 자유이자 또한 제한인 것 같다. 지나치거나 부족하면 균형이 깨지는 일이 일어난다. 밝은 곳이 있기에 그늘이 따르게 된 것이라면 지금까지 부정적으로 보았던 것도 긍정적으로 맞아들이는 지혜의 연습에 익숙해졌으면 한다.

지난날을 돌아보면 후회스러움도 많지만 그곳에 너무 오래 머무르지 말라고 자신에게 말해 본다. 사람은 생각하는 존재이지만 느낌의 존재이기도 하지 않은가.

읽고, 쓰고, 그리고 싶다.
이 세가지 형태가 내 삶의 집약된 형태였으면 한다.

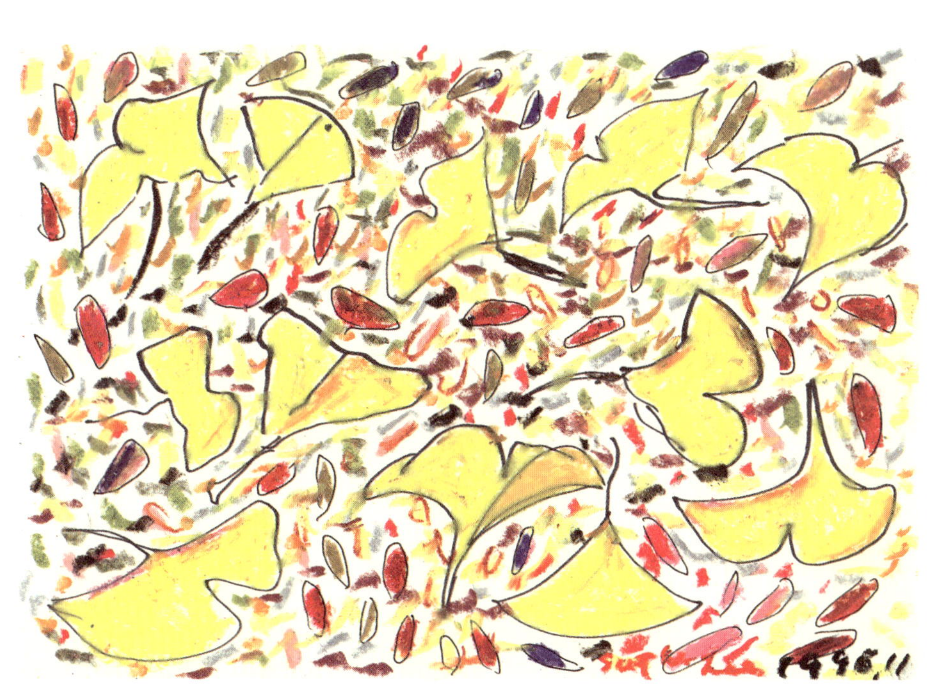

가을의 향연, 29×21cm, 1996.

그림은 때로 자기도 예측치 못했던 결과를 낳는다.
형태, 색 그리고 형과 색, 선이 한자리에 어우러져
전체의 분위기를 낳는 데 있어서……
예상은 하지만 결과는 모른다.

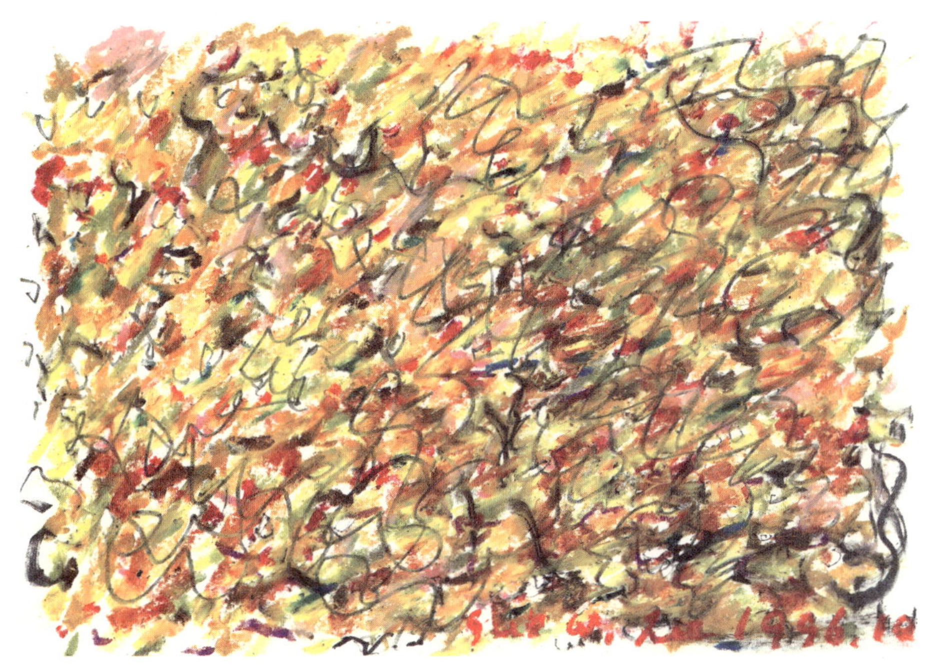

산길에서 만난 황홀함, 29×21cm, 1996.

나무에게 가을은 변신의 세월이었다.

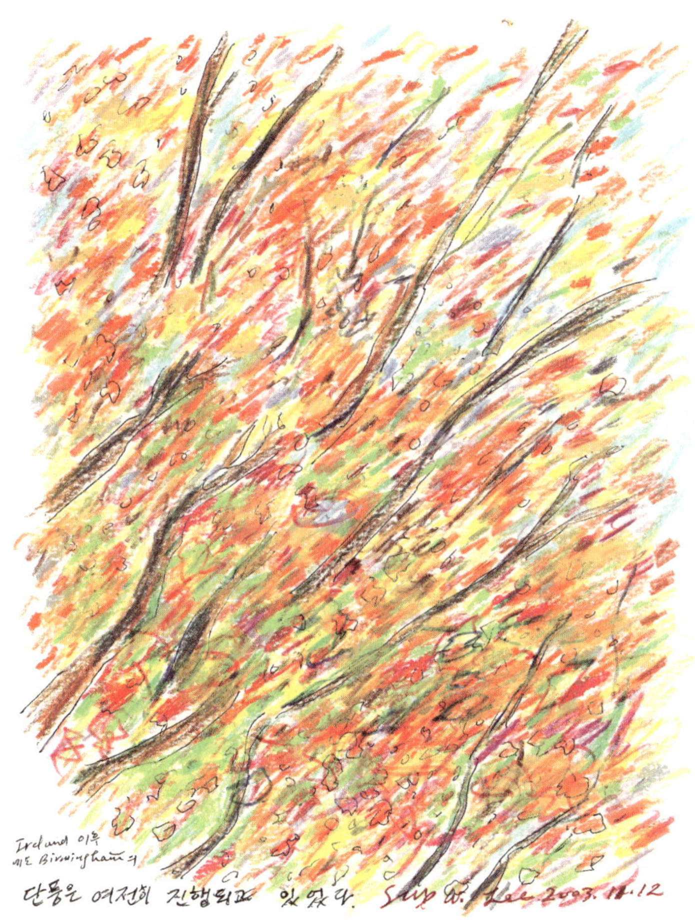

단풍은 여전히 진행되고 있었다, 22×30cm, 2003.

나뭇가지는 연결되지 않고는 뻗지 않는다.

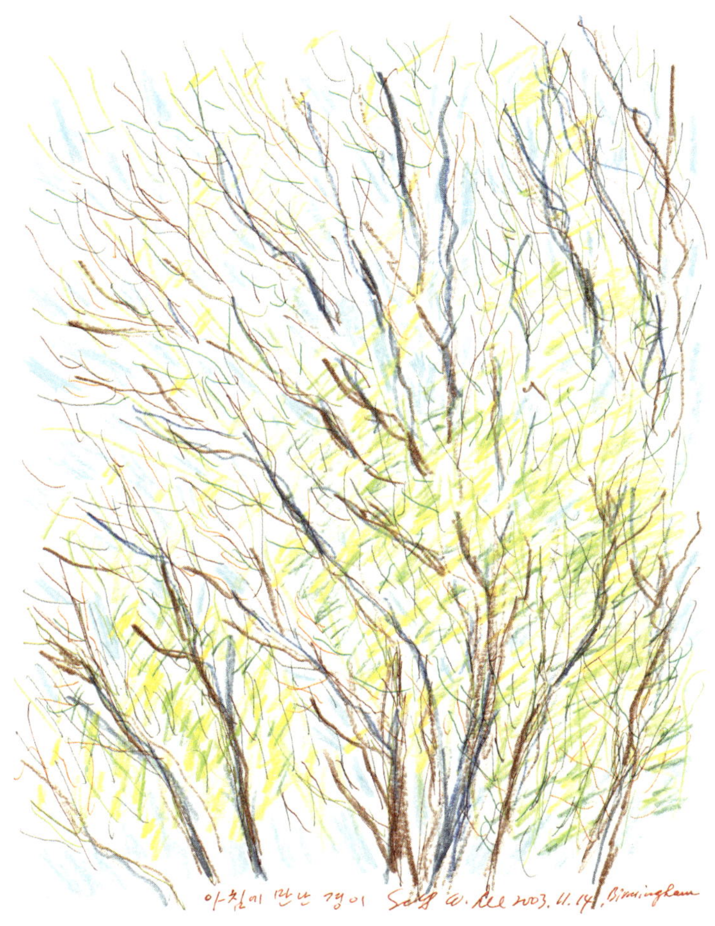

아침에 만난 경이로움, 22×30cm, 2003.

나는 숲에 들어오면 섬이 된다.

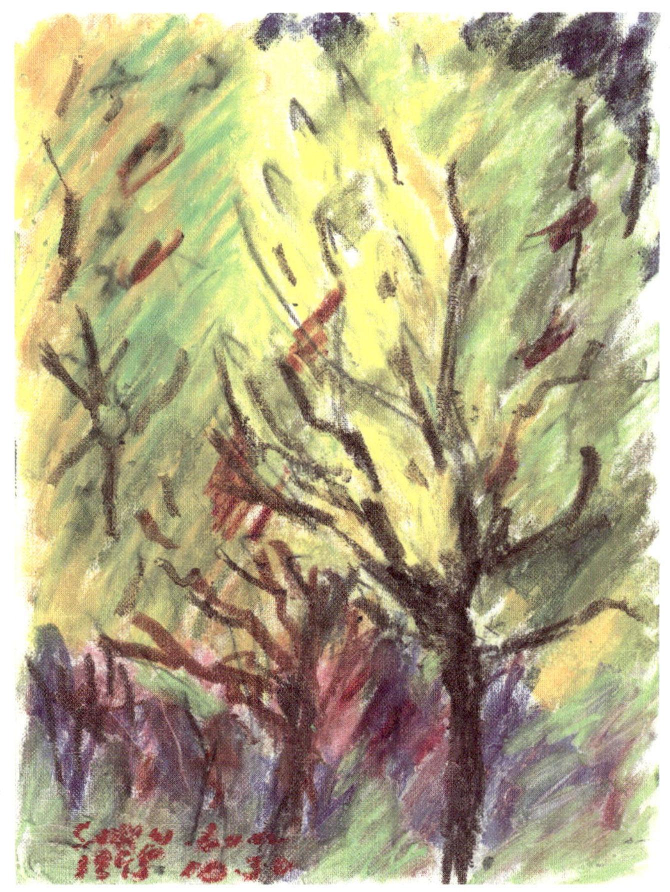

Oxford의 가을, 21×29cm, 1995.

여기 서 있는 그 자리에서, 나무처럼.

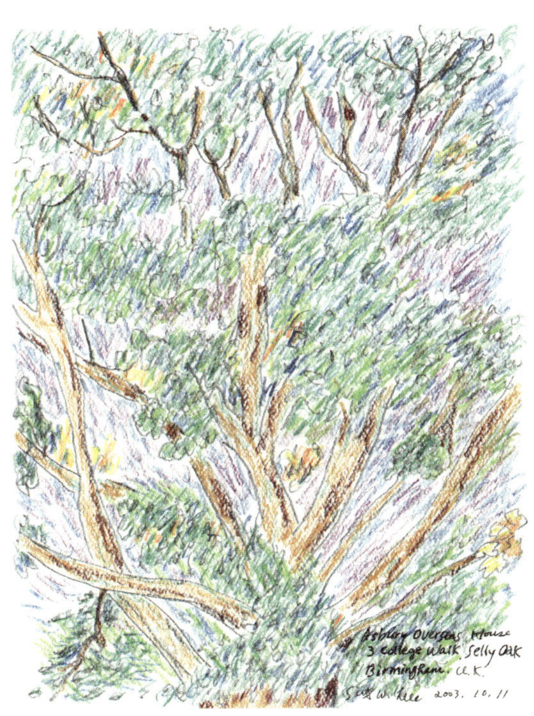

Selly Oak의 아침, 22×30cm, 2003.

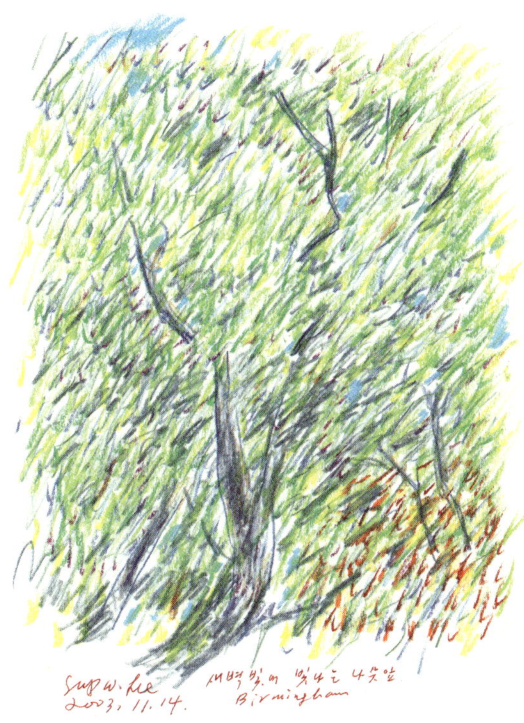

새벽빛이 빛나는 나뭇잎, 21×29cm, 2003.

세상이 변쇠하기에 하늘이 있다.

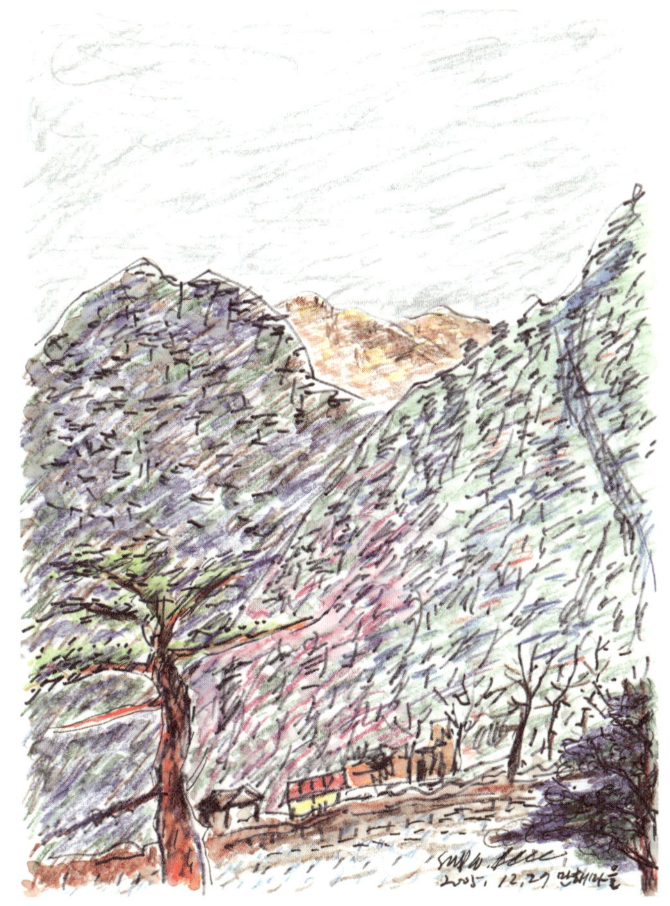

눈에 들어오는 앞산, 21×29cm, 2005.

아름다움의 세계란 것이 얼마나 넓고 다양하며 또 그것을 규정하
는 일이 얼마나 어려운 것인가를 새삼 느끼게 된다.

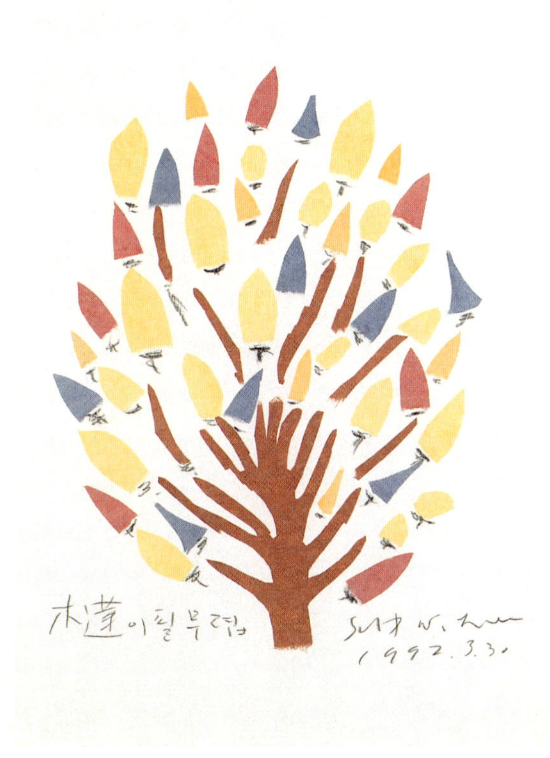

목련이 필 무렵, 51×72cm, 1992.

나무는 최고의 멋쟁이, 풍류객.
분위기를 맞추고 연출한다.

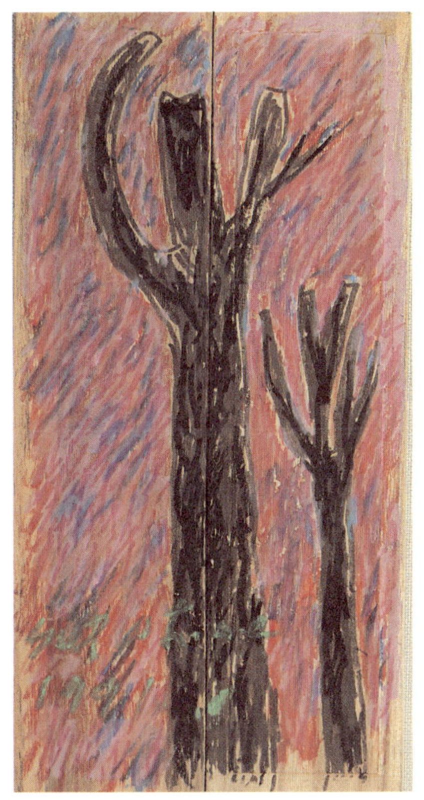

토르소나무, 14.5×30cm, 1991.

그림의 감동도 중요하지만 그것을 통해 생각을 일깨우는 일도
소중한 것은 마찬가지이다.

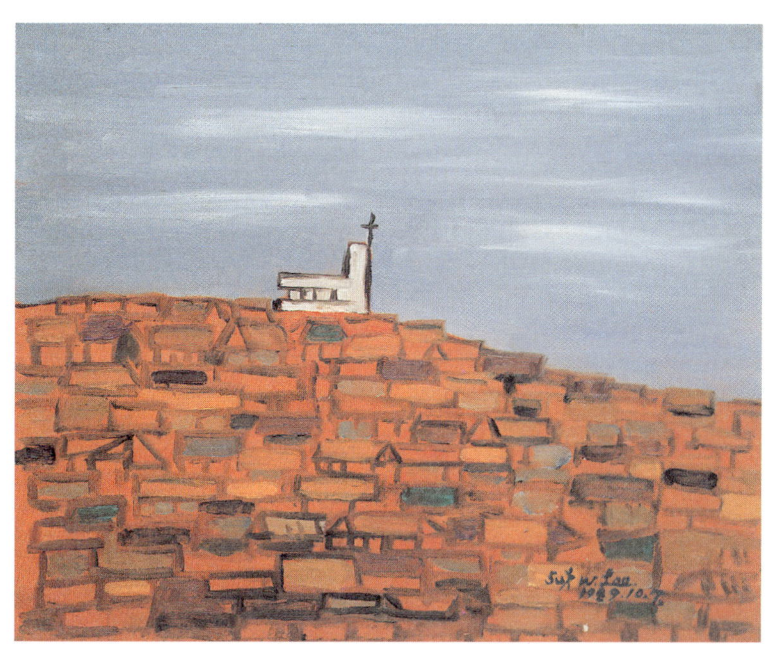

동네 집들과 교회, 45×38cm, 1989.

주변의 풍경이 지나간다. 그러나 실은 우리가 지나가고 있다.

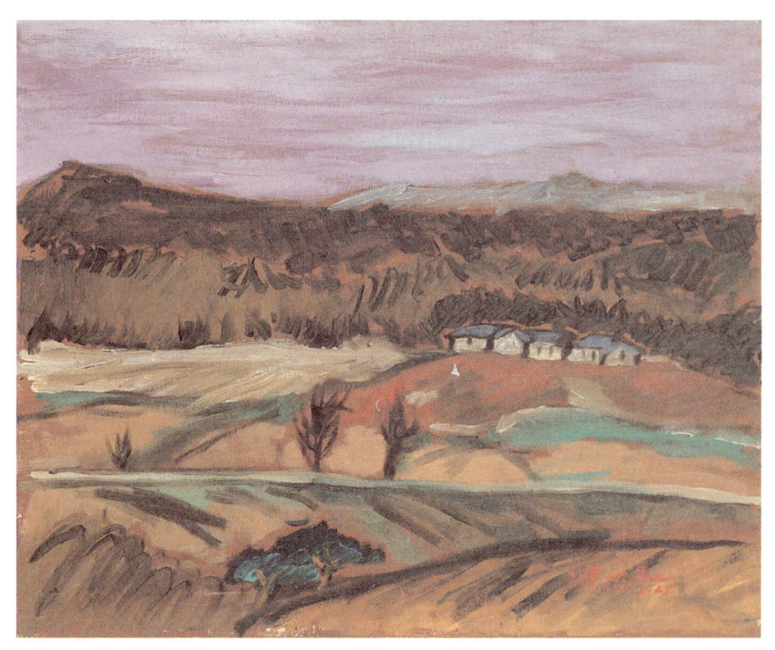

풍경, 45×38cm, 1990.

사람들은 사라지는 것과 변화하는 것을 싫어하고 영원하고
불변하는 것을 좋아한다.

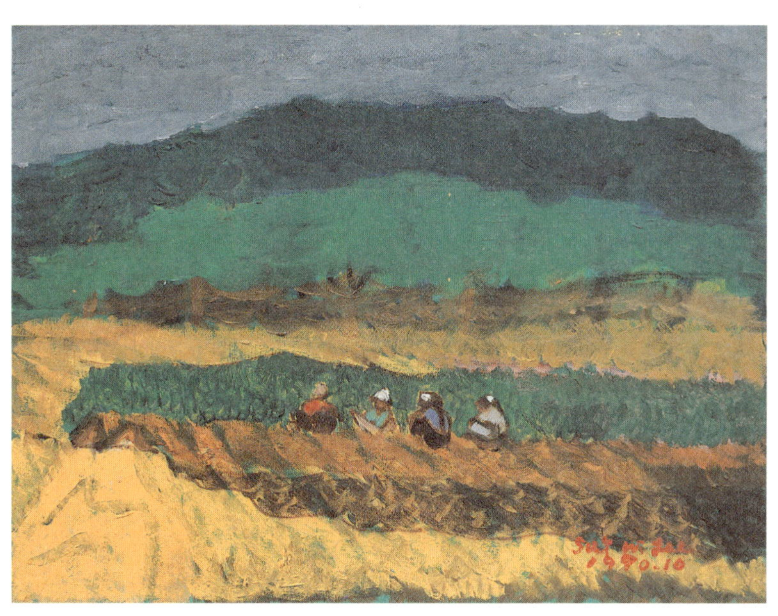

들녘의 아낙네들, 41.5×30.5cm, 1990.

작가의 약점이 드러난 작품이라 하여 굳이 나쁜 작품일까?

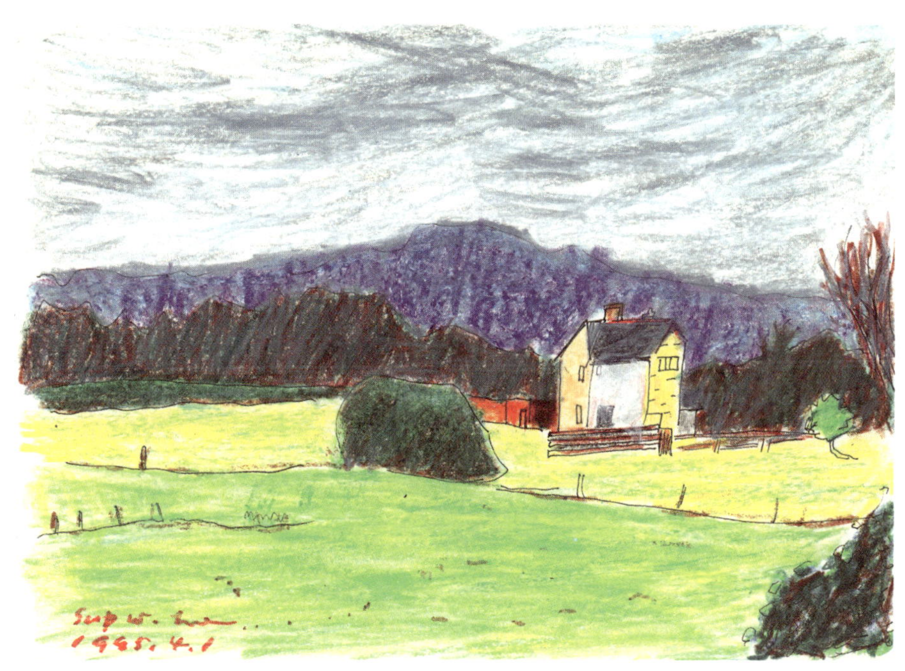

Kidlington 교외, 29×21cm, 1995.

푸른 성하의 녹음 속에 마른풀 한 줄기, 외로우나 자기스럽다.

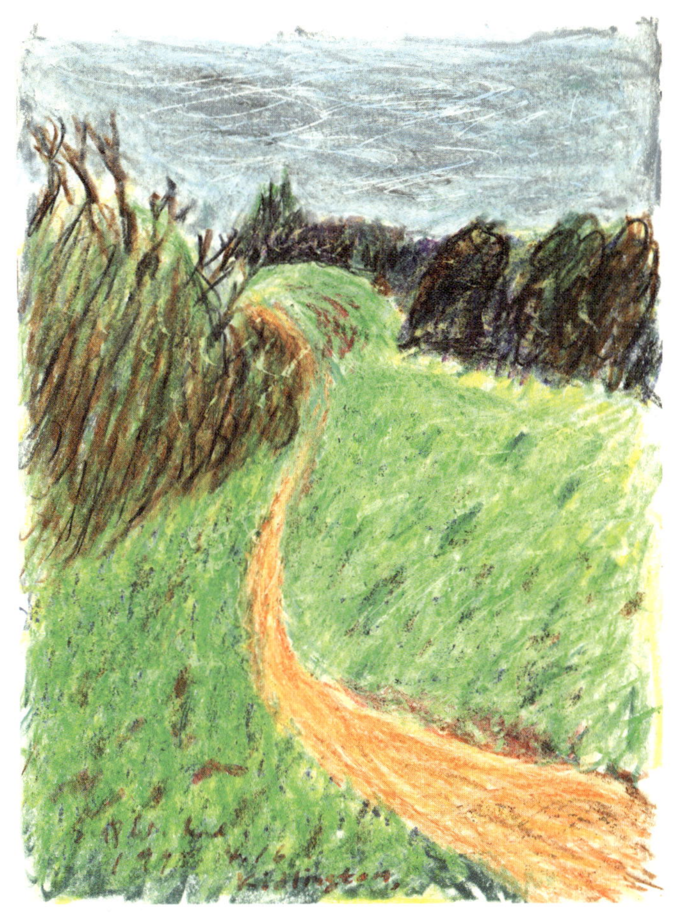

초원의 오솔길, 21×29cm, 1995.

물은 왜 초록색일까?

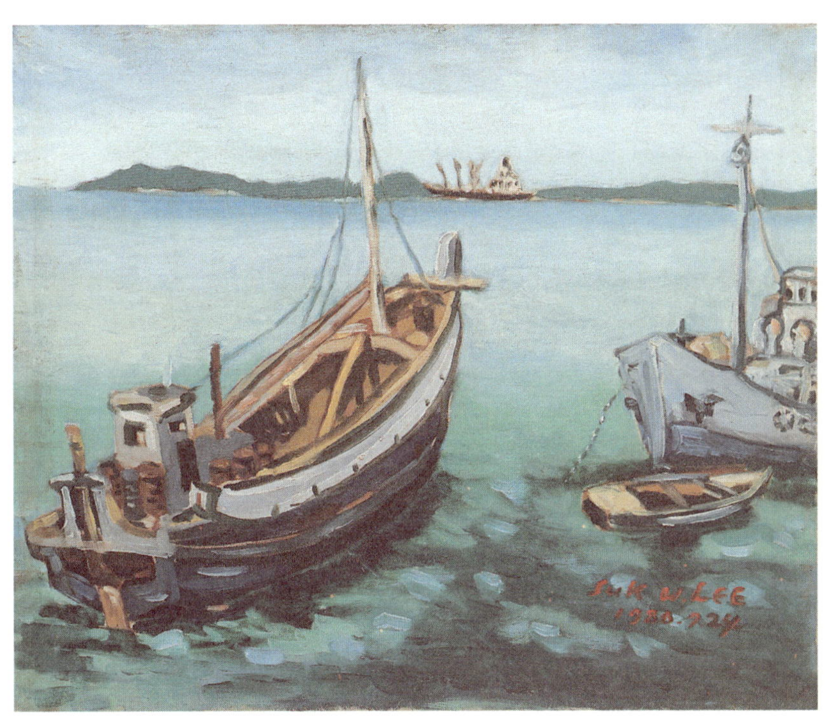

항구 1, 53×43.5cm, 1980.

보이는 것만으로는 그림이 되지 않는다.
상상과 추상작용이 뒤따라야…….

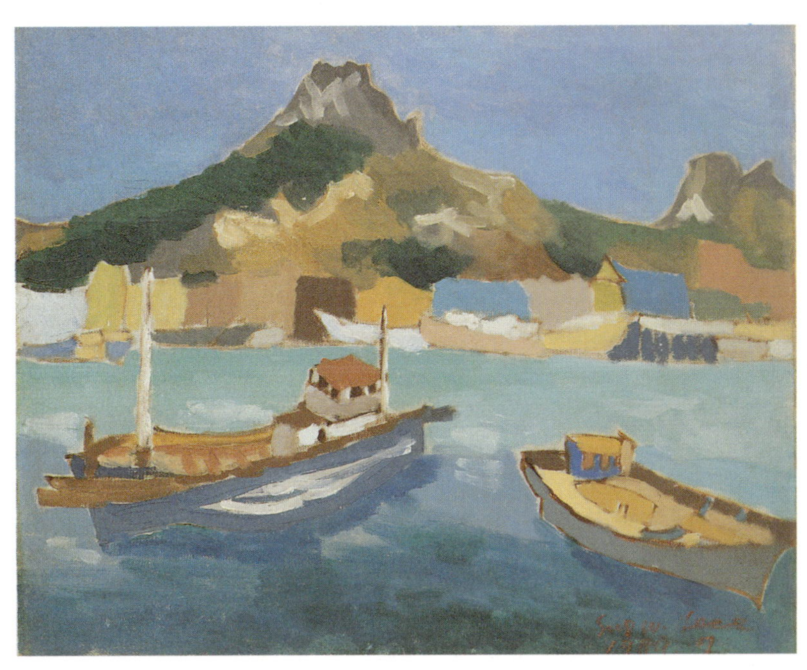

항구 2, 45×38cm, 1989.

좋은 예술품은 순간을 영원 속에,
영원을 순간 속에 동시에 구현시킬 때 이루어지는 것이 아닐까?

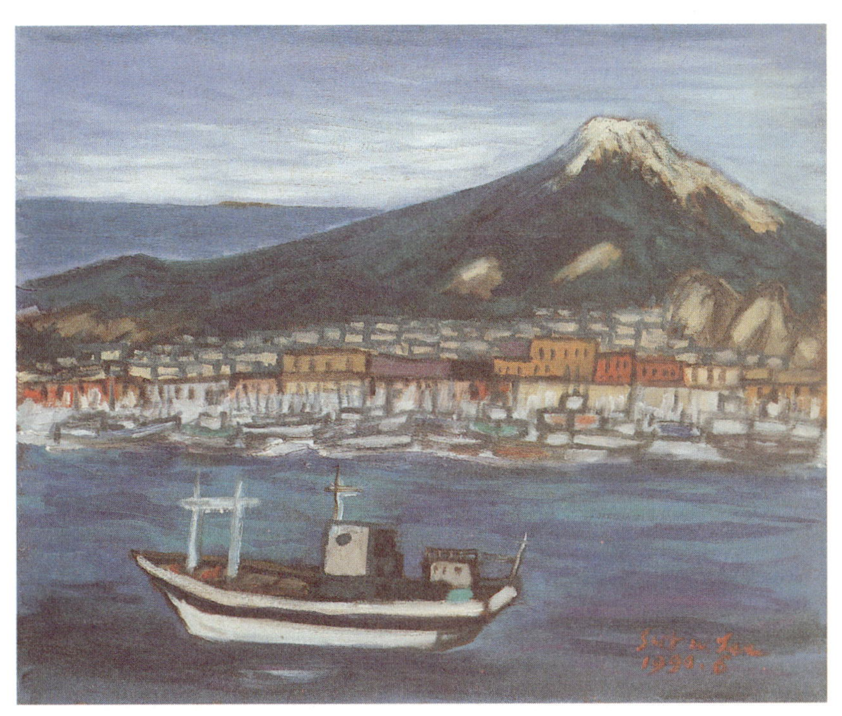

항구 3, 53×45.5cm, 1990.

바다를 멀리 바라보는 것과
　　　바로 옆에 끼고 걷는 것은 다르다.

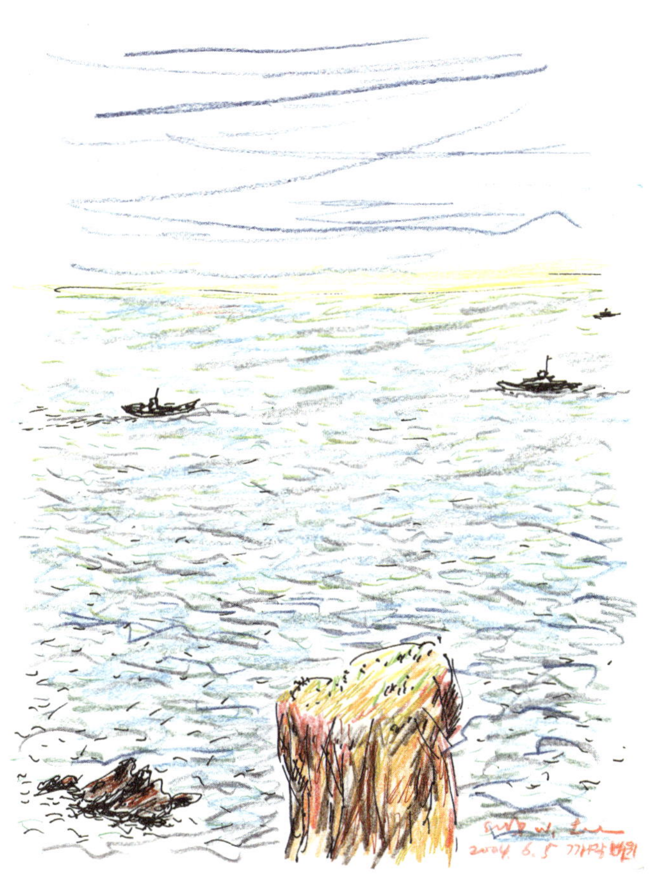

까막바위, 21×29cm, 2004.

바다 파도의 물결을 알아보는 데 수십 년이 걸렸다.
역시 민화와 동양화에 나오는 결이 맞다.
한참을 왜 저렇게 도식적일까 하고
마음으로 폄하해 본 적이 있지 않았던가.

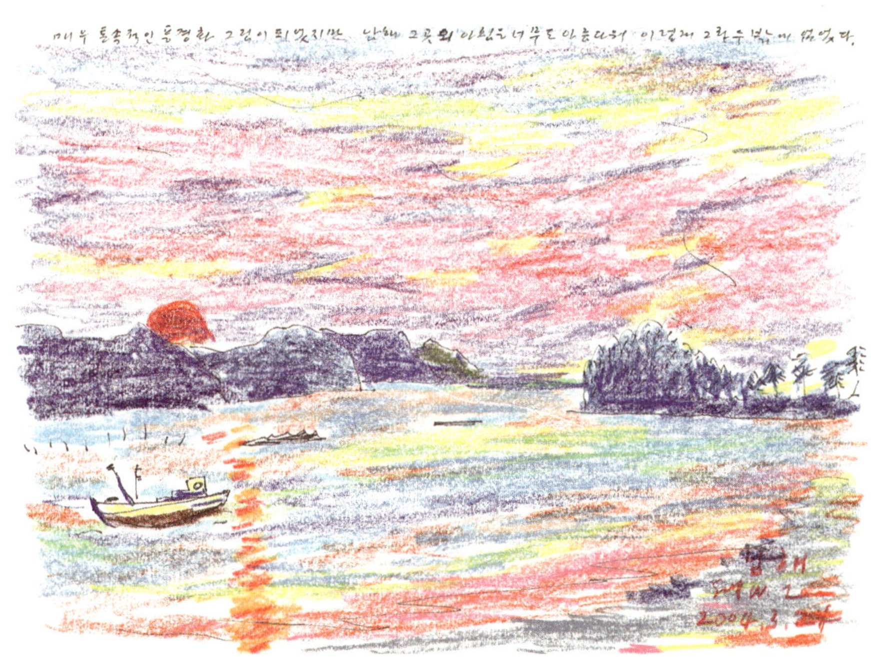

남해의 일출, 28×21cm, 2004.

고독이란 완전을 향한 그리움이며 부족함을 채우고자 하는
인간 정신의 목마름인지 모른다.

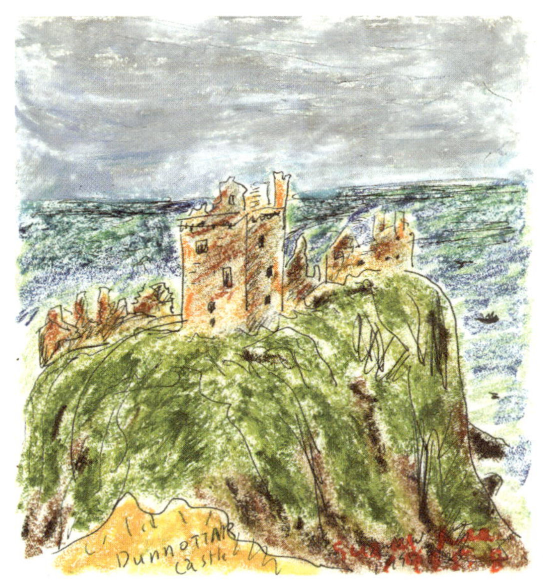

Dunnottar Castle, 17×18.5cm, 1995.

하늘과 땅이 맞닿은 線, 그것은 차라리 무한 공간의 만남이다.

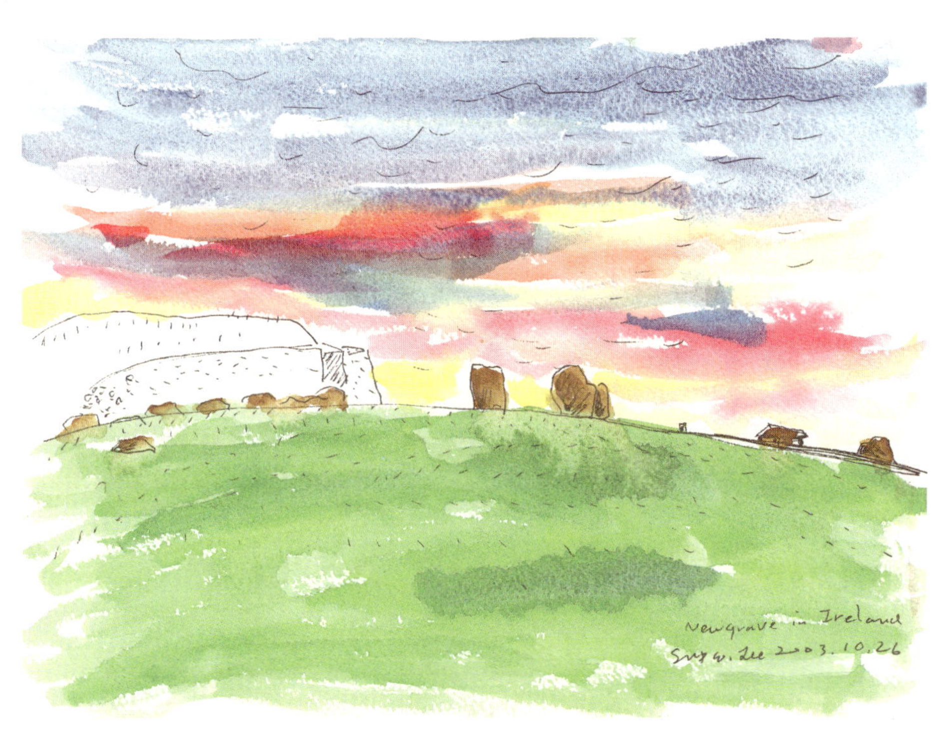

Ireland Newgrave, 30×22.5cm, 2003.

모르는 사이에 자기를 가두지 마라.
끊임없이 일탈하라.
그것이 어디이던, 거기에 새로운 세계가 놓여 있다.

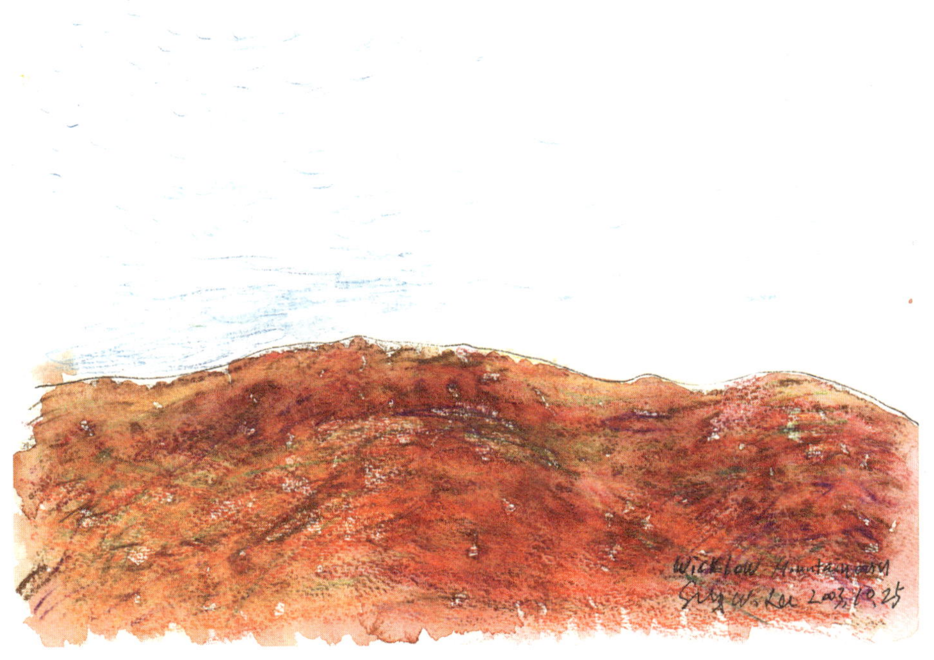

Wicklow Mountain, 아무것도 없음에 오히려 볼거리가 되는, 30×22.5cm, 2003.

격정의 마음으로 그릴 수밖에 없었다.

거세게 불어오는 바람 같은 것이었다.

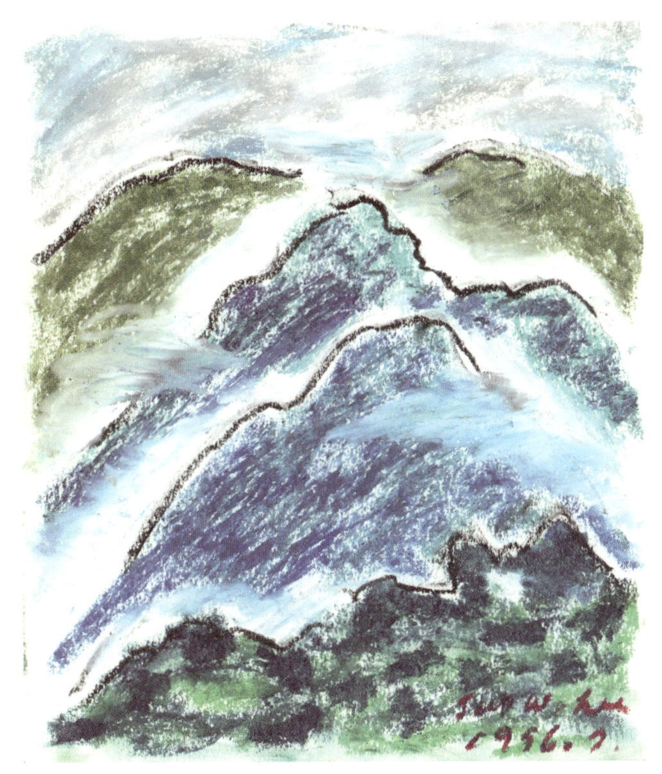

한여름의 영월, 20×24.5cm, 1996.

자연의 있는 그대로의 아름다움과 사람들의 조형능력 사이의 관계,
긴장관계인가 합일인가?

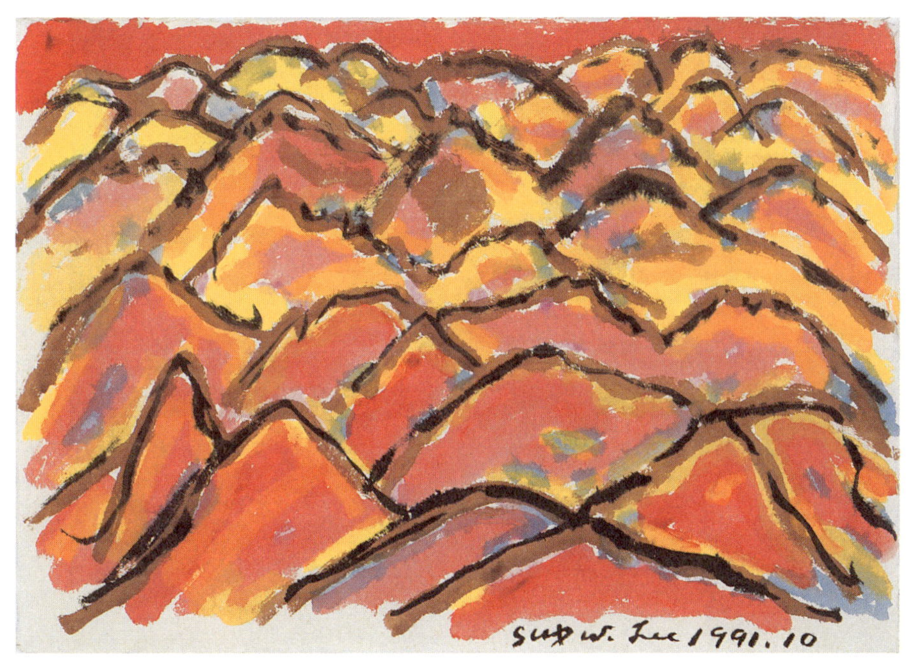

산, 72×52cm, 1991.

모든 존재는 사라질 수밖에 없다는 점에서 본질적으로 허무이다.

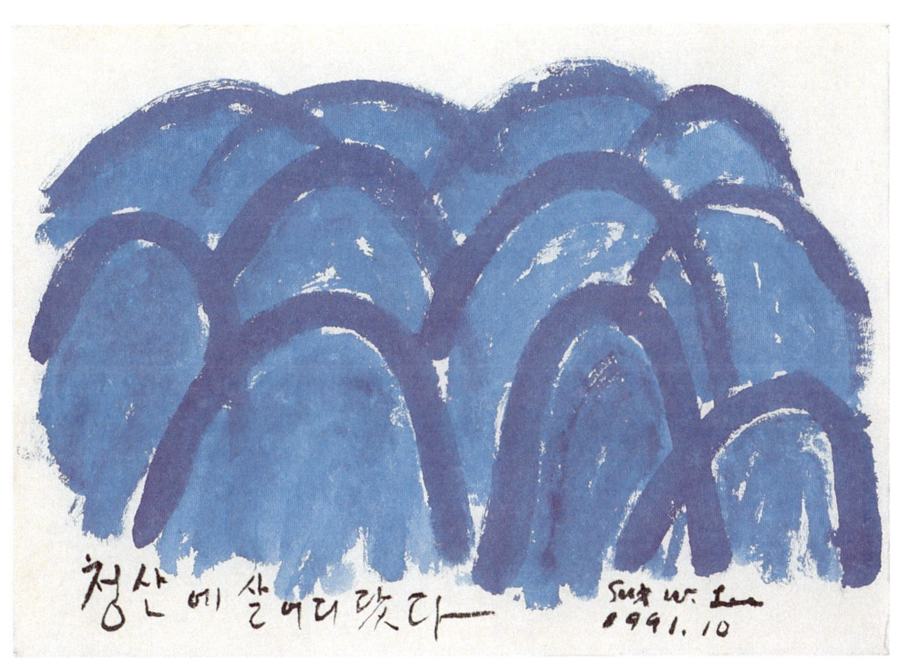

청산에 살어리랏다, 72×52cm, 1991.

겨울 소나무
잔설은 땅 위에 깔리고
공기는 얼음처럼 투명하며 차다.

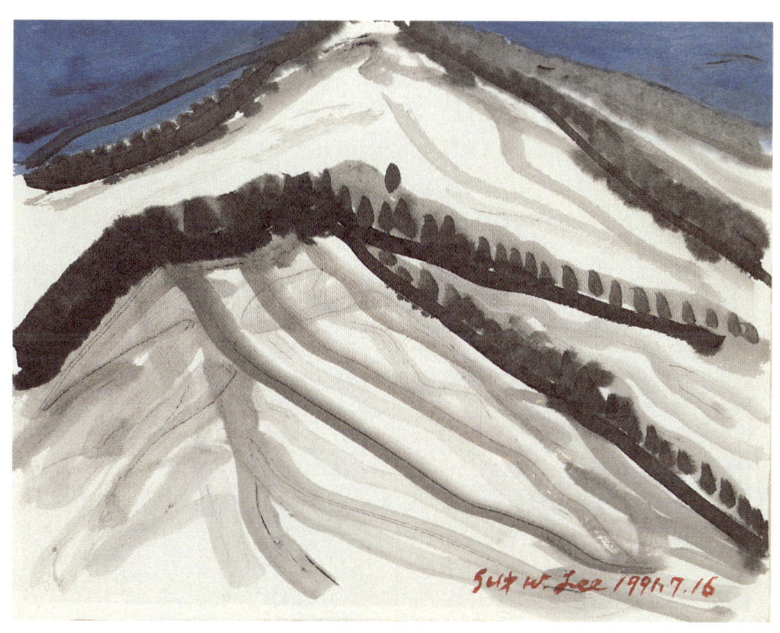

겨울산 1, 47×37cm, 1991.

겨울 산을 걷고 있노라면
이생의 길인지 저승의 길인지
분간 못할 때가 있다.

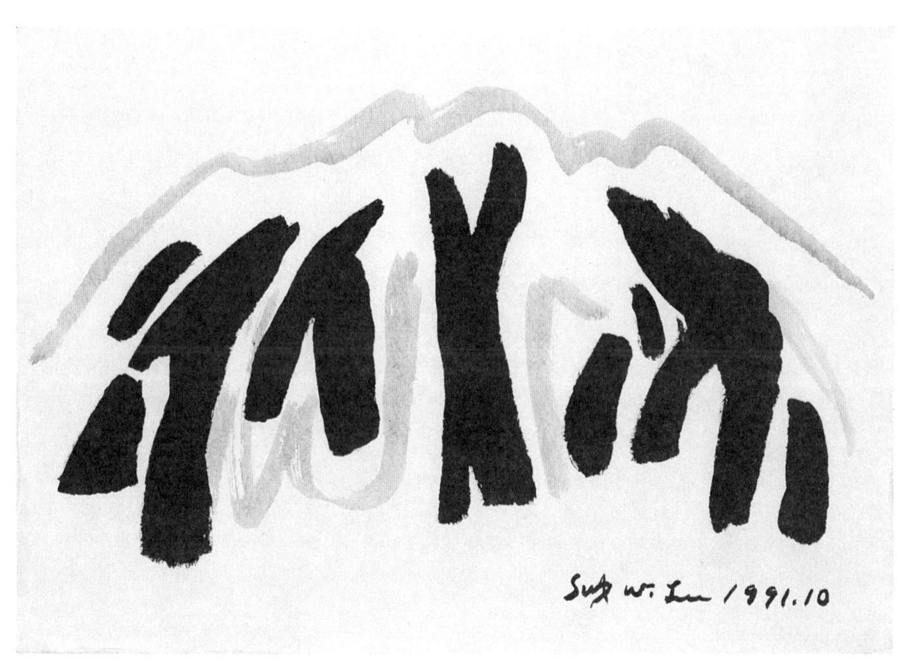

겨울산 2, 72×52cm, 1991.

우리는 고독의 공간, 그 바다 속에 살고 있다.
하지만 고독은 느끼는 자만의 것이고 그 힘이 얼마나 당찬 것인가
하는 것은 아는 자만이 안다.
그것은 가히 호킹 박사가 발견한 블랙홀과 같은 엄청난 흡인력으로
우리를 휘두른다.

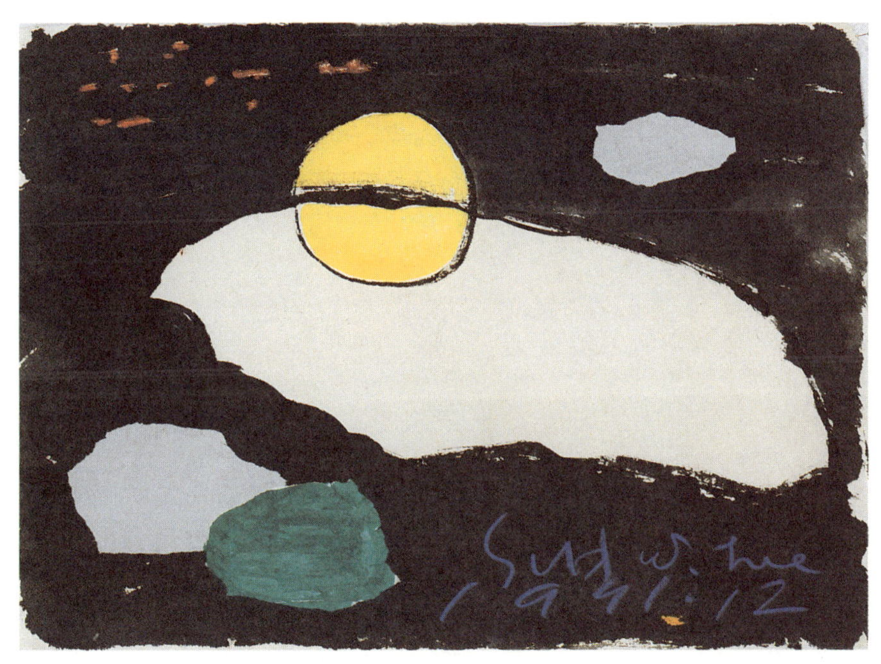

해와 섬이 잠든 바다, 72×52cm, 1991.

내가 가진 것은 보지 않고 남이 가진 것만 부러워하는 것은
아주 우매한 자의 할 일이다.

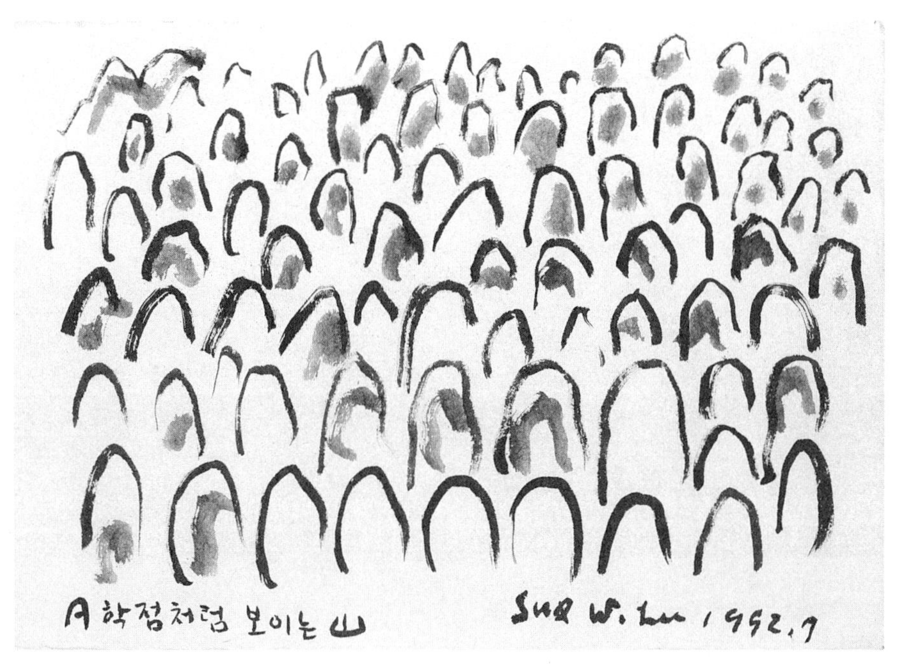

A학점처럼 보이는 山, 72×52cm, 1991.

생명의 핵(核)이 감성이라면 감성의 본질은 자유다.
그러나 인간들은 작은 자유를 위하여 보다 큰 자유를 유보한다.

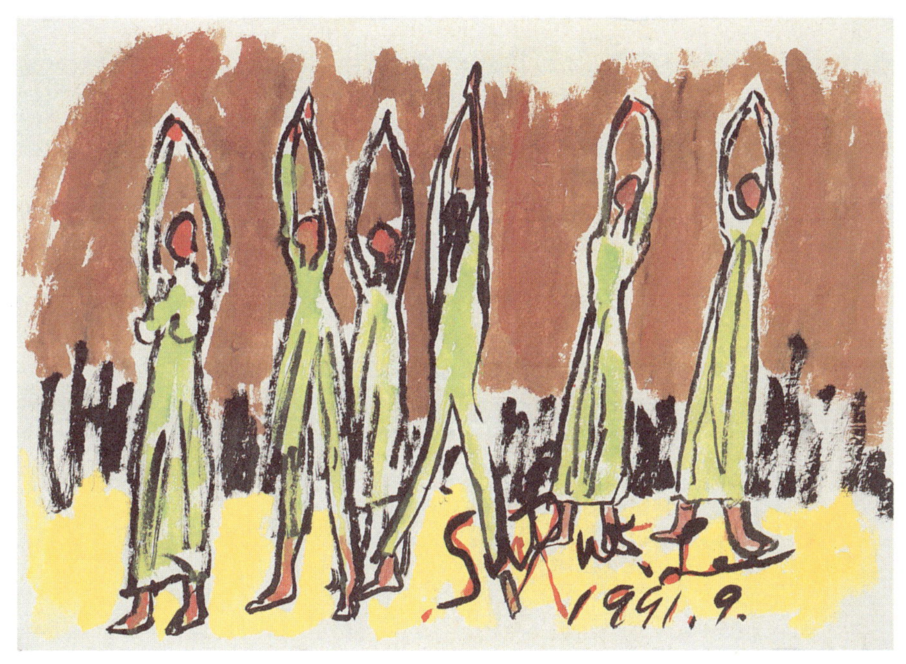

춤 1, 72×52cm, 1991.

짓누르는 듯한 일상들을 박차 버렸을 때 그 순간 느끼는 물결같이
넘실거리는 자유로운 쾌감을 무엇에 비교할 수 있을 것인가?

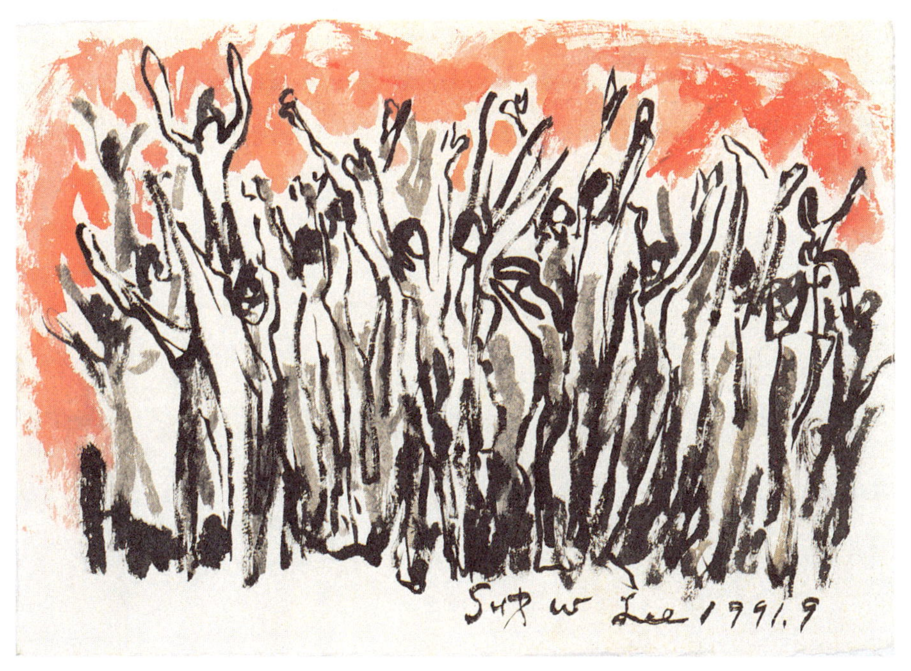

춤 2, 72×52cm, 1991.

사물에 비추이는 색은 단일 고정된 색이 아니다.
다만 그 순간에 그렇게 보일 뿐이다.

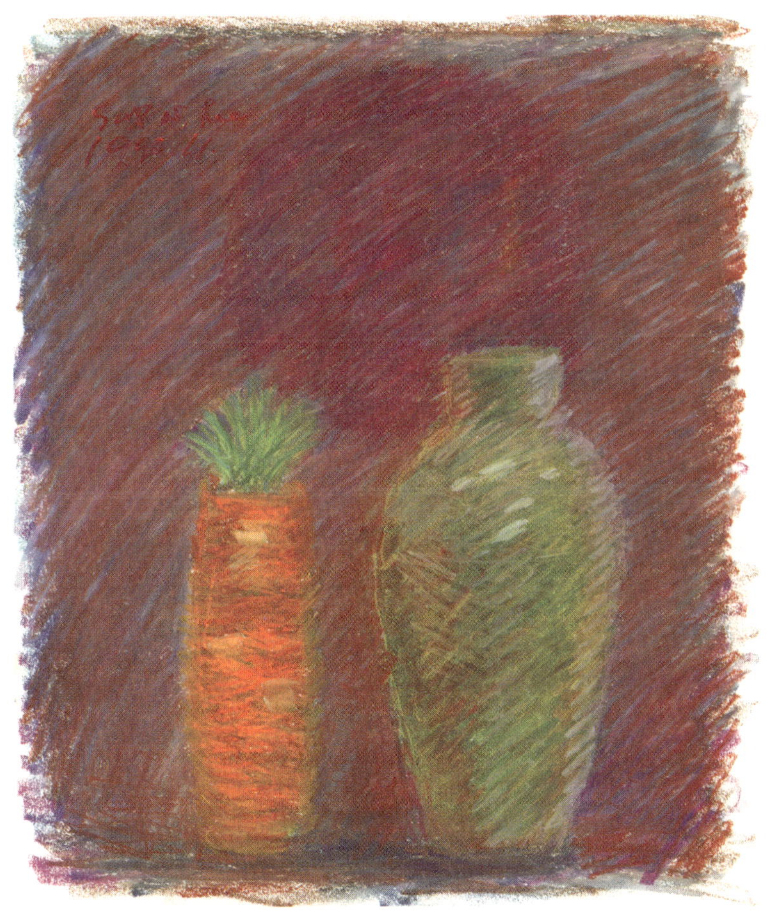

정물, 35×42cm, 1992.

차라리 말이 부담스러운 곳
말이 없어야 마음이 가득해진다.

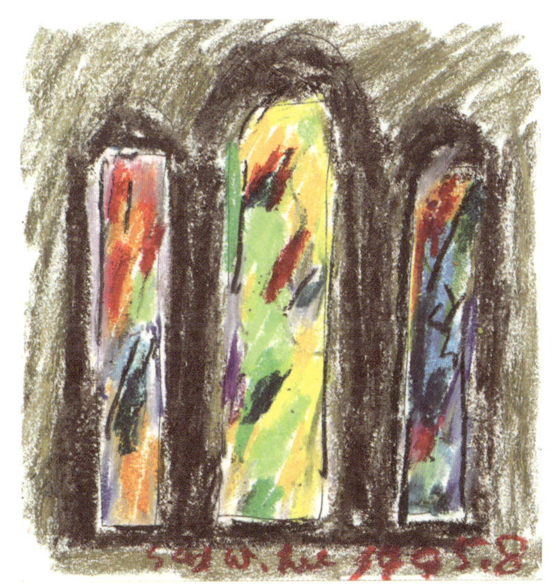

New College의 스테인드글라스, 17×18.5cm, 1995.

어느 화가가 창작 작업은 '미치기 연습'이라고 했던가. 그것은
아마도 '정신적 에너지'의 집약의 순간을 말하는 것이 아닐까.

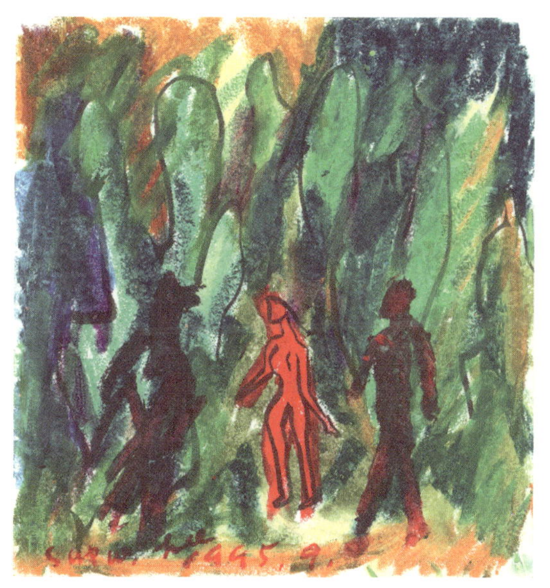

아담과 이브, 17×18.5cm, 1995.

극한 상황에서 지키는 아름다운 魂,
그것이 참격조이다.

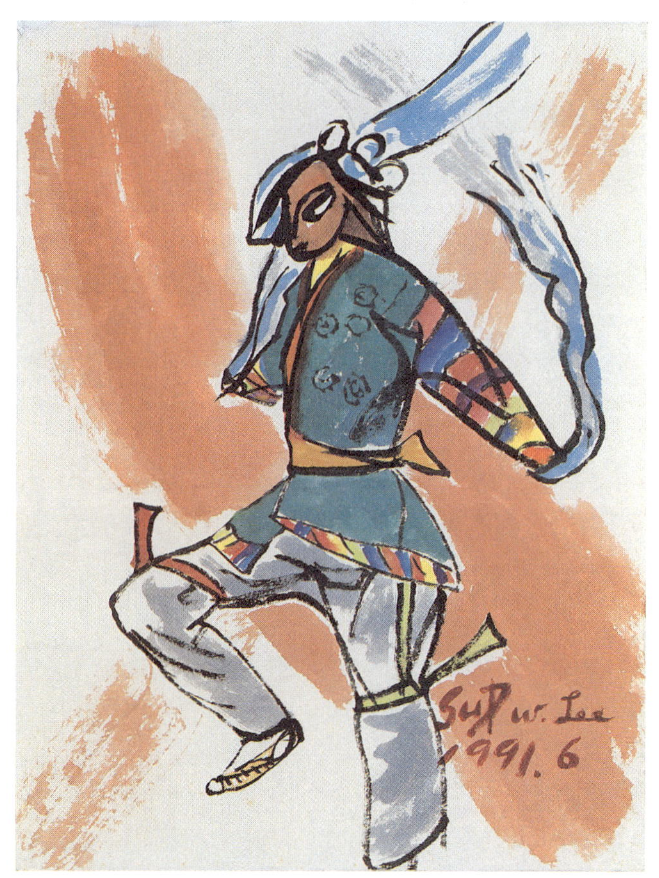

탈춤, 52×72cm, 1991.

아무리 급한 억압체제 속에서도 자유는 자란다.

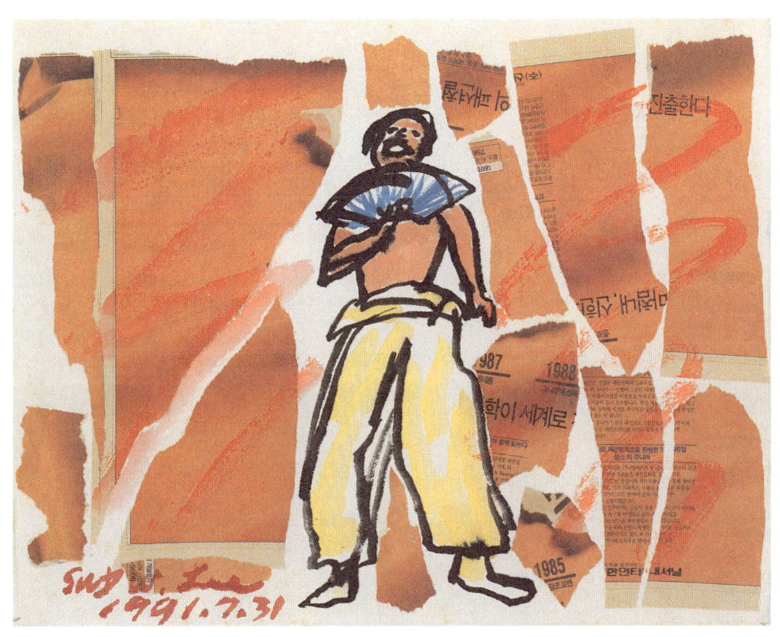

판소리, 46×38cm, 1991.

미술이란 한 시대의 상형문자.

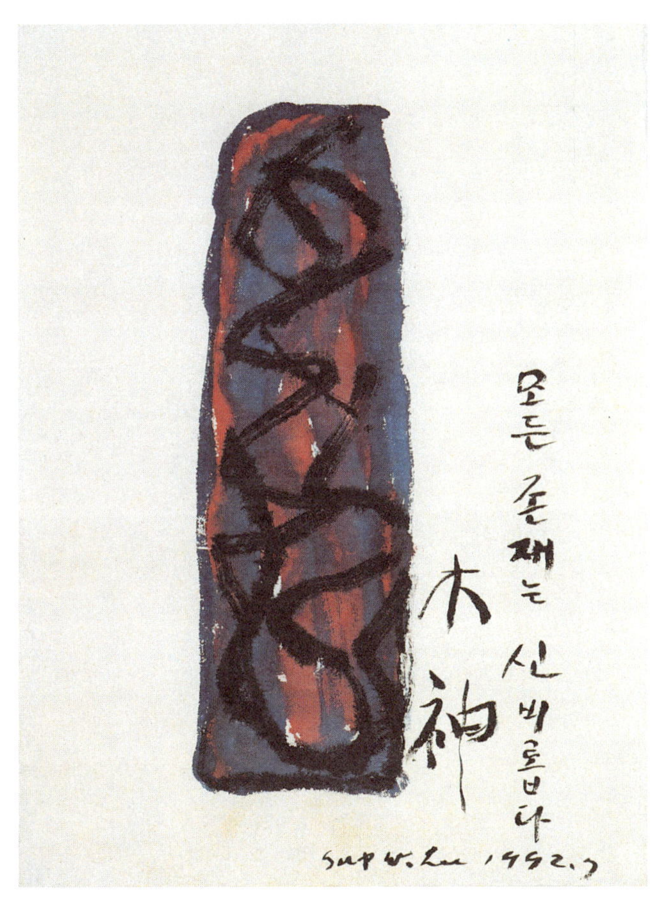

목신, 52×72cm, 1992.

자기를 잊는다고 세상이 떠나가 버린 것은 아니다.
하지만 그 순간이 정신과 육체의 평화가 가장 충일되는 시간이다.

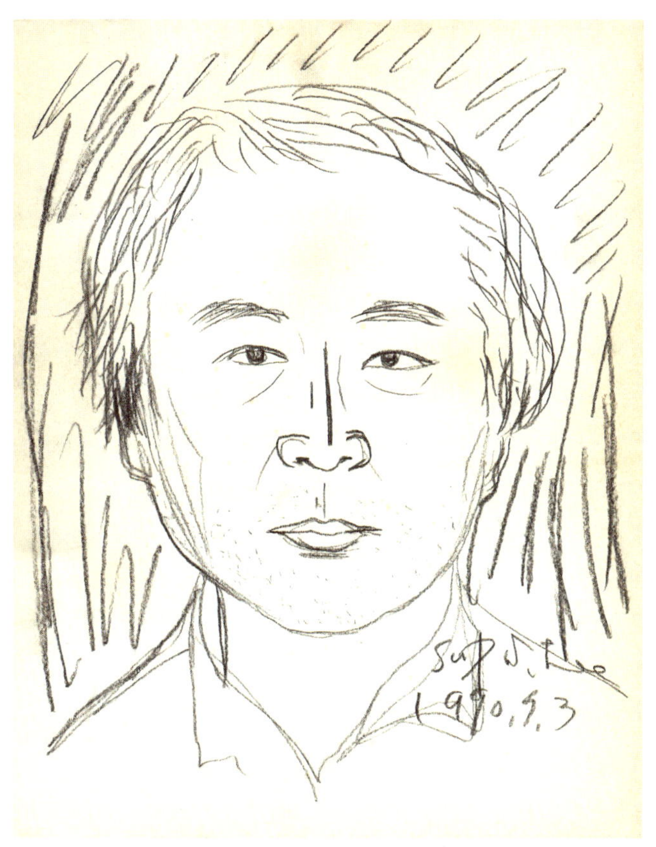

자화상 1, 33×43cm, 1990.

가두지 말고 스스로 즐거이 그 안에 갇히게 하라.

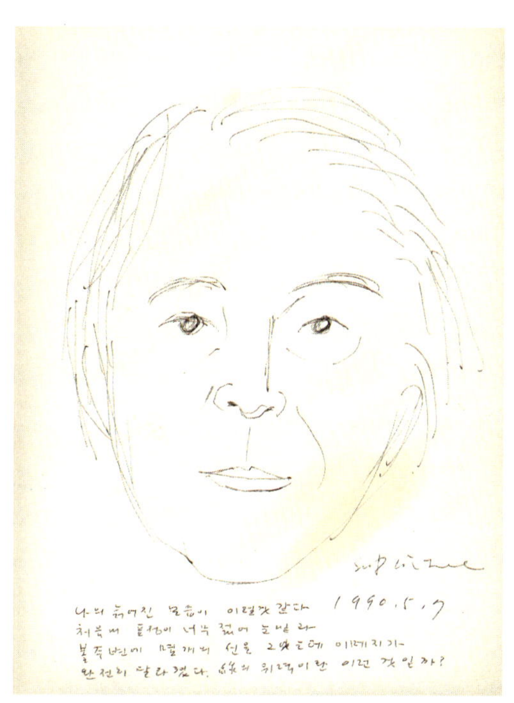

자화상 2, 21×29cm, 1990.

무언가에 집착하면 세상이 보이지 않는다.

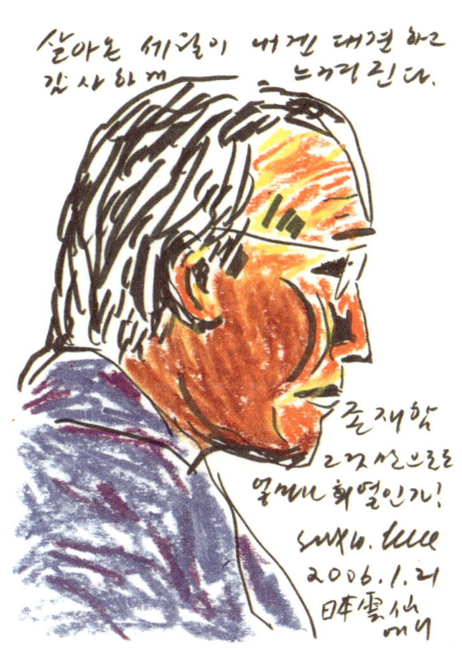

존재함의 희열, 14×20cm, 2006.

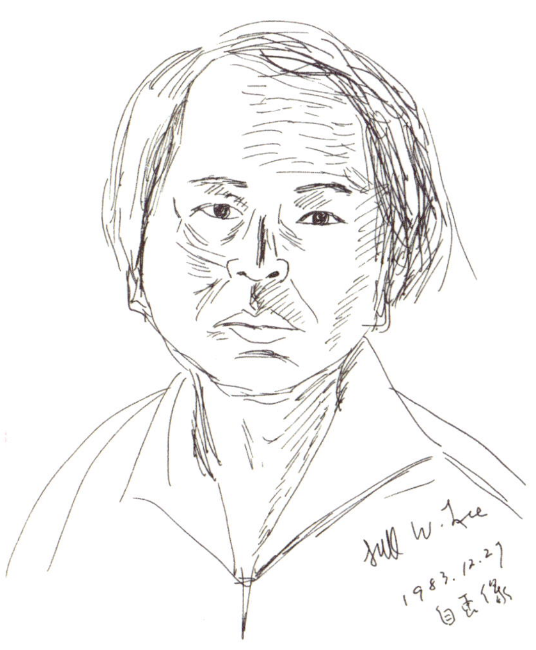

43세의 자화상, 13×18cm, 1983.

아침에 눈을 뜨니
거울에 비친 나
나 같지 않은 나
남처럼 보이는 내가 거울에 있다.

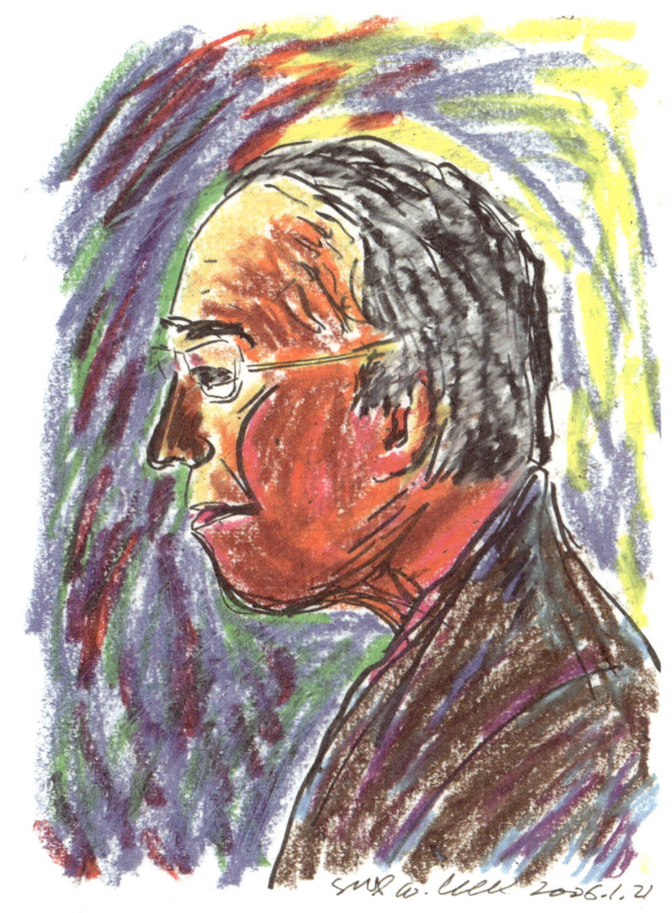

어느 이국의 객실에서, 21×29cm, 2006.

결코 비굴하지 않아야 한다. 걷어차고 일어설 것은 없지만
마음에 없는 일조차 있는 듯이 요동될 일은 아니다. 나무처럼,
나무처럼 서 있는 그 자리에서 자기 식대로 간다.

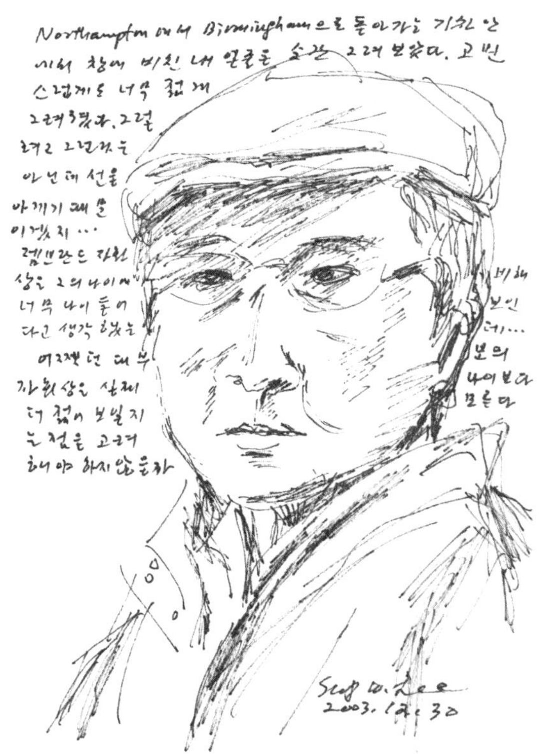

밤기차 창에 비친 자화상, 17×25cm, 2003.

그녀의 눈은 강물과도 같고, 검은 머리는 추상이며
섬세한 손가락은 들녘의 아지랑이.

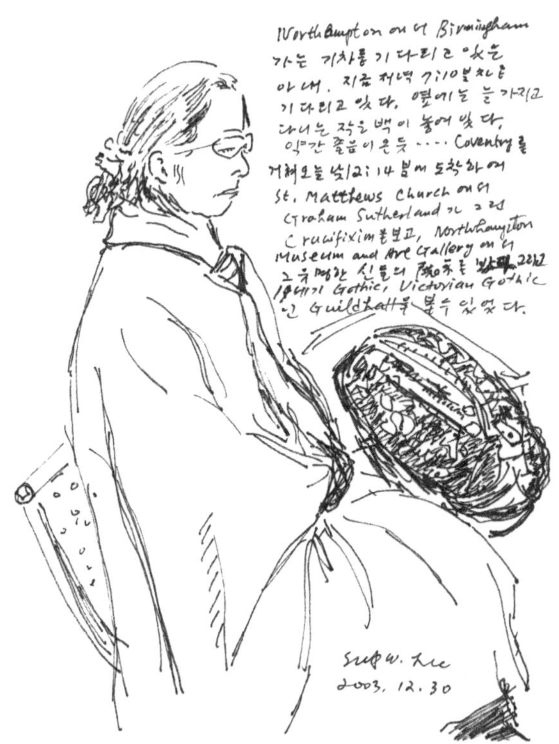

Northhampton 역에서 기차를 기다리는 아내, 17×25cm, 2003.

그리움 그것은 얼마나 소중한 아쉬움인가.

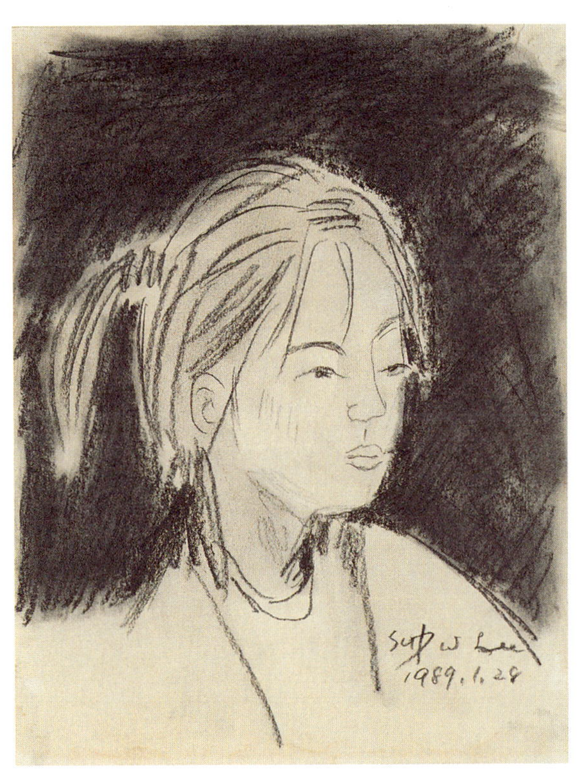

큰딸 혜리, 18.8×25.6cm, 1989.

그리움의 공간을 넘어 하늘에라도 입 맞추고 싶은
인간들의 간절함은 그 자체로 아름답다.

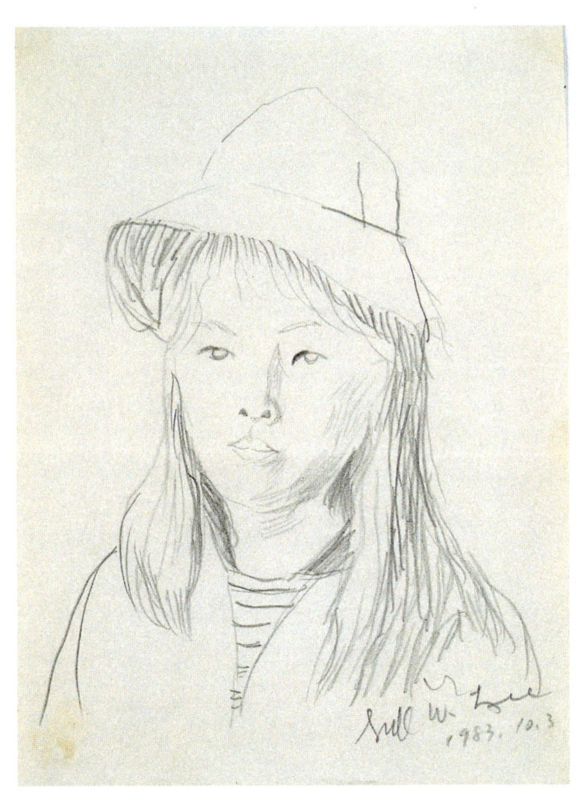

둘째딸 수잔, 12×18cm, 1983.

사람은 어떤 형태로든 무엇인가를 사랑하지 않으면 안 된다.

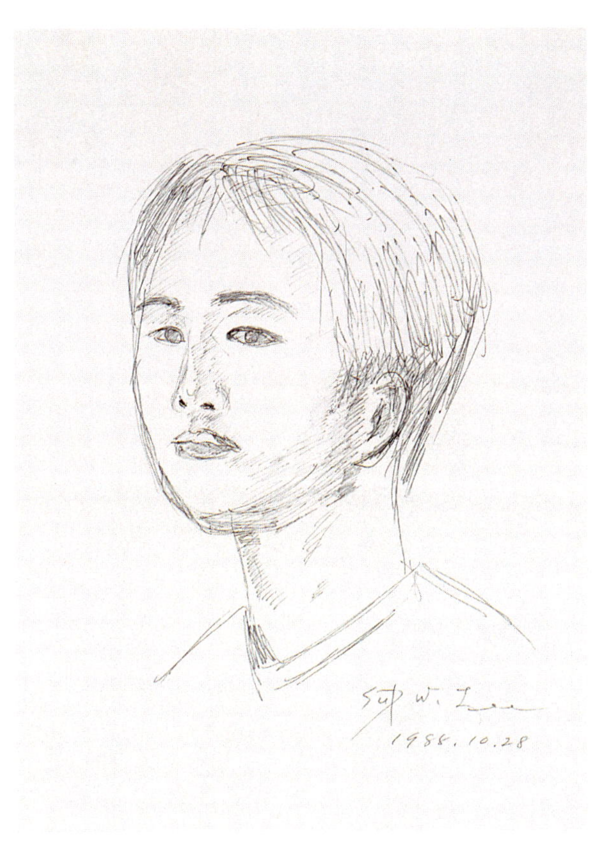

아들 창균, 22.5×33.5cm, 1988.

‘사랑’ 그것은 삶의 기쁨…….

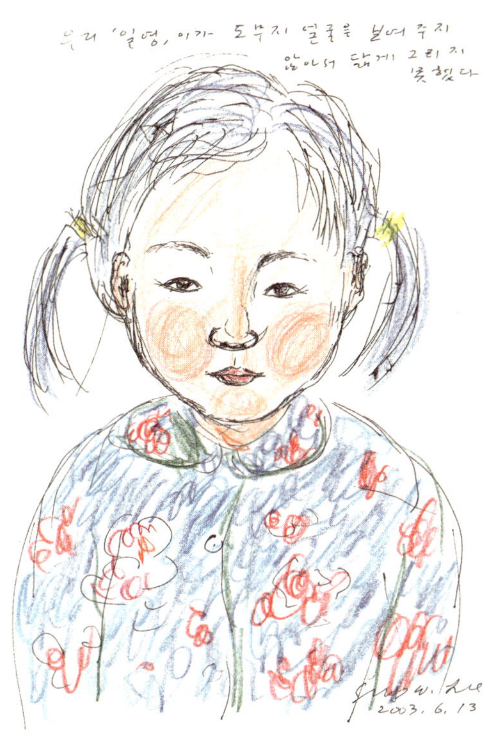

'일영' 이가 세상에서 제일 이쁘다, 17×24cm, 2003.

그림은 그 자체로써 reality이다.
대상과의 관계를 꼭 생각해야 할 이유가 없다.

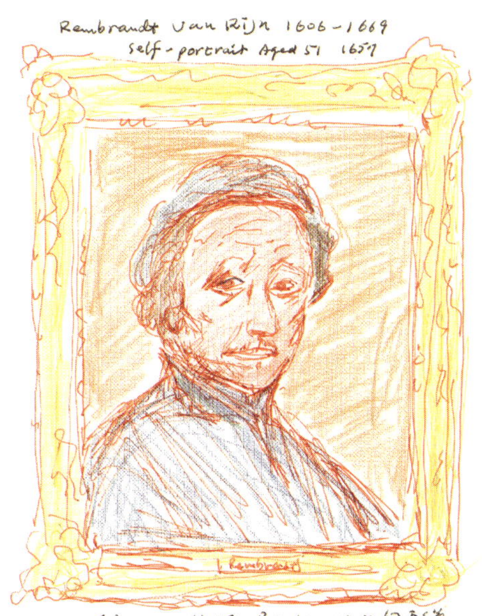

영광의 시절은 갔지만 의외로 당당한 렘브란트, Edinburgh,
17×25cm, 2003.

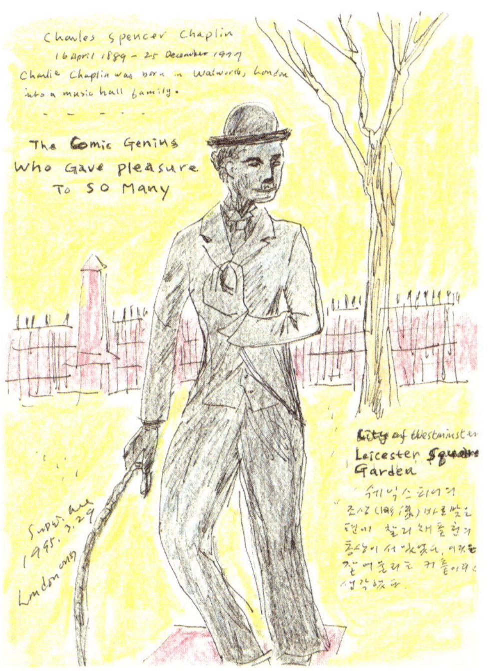

Leicester Square Garden의 Chaplin, London,
21×29cm, 1995.

주여! 나를 보호하소서!

나의 배는 작고 당신의 바다는 크고 크나이다.

— 고대 켈트족 어부의 기도

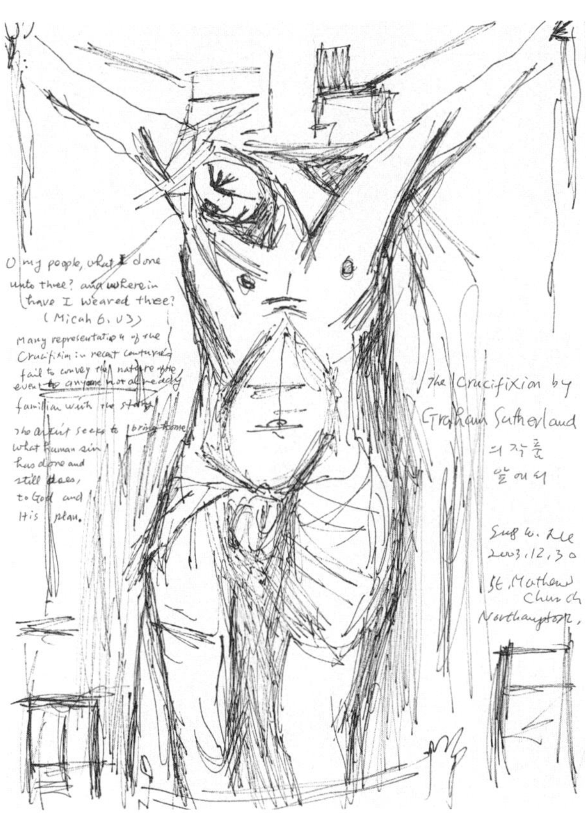

'수더랜드의 십자가상의 그리스도'를 보고,
노스햄프터에서, 33×55.2cm, 2003.

서투름을 드러내는 데 조금도 두려워하지 않는 듯한 그림.
그것이 좋다.

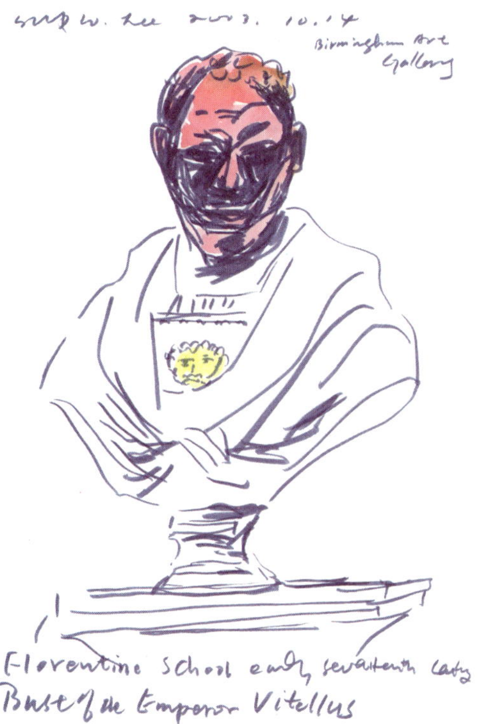

비투루스 황제의 흉상, 21×29cm, 2003.

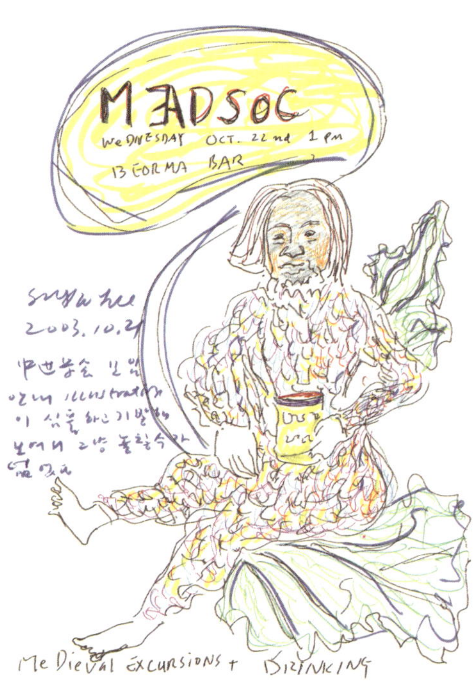

중세 사학회를 알리며, 21×29cm, 2003.

他人이 요구하는 기준에 자기를 맞추지 마라.
자기의 영혼이 바라보는 곳을 향해 자신을 맥진시켜라.

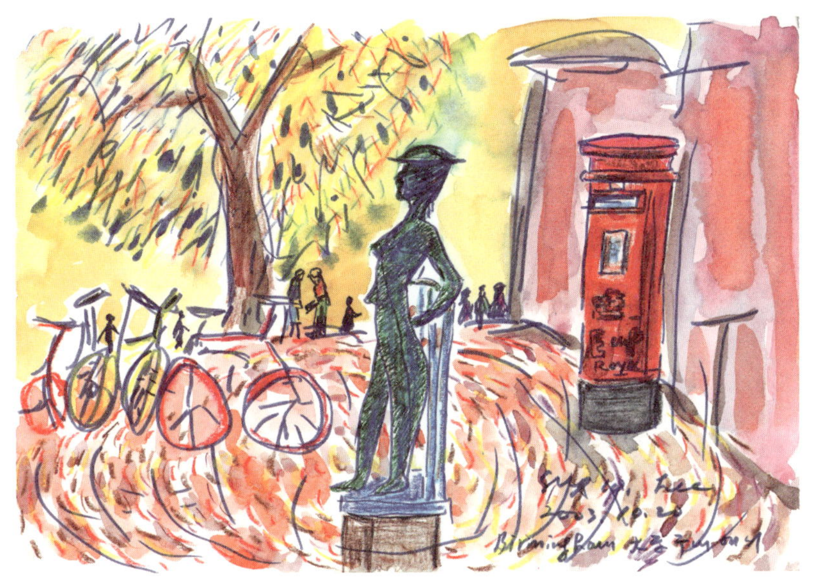

버밍햄 대학의 가을 캠퍼스, 29×21cm, 2003.

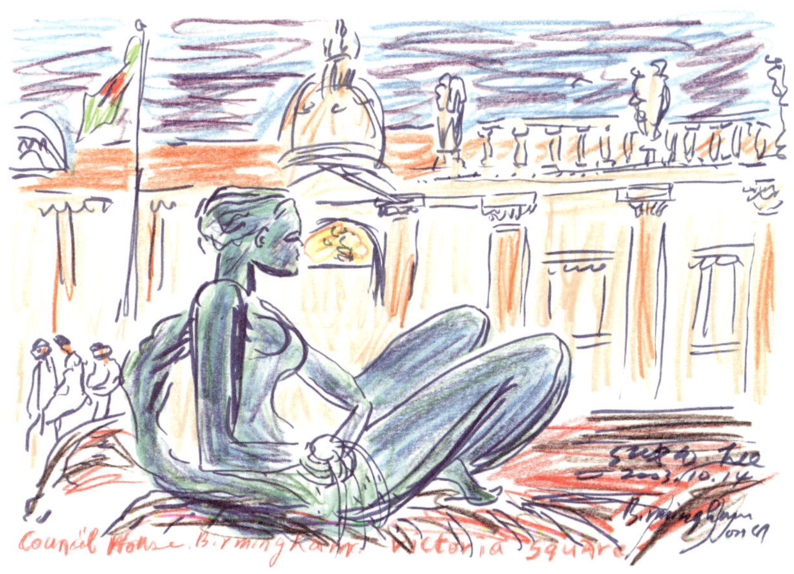

버밍햄 시청 앞의 낭만, 29×21cm, 2003.

무엇인가 응결된 정신. 모든 것을 버린 해방, 무아이기도 하다.

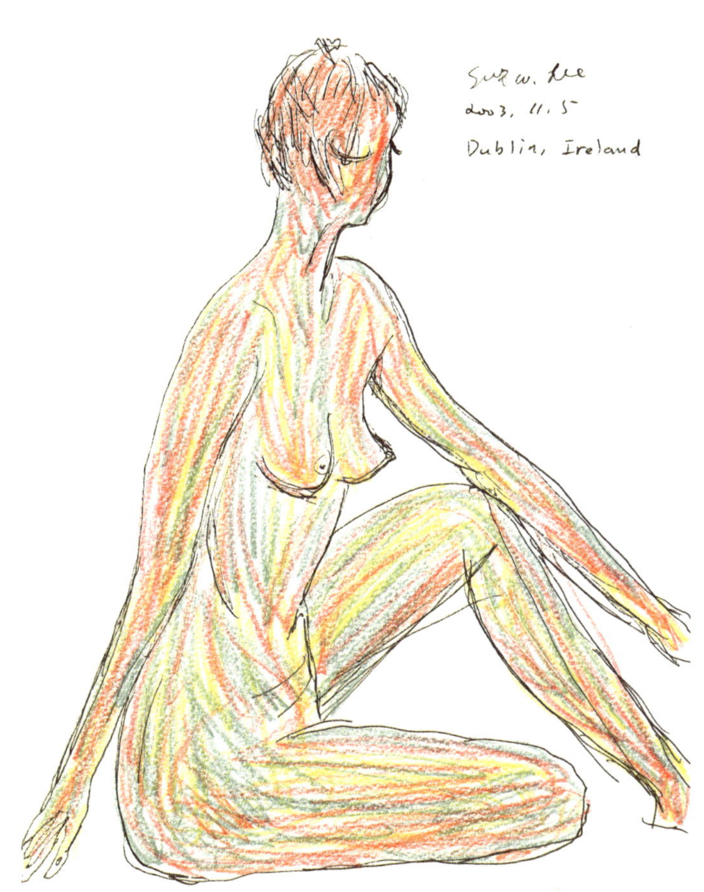

친구 화가 Geordie Dawson에게 초대받아, 25×35cm, 2003.

물감이 번져 가며 만들어 가는 우연의 세계, 그것은 사람의 힘이
미치는 영역이 아니다. 그들 스스로 작용하는 세계이다.

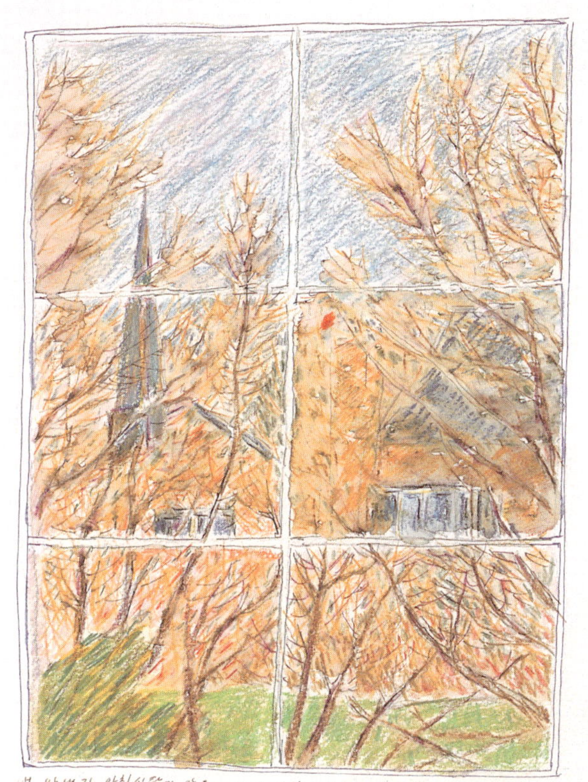

창밖의 교회가 보이는 평화로운 풍경, 22.5×33.5cm, 2003.

인간들은 모두 자기를 표현하며 자기실현을 하고 싶어한다.

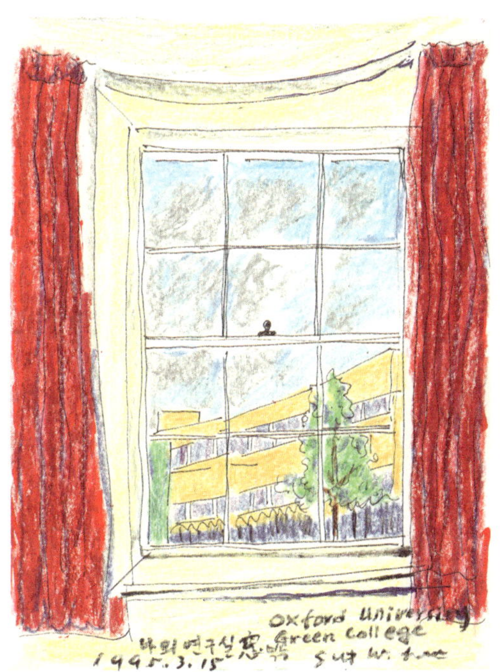

옥스퍼드 대학 내 연구실의 창, 21×29cm, 1995.

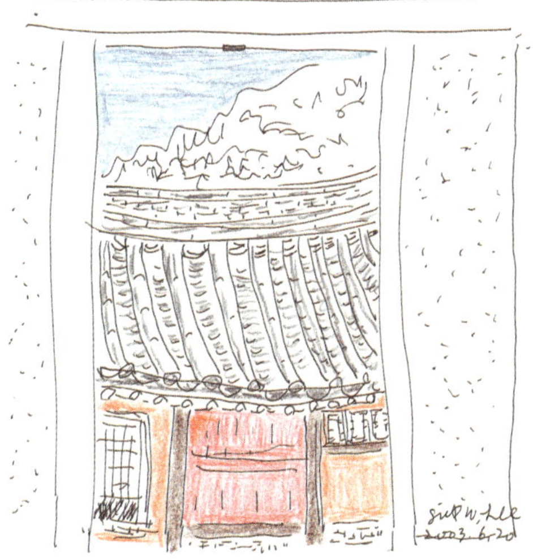

알 수 없어요, 17×24cm, 2003.

시간을 잊었다. 그리고 시계를 보고 싶지 않다.

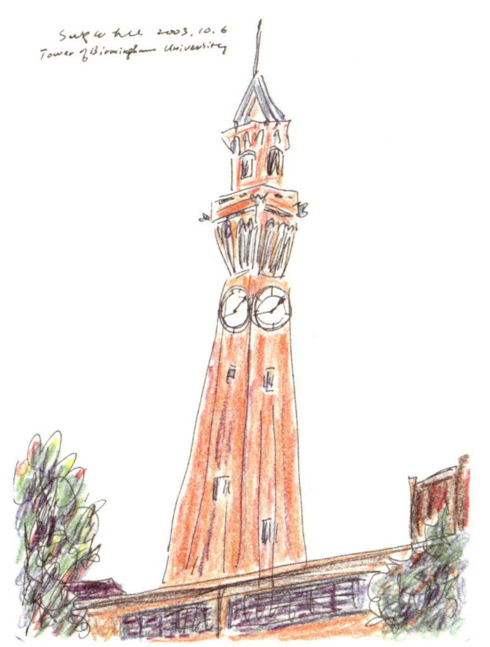

버밍햄 대학의 타워, 17×23cm, 2003.

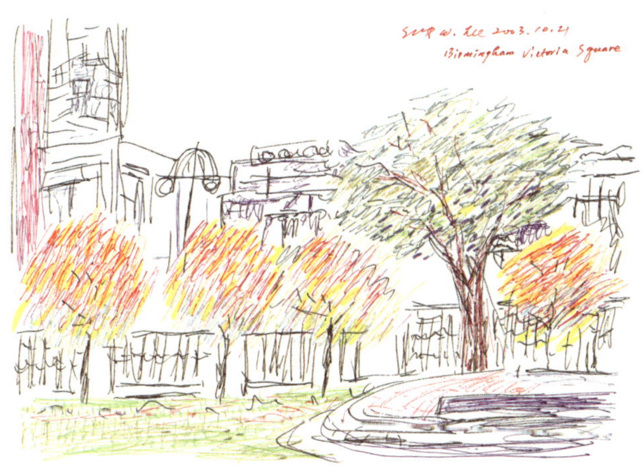

버밍햄, 빅토리아 광장, 29×21cm, 2003.

나의 의지와는 무관하게
너무나도 무관하게 세월은 흘러간다.
잡으려고 해도 잡을 수 없다.
서양에 우리는 무엇을 보러 가는가
호기심을 관광하러 가는 것일까
결국은 그들의 역사와 문화유산을 보러 가는 것이다.

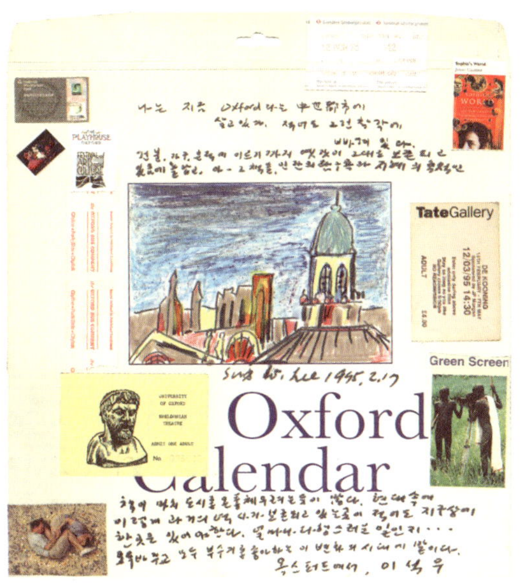

옥스퍼드 여정, 36×41cm, 1995.

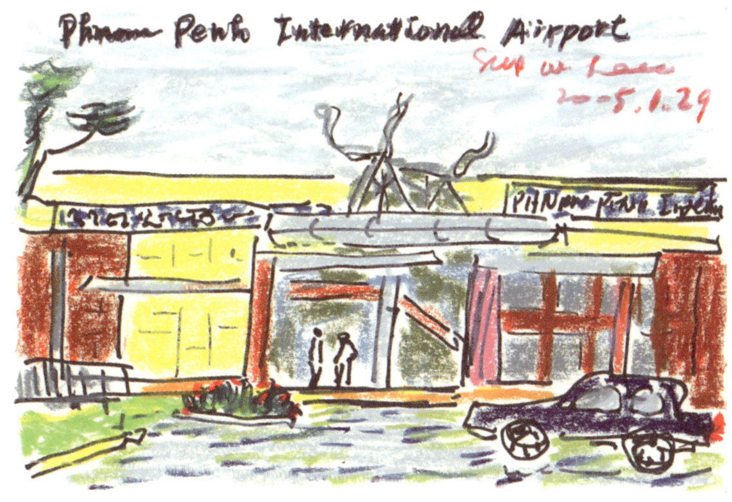

프놈펜 국제공항, 19×13cm, 2005.

나의 가슴을 한없이 울렁거리게 하는 더블린 하늘의 유혹.
그 깊은 자연의 맛을 느껴 본 사람이면 왜 아일랜드에서
그토록 유명한 시인, 작가들이 나오는지를 안다.

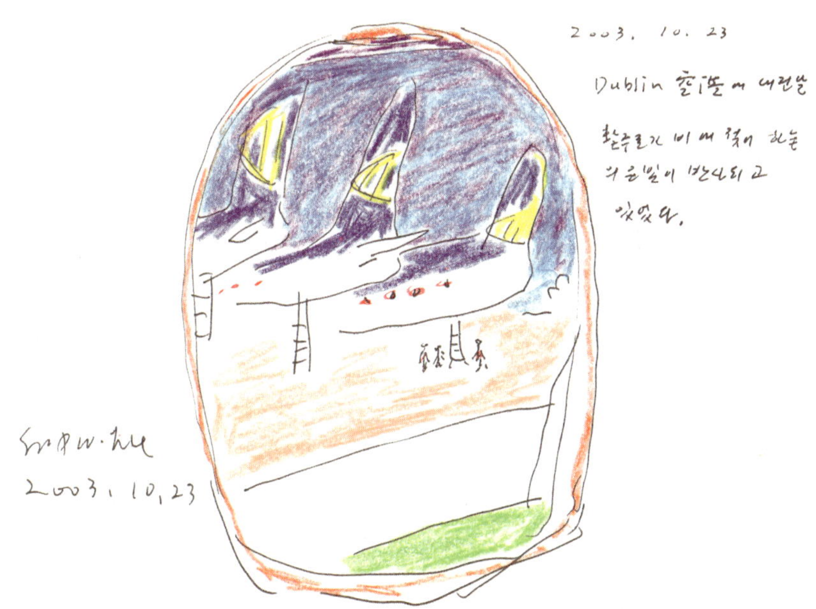

Birmingham Moore Street Station, 29×21cm, 2003.

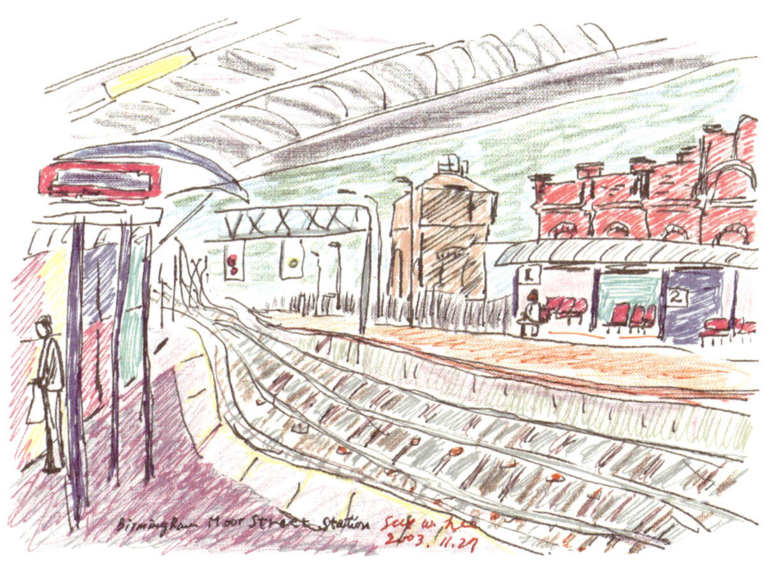

더블린 공항에 내린 날, 25×18cm, 2003.

삶에 계획과 의도가 없을 수 없지만 너무 집착하거나 쫓기는 삶은
해독스럽다. 한가로워지고 싶은 자신을 탓하지 말라. 그것이 인간
의 가장 본연스러운 모습인지 모른다.

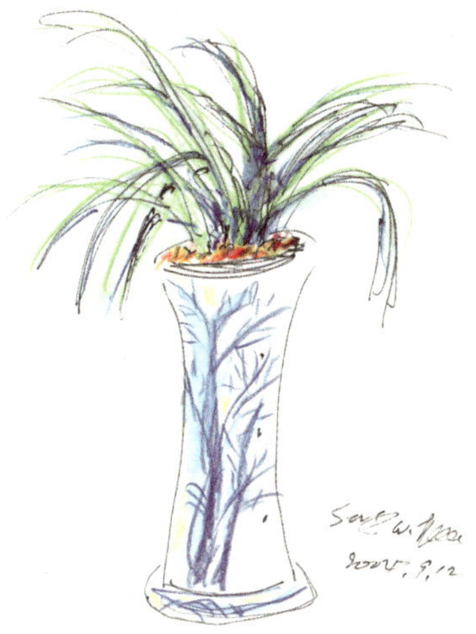

방을 가득 채운 난 향기, 14×20cm, 2004.

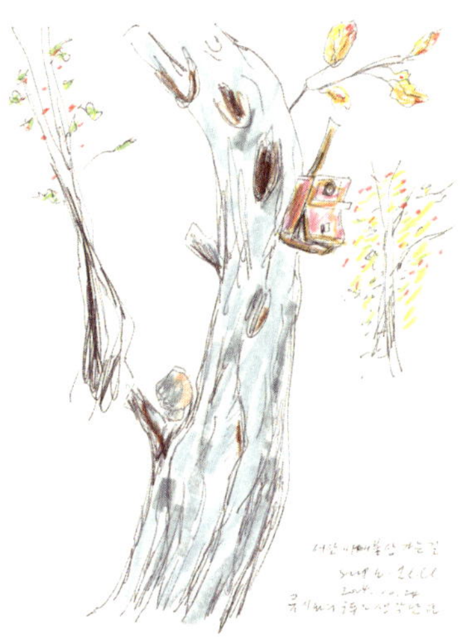

서산 마애불 가는 길, 21×29cm, 2004.

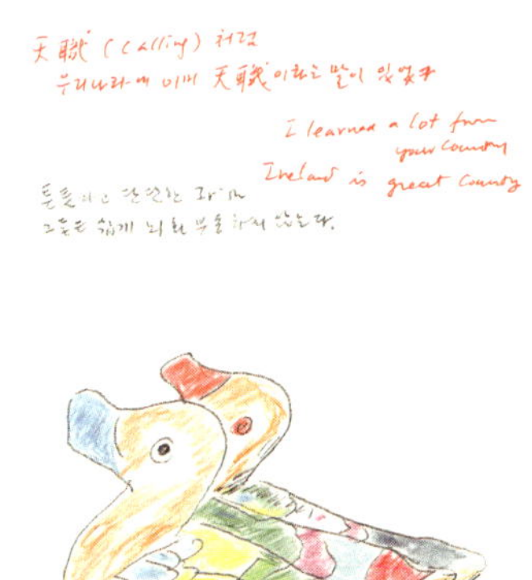

天職처럼, 천생연분인 듯이, 14×20cm, 2003.

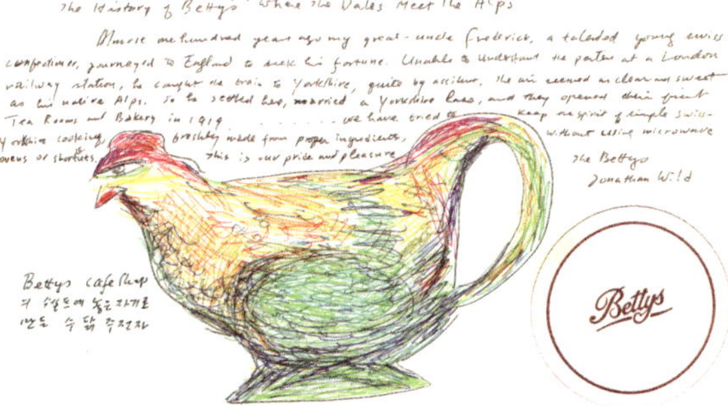

York의 Bettys Cafe에서, 31×22cm, 2004.

詩로도
말로도
감정으로도
그림으로도
다 표현할 수 없다.

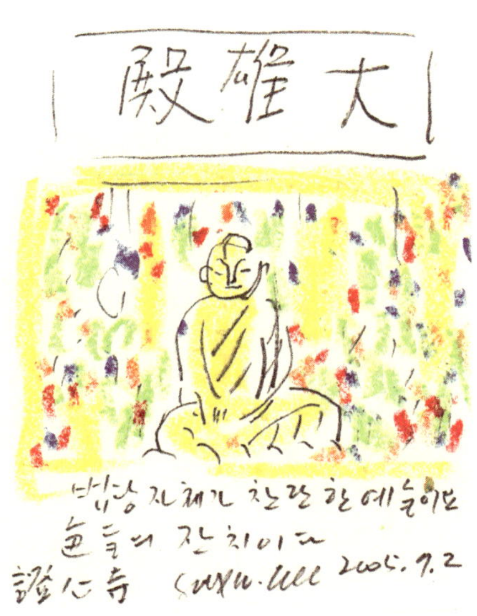

대웅전의 빛, 10×13cm, 2005.

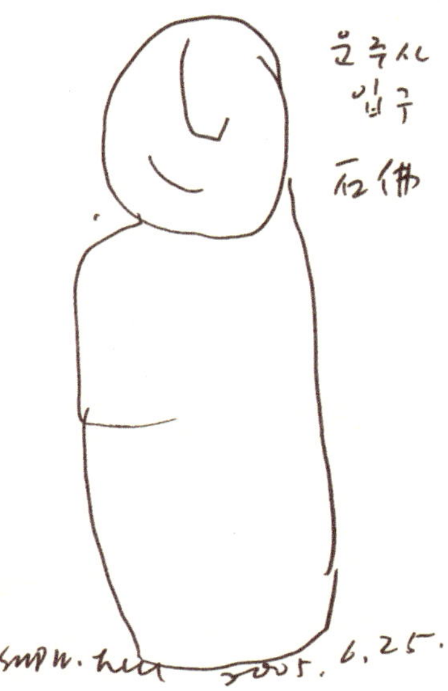

운주사 석불, 14×20cm, 2005.

독창성에 이르는 제일의 원리는 자기와의 경쟁이다.

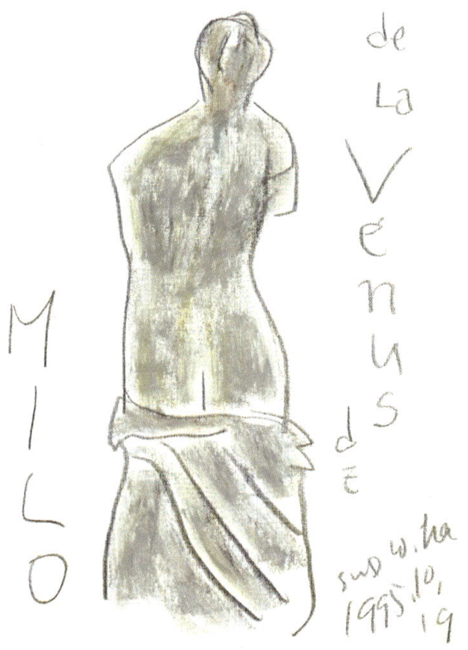

밀로의 비너스, 21×29cm, 1995.

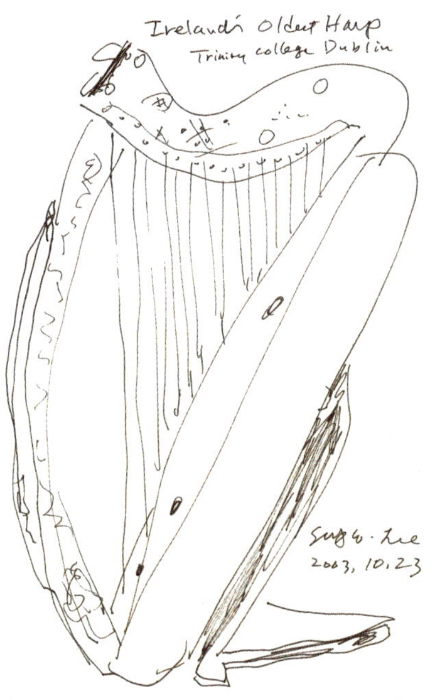

Ireland's Oldest Harp, 21×29cm, 2003.

말보다는 침묵이 요청되는 시대!
우리는 말들에 지쳤다.

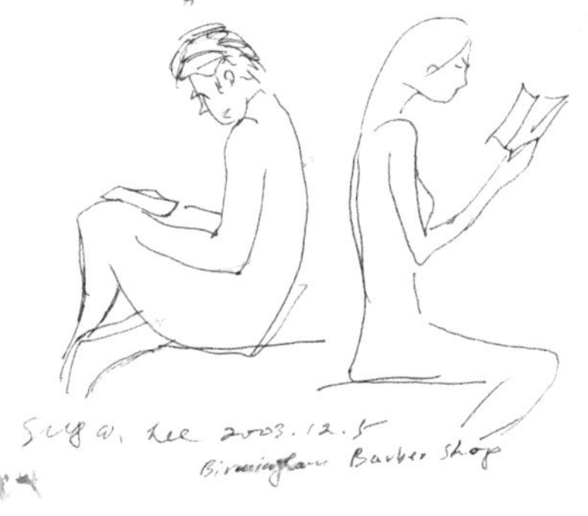

이 세상에 완전한 평화란 없다, 14×21cm, 2003.

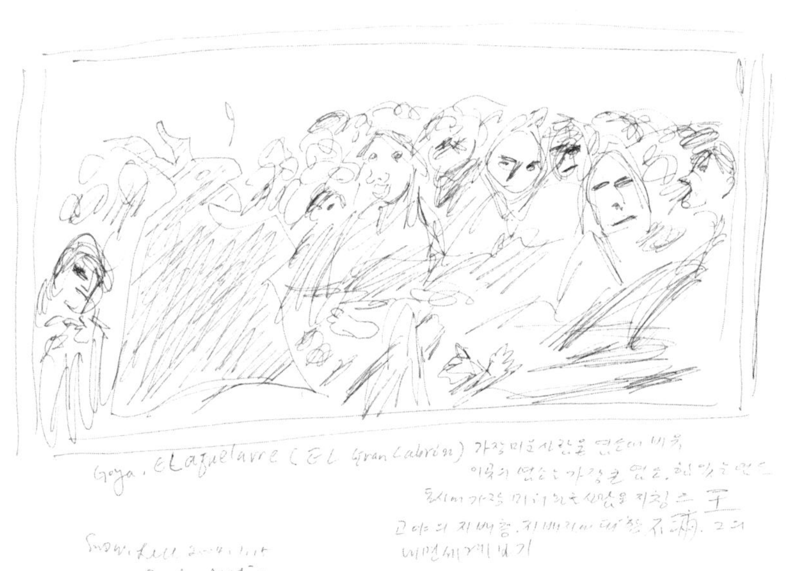

고야가 가장 미운 사람들을 염소에 비유〈Prado, Madrid〉, 35×25cm, 2004.

좋은 예술품은 이지적인 순수함과 이를 뛰어넘는 파격의 정신이
절묘하게 조화되는 데서 얻어 낼 수 있지 않을까?

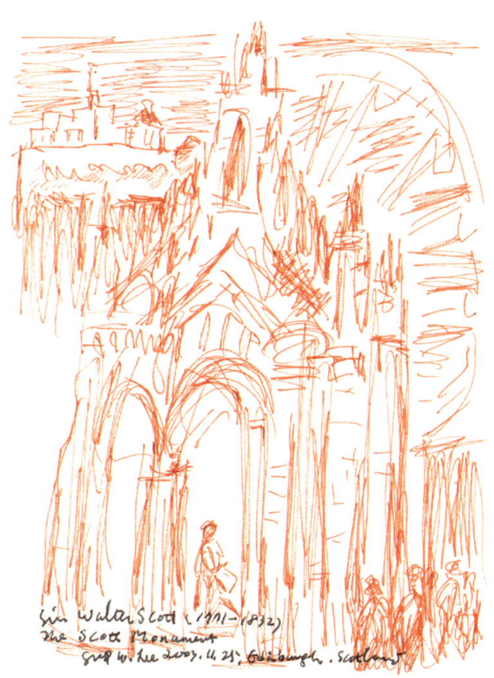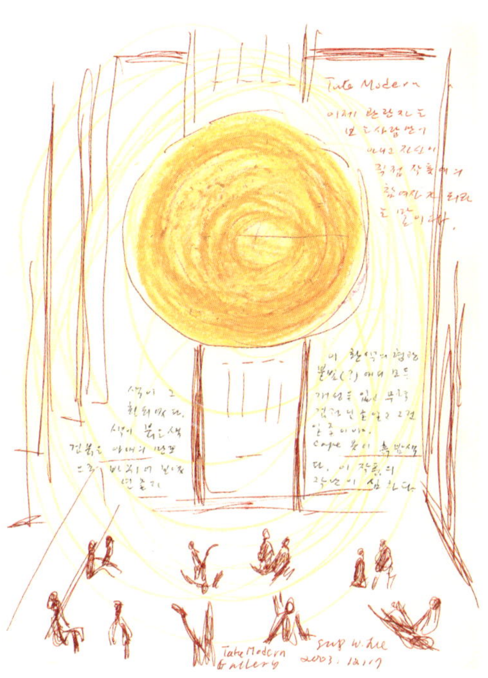

딸 '수잔' 과 찾은 Walter Scott Mounment, 17×28cm, 2003.　　　　Tate Modern Gallery, 21×29cm, 2003.

용기란 지키는 데도 필요하지만 멈추고 버리는 데도 필요하다.

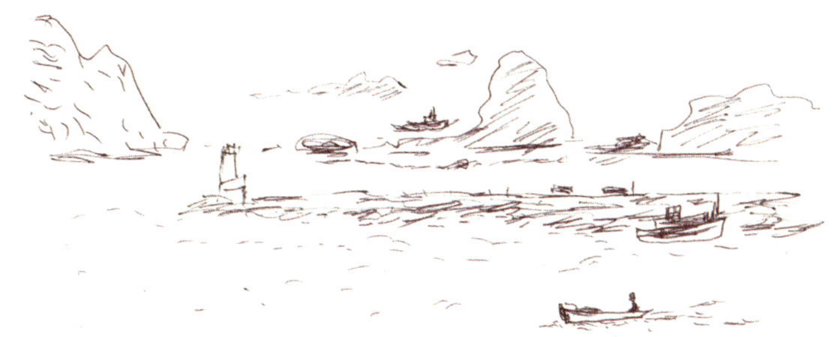

흑산도 애리에서, 29×21cm, 2005.

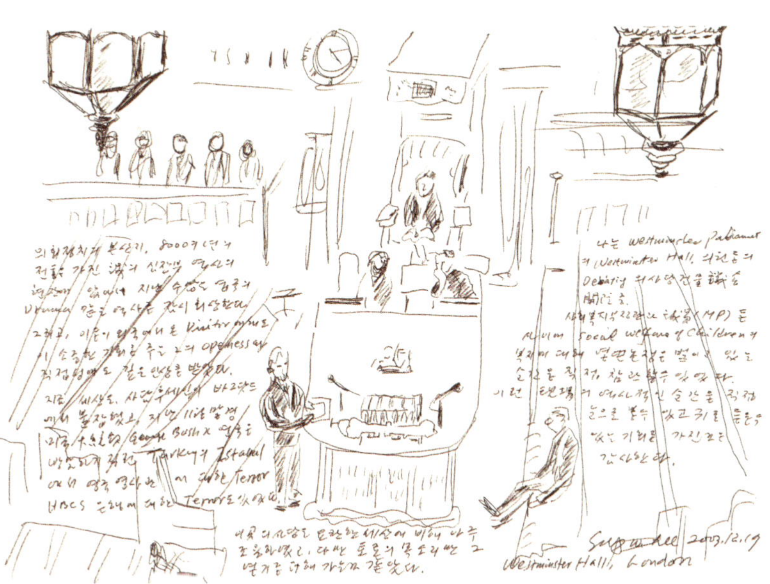

영국의사당 Westmimster Hall, 20×14cm, 2003.

종교는 도덕률을 넘어선다. 그리고 율법을 보충한다.

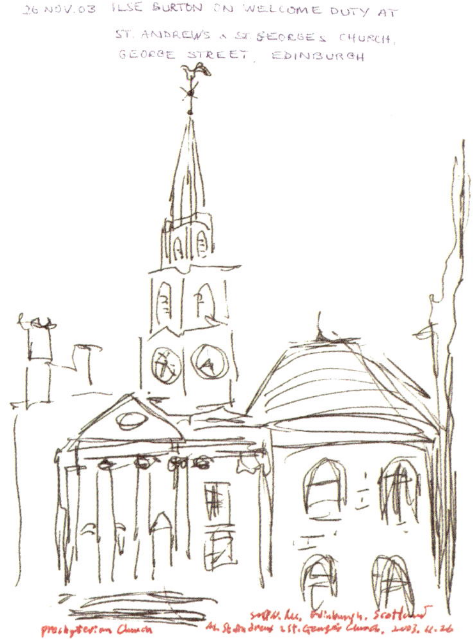

Scotland의 St. Andrew & St. George's Church, 18×25cm, 2003.

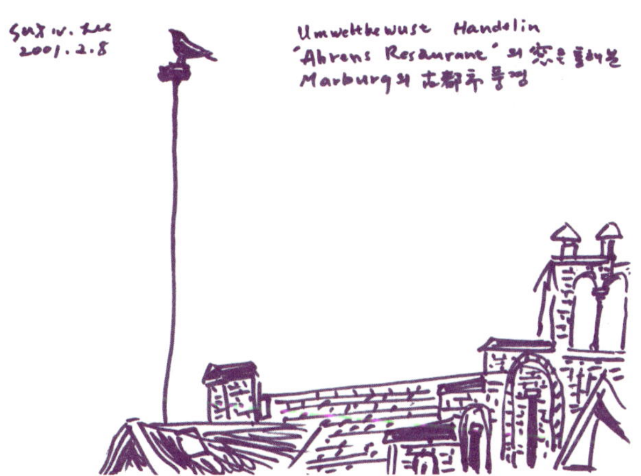

Marburg의 고도시 풍경, 29×21cm, 2001.

내 그림(낙서)을 보는 사람들은 내가 늘 여정에 쫓기고 있다는 것,
어떤 다른 일에 매달려 있는 중의
순간순간의 산물이라는 것을…….

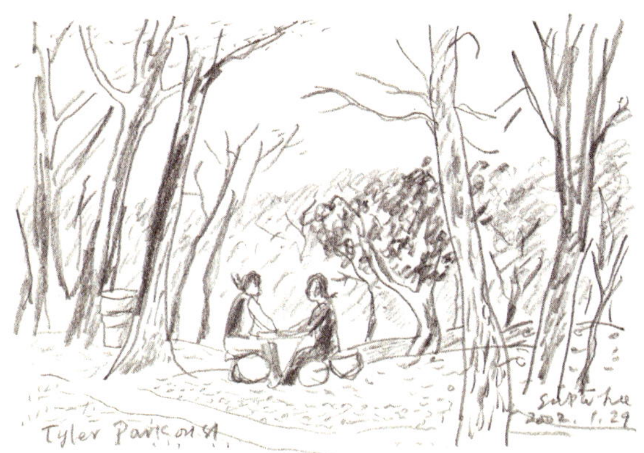

텍사스의 타일러 Park, 엄마와 딸, 24×17cm, 2002.

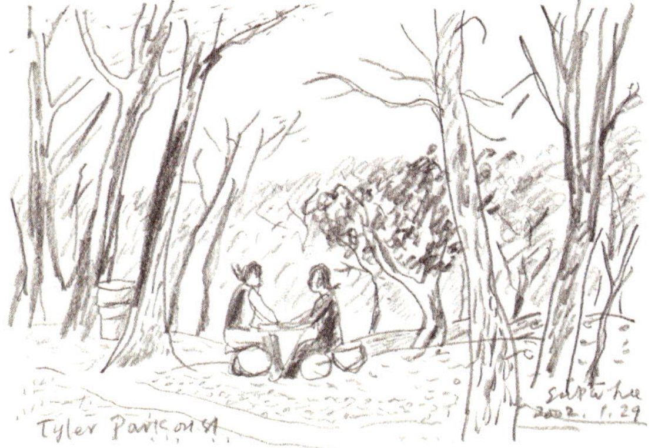

한가로움, 29×21cm, 2001.

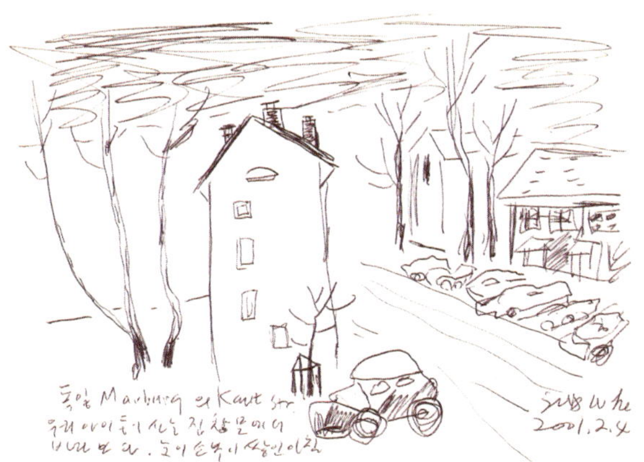

우리 아이들이 살던 곳 – Marburg의 Kant Str., 29×21cm, 2001.

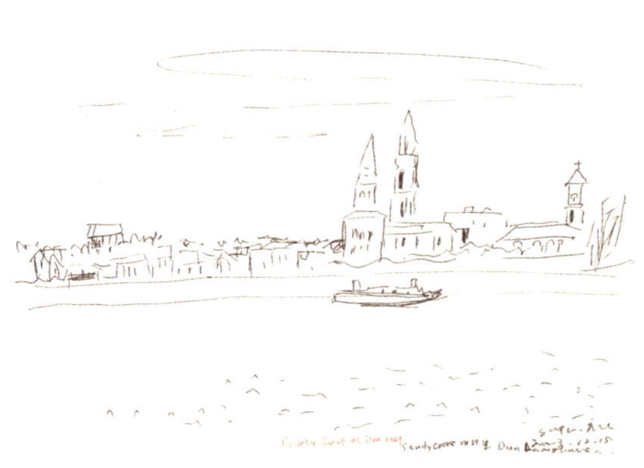

Sandy Crore에서, 29×21cm, 2003.

도시는 버리는 곳인가. 무엇인가를 쌓아 둘 것을 거부한다.
그래서 축적이란 없고 다만 배설이 있을 뿐이다.
풀·한 포기 벌레 하나가 그렇게 소중한 것을…….

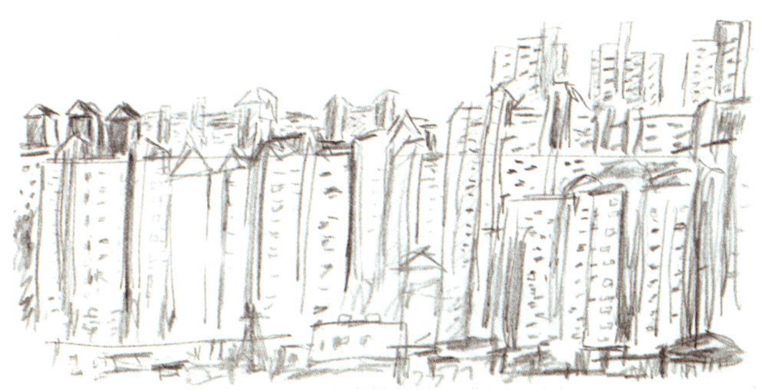

아파트 공화국, 20×14cm, 2004.

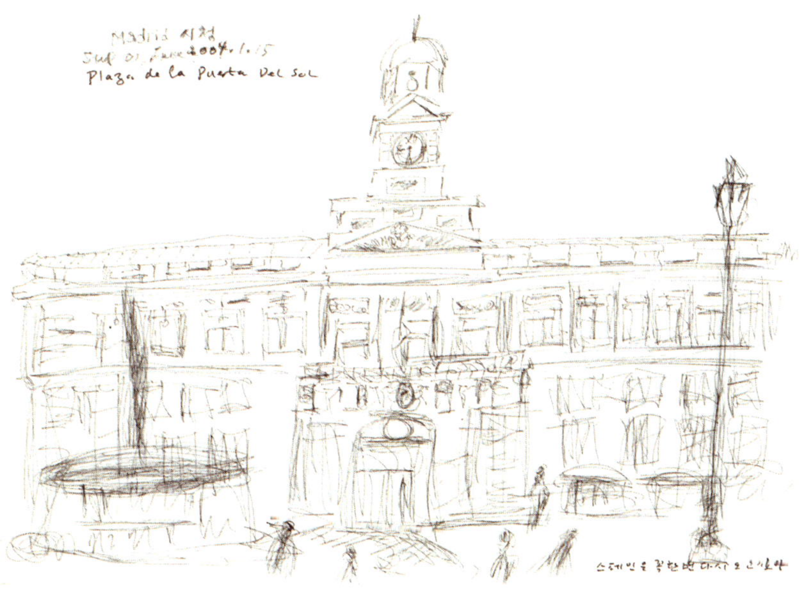

마드리드 시청, 35×25cm, 2004.

정신의 자유, 그것은 매어 있는 듯하나 매어 있지 않는 것이다.
예술이란 정신적 자유에 이르는 길이다.

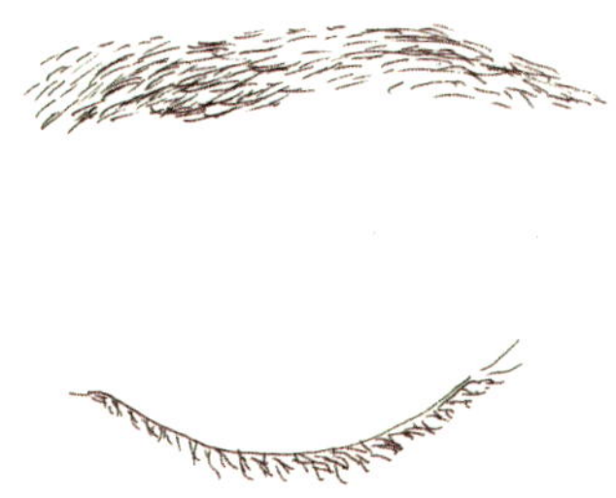

Sun N. Lee
2003. 6. 6